TESLA ODER DIE VOLLENDUNG DER KREISE

Bibliografische Information der Deutschen Nationalbibliothek

Die Deutsche Nationalbibliothek verzeichnet diese Publikation in der Deutschen Nationalbibliografie; detaillierte bibliografische Daten sind im Internet über http://dnb.dnb.de abrufbar.

Umschlaggestaltung: BoutiqueBrutal.com
Druck und Bindung: GGP Media GmbH, Pößneck
ISBN 978-3-99027-286-2

ALIDA BREMER

Tesla
oder
Die Vollendung der Kreise

Roman

Für Leon, Fabian und Ali

Nach ewigen, ehrnen,
Großen Gesetzen
Müssen wir alle
Unseres Daseins
Kreise vollenden.

Nur allein der Mensch
Vermag das Unmögliche:
Er unterscheidet,
Wählet und richtet;
Er kann dem Augenblick
Dauer verleihen.

Er allein darf
Den Guten lohnen,
Den Bösen strafen,
Heilen und retten,
Alles Irrende, Schweifende
Nützlich verbinden.

Johann Wolfgang von Goethe
Aus: *Das Göttliche*

Teil 1

1905–1912

in dem sich Anton, ein siebzehnjähriger Kroate von der östlichen Adriaküste, die zur österreichisch-ungarischen Monarchie gehört, ***1905*** *im Hafen von Triest auf einen Ozeandampfer einschifft, um in die Neue Welt auszuwandern. Aus der Donaumonarchie stammt auch der serbische Erfinder Nikola Tesla, der in New York lebt und von Anton bewundert wird. Anton ist vom Leben in Amerika am Anfang des zwanzigsten Jahrhunderts begeistert, doch mit dem Untergang der* Titanic *im April* ***1912*** *endet die Epoche des Glaubens an den ungebremsten Fortschritt. Zur gleichen Zeit kriselt es im Südosten Europas, und im Oktober 1912 beginnt der Erste Balkankrieg. Anton schließt sich dem amerikanischen Roten Kreuz an und kehrt nach Europa zurück.*

1.

Es war Mittag, als sich der Dampfer *Giulia* vom Ufer zu entfernen begann. Aufgebrachte Möwen zogen immer weitere Kreise über die Menschenmenge, die sich an jenem 5. März 1905 im Hafen von Triest versammelt hatte, um die Reisenden zu verabschieden, und ihre Schreie ließen Anton erschaudern. Sein Vater stand ein wenig abseits. Von oben gesehen wirkte er wie eine schwarze Statue, erhaben und regungslos, während die Enden des Mantelsaums um seinen Körper flatterten. Er hatte den rechten Arm ausgestreckt, und die rote dalmatinische Kappe, die er in der Hand hielt, ähnelte einer Fackel, die zum Abschied loderte. Nachdem die *Giulia* einige Male gehupt und an Geschwindigkeit gewonnen hatte, verwandelte sich der Vater in einen kleinen Mann, der mit seiner roten Trachtenmütze winkte, und schließlich sah er nur noch wie ein geknicktes Streichholz aus, dessen letztes Drittel schräg in die Luft ragte.

Unten auf dem Pier hatte sich Anton noch tapfer gegeben, doch als auch die Spitze des angebrochenen Streichholzes nicht mehr zu erkennen war, wurden seine Glieder weich wie die einer Stoffpuppe. Seine Großmutter nähte solche Puppen für seine kleine Schwester, und in einem Anflug von Selbstmitleid empfand er ein schlechtes Gewissen, weil er diese ausgestopften Wesen hin und wieder geknetet und zusammengerollt hatte. Da er nicht wollte, dass die Mitreisenden seine Tränen sahen, kämpfte er sich bis zum Bug durch und setzte sich dort auf den Boden. Die Bilder der letzten Tage und die Wortfetzen der Abschiedsgespräche bildeten in seinem Kopf Wirbel, die sich immer schneller drehten, um schließlich nacheinander in seinem Inneren zu verschwinden. Der Krater in seinem Kopf – oder befand er sich in seiner Brust? – verschluckte das Gesicht der Mutter, das sich jedoch zurück zur Oberfläche durchschlagen konnte, um erneut in den Strudel zu geraten, zusammen mit dem Mantel des Vaters. Der Strudel hatte auch das Familienhaus in Castell Vitturi erfasst und zu einem Hexentanz in seinem Kopf gezwungen.

Eigentlich hieß sein Heimatort Ort Kaštel Lukšić, und in Gedanken korrigierte er sich so, wie ihn der Vater korrigiert hätte: »Castell Vitturi sagen die Italiener, mein Junge.« Die Rivalität an der Adria spielte sich in immer gleichen Mustern ab: Die italienische Überlegenheit war raffiniert, die slawische Rebellion dagegen bedrohlich. Anton ärgerte sich über sich selbst, weil er häufig in italienischer Sprache dachte, aber er verabscheute auch die Enge seiner kroatischen Herkunft, und dieser unlösbare Konflikt bescherte ihm jetzt heftiges Heimweh. Er sehnte sich nach den Klängen beider Sprachen, wie war das möglich? Er zwang sich, an New York zu denken. Waren die Häuser dort wirklich so hoch? Arbeiteten dort Maschinen anstelle von Menschen? Und musste er ständig darauf achten, in welchem Stadtteil er sich bewegte, um nicht ausgeraubt und getötet zu werden?

Die rot lackierte Schnauze des Schiffs pflügte eine breite Furche in das dunkelblaue Wasser, durch die der Rumpf der *Giulia* glitt. Er saß allein auf dem Bug, gelehnt an eine weiße Metallwand. Andere Passagiere drängten sich auf dem Heck und viele verharrten dort noch, als Triest schon lange nicht mehr zu sehen war. Am frühen Abend durfte er sich endlich auf die schmale Pritsche im Gemeinschaftssaal der dritten Klasse legen, der bis 18 Uhr verschlossen bleiben musste. Er deckte sich mit der Wolldecke zu, die er zusammen mit einem Teller, einer Tasse, einem Löffel und einer Gabel aus glanzlosem grauem Blech, in die die Worte *Austro-Americana* eingeprägt waren, im Hafen zugeteilt bekommen hatte. Außerdem hatte jeder einen Nachttopf mit Deckel erhalten.

*

Die ersten beiden Tage blieb er die meiste Zeit auf seiner Liege, ohne wirklich schlafen zu können. Da nur Kranke im Gemeinschaftssaal bleiben durften, nahm er seine Übelkeit als eine Art Segen wahr. Sein Vater hatte ihm unten an der Schiffstreppe gesagt: »Keine Sorge, solange das Schiff in unseren Gewässern ist, in der Adria, wo es keine großen Wellen, keine Stürme und keine nennenswerten Gezeiten gibt, wird alles gut gehen, und wenn es zum offenen Meer hinausfährt, wirst du dich schon an das Schwanken gewöhnt haben.« Doch bereits in der Bucht von Triest hatte man die ersten Böen der Bora gespürt, die immer stärker zu wüten begann, je weiter sich die *Giulia* vom Festland entfernte. Auch in Dalmatien war die März-Bora, die *marčanska bura*, gefürchtet, wie hatte der Vater das bloß vergessen können?, und hier im Norden der Adria schien sie sich noch viel heftiger entfalten zu können.

Anton legte seine rechte Hand auf den Bauch und versuchte es mit einer Massage, doch die kreisenden Bewegungen verstärkten den Brechreiz. So wie ihm ging es mindestens der Hälfte der Reisenden, die hier unter Deck dicht aneinandergereiht lagen und stöhnten. Das Schiff schien an den Wogen emporzuklettern, tänzelte kurz auf den Wellenkämmen und fiel dann in die Tiefe. Bei jedem dieser Abstürze wurde ihm noch übler. Er versuchte, sich abzulenken und sich die Unterrichtsstunden in Erinnerung zu rufen, in denen vom menschlichen Körper die Rede gewesen war. Was stülpte sich da tief um, was kurbelte in ihm so sehr, dass eine scharfe, saure Flüssigkeit aus den Eingeweiden in seine Nase stieg?

Er hatte in Triest nur ein mit Butter bestrichenes Hörnchen aus Maismehl gegessen. Eine neue hohe Welle ließ ihn von der Liege auf den Boden rollen. Jetzt kniete er vor dem Nachttopf, seine Stirn mit kaltem Schweiß benetzt. Eine Böe in seinem Inneren trieb die zersetzten Reste jenes Brötchens und die geschmolzene Butter durch den Mund hinaus. Dass sich sein Vater in der Wetterprognose geirrt hatte, schmerzte ihn beinahe mehr als die Tatsache, dass er ihn abschließend nicht umarmt, sondern ihm nur seine Hand geschüttelt hatte: »So, mein Sohn, und nun versuche, ein anständiger Mann zu werden.« Zunächst musste er versuchen, die Fahrt zu überleben.

Die *Giulia* war gerade ein Jahr alt und gehörte den Gebrüdern Cosulich, die das Schiff für das florierende Geschäft mit den Auswanderern gebaut und der Flotte der Austro-Americana angeschlossen hatten, einer Gesellschaft, die eine Verbindung zwischen der österreichisch-ungarischen Monarchie und der Neuen Welt pflegte. Der Fahrkartenagent hatte Vater und Sohn versichert, das Schiff werde mit seinen 3.000 Bruttoregistertonnen in zwölf bis vierzehn Tagen New York erreichen, doch als sie in der Mitte des Golfs von Triest waren, rechnete Anton aus, dass bei acht Meilen pro Stunde, so viel erreichte dieser Dampfer maximal, mindestens das Doppelte an Zeit notwendig sein würde, und er begriff, dass sowohl die Cosulichs wie auch der Agent das wussten. Doch vermutlich hätten sich vor allem die Passagiere der dritten Klasse, die Mehrheit aller Reisenden, nicht so einfach auf dieses Abenteuer eingelassen, hätten sie gewusst, wie lange sie sich tatsächlich in diesem stickigen, nach ungewaschenen Körpern, Urin und Erbrochenem stinkenden Gemeinschaftssaal würden quälen müssen.

Nach einem Tag des Hungerns stellte er sich in die Schlange für die dünne Suppe und etwas Brot, immer noch wackelig auf den Beinen. Vor der Suppe ekelte es ihn, doch er zwang sich, sie zu essen, damit er wenigstens etwas herausspeien konnte, wenn die Stürme in seinem Inneren wieder verrücktspielen würden.

*

In der Morgendämmerung des dritten Tages wurde es ruhiger, das Schiff glitt an der Amalfiküste entlang, auf dem Weg nach Neapel, um dort die süditalienischen Passagiere an Bord zu nehmen, und als er sich der Gruppe der Reisenden anschloss, die an der Reling lehnten und in der kalten Luft darüber stritten, wann die Insel Capri auftauchen würde, fühlte er sich plötzlich stark und ausgeruht. Er hörte, wie ein junger Triestiner, den er ausgezeichnet verstehen konnte, ungeachtet des Gelächters, das sein Dialekt bei den anderen Italienern hervorrief, hochmütig verkündete:

»Es dauert noch bis nach Capri, ihr Tölpel, und die Stadt, die hinter uns liegt, heißt Salerno. Dort wurde die erste medizinische Universität Europas gegründet, falls ihr überhaupt wisst, was Medizin und was eine Universität ist!«

Die Mitreisenden lachten noch lauter und riefen derart albern »Piròn, Piròn!«, dass auch der Triestiner zu lachen begann. Den Namen Piròn hatte er sich eingehandelt, als er in der Essensschlange erklärt hatte, dass jene Blechgabel, die man ihnen vor der Abreise ausgehändigt hatte, der reinste Betrug sei, da für das Gebräu hier nur ein Löffel benötigt werde. Er nannte die Gabel *piròn*, und das war triestinisch, auf Italienisch hieß es *forchetta*.

»*Forchetta*, *forchetta*, merk dir das, du österreichischer Clown!«, rief ein vergnügter älterer Herr, der stolz darauf war, aus Rom zu stammen, auch wenn sich bei der aufflammenden Diskussion herausstellte, dass es nicht gerade Rom war, sondern ein Dorf namens Cottanello.

Da man auch in Dalmatien *pirun* sagte, fühlte sich Anton diesem Jungen verbunden, traute sich aber nicht, etwas zu sagen. Für Zigarette sagte man in Dalmatien *španjulet*, und in Triest hatte er den Vater *spagnolèto* sagen gehört, er wusste aber, dass man im restlichen Italien *sigaretta* sagte. Dalmatien und Triest schienen sprachlich verwandt zu sein, aber vermutlich gefiel das den anderen Italienern nicht so gut. Er konnte es kaum erwarten, endlich Amerika zu erreichen. In Europa war es wichtig, aus welcher Straße man stammte, noch wichtiger, aus welchem Kaff, und am allerwichtigsten, welcher Nation man angehörte, und er hielt es für angebracht, unter all diesen Italienern den Mund zu halten.

Er hatte sich noch vor kurzer Zeit geschworen, nie mehr etwas mit Italienern zu tun haben zu wollen. Sie waren mit schuld daran, dass er jetzt auf diesem Schiff saß und ins Ungewisse fuhr, während in Dalmatien seine Mutter weinte. Sein Vater war vermutlich schon nach Hause zurückgekehrt, düster und schweigsam. So war er seit Januar, als Anton mit der Nachricht aus Zadar nach Hause gekommen war, dass er kein österreichisches Gymnasium mehr besuchen dürfe. Er hatte eilig das Internat verlassen, seine Kleidung und seine Schulbücher in einem Seesack. Von Zadar nach Kaštel Lukšić hatte er nur zweimal die Kutsche gewechselt und war am Ende noch ein gutes Stück zu Fuß gegangen. Zugegeben, es war nicht besonders klug von ihm gewesen, dass er in Zadar mit ein paar anderen Rabauken die österreichische Flagge verbrannt hatte. Es geschah aus Protest, weil die Österreicher damals zu den Italienern hielten, die Dalmatien beherrschten, obwohl dort die Kroaten die Mehrheit stellten. Bis heute empfand er Wut, wenn er an die italienischen Lehrer dachte, die die kroatischen Schüler mit Verachtung behandelten. Genauer gesagt, es waren nicht alle Italiener – viele von ihnen waren Kroaten, die ihre Namen wie die Reeder Cosulich geändert hatten, damit sie italienisch klangen, so als wollten sie sich den Herrschenden anpassen und als schämten sie sich, Slawen zu sein. *Tschi-Tschi-Tschi-Schi-Schi-Schi* verspotteten die italienischen Mitschüler ihre kroatischen Kameraden, wenn diese wieder einmal untereinander Kroatisch sprachen. Diese blieben ihnen nichts schuldig: Sie bewarfen die Italiener mit Steinen und nannten sie Katzelmacher, schnitten Grimassen, miauten, fauchten und rannten weg, wenn die Gruppe wutentbrannter Italiener ebenfalls nach Steinen griff.

»Wir mögen keine vornehmen Lateiner sein«, so sagten sich Anton und seine Freunde, während sie ihre ersten Zigaretten in einem Park unweit des Gymnasiums rauchten, »unsere Vorfahren haben die Römer von diesen Ufern vertrieben! Wir sind die Nachfahren der Uskoken und der Haiducken. Auch die Venezianer haben wir von hier vertrieben, und so wird es auch den Italienern in Zadar und erst recht diesen bescheuerten Österreichern ergehen!« Es bestand eine uralte Fehde zwischen den Völkern in diesem Winkel des Kontinents, eine komplizierte Hassliebe, ein Geflecht aus wirren Emotionen und gegenseitigen Beschuldigungen, von den Schülern mehr erahnt als verstanden. »Wir sind Slawen, unsere Vorfahren sind aus den Steppen hinter den Karpaten bis an die Adria gekommen, und ihr dummen Italiener solltet froh sein, dass sich die slawischen Barbaren damit zufriedengaben, am östlichen Ufer zu bleiben, sonst hättet ihr sie noch auf eurem Apenninenstiefel erlebt. Und ihr österreichischen Wichtigtuer könnt froh sein, dass wir euch vor den Türken verteidigt haben, sonst wäre euer Wien heute muslimisch«, so riefen sie, als sie die Flagge verbrannten. Im Zimmer des Direktors spuckten sie einer nach dem anderen auf den Boden, die ganze Truppe, er wusste nicht mehr, wer damit angefangen hatte. Das Spucken begann, nachdem der Direktor ihnen erklärt hatte, dass sie in der gesamten Monarchie von der Schulbildung ausgeschlossen seien. »Uns sind eure Schulen und die Schulen dieser blöden Italiener egal! Nieder mit allen Schulen! Wir sind Uskoken und Piraten, keine verdammten Streber, die langweilige deutsche und italienische Gedichte auswendig lernen!«

Doch als der Triestiner nun hier auf dem Deck der *Giulia* ausholte, die Geschichte der *Scuola medica salernitana* zu erzählen, war Anton ganz Ohr. Er liebte es, von solchen historischen Zusammenhängen zu erfahren, selbst dann, wenn sie zum Ruhm der italienischen Kultur erzählt wurden. Wo hatte der Triestiner all das bloß gelernt? Und wieso dozierte er mit solcher Leichtigkeit und schaffte es, dass ihm das ganze Schiff an den Lippen hing?

»Der griechische Pilger Pontus fand zu Beginn des zehnten Jahrhunderts Unterschlupf unter einem Aquädukt in einer Bucht am Tyrrhenischen Meer, das ist hier, schaut euch um! In der Bucht hatte bereits Salernus, ein Latiner, Zuflucht vor dem Sturm gesucht. Salernus war verletzt und behandelte seine Wunde mit ungewöhnlichen Kräutern, die Pontus neugierig machten. Pontus, ein Christ östlicher Prägung, erzählte Salernus, einem Christen westlicher Prägung, wie eine Wunde seines Wissens nach zu behandeln sei. Zwei weitere Personen suchten in jener Nacht nach einem Versteck, ein jüdischer Reisender namens Helinus und ein arabischer Reisender namens Abdela. Hinzugekommen, kümmerten auch sie sich um die Wunde von Salernus, die schnell heilte. Die vier kamen überein, gemeinsam eine Schule zu gründen. Es war die Geburtsstunde der europäischen Medizin.«

Den Zuhörern war es peinlich, dass sie so bereitwillig in die Stimme dieses Kindes versanken und ihm mit offenen Mündern zuhörten. Deshalb fingen einige aus Verlegenheit laut zu lachen an – und auch, weil sie dazu nichts zu sagen hatten. Der Erzähler blieb seelenruhig, wobei er noch betonter in seinen Dialekt verfiel:

»Auf der Medizinschule von Salerno durften auch Frauen studieren und lehren.«

Allgemeines Getöse und Gejohle. »Frauen! Das ist doch zum Brüllen komisch!«

Erneut lachte der Triestiner mit, zeigte dabei seine winzigen weißen Zähne und kniff die Augen zusammen. Anton sah ihn an und beschloss, wie er zu werden. Er wollte sich ändern, nicht mehr aufbrausend und leicht zu beleidigen sein, und das Verhalten dieses gebildeten Jungen, der wie ein Fünfzehnjähriger aussah und der genauso wie er allein unterwegs war, kam ihm wie eine erste Lektion vor. Auch wenn sie ihn immerfort neckten, versammelten sich die Reisenden um Piròn und riefen: »Erzähl uns noch solche lustigen Geschichten!« Zu Antons Begeisterung ließ sich Piròn nicht beirren, sondern erzählte weiter, obgleich es eindeutig war, dass er seine Reden nicht für lustig hielt:

»Wenn einer von uns eine ansteckende Krankheit hätte, dann würden wir in Kürze alle krank werden und die Amerikaner würden über unser Schiff eine Quarantäne verhängen. Oder uns zurückschicken. Für mich ist Salerno eine heilige Stadt, weil ich Angst vor Krankheiten habe.«

Wieder lachten alle, jemand rief »Schisshase!«. Der junge Mann rümpfte verächtlich seine fein geformte Nase und setzte gelassen seine Erzählung fort:

»Kennt ihr Dubrovnik? Ragusa? Das ist der lateinische Name einer slawischen Stadt an der Adria (*Pfiffe und Buh-Rufe*). Im Mittelalter, als die Pest Europa heimsuchte, wurden in Dubrovnik (*Pfiffe und Lachen*) die einreisenden Händler für vierzig Tage isoliert, bevor sie die Stadt betraten. Auch wurde ihre Ware gelüftet und mit Essig desinfiziert. Seitdem nennt man die Isolation der Kranken Quarantäne. Vierzig Tage, Freunde!«

Niemand lachte mehr, als hätten die Worte *Pest* und *Essig* und die Zahl *Vierzig* sie nachdenklich gestimmt. Nur der angebliche Römer aus Cottanello knurrte:

»*Quaranta*, die Slawen benutzen also unsere italienische Sprache, wenn es um ihre Haut geht. Typisch. Damit unsere Ärzte sie retten, wenn die Seuche sie befällt. Damit unsere Heiler aus Salerno für sie den Kopf hinhalten. Hast du nicht gerade erklärt, dass wir Italiener uns hier an den Ufern des Mare Tirreno die Medizin ausgedacht haben, Piròn?«

Bald erreichte das Schiff die Höhe von Sorrento, man sah jetzt nicht nur Capri, sondern auch Neapel mit dem rauchenden Vulkan in der Ferne. Ein Mann räusperte sich und sagte: »Kennt ihr das Lied *Torna a Surriento*?«, und als alle verneinten, fing das unscheinbare Männlein an zu singen. Sein unerwartet kräftiger Tenor hob sich in die Höhe. Anton, der die Augen zusammengekniffen hatte, ließ sein feuchtes Gesicht vom Fahrtwind trocknen. Er verlor den Faden direkt nach dem Anfang des Lieds, nach »vide 'o mare quant'è bello« verstand er nur noch vage, dass es sich um den Abschied von Sorrento handelte, und er erkannte das Wort »Orangenblüten«, was ihn so sehr rührte, dass er leise schluchzte.

Als Piròn, der Triestiner, in der Stille nach dem Gesang sagte: »In Sorrento wachsen die Zitronen so groß wie Kinderköpfe. Wie groß müssen dann erst die Orangen sein?«, begannen alle wieder zu lachen, und Anton glaubte herauszuhören, dass sie genau wie er zuvor geweint hatten. Hätte er sich nicht geschämt, wäre er dem Sänger um den Hals gefallen, und er hätte auch seine neuen italienischen Freunde geküsst, mit Ausnahme jenes miesepetrigen Cottanelloners.

Nun war er reif für den Abschied von Europa. Er verspürte wieder den Tatendrang, mit dem er seinen Eltern vor zwei Monaten verkündet hatte, dass er nach Amerika auswandern werde. Da sie nicht wussten, was aus ihm ohne einen Schulabschluss werden sollte, hatten sie zugestimmt. Sein Vater schrieb einen Brief an den tschechischen Arzt Doktor Vilimek, der früher einmal in Kaštel Lukšić eine Praxis betrieben hatte und der seit einigen Jahren in New York lebte, und dieser versprach, sich um Anton zu kümmern. Danach ging alles ganz schnell: Er drückte die Mutter kurz an sich, küsste seine Schwester und seinen Bruder, es dauerte ewig, bis der Vater und er Triest erreichten, wo ihm der Vater einen Anzug kaufte, die Fahrkarte bezahlte und ihm zehn Dollar zusteckte. »Ab jetzt bist du auf dich selbst gestellt.« Es klang so, als zweifelte sein Vater an dem guten Ausgang dieser Reise.

Doch die Reise hatte sich für ihn schon jetzt als eine Herausforderung gezeigt, der er gewachsen war. Wenn ihn der Vater heute früh nur sehen könnte! Er hatte die Seekrankheit überwunden und auch den Schmerz des Heimwehs, obwohl er in der ersten Nacht geglaubt hatte, dass sie sein Inneres zerreißen würden, so wie Wölfe in dem Heimatdorf seiner Mutter ein Schaf in Fetzen gerissen hatten, während die Bauern versuchten, sie mit Fackeln zu vertreiben. Er war zum ersten Mal jemandem begegnet, der sich so souverän zwischen Unbekannten zu behaupten wusste, und er hatte entschieden, wie dieser Triestiner zu werden. Und jetzt konnte er sogar vom Schiffsdeck aus in die rauchende Flamme des Vesuvs blicken. Ein Weltwunder zum Greifen nahe. Vor der Abreise hatte der Agent diese Sehenswürdigkeit in höchsten Tönen gepriesen: »Seien Sie froh, dass die Strecke dieses Mal über Neapel führt. Seit einem Jahr ist der Vulkan wieder aktiv, die Schlacke quillt heraus, es ist eine Sensation«, er hatte innegehalten und mit einem feierlichen Ton wieder angesetzt: »Mit etwas Glück werden Sie eine Eruption erleben. Das wäre zwar ein Unglück für die Menschen, die an den Hängen des Vesuvs leben, aber Sie verstehen schon, wie ich es meine.«

»Pompeji, Herculaneum, Stabiae«, zählte Piròn auf, und alle hörten zu. »So hießen die Städte, die damals vom Vulkan vernichtet wurden. Verbrannt. Unter Asche begraben. Ausgelöscht.« Er suchte nach einem weiteren Wort, aber dann schwieg er, und alle starrten nur noch die Flammenzungen an, die auf dem riesigen Kegel tänzelten.

Ob es im Inneren der Erde Gänge gab, in denen sich die kochende Lava sammelte und brodelte, bis sie hervorbrach? Es gab so viele Geheimnisse auf der Welt, von denen Anton nichts wusste. Würde er in Amerika in die Schule gehen können? Er wollte den tschechischen Arzt danach fragen, sobald er angekommen war. »Das ist der Vorteil der österreichungarischen Monarchie«, hatte ihm der Vater gesagt, als Doktor Vilimek in seinem Brief versprach, sich in New York um Anton zu kümmern, »dieser Vilimek war früher Amtsarzt in Karlsbad, tschechisch heißt der Ort Karlovy Vary, und da er Asthmatiker war, nutzten ihm all die Thermen mit ihrem Salzwasser nichts, er musste ans Meer, und da wir ja alle in einem Staat leben, die Tschechen und die Kroaten und so viele andere, alle in einer Monarchie, wurde er nach Kaštel Lukšić versetzt. So bekamen wir endlich einen Amtsarzt. Besonders fähig war er, ehrlich gesagt, nicht, aber egal, jetzt wird er dir helfen, auch wenn du ausgerechnet die Flagge unserer gemeinsamen Monarchie verbrannt hast.«

Dieser Vorwurf war der Ratlosigkeit seines Vaters geschuldet, der sich gewünscht hätte, dass sein Sohn das Gymnasium beenden und danach studieren würde, sicher nicht einer Verbundenheit mit der Monarchie, das war Anton jetzt noch klarer als damals.

Während sie aus dem Hafen von Neapel ausliefen, stellten sie sich mit ihren ärmlichen Utensilien in die Warteschlange vor der Küche. Hier wandte sich Anton zum ersten Mal an Piròn: »Heute brauchen wir doch unsere *piròni*, unsere *piruni*«, und zeigte auf den Kochgehilfen, der das Essen austeilte. Der Angesprochene zog zuerst die Augenbrauen hoch und sah ihn fragend an, ließ aber sofort darauf seine schneeweißen Zähne aufblitzen. Anton beeilte sich zu erklären: »Ich bin aus Dalmatien, weißt du. Wir sprechen so wie ihr Triestiner, wenn wir mal Italienisch sprechen. Normalerweise sprechen wir allerdings Kroatisch. Aber auch dann nennen wir die Gabel *pirun*.«

Auf den Blechtellern landeten tatsächlich gabelwürdige Speisen: gekochtes Rindfleisch, Kartoffeln und Rüben, es war ein Fest.

Sein neuer Freund hieß Ernesto, er war ebenfalls siebzehn, seine Eltern waren gestorben und es hatte ihn nichts mehr in Triest gehalten. Als er das sagte, bebte seine Stimme, doch dann erstrahlte in seinem Gesicht wieder ein verführerisches Lächeln. Ob ihn in New York jemand abholen würde? Nein, aber er habe gehört, dass sich die Italiener dort um Neuankömmlinge kümmerten, es würde schon irgendwie klappen.

»Darf ich dich weiter Piròn nennen?«, fragte Anton, und Ernesto antwortete: »Nur wenn ich dich Španjulet nennen darf.«

Anton staunte: Wie konnte Ernesto wissen, dass ihn seine Mitschüler in Zadar so genannt hatten? Später erklärte ihm Ernesto, dass auch in Triest alle Jungen, die schlaksig und groß gewachsen wie Anton waren, mit dem Spottnamen Spagnolèto bedacht wurden. »Die ersten Zigaretten sind auf dem Seeweg aus Spanien zu uns nach Triest gekommen, genauso wie das Wort weiter zu euch nach Dalmatien gewandert ist.«

2.

Nur eine der fünf Voraussetzungen für die Einreise in die Neue Welt erfüllten Anton und Ernesto nicht: Sie waren minderjährig und unbegleitet, und das bedeutete, dass jemand für sie bürgen musste. Die anderen Anforderungen erfüllten sie: Sie hatten jeweils zehn Dollar in der Tasche, sie waren zum Glück keine Frauen, wer war schon gerne eine Frau?, weder minderjährige noch volljährige und nicht einmal ganz alte Frauen durften alleine einreisen, wenn niemand für sie bürgte. Sie waren keine Kriminellen oder politische Umstürzler, und sie waren gesund, man hatte ihnen kein X für *geistesschwach*, kein Ct für *Trachom* und kein S für *senil* mit Kreide auf die Schulter geschrieben.

Mehr war nicht nötig, nicht einmal ein Reisedokument brauchte man, die Geburtsurkunde reichte. Allerdings verschwieg Anton dem Einwanderungsbeamten, genauer gesagt dem Dolmetscher, der jeden seiner Sätze aus dem Italienischen ins Englische übertrug, die Vorkommnisse um die abgefackelte kaiserliche und königliche Flagge und die Verbannung aus allen Schulen der österreichisch-ungarischen Monarchie, als dieser ihm die Frage nach kriminellen oder politischen Aktivitäten stellte. Am Ende des Gesprächs wusste er, dass er einen guten Eindruck hinterlassen hatte. In Gedanken sagte er zu seinem Vater: »Es war eine Notlüge, aber du siehst, dass ich mich zurechtfinde.« Die erste Hürde lag hinter ihm, jetzt musste nur noch Doktor Vilimek erscheinen und ihn abholen.

Nach fünfundzwanzig Tagen auf dem Atlantik waren die ersten Boten des Festlands die Möwen gewesen, die dem Schiff entgegenflogen. Er hatte sie wie alte Bekannte begrüßt, auch wenn ihre Schreie und das Kreisen über den Köpfen der Menschen genauso beunruhigend waren wie am Himmel über Triest. Die kreischende weiß-graue Eskorte hatte die *Giulia* an Staten Island und Coney Island vorbei bis zum Hafen in Brooklyn begleitet, wo die amerikanischen Staatsbürger und die Reisenden der ersten und der zweiten Klasse an Land gingen, während alle anderen mit einem kleinen Dampfer nach Ellis Island gebracht wurden.

Nach der ersten medizinischen Untersuchung – ein Arzt hatte ihnen die Augenlider umgestülpt, was schmerzhaft gewesen war, und sie durchgewunken, ein anderer hatte ihre Lungen abgehört – waren sie durch eine Tür mit der Aufschrift »Push to New York« gegangen und saßen nun in einer riesigen Halle inmitten aufgeregten Treibens. Aufseher liefen hin und her und baten die Männer, ihre Hüte abzunehmen, während Krankenschwestern in weißen Trachten die weinenden Kinder ermahnten und mit süßem Tee und Gebäck beruhigten.

Eine Gruppe ukrainischer Juden, die auf dem Schiff tagelang ausgelassen getanzt hatten und die vollständig verstummt waren, als am neunzehnten Tag der Überfahrt ein Mann starb, war noch immer nicht aus ihrer Schockstarre erwacht, die sich nach jener Seebestattung bei ihr eingestellt hatte. Der Leichnam des Mannes war in einen Sack gesteckt worden, an dem ein zweiter Sack mit Kohle befestigt war, und beide Säcke ließ man dann langsam über ein Holzbrett ins Meer gleiten. Zum letzten Geleit waren drei lange Hupsignale ertönt, dann hatte die *Giulia* ihre Fahrt fortgesetzt. Als Anton diese Gruppe hier im Wartesaal wiedererkannte, musste er an den Tod auf dem Atlantik denken und an das unendliche Wasser, das den Verstorbenen verschluckt hatte.

Im Fenster sah er die Nebelschwaden über den Hudson River ziehen.

Überall standen Koffer und Reisesäcke herum, man musste um sie herumlaufen oder darüber springen, und Anton wunderte sich, warum manche Auswanderer mehr mit sich schleppten, als sie zu tragen imstande waren, auf dem Weg vom Schiff bis hierher waren sie gestolpert und hatten geschwitzt und gestöhnt, und jetzt wurden sie von den anderen beschimpft, denen diese Berge im Weg standen. Man würde doch bald in Amerika neue Kleidung kaufen können. Er hatte nur seinen sorgfältig verpackten Anzug und seine guten Schuhe in einer Tasche sowie den Seesack mit schmutziger Wäsche dabei. Er fragte sich, wann er sie endlich würde waschen können; wie man Wäsche wäscht, hatte ihm seine Mutter vor der Abreise gezeigt. Sie hatte ihm eine ganze Reihe praktischer Dinge erklärt. Am meisten hatte ihm das Nähen gefallen: Mithilfe einer einfachen Nadel und eines Fadens konnte man Wunder vollbringen.

Ohne einen Knopf sei die teuerste Hose wertlos, hatte die Mutter erklärt und ihn gebeten, zur Illustration dieser Behauptung einmal im Zimmer auf und ab zu gehen, ohne den Knopf zu schließen. Dann hatte sie ihm gezeigt, wie man einen Knopf wieder befestigt. Sie strickte für ihn zwei Paar Wollsocken; ein Paar sollte immer einen Tag lang gelüftet werden, bevor es wieder getragen wird, dieser Wechsel sei bei Socken sehr wichtig, und nach der Reise sollte er alle Socken in einer Seifenlauge waschen. Sie waren aus heller Wolle, die eine Farbe von gesalzenem Sauerrahm hatte, und ihre Oberfläche ließ ihn an die Schafe im Heimatdorf seiner Mutter denken, und an die Pappeln am Fluss, die selbst an Tagen ohne Wind rauschten. Diese Socken waren für seine klobigen Schuhe gedacht, für die guten Schuhe sollte er sich in

Amerika dünnere Socken kaufen, so lautete der Rat seiner Mutter.

Seine Gedanken kamen ihm gewöhnlich vor, da Piròn neben ihm herumphilosophierte: Warum es verschiedene Sprachen in der Welt gebe? Warum verschiedene Religionen und Nationen? Was das überhaupt sei, eine Nation? Und die Staaten, was seien die Staaten? Was sei ein Heim und was eine Heimat? Wäre man frei wie eine Möwe, wenn man der Heimat abschwöre? Oder seien die Möwen an das Meer gebunden wie die Menschen an ihre Herkunft? Ob Španjulet einen Blick durch diese fabelhaften hohen Fenster geworfen habe? Die Stadt dort drüben, ob sie nicht eine Nummer zu groß für dieses Lumpenproletariat sei, das mit ihnen angereist war? Aus Europa werde nur Elend und Armut über den Ozean geschwemmt, während dieses Gebäude hier von einem wohlhabenden Leben zeuge, ob Anton das nicht auch so empfinde? Ihm sei es jetzt sogar ein wenig peinlich, hierhergekommen zu sein. Was würden die Amerikaner über uns bloß denken? Über diese zerstrittenen und zerrissenen Nationen Europas, deren hungrigste und ärmste Teufel hier strandeten? Nationen seien sowieso bloß Einbildungen irgendwelcher europäischer Dichter. Eine amerikanische Dichterin habe dagegen ein Sonett geschrieben, in dem sie die europäischen Elenden begrüßt, das Gedicht sei am Podest der Freiheitsstatue angebracht worden, davon habe er vor der Abreise in Triest erfahren, und jetzt sei diese Statue zum Greifen nahe, aber sie dürften nicht zu ihr, um das Sonett zu lesen. Von ihrer eigenen Insel grüßte die Freiheitsstatue alle mit ihrer Fackel. Nun ja, es hätte sowieso nicht viel gebracht, Englisch könnten sie ja noch nicht. Ob Španjulet wisse, dass diese Insel hier nach einem gewissen Herrn Ellis benannt sei? Ihm habe die Insel früher gehört.

»Stell dir vor, Spagnolèto, in Amerika leben Menschen, die ganze Inseln besitzen. Der besagte Ellis hat sie deshalb verkauft, weil sie derart günstig vor dem Hafen von New York liegt. Damit man uns hier schneller abfertigen kann. Das ist nur vernünftig. Sie müssen uns kontrollieren, sie wollen doch nicht jeden in ihr Paradies hereinlassen. Und Amerika *ist* ein Paradies, schau dir bitte an, wie hochwertig die Stühle sind, auf denen wir sitzen, und wie hübsch die Uniformen dieser Beamten aussehen!«

Anton dachte über seine Wäsche nach, über die Armut – er schwor sich, nie mehr in der dritten Klasse reisen zu müssen, er wollte in Amerika reich werden, na gut, zumindest so wohlhabend, dass er sich die zweite Klasse leisten konnte –, und er dachte über die Ratschläge seiner Mutter zum Sparen und Haushalten nach, deshalb antwortete er nicht, doch das schien seinen neuen Freund nicht zu stören.

Ernesto redete weiter, fragte sich nun laut, wie man ein echter Amerikaner werden könne? Er wollte es unbedingt schaffen. Er, Ernesto Chiaro, ein ehrenwerter amerikanischer Staatsbürger, das sei sein Traum. Warum fühle sich jemand zu einer Nation gehörig? Und er antwortete sich selbst: Entweder aus Stolz, weil irgendjemand aus dieser Nation irgendwelche Leistungen vollbracht hat und man sich mit ihm identifiziert, oder aus Verletzung, weil dich irgendjemand wegen deiner Zugehörigkeit zu einer bestimmten Nation benachteiligt oder beleidigt hat. Das erste Modell, das sei eher amerikanisch, und das zweite, das sei etwas für die kleineren, unbedeutenden europäischen Nationen, die ständig von jemandem unterdrückt und beleidigt würden.

»So wie du, Španjulet, von meinen Leuten in Zara.«

»Wir nennen die Stadt nicht Zara, sondern Zadar.«

»Nun sei nicht so empfindlich.«

Sie schwiegen eine Weile und starrten auf das Gedränge in der Einwanderungshalle, die mit amerikanischen Flaggen geschmückt war. Überall stapelten sich Kisten und Koffer. Bei dem Gedanken an all die Habseligkeiten, die die Menschen mit sich schleppten, überkam Anton ein Anflug von Melancholie und Mitleid. Er war froh, jung zu sein. Wenn er erst einmal reich wäre, würde er seine ganze Familie zu sich holen. Er würde für sie teure Schiffskabinen buchen und ihnen raten, in ihrer besten Kleidung und ohne viel Gepäck zu reisen.

»Es waren die Engländer, die Herren aller Meere, die die Stadt vor uns von New Amsterdam in New York umgetauft haben. Hier wird die Zukunft der Menschheit entschieden, deshalb wollten sie das letzte Wort behalten. Perfides Albion! Sie haben den Niederländern die Stadt einfach entrissen. Wen kümmert es also, ob eine kleine Stadt am Ufer eines winzigen Meeres Zadar oder Zara heißt?«

»Die Italiener versuchen, die ganze Adria an sich zu reißen«, sagte Anton, der nicht immer verstand, wovon sein italienischer Freund sprach.

»Der Stärkere hat immer Recht.«

Ernesto konnte wesentliche Dinge mit einer Selbstverständlichkeit aussprechen, die Anton versöhnlich stimmte. Er beschloss, nicht nur so gebildet, sondern auch so schlagfertig wie Ernesto zu werden. Unterdessen redete dieser weiter:

»Aber was heißt das überhaupt: *deine* und *meine* Leute? Denn, schau, Španjulet, wir beide sind Bürger desselben Staates. Eigentlich sind die Österreicher so etwas wie Engländer, wenn du verstehst, was ich meine. Es gibt diese Idee, alle Italiener in einem Staat zu vereinigen. Dafür müssten wir aber Friaul, Triest, Tirol und Istrien den Österreichern wegnehmen.«

»Istrien? Aber in Istrien ist die Bevölkerung mehrheitlich slawisch«, sagte Anton. »Das zeigt doch wieder, dass ihr Italiener es gewohnt seid, uns gar nicht zu bemerken.« Aber er konnte es seinem Freund nicht übel nehmen. Das kleine slawische Volk an der ostadriatischen Küste war recht einfach zu übersehen. Außerdem neigte es zu unsinnigen Feindschaften und falschen Loyalitäten, Selbstverleugnung und Verrat. Aber hier, vor den Toren der mächtigsten Stadt der Welt, verlor all das an Bedeutung. Er wollte nun endlich New York erreichen.

»Wenn du meinst. Ich schlage vor, dass man eine Befragung unter der Bevölkerung macht. Es könnte bald böse Überraschungen in Europa geben, Španjulet. Uns beiden kann es egal sein. Wir haben es bald geschafft.«

Da weiterhin nichts geschah, holte Piròn nach längerem Schweigen ein schwarz-weißes Bild aus seiner Tasche, auf dem ein Mann eine zylindrische Mütze ohne Krempe trug, die mit einem gestickten Ornament verziert war.

»Ist diese Kappe in Wirklichkeit rot?«, fragte Anton.

»Sie kann rot oder dunkelblau sein. Eine solche Mütze wird Rauchermütze, *barretto da fumo* genannt. Das ist Giuseppe Garibaldi. Weißt du, wer das war?«

Jeder im Süden Europas wusste, wer Garibaldi war. Aber noch nie hatte Anton von einem *barretto da fumo* gehört. Er starrte die Mütze an. Sie gehörte zum nationalen Stolz der Dalmatiner, und jetzt sollte sie ihm ausgerechnet auf dem Kopf des berühmtesten italienischen Freiheitskämpfers wiederbegegnen?

»Wieso heißt sie Rauchermütze?«

»An diesem Punkt müssen wir erneut von den Engländern sprechen.« Ernesto genoss die Rolle des Lehrers. »Angeblich haben sie sich solche Mützen aufgesetzt, wenn sie rauchen gingen, damit ihr Haar nicht den Geruch des Rauches annahm. Die Form und die gestickten Ornamente sind orientalisch, und dir sollte bekannt sein, dass die Engländer den Orient für sich beanspruchen.«

Die Engländer hatten die dalmatinische Kappe aus dem Orient mitgebracht und zum Rauchen aufgesetzt, und Garibaldi hatte sie aus Spaß getragen? Er war geneigt, Ernesto nicht zu glauben, doch es war ihm klar, dass Ernestos Wissen unabhängig von seiner Bereitschaft, die Wahrheit zu hören, existierte. Sollte er seinem Vater davon berichten? Oder ihn in seinem Irrglauben von der authentischen dalmatinischen Trachtenmütze belassen?

»Und wie ist es mit euch Südslawen, wollt ihr euch auch vereinigen? Miteinander und alle zusammen mit den Russen? Slowenen, Kroaten, Serben, Bulgaren? Gibt es noch welche von euch dort unten? Freies Italien und freies vereintes Südslawien! Die Österreicher und die Ungarn würden uns allen etwas husten. Aber vielleicht lohnt es sich, es zu versuchen. Auf dem alten Kontinent herrscht ein Durcheinander, findest du nicht auch? Kroatisch ist ähnlich wie Russisch, oder? Bringst du mir Kroatisch bei, Španjulet?«

Er plapperte unermüdlich weiter und Anton fragte sich, ob Piròn vielleicht nervös geworden war oder ob er einfach immerfort reden musste, um sein Gehirn von dem vielen Wissen zu befreien.

»Ich verlasse mich auf die altansässigen Italiener hier. Sie werden mich schon abholen kommen. Ich könnte ihnen Vorträge über Garibaldi halten. Ich frage mich, ob sie verstehen werden, dass ich als Triestiner einer von ihnen bin. Oder soll ich mich vor den Italienern in Acht nehmen? Angeblich sind die Kriminellen in New York alle Italiener. Und deine Leute, Španjulet? Ist davon irgendjemand etwas geworden in der Neuen Welt?«

»Doch«, sagte Anton. »Ein einziger, aber dafür ein ganz wichtiger. Sein Name ist Nikola Tesla.«

»Nie gehört«, sagte Ernesto.

Das war ein schlechtes Zeichen, was die Bedeutung von Nikola Tesla betraf, denn Ernesto wusste immer alles. Hatte sich Antons Vater womöglich geirrt, als er ihm erzählte, dass Nikola Tesla, ein Landsmann, der berühmteste Mann in New York sei? Dem Glauben nach sei Tesla zwar orthodox und nicht katholisch, also sei er eher Serbe als Kroate, aber dennoch ein Landsmann, ein Erfinder aus Kroatien, Anton solle sich diesen Namen merken, und als Nikola Tesla so alt wie Anton gewesen sei, habe er die Große Kaiserliche und Königliche Realschule in Karlovac besucht, eine erstklassige Schule der Monarchie, doch Tesla sei nicht der Schule verwiesen worden, da ihm das Lernen wichtiger gewesen sei als die Politik.

*

Der tschechische Doktor war noch immer nicht aufgetaucht. Der Inspektor der Immigrationsbehörde, dem die beiden jungen Männer endlich vorgeführt wurden, sagte zu Anton: »Wenn Herr Vilimek nicht kommt, wirst du leider mit demselben Schiff zurückfahren müssen, es legt in drei Tagen ab.« Beim Gedanken an die Rückfahrt auf der *Giulia* drehte sich Anton der Magen um. »Oder der Vertreter deines Staates nimmt sich deiner an.«

Ernesto, der nach ihm befragt wurde, bekam das Gleiche zu hören: Niemand sei gekommen, um ihn abzuholen. Das war nicht verwunderlich, denn Ernesto hatte den Namen eines angeblichen Onkels angegeben: »Ettore Schmitz, Lebensmittelhändler, Broadway.« Eigentlich hatte er sich auf gut Glück eingeschifft, ohne vorher irgendjemanden in New York um eine Garantie zu bitten, da er niemanden kannte.

Man telegrafierte nach Mister Ettore Schmitz und nach Doktor Vilimek, und es hieß aufmunternd: Morgen würden ihre Garanten bestimmt kommen. Die beiden Freunde wurden in einen Schlafsaal geführt. Eine Krankenschwester beaufsichtigte sie, während sie sich die Hände wuschen, und begleitete sie in den Speisesaal. Es war das erste anständige Essen, seit Anton sein Haus verlassen hatte. Er dachte an seine Mutter und wollte von ihrer Kochkunst erzählen – von ihrer Tomatensuppe, von den Kartoffeln aus dem Ofen, die mit Zwiebeln und Rosmarin in Olivenöl schwimmen, von den mit Knoblauch, Petersilie und in Wein eingeweichtem Weißbrot gefüllten Zucchini, vom Risotto, dessen Körner schwarz schimmerten, vollgesogen mit der Tinte von Calamari –, er besann sich dann aber darauf, dass Ernesto keine Eltern mehr hatte, und schwieg.

Während sie in einer der unzähligen Schlangen anstehen mussten, um eine der vielen Prüfungen zu durchlaufen, berichtete Ernesto kurz und sachlich vom Tod seiner Mutter bei seiner Geburt, und wie sein Vater an Magenschmerzen gelitten hatte und kurz vor Ernestos Abreise »in einem Sturzbach aus Blut« gestorben war.

Nach diesen Worten schwiegen die beiden jungen Männer so lange, bis Ernesto wieder seine Stimme erhob und mit seinem Singsang von den Formalitäten der Beerdigung berichtete, von dem bescheidenen Erbe, das er zur Sicherheit in einer Bank in Triest angelegt hatte, so wie es ihm sein Vater bestimmt geraten hätte, und dass er deshalb nur wenig Geld bei sich trug, »nur damit du Bescheid weißt, solltest du auf krumme Ideen kommen, du alter Kroatenbruder«. Es war, als berichtete er nicht von einer Tragödie, vor der er gerade auf der Flucht war, sondern gäbe eine seiner historischen Anekdoten vom Besten: »Ein Geschwür. Einfach so geplatzt. Davor hat er nur einmal merkwürdig gepfiffen, dieses Pfeifen kann ich nicht vergessen, weißt du. Er hatte mir gerade aus einer Komödie von Carlo Goldoni vorgelesen, das war ein altes Heft, das Papier saugte sein Blut auf wie ein Schwamm. Mein Vater war, ehrlich gesagt, kein lustiger Mensch, aber Goldoni gehörte nun mal zu dem Stoff, den er mir beibringen wollte.« Als er sah, dass Anton ihn voller Entsetzen anschaute, sagte er mit betont gleichgültiger Stimme: »Er war Mathematiklehrer an der Höheren Handelsschule in Triest. Ich glaube, dass er nicht gewusst hat, was er mit mir anstellen sollte, deswegen hat er sich mit mir von meinem ersten Tag an wie mit einem seiner Studenten unterhalten.«

»Und wer ist Ettore Schmitz?«, fragte Anton.

»Antonino mio, mein Slawenherz, das musst du selbst herausfinden. Aber der wartet bestimmt nicht auf mich.«

*

Nach der Nacht in dem großen, gut gelüfteten Schlafsaal frühstückten sie mit den anderen Wartenden, es gab Eier, Butter, Brot und Milchkaffee, was Anton besonders amerikanisch fand. In der großen Halle saßen hinter einem eisernen Gitter Männer in ziviler Kleidung, die unterschiedliche Häuser vertraten, Vereinigungen der Bürger verschiedener europäischer Staaten, die sich in New York organisiert hatten, um den Neuankömmlingen zu helfen. Einige hatten Heimweh, und die Aktivität in einer solchen Vereinigung half ihnen, darüber hinwegzukommen, doch alle waren von der Idee durchdrungen, etwas für Amerika tun zu müssen, und sei es nur, die Neuen zu unterstützen, damit auf den Straßen weniger Elend herrschte. Einige Männer trugen eine silberne Plakette am Revers, in die eine Nummer und die Worte *Forwarding Passenger Agent* eingraviert waren.

Ein Inspektor erkundigte sich bei diesen Männern, ob einer von ihnen Doktor Vilimek sei oder ob ein gewisser Doktor Vilimek einen von ihnen bevollmächtigt habe, Anton abzuholen, doch da das nicht der Fall war und da sich auch kein Ettore Schmitz gemeldet hatte, um Ernesto abzuholen, rief der Inspektor den Vertreter des österreichisch-ungarischen Hauses St. Rafael zu sich. Dieser sprach sie auf Ungarisch an. Als er begriff, dass die beiden ihn nicht verstanden, drehte er sich um und sagte etwas zu dem Inspektor. Der Dolmetscher erklärte den beiden daraufhin, dass es im österreichisch-ungarischen Haus St. Rafael keine freien Plätze mehr gebe und dass er sie bedauerlicherweise nicht übernehmen könne. Anton wusste, dass der Mann log. Ob es die Politik der Monarchie war, Italienisch und Kroatisch sprechende Untertanen in Amerika nicht als eigene Bürger zu behandeln, oder ob es sich um die persönliche Entscheidung dieses Mannes handelte, egal, was ihn betraf, sollte diese ganze Monarchie genauso zu Asche zerfallen wie die verhasste rot-weiße Flagge mit dem schwarzen Adler darauf. Die Russen waren seiner Meinung nach die einzigen Slawen, die man respektierte. Er hat mehrere Vertreter der Russen hinter dem Gitter bemerkt, sie trugen lange Bärte und hochgeschlossene Jacken.

Dem Vorfall mit der Flagge in der Schule in Zadar war ein Streit zwischen den Italienern und Kroaten wegen des Russisch-Japanischen Kriegs vorangegangen. Wenn er jetzt auf Ellis Island daran zurückdachte, fand er es nur verständlich, dass er und seine Freunde für ihre slawischen Brüder, die Russen, Partei ergriffen hatten. Aber was hatten die Italiener mit den Japanern zu schaffen? Wieso waren sie so fanatisch auf deren Seite gewesen? Es blieb ihm ein Rätsel.

Es war gut, dass hier niemand etwas von der Aktion wusste, die er und seine Schulfreunde veranstaltet hatten: Auf der Uferpromenade von Zadar hatte eine Militärkapelle gespielt, sie hatten sich unter die Menge gemischt, auf den Köpfen hohe Kosakenmützen aus Astrachanfell und rotem Samt. Nicht einmal fünf Minuten waren vergangen, als jemand »Fuori le capre!« (»Ziegen raus!«) gebrüllt hatte. Im allgemeinen Tumult hatten sie einige Schläge auf Schultern und Rücken abbekommen, bevor sie im Barbierladen eines kroatischen Patrioten Unterschlupf gefunden hatten. Später hatte dieser den Schülern erklärt, dass die Russen zwar ihre slawischen Brüder seien, aber von ihrer Existenz bestimmt nichts ahnten. »Die Russen wissen gar nicht, dass es uns Kroaten gibt.« So sei das mit den Großen, für sie seien die Kleinen unsichtbar. Außerdem hatte der Barbier bezweifelt, dass die Russen bereit wären, etwas für die anderen Slawen zu unternehmen, es sei denn, sie ihrer Übermacht zu unterwerfen. Die sechs bleichen Gesichter unter den hohen Pelzmützen verzerrten sich, da sie ihm nicht glaubten. Sie konnten sich selbst deutlich im Spiegel hinter dem Mann sehen, sie gaben ein jämmerliches Bild ab.

*

Auf einmal kam Bewegung in die Reihen der Männer hinter dem Gitter. Der Dolmetscher hatte beschlossen, die Italiener darüber zu informieren, dass Ernesto aus Triest stamme. Nach einiger Zeit erschien ein gewisser Doktor Lucianelli und stellte sich Ernesto als Vertreter der italienischen Gesellschaft »Dante Alighieri« vor. Er fragte ihn, ob er mit ihm kommen wolle. Ernesto setzte sein gewinnendstes Lächeln auf, legte die rechte Hand aufs Herz und deklamierte:

Nel mezzo del cammin di nostra vita
mi ritrovai per una selva oscura,
ché la diritta via era smarrita.[1]

Doktor Lucianelli umarmte ihn und schien gerührt zu sein, nahm den Pappkartonkoffer, auf dem E.C. geschrieben stand, und bugsierte Ernesto auf die andere Seite der Gitter, ehe dieser sich von Anton verabschieden konnte. Er musste aber Herrn Lucianelli zugeflüstert haben, dass sein Freund, der ihnen so traurig nachsah, aus Zara komme, denn sie kehrten zurück und Lucianelli fragte: »Tu sei Dalmata?«

Auch wenn es wehtat, ausgerechnet von Italienern Hilfe anzunehmen, Anton hatte keine Wahl. Er tröstete sich, dass er bei der Überfahrt in die Neue Welt den besten Freund seines Lebens gewonnen hatte, und diese Freundschaft wog viel schwerer als der Zwist mit den Italienern von Zadar. Doktor Lucianelli musste verschiedene Papiere unterschreiben, die ihm der Immigrationsinspektor vorlegte. Er übernahm somit im Namen der Gesellschaft »Dante Alighieri« alle Verpflichtungen für die beiden Minderjährigen.

Ein kleiner Dampfer brachte die Neuankömmlinge in Begleitung des freundlichen Arztes zur South Ferry in der Nähe von Battery Park. Ab und zu musterte Doktor Lucianelli Anton, als würde er darüber nachsinnen, zu welcher Sorte Dalmatiner dieser wohl gehöre: zur italienischen oder zur kroatischen? Aber er fragte nicht nach. Später, als sie sich endlich im italienischen Vereinshaus in zwei bequeme Betten legten, sagte Anton:

»Danke dir, Piròn!«

»Als dieser Lucianelli fragte, ob du Dalmatiner bist, wollte ich mit Dantes Versen aus dem 31. Gesang des *Paradieses* antworten. Unser *dottore* wollte eigentlich wissen, was für ein Dalmatiner du bist. Aber nachdem man uns ja schon im österreichisch-ungarischen Haus nicht hat haben wollen, dachte ich, dass es schlauer sei, keine Scherze zu machen und deine nationale Zugehörigkeit vorerst zu verschweigen.«

»Danke auch dafür, Piròn! Und wie lauten diese Verse?«

»Španjulet, es ist wirklich keine Tragödie, dass man dich aus der Schule geworfen hat, du hast dort sowieso nichts gelernt«, sagte Ernesto und flüsterte:

Qual è colui che forse di Croazia
viene a veder la Veronica nostra,
che per l'antica fame non sen sazia

ma dice nel pensier, fin che si mostra:
»Segnor mio Iesù Cristo, Dio verace,
or fu sì fatta la sembianza vostra?« [2]

3.

Anton tat es leid, die Casa d'Italia zu verlassen. Hätte ihm das jemand vor einigen Monaten gesagt, dann hätte er ihn für verrückt erklärt: Er, ein Kroate, würde traurig sein, weil er nicht mehr im Haus der italienischen Kulturvereinigung wohnen sollte, unter den Italienern, die sich für etwas Besseres hielten?

Wenn er ehrlich war, stimmte etwas mit seiner Meinung über die Italiener nicht, da weder Doktor Lucianelli noch Ernesto ihm gegenüber eine derartige Überheblichkeit gezeigt hatten. Ganz im Gegenteil, sie hatten ihn gerettet, während ihn ein tschechischer, also slawischer Arzt im Stich gelassen hatte. Er wollte in den nächsten Tagen nach Doktor Vilimek schauen. Dank seiner Zusage war er nach Amerika gereist, und auch wenn dieser ihn nicht abgeholt hatte, war er jetzt in New York, überwältigt von der Größe der Häuser und von den Menschenmengen auf den Straßen.

Nach all den Aufregungen auf Ellis Island hatte er im Speisesaal der Casa d'Italia aus riesengroßen Porzellantellern einen Haufen cremefarbener, weicher Gnocchi in einer Soße aus Tomaten, Kräutern und gehacktem Rindfleisch vertilgt und fühlte sich heimisch, als wäre er in der Küche seiner Mutter. Wer weiß, vielleicht würde er sich am Ende sogar mit den Österreichern aussöhnen?

Er verwarf den Gedanken sofort. Die Monarchie würde er nie leiden können, davon war er überzeugt, auch wenn ihm aus dieser Entfernung seine alten Grundsätze naiv vorkamen. In der Schule hatten die kroatischen Rebellen von der Vereinigung der südslawischen Völker mit russischer Hilfe geträumt, weil sie dachten, damit könnten sie sich von den Österreichern, Italienern, Ungarn und Türken befreien, aber er fragte sich jetzt, wobei er all jene ernsthaften, angespannt wirkenden Gesichter der Auswanderer in der großen Empfangshalle auf Ellis Island in Erinnerung hatte, ob er weiter daran festhalten oder ob er sich vollständig auf Amerika einlassen sollte.

Es verwirrte ihn auch, dass Ernesto, obwohl er sich für Garibaldi begeisterte, immer wieder erklärte, dass Triest von der Monarchie nur profitiert habe. »Die Österreicher haben uns zwar noch mehr Slawen und andere komische Völker in die Stadt gebracht, aber sie haben gleichzeitig unsere schönsten Gebäude erbaut, außerdem laufen die Geschäfte wegen des Hafens besser als irgendwo anders in Italien.« Ernesto spekulierte sogar darüber, ob es für Triest nicht besser wäre, auch in einem vereinigten Italien seine Autonomie zu bewahren, »*Corpus separatum*, wie bisher, schon des vornehmen Namens wegen«.

Trotz des Eindrucks, den die Wolkenkratzer auf ihn gemacht hatten, und trotz der Annehmlichkeiten, die er als Gast der Italiener erlebt hatte, litt Anton an Heimweh. Er durfte sich das nicht eingestehen, da er sich keine Schwäche leisten konnte, aber seine Sehnsucht lastete auf ihm, als schleppte er eine Holzkiste mit dicken Eisenbeschlägen mit sich, von der Art, wie er sie auf dem Ozeandampfer gesehen hatte, eine Kiste, die er nirgendwo abstellen konnte. Deshalb hatte – als er unerwarteterweise von zwei Kroaten in der Casa d'Italia abgeholt wurde – die Freude überwogen, auch wenn es ihm schwerfiel, Abschied von seinen italienischen Freunden zu nehmen.

Nachdem er eine Nacht in diesem gastfreundlichen Haus verbracht hatte, waren dort zwei Männer erschienen, einer von ihnen trug eine Polizeiuniform und der andere behauptete, Antons Onkel zu sein. Er sagte, dass der Junge mit ihnen kommen müsse, und zeigte dem verdutzten Doktor Lucianelli ein Papier, das in der Immigrationsbehörde ausgestellt worden war, auf dem schwarz auf weiß stand, dass Anton mit diesem Mann gehen solle und dass dieser für ihn die Bürgschaft übernehme. Außerdem bot er den Italienern Geld, zwei Dollar für die Kosten, die Antons Unterbringung verursacht hatte.

Anton wusste nicht, wer die beiden Männer waren, aber als sie ihn in seiner Muttersprache ansprachen, überkam ihn ein Gefühl von Vertrautheit gepaart mit Begeisterung, und so verschwieg er, dass er gar keine Verwandten in New York habe. Ohne Doktor Lucianelli anzuschauen, der jene zwei Dollar nicht annehmen wollte, entschied er sich, sowohl dem Polizisten, der ihm aufmunternd zunickte, als auch seinem angeblichen Onkel zu vertrauen, packte seine am Abend zuvor gewaschene Kleidung, die noch nass war, und umarmte Ernesto. Als er seine Schultern berührte, kamen sie ihm so schmal vor, als wäre Ernesto über Nacht trotz all jener Gnocchi plötzlich viel dünner geworden, und deshalb flüsterte er ihm zu, er gehe jetzt, aber er werde sein Freund bleiben.

»Bis ans Ende unseres Lebens?«, fragte Ernesto und versuchte dabei witzig zu klingen, aber es hörte sich traurig an.

»Bis ans Ende unseres Lebens«, sagte Anton.

Der falsche Onkel erklärte ihm draußen, dass er am Tag zuvor auf Ellis Island gewesen sei und mitbekommen habe, dass Anton Kroate sei, der mit den Italienern gehen musste, weil ihn niemand abgeholt hatte. Er hatte jedoch keine Befugnis gehabt, ihn mitzunehmen, da die Kroaten nicht über eine registrierte Kulturvereinigung in New York verfügten.

Er habe sich am Abend mit anderen Kroaten beraten, und sie hätten sich überlegt, dass auch sie in Zukunft etwas für ihre einreisenden Landsleute tun sollten, dass sie diesen Jungen aber unter allen Umständen von den Italienern übernehmen wollten. Deshalb hatten sich der falsche Onkel und einer der Kroaten, der bei der New Yorker Polizei arbeitete – ein Umstand, der ihre Glaubwürdigkeit erhöhen sollte –, wieder nach Ellis Island begeben und so getan, als suchten sie nach Anton. Der Beamte der Immigrationsbehörde notierte, dass es sich um Antons Verwandte handele, und gab ihnen die schriftliche Erklärung, dass sie sich um den minderjährigen Jungen, der mit den Italienern gegangen sei, kümmern dürften. Was sie auch tun wollten, wie ihm der falsche Onkel versicherte. Er lud ihn zu sich nach Hause ein, wo seine amerikanische Frau mit dem Essen auf sie wartete.

»Ich habe nicht gelogen«, sagte der falsche Onkel, als Anton drei panierte Hühnerschenkel und eine Riesenportion Kartoffelbrei verschlungen hatte. »Wir Dalmatiner sind mehr oder weniger alle untereinander verwandt. Du kannst hier bei uns wohnen bleiben, bis ich für dich eine Arbeit gefunden habe. In der Zwischenzeit sollst du die Stadt kennenlernen.«

*

In Dalmatien aufgewachsen, war Anton ein begeisterter Schwimmer. Und jetzt versuchte er sich vorzustellen, New York sei das Meer und er solle hineinspringen und losschwimmen. Wenn nur jene Last, die ihn bedrückte, nicht wäre! Jene Holztruhe voller Erinnerungen, die er mit sich herumschleppte. Schwimmen, tauchen, plantschen, schwimmen – und sein früheres Leben wie ordentlich gefaltete Kleidung am Strand liegen lassen. Doch sobald er sich dieses Gefühl der Freiheit erlaubte, sobald er sich schwimmend und gelassen treibend in der Menschenmasse dieser riesigen Stadt vorstellte, tauchten in seinem Kopf Bilder der Gassen an der Adria auf.

Der launische New Yorker Frühling hatte alles zu bieten: Hagelkörner, die wie Bonbons auf die Straße prasselten, Schneeflocken, die nach einigen Stunden nur noch kleine schmutzige Pfützen hinterließen, eisigen Wind, der sofort Schlangen vor die Stände der Straßenverkäufer trieb, die Mützen und Schals anboten, sie schienen in den Hauseingängen zu lauern. Die Farbe des Himmels, der ihm viel höher als in Kaštel Lukšić, Zadar oder Triest vorkam, wechselte stündlich zwischen Hellgrau und Blau, doch er hatte bisweilen das Gefühl, dass es über Manhattan gar keinen Himmel gab, und wenn es ihm auf einer der großen Avenues plötzlich so vorkam, als erstickte er, denn ohne Himmel konnte es auch keine Luft geben, dann eilte er entlang der geraden, durchnummerierten Straßen nach links oder nach rechts, nach East oder nach West, um an die Küste zu kommen und den Hudson River oder den East River zu sehen, in deren Gewässern sich der Himmel endlich spiegelte.

Der Hudson River war ein breiter, mächtiger Strom, über den Fähren und Schiffe verkehrten und Manhattan mit New Jersey verbanden, und der East River war gar kein Fluss, sondern eine Meerenge, über der eine erstaunliche Brücke hing – Anton glaubte, dass es sich um ein Weltwunder handelte –, über die man zu Fuß nach Brooklyn gehen konnte. In den ersten Wochen erkundete Anton die Stadt vorwiegend zu Fuß, aber wenn er müde wurde oder wenn ihn irgendeine Kapriole des New Yorker Wetters überraschte, setzte er sich in eine Straßenbahn.

Das zweite, was ihm aufgefallen war, waren die vielen Männer. Die Stadtbevölkerung schien fast nur aus Männern in seinem Alter zu bestehen, aber auch älteren Männern, die ausnahmslos Hüte trugen und alle irgendwohin eilten. Das lag daran, erklärte ihm der kroatische Polizist, dass die Einwanderer vorwiegend Männer seien und dass die wenigen Frauen, die mitgekommen waren, entweder in fremden oder in ihren eigenen Haushalten arbeiteten. »Im Geschlossenen«, wie er sich ausdrückte. Er habe seine Einstellung bei der New Yorker Polizei dem glücklichen Umstand zu verdanken, dass er eine Irin geheiratet habe, die Stellen bei der Polizei und bei der Feuerwehr waren für Iren reserviert. Seine Frau, eine anständige Katholikin, wie sie sonst nur noch in Kroatien und in Polen zu finden sei, bleibe auch immer zu Hause. Dort kümmere sie sich um die Kinder und um das Essen, wobei er sich noch immer nicht an ihre Kochkünste gewöhnt habe, aber sie sei dennoch eine wunderbare Frau.

Es gab Viertel – ihre Straßen erinnerten ihn an Jahrmärkte, die er in Split oder in Sinj gesehen hatte –, in denen man Magier, Entfesselungskünstler, Spiritisten, Wunderheiler, Feuerschlucker, Straßenmusikanten, Wanderprediger, Jongleure, Schauspieler und Zauberer und hier und da eine Sängerin oder Trapeztänzerin antreffen konnte, die allesamt einen ärmlichen Eindruck machten, und wieder andere, mit breiten Alleen, auf denen grimmig blickende Männer mit Backenbärten, schwarzen Gehröcken und schwarzen Zylindern zu sehen waren, die aber keine Zauberer waren, sondern Banker, Eisenbahnbesitzer oder Diamantenhändler. Ernesto, mit dem Anton manche Streifzüge unternahm, blieb vor jedem der Jahrmarktdarsteller stehen, ohne sich um Anton zu kümmern, der ihn wegzuzerren versuchte. Wenn sie endlich weiterzogen, entlohnte Ernesto Antons Geduld mit einem seiner Vorträge: Über Shakespeare, über den Kaufmann von Venedig, über die Rivalität zwischen Genuesen und Venezianern, über die Commedia dell'Arte, über die Schnabelmasken der Pestdoktoren, über den Galataturm in Istanbul, über den Heiligen Antonius von Padua – »dein Namenspatron, ein Heiler, der zu den Fischen predigte« –, über Aristoteles, über die *quinta essentia*, »du weißt doch, Španjulet, die Quintessenz, die fünfte Essenz neben Luft, Erde, Feuer und Wasser – der Äther«. Anton wusste es nicht, und Ernesto erklärte es ihm: »Sterne und Planeten schwimmen darin. Und vielleicht auch die Seelen der Toten.«

*

Antons Vater hatte immer behauptet, dass nur die sichtbare und fassbare Welt uns Menschen zugänglich sei, nicht die immaterielle, diese sollte man dem lieben Gott und der Heiligen Mutter Kirche überlassen, wir Menschen sollten uns nicht anmaßen, das Jenseitige begreifen zu wollen. Die fassbare Welt konnte ganz schön erschreckend sein. Es gab Ecken hier in New York, in welchen Bettler ohne Beine, hustende Kinder und blinde alte Frauen im Schmutz ausharrten, es gab Hauseingänge, aus denen es nach Fäulnis und Zerfall muffelte.

Aus der Kindheit wusste er, wie Katzenkadaver stanken, wenn sie in der Sonne von Würmern zersetzt wurden. Den menschlichen Körpern würde es nicht anders ergehen, ließe man sie irgendwo liegen. Deswegen musste auch der tote Mann auf dem Schiff ins Meer geworfen werden. Anton stellte sich selten solche Fragen, aber jetzt fragte er sich, wo die Seelen der Menschen waren, die seit Menschengedenken in einer endlosen Folge starben? Im Äther, von dem Ernesto sprach? Es war schade, dass er ihm ausgerechnet diese Frage nicht stellen konnte, da er wusste, dass Ernesto jeden Tag für seine Eltern im Himmel betete und sich mit ihnen unterhielt. Außerdem würde dieser vermutlich mit einem Zitat aus der *Göttlichen Komödie* antworten, da Ernesto das echte Leben und die Dichtung stets durcheinanderbrachte und an die Visionen des Dante Alighieri glaubte. Anton hielt nicht viel von Visionen. Ernesto neckte ihn, sagte, er sei ein sturer Slawenkopf, ein Balkandickschädel, ein Kroatentölpel, schlicht wie ein amerikanisches Mädchen, das einen gewissen Zauberer von Oz als Betrüger entlarvte, da es den Sinn des Zauberns nicht verstand.

»Aha, und wo hast du dieses Mädchen kennengelernt?«, fragte Anton misstrauisch, und Ernesto antwortete, er habe neulich auf der Fähre nach Staten Island ein Kinderbuch gefunden, jemand hatte es dort liegen lassen, das Mädchen war die Hauptfigur, neben einem Löwen, einer Vogelscheuche und einem Blechmann. Ernestos Fortschritte im Englischen waren erstaunlich. Er lernte überall, am meisten im Theater, wie er eines Tages feierlich bekannt gab. »Ich bezahle keinen Eintritt«, erklärte er, »es ist ein kleines Theater unten in der Bowery, sie lassen mich bei den Proben dabeisitzen, ich darf die Requisiten tragen und für gute Stimmung sorgen, und nach zwei oder drei Proben kann ich das ganze Stück auswendig.« Er erzählte ihm die Geschichte vom Zauberer von Oz nach, und Anton sagte:

»Das amerikanische Mädchen hat recht, man soll die betrügerische Magie bloßstellen.«

Ernesto schüttelte verächtlich den Kopf.

Es war nicht nur die Neugier und die jugendliche Unternehmungslust, die sie zu ihren Streifzügen bewegte. Sie wollten ihre neue Umgebung so gut wie möglich kennenlernen, damit sie sich besser anpassen konnten, ungeduldig, bald etwas Neues zu beginnen, auch wenn sie nicht wussten, was.

Anton war von den Szenen des Elends und der Armut, auf die sie immer wieder stießen, angewidert, während Ernesto darin Zeichen der Vitalität Amerikas erkannte. Anton befürchtete, dass auch sie ins Elend abrutschen könnten, worüber Ernesto nur lachte. Sie trafen sich immer vormittags im Süden Manhattans irgendwo zwischen der Bowery und dem Broadway und zogen nach Norden. »Wir haben alle Zeit der Welt, uns an diese Straßenschluchten zu gewöhnen«, behauptete Ernesto, aber Anton meinte, dass er dringend eine bessere Arbeit finden und unbedingt weiter in die Schule gehen wolle und dass er deshalb gar nicht so viel Zeit habe. Ernesto nickte nur, als wäre es vollkommen klar, dass Anton eine weitere Ausbildung benötige, während er selbst ein echter Amerikaner werden wollte, was auch immer das bedeutete, es aber gelassen angehen konnte, ohne Hast und Druck, und dieses Gespräch wiederholte sich bei jedem ihrer Spaziergänge, als würde die Beschwörung ihnen helfen, ihre Ziele zu erreichen.

Manchmal sahen sie sich tagelang nicht. Wenn sie sich erneut trafen, erzählten sie kaum von ihren Aktivitäten, obwohl Anton bei seinen schlecht bezahlten Jobs einiges erlebte und Ernesto eine Art Komiker geworden war, er trat in italienischen Bars auf, belustigte dort die betrunkenen Bauarbeiter und ihre Freundinnen, die ihm in den Morgenstunden Dollarscheine in die Hände drückten. Über all das lohnte es sich nicht, Worte zu verschwenden. Es war nur wichtig, dass sie wieder zusammen waren und weiter die Stadt erkundeten. Die Stadt mit all ihren Fußgängern, Reitern, Fahrradfahrern, Pferdebahnen, Hochbahnen, die mit Dampflokomotiven betrieben wurden, den Droschken und vereinzelten Automobilen pulsierte in ihrem Rhythmus, und sie pulsierten mit.

Der Lärm war ein zerzaustes Ungeheuer, ein Tausendfüßler, der um sie herum scheppernd und hämmernd, klingelnd und hupend tänzelte. Durch die Wunderverheißungen und Heilsversprechungen, durch die Werbeslogans, mit denen alle erdenklichen Waren und Dienstleistungen bis hin zum Schuhputzen angeboten wurden, brach immer wieder die Realität durch: Kleine, schmächtige Jungen wedelten mit Zeitungen und skandierten die Schlagzeilen der dort abgedruckten Geschichten, im Vorbeigehen erfuhr man, dass sich schon wieder irgendwo in der Welt eine Katastrophe ereignet hatte.

*

In seinen Briefen nach Hause schrieb Anton nur von den lustigen Dingen oder von den Wundern des Reichtums und der Industrialisierung. Er berichtete von einem Matrosen, den Ernesto und er in einem Saloon kennengelernt hatten, aber er schrieb, dass sich die Begegnung »in einem Restaurant« ereignet hatte. Er schrieb nicht, dass der Matrose, nachdem er begriffen hatte, woher Anton und Ernesto stammten, vor Begeisterung eine Kneipenrunde ausgegeben hatte, wie es in New York oft geschah. Nach einer solchen Runde war klar, dass bald ein anderer Gast einen Grund haben würde, ebenfalls für alle einen Drink zu spendieren, und eine solche Einladung abzuweisen wäre einer tödlichen Beleidigung gleichgekommen, aber auch das verschwieg er. Er beschrieb nur schwungvoll und in heiterem Ton, dass »in einem Restaurant« neben »mir und meinen Freunden« ein Mann »in der Uniform der amerikanischen Kriegsmarine« gestanden habe, der sich als Ivo Kukica aus Dubrovnik vorstellte.

Kukica hatte sich streng genommen nicht vorgestellt, er hatte sichtbar angetrunken an der Theke gelehnt und das dalmatinische Lied »Meine Mara, du bist so schön« geträllert, weshalb Anton ihn angesprochen hatte.

Er versuchte sich auszumalen, wie seine Familie am Abend, um den Tisch versammelt, seinen Brief las, und schmückte die Geschichte etwas aus: »Dieser freundliche Herr verpflichtet sich alle vier Jahre für eine weitere Dienstzeit in der Marine, immer in der Hoffnung, einmal auch nach Dubrovnik zu kommen, aber bisher war sein Schiff nur auf dem Pazifischen Ozean unterwegs. Er hat uns seine Tattoos gezeigt, und dafür musste er sein Uniformhemd ausziehen. Auf der Brust hat er einen amerikanischen Adler mit zwei amerikanischen Flaggen, alles von einem Tattoo-Künstler aus Hawaii in Farbe gestochen. Auf dem rechten Unterarm trägt er das Wappen von Dubrovnik in Blau und Rot und darunter steht *Dubrovnik 1877*, Ort und Jahr seiner Geburt. Und auf dem linken Unterarm steht *John Kukica, U. S. Navy 1901*, das ist das Jahr, in dem er sich verpflichtet hat. Beim Abschied sagte er uns, dass er lieber noch einmal sein Dubrovnik und die Mole Porporela im alten Hafen sehen wolle, als Admiral zu werden.«

Er verschwieg, dass die Chancen für Ivo Kukica, Admiral zu werden, schlecht standen. Der fröhliche Matrose hatte berichtet, dass er alle vier Monate für 24 Stunden sein Schiff habe verlassen dürfen. Jedes Mal überzog er diese Frist, bis er seinen letzten Cent verbraucht hatte. Er kam dann kurz vor dem Zeitpunkt zurück aufs Schiff, wo man ihn zum Deserteur erklärt hätte. Seine Strafe bestand darin, dass er vier Monate nicht an Land gehen durfte, aber das passte ihm, da er in dieser Zeit seinen Sold ansparte, um ihn dann beim nächsten Landgang wieder verprassen zu können.

Anton wusste, dass es seinen Vater freuen werde, wenn er ihm schreibe, dass sein Interesse an Politik von den Plänen, ein anständiges Leben in Amerika aufzubauen, verdrängt worden war. Doch so offen hatten sie nie miteinander gesprochen, und obwohl ein Brief einfacher war, als sich mit dem Vater zu unterhalten, kam es ihm unmöglich vor, solche Überlegungen näher auszuführen. Viel leichter war es, die Gebäude und die Straßen zu beschreiben (riesengroß und prächtig), den Verkehr (nur noch wenige Straßenbahnen werden von Pferden gezogen, andere werden elektrisch betrieben), sich über das Essen zu beschweren (reichlich und gesund, aber es schmeckt nicht wie von Mutter gekocht), von seinen Freunden zu berichten (er verleugnete Ernesto und betonte, dass er herzlich von der kroatisch-amerikanischen Familie eines Dalmatiners von der Insel Hvar, der sich wie sein Verwandter benahm, aufgenommen worden war), von Nikola Tesla (Papa, du hattest recht, er ist einer der berühmtesten Männer in New York und wir sind alle stolz auf ihn) und von seiner Erkundung der Stadt (ich wohne an der Amsterdam Avenue, in Höhe der 70th Street, also West 70, und hier in der Nähe ist der Central Park, durch den Familien spazieren gehen und Damen und Herren in Reiteranzügen auf ihren Pferden reiten). Und noch etwas erwähnte er in seinem Brief: Sein kroatischer Beschützer war mit ihm zusammen in die East 72nd, auf der anderen Seite des Parks – gar nicht weit entfernt – gegangen, um Doktor Vilimek aufzusuchen, sie seien zu Fuß gegangen und hätten wartende, schwarz lackierte Kutschen gesehen, mit Dienern, die paarweise vorne und hinten saßen und schwarze Anzüge und Zylinderhüte trugen, aber auch Autos mit Chauffeuren in Uniform. »Über Doktor Vilimek werde ich euch in einem anderen Brief schreiben. Es liebt euch euer Sohn.«

Wenn er ehrlich war, musste er zugeben, dass seine Leidenschaft für die Politik und für die panslawische Sache noch nicht ganz erloschen war. Die Politik war ihm hier in neuem Licht erschienen. In New York fanden die gesellschaftlichen Kontroversen auf einer anderen Ebene statt, die er noch nachzuvollziehen hatte. Es war klar, wer hier die Herren waren: Die Nachfahren der protestantischen West- und Nordeuropäer. Hier gab es beleidigende Namen für Italiener, die man *dagos* nannte, für Juden, sie wurden *sheenies* genannt, und alle Slawen nannte man *hunkies*, damit waren wohl ursprünglich Ungarn gemeint oder alle, die aus *Hungarian lands* gekommen waren, also aus Österreich-Ungarn. Alle *hunkies* köchelten im selben Topf, ganz Süd- und Osteuropa ein einheitliches Gebräu. Selbst ein Mann wie Nikola Tesla konnte diesem Vorurteil nichts entgegensetzen.

Als er bei einem dieser Spaziergänge die Worte *Mad Dog* zu hören glaubte, die ein Zeitungsjunge ausrief, wollte er zunächst stehen bleiben, dann entschloss er sich weiterzugehen. Der von ihm verehrte russische Admiral Roschdestwenski war von den Briten nach einem Zwischenfall mit dem Namen *Mad Dog* belegt worden. Es war eine peinliche Begebenheit gewesen: Die Russen hatten britische Fischkutter irrtümlich für japanische Torpedoboote gehalten und in dem Glauben, sich verteidigen zu müssen, beschossen. Anton nahm damals die Russen in Schutz, er sagte, ein derartiges Versäumnis könne jedem passieren, aber die ganze Welt nannte sie Barbaren und verurteilte sie, weil sie den ertrinkenden Fischern nicht geholfen hatten. Vor der russischen Ostseeflotte, die sich in *Zweites Pazifisches Geschwader* umbenannt und deren Fahrt in der Ostsee begonnen hatte, lag in jener Oktobernacht im Jahr

1904 die beschwerliche Route über den Atlantik und um Afrika herum, da konnte man schon überspannt reagieren.

Darüber hätte er in Dalmatien nicht nur streiten, sondern auch in eine Schlägerei geraten können. Doch hier in New York hinderte ihn etwas, sich damit zu beschäftigen. Etwas hatte den Rhythmus gestört, eine Synkope hatte sich in seine Schritte eingeschlichen, ein Zögern, nachdem der Ruf *Mad Dog* zu hören gewesen war. Als ob er seine Gedanken lesen könnte, blieb Ernesto, mit dem er unterwegs war, stehen und zeigte auf einen der Zeitungsjungen, der in einer allzu dünnen Jacke an der Ecke Broadway und 28th Street fror: »Was denkst du, Antonino caro, haben deine Russen die Japaner in der Mandschurei bereits geschlagen oder nicht?«

Anton antwortete nicht. Er war fast achtzehn Jahre alt, es wurde Zeit, die Ratschläge seines Vaters zu beherzigen und sich um das eigene Fortkommen statt um die Weltpolitik zu kümmern. Er schüttelte den Kopf, fasste Ernesto unter dem Arm, und schon nach einigen Metern waren sie wieder ein Teil der gleichmäßig vibrierenden Menge, die an den hockenden Trickspielern vorbeitrabte und die nur ab und zu ins Stolpern kam, da sie von Verkäufern mit Körben voller heißer Gebäckstücke angehalten wurde. Auch sie blieben stehen und ließen sich zwei mit Frischkäse belegte Hefeschnecken in dickes Papier einwickeln.

Manchmal unterhielten sie sich über die Stufen, auf denen sich die Menschen aufgrund ihrer Herkunft, ihres Bildungsgrades, ihrer Fähigkeiten, ihres Geldes befanden, und wie alle darum kämpften, in höhere Kreise aufzusteigen, diese Spirale war das Erste, was einem auffiel, neben all dem Rauch und dem Dampf und dem ungestümen Wirbeln von Menschen und Fahrzeugen entlang der Straßen. Sie verständigten sich mit wenigen Worten, und wenn sie sich im Battery Park auf eine Bank setzten, von der aus sie die Fähren und die Schiffe im unruhigen Wasser beobachten konnten, achteten sie darauf, dass niemand ihre Gespräche hörte. Dann hob meist Ernesto an, er redete vom *Civil War*, darüber, dass die Nachkommen der Sklaven trotz des Siegs der Unionsstaaten »noch tiefer als wir *dagos* und ihr *hunkies*« auf der Gesellschaftsleiter standen, obwohl sie gar keine Neuankömmlinge waren. Er schwor, in seinen künftigen literarischen Werken, die er bald in englischer Sprache zu schreiben gedachte, die abwertenden Worte, die man für die Menschen am unteren Teil der Spirale verwendete, zu Pokalen des Sieges zu erheben, »wir müssen den Spieß umdrehen, Anton, und es den Hochnäsigen zeigen«; er redete von den Ureinwohnern des Landes, die niemand mehr erwähnte. Alle anderen seien zumindest anwesend und warteten auf ihre Chance, die Ureinwohner habe man jedoch gründlich aus ihrem eigenen Land vertrieben und ihnen diesen hügeligen Felsen hier entrissen, nur der stolze alte Name war geblieben: Manhattan.

Er wollte ein Drama schreiben, so sagte er, in dem sich dieser Name materialisieren – »So wie das Wort zu Licht, das Licht zu Materie und die Magnetkraft zu Elektrizität wird, das Erste habe ich übrigens von einem Priester, das Zweite von einem Physiker, das Dritte von deinem Tesla« – und sich für die Vertreibung der Ureinwohner rächen würde. »Ein amerikanischer Dichter hat unter dem alten Namen *Mannahatta* eine Hymne auf die Stadt gesungen, zugegeben, eine wundervolle Hymne, aber mein Manhattan wird zu einem Rachegott. Er wird die Habgierigen, die die Ureinwohner vertrieben haben, in die Hölle Dantes verbannen, in den fünften Kreis, dorthin, wo im brodelnden Teer die Korrupten und die Betrüger schmoren.«

»Du übertreibst«, sagte Anton.

Sie streiften weiter durch die Straßen, liefen um Baustellen herum, stoben zur Seite, um nicht von einer Kutsche überfahren zu werden, das Pferd schien nervös geworden zu sein. Sonst liefen die Pferde New Yorks so langsam, als würde ihnen der ganze Krach um sie herum nichts anhaben können. In der Luft, in der alles rauchte, dampfte und stöhnte, war eine Anspannung spürbar. Denn die Stadt war dabei, sich mit entschlossener Wucht in die Höhe zu verlagern. Den Blick nach oben gerichtet, entdeckten sie bisweilen sogar den Himmel, der zwischen den Häusern hervorlugte, vor hellgrauem Hintergrund trieben weiße Wolken. Wenn sie den Blick senkten, sahen sie Tauben herumlaufen, und wenn sie geradeaus schauten, wunderten sie sich über die bunten Werbetafeln.

Auf einem Plakat war ein Magier zu sehen, er hatte eine hohe Stirn und ein volles Gesicht, das weiße Hemd und die weiße Fliege waren makellos, sein Frack und seine schwarze Hose elegant geschneidert, und an den Füßen trug er mondäne schwarze Schuhe. Er stand breitbeinig und leicht nach hinten gelehnt da, die Arme und die Hände vor sich ausgestreckt, aus seinen Nägeln schossen weiße Blitze. Auf diesen Blitzen schwebte eine junge Frau, die Augen geschlossen, die Arme über der Brust gekreuzt, ihr weiß-rotes Kleid war am Saum bestickt, ihre Füße steckten in roten Schuhen. Am oberen Rand des Posters stand KELLAR und am unteren LEVITATION. Während Anton sein Geld eisern zusammenhielt, drängte Ernesto häufig darauf, etwas Unvernünftiges zu tun, und so jetzt auch: Er wollte die Vorstellung des Zauberers Harry Kellar besuchen. Am Ende gewann Ernesto immer, trotz aller Erklärungen von Anton, der lieber sparen und der die Zeit für das Lernen nutzen wollte. Doch es genügte, dass sich Ernestos Gesicht zusammenzog und dass seine Augen einen nachdenklichen Schleier bekamen, sofort musste Anton an die toten Eltern seines Freundes denken, und er ließ ihm alles durchgehen. Schweren Herzens notierte er in sein eigens dafür aus Europa mitgebrachtes Heft auf der Seite der Ausgaben einen weiteren halben Dollar. So viel kostete die Eintrittskarte für die Vorstellung des berühmtesten Zauberers der Welt.

*

Wenn sie nachmittags ausgingen, trafen sie sich im Washington Square Park vor dem Garibaldi-Denkmal. Ernesto hatte die bronzene Statue schon in der ersten Woche entdeckt, und er versuchte seinen skeptischen kroatischen Freund zu überzeugen, dass Garibaldi auch seiner Verehrung wert sei: »Er war genau wie wir mittellos und in der dritten Klasse nach New York gekommen und arbeitete als Kerzenhersteller, er ist ein Mann des Lichts! Und weißt du, wer ihn beherbergt hat?«

Anton wusste es nicht: »Nein, aber du wirst es mir sagen.«

»Oh, ja«, sagte Ernesto: »Antonio Meucci, der hat das Telefon erfunden, aber Alexander Graham Bell war schlauer und erfolgreicher und hat ihm die Erfindung geklaut. Übrigens, ich weiß jetzt auch alles über deinen Nikola Tesla, ihm werden auch manchmal seine Erfindungen gestohlen, so läuft das wohl heutzutage. Es ist das Zeitalter des Wettbewerbs.«

Er erzählte weiter von Meucci und von Garibaldi, so lange, bis Anton sagte: »Ich sehe es ein, dein *condottiero* hat das Denkmal verdient.«

Auch an dem Tag, an dem sie die Vorstellung von Harry Kellar sehen wollten, trafen sie sich bei Garibaldi, Ernesto hatte zwei Stücke Pizza aus der Casa d'Italia mitgebracht, in Zeitungspapier eingewickelt, und Anton zwei Stücke Käse-Mohnkuchen aus dem kroatischen Café, in dem er gerade für einen Dollar in der Woche und für viel Kuchen arbeitete. Allerdings war er kein großer Kuchenesser, er musste sich dringend eine neue Arbeit suchen. Während der Veranstaltung konnte Anton sich nicht konzentrieren, mit einem Teil seiner Gedanken war er bei seinen Geldsorgen, und mit einem anderen nahm er wahr, dass die Menschen um ihn in den Illusionen vollständig aufgingen. Dieser Harry Kellar gefiel ihm nicht. Als er das später Ernesto zu erklären versuchte, schaute dieser ihn enttäuscht an und sagte:

»Aber es handelt sich um Kunst! Um die Schnittstelle zwischen Natürlichem und Übernatürlichem, zwischen Realität und Fantasie.«

»Es handelt sich um Tricks. Ich komme nicht dahinter, aber ich bin überzeugt, dass es ganz einfache Erklärungen für alle seine Nummern gibt.«

»Hast du gesehen, wie Kellar mit dem Ring geprüft hat, ob da irgendwelche Drähte sind, die heimlich den schwebenden Körper halten?«

»Ja, das habe ich, aber es ist dennoch ein Trick.«

»Wie kannst du so sicher sein?«

»Das bin ich nicht, aber mein siebter Sinn sagt mir das.«

»So, so, die Magier sind also allesamt Betrüger, aber Anton Matijaca verfügt über den siebten Sinn?«

»Ja. Und über insgesamt nur noch sechs Dollar. Ich bin auf der Suche nach einer besseren Arbeit, diese Tricks interessieren mich nicht.«

»Du wolltest, dass ich mich nach eurem serbisch-kroatischen Superhelden Nikola Tesla erkundige. Das habe ich getan. Tesla hat in seinem Labor Experimente mit Elektrizität durchgeführt, bei dem ihm Blitze aus den Händen schossen – genauso wie Harry Kellar. Tesla hat irgendwelche zotteligen und gefährlichen Kugelblitze herbeigezaubert, die auf seinen Handflächen herumtänzelten, das hat bis jetzt niemand nachahmen können. Und als er im Madison Square Garden ein drahtlos ferngesteuertes Boot hat fahren lassen, prüften alle, genauso wie du es vermutlich machen würdest, ob es nicht doch unsichtbare Drähte gab. Andere behaupteten, ein Affe hocke im Gehäuse und bediene das Boot. Stell dir vor, sie haben eher an einen Affen geglaubt als an ein Wunder. Dein Nikola Tesla ist ein Zauberer der Blitze und der Drahtlosigkeit.«

»Woher willst du all das wissen?«

»Mein Gott, Anton, darüber spricht ganz New York«, antwortete Ernesto.

4.

Anton hatte die erste Stelle, die ihm sein falscher Onkel besorgt hatte, nach einigen Wochen gekündigt, da es dort für ihn nichts zu lernen gab. Für vier Dollar pro Woche hatte er Adressen auf Briefe geschrieben, die aus der Firma von Frank Zotti, einem Zeitungsmogul, Bankier und Freimaurer dritten Grades, versendet wurden. Man nannte Zotti den »König der Kroaten«, und Anton war sich nicht sicher, wie ernst solch ein Titel gemeint war, denn die Kroaten neigten zu Spott und zu Witzen über ihre eigene Bedeutungslosigkeit, und ob Zotti wirklich so erfolgreich war, wie die Fabrikarbeiter und Matrosen erzählten, die ihre bescheidenen Ersparnisse Zottis Bank anvertrauten.

Zotti, den Anton nie persönlich traf, hatte neulich den Ozeandampfer *Brooklyn* angeschafft und wollte ganz groß in das Geschäft mit den Auswanderern einsteigen. Er stammte aus der Bucht von Kotor, und die Amerikaner hielten ihn abwechselnd für einen Österreicher oder einen Italiener. Seine Zeitung *Narodni list*, Volksblatt, war gefüllt mit nützlichen Informationen über das Leben in New York, mit Berichten aus der Heimat und mit Geschichten über Mord und Raub in den amerikanischen Slums. Sein ganzes Imperium war auf der Einwanderung von Kroaten und Montenegrinern aufgebaut, die in New York zwei unbedeutende Volksgruppen darstellten, und dementsprechend war dieses Imperium bescheiden, vor allem wenn man es mit dem Vermögen der großen Industriellen und Bankiers verglich, die zu den sagenhaften Vierhundert der Stadt gehörten.

Im Büro sprach man nur Kroatisch und Italienisch. Anton wollte Englisch lernen und bald empfand er es als unerträglich, den ganzen Tag nur Adressen abzuschreiben, immerhin hatte er ein kaiserlich-königliches Gymnasium besucht, wenn auch nicht abgeschlossen, während die Mehrheit der kroatischen Auswanderer bloß Bauern und Fischer waren, die hier in den Fabriken und auf den Baustellen ihren Körper für wenige Dollar einsetzten, und so hatte er schließlich gekündigt und sich bei der Arbeitsvermittlung gemeldet.

Wegen seines selbstsicheren Auftretens und seiner gepflegten Erscheinung und weil er behauptete, dass er gut schwimmen könne, wurde er in einen Millionärsklub auf Long Island vermittelt. Er stopfte seine Sachen in den alten Seesack, der ihn an die Schiffspassage und seine Seekrankheit erinnerte, verabschiedete sich in größter Eile vom verdutzten Ernesto und von der Familie seines falschen Onkels, und schon einen Tag nach seiner Kündigung bei Zotti war er auf Long Island, wo sich sein Leben plötzlich verlangsamte und schließlich zum Stehen kam. Es war, als wäre er nie in New York gewesen, als wäre die Stadt nur ein unruhiger Traum, aus dem er jetzt erwacht war. Hier gab es auf einmal wieder Himmel und Wolken, es gab Vögel, Insekten und Nächte voller leuchtender Sterne. Die Vormittage verbrachte er in einem großzügigen Lesesaal, in den sonst nur Dienstmädchen kamen, um Staub zu wischen und um neue Zeitschriften auf die Tische zu legen, an den Nachmittagen ging er im Ozean schwimmen, und abends musste er auf einer Kegelbahn die Figuren aufstellen, sonst hatte er keine Aufgaben.

Im Millionärsclub schauten nur selten die Millionäre vorbei, hier tummelten sich vor allem ihre gelangweilten Sprösslinge. Obwohl ihm die Männer nach jedem Spiel üppiges Trinkgeld gaben, er mit ihnen Englisch sprach, am Ende jedes Monats ein kleines Vermögen von siebzig oder sogar achtzig Dollar zur Seite legen konnte und kostenlos ein hübsch möbliertes, geräumiges Zimmer bewohnen durfte, war er unglücklich. Die salzige Luft und das Rauschen der Wellen waren ihm vertraut, aber war er nach Amerika gekommen, um das zu finden, was er auch zu Hause hätte haben können? Während er abends sein Trinkgeld zählte und die Beträge in sein Heft eintrug, fragte er sich, wohin ihn diese Episode führen sollte. Wenn er die Gärtner, Butler und Kellner anschaute, die den Club in aller Diskretion wie eine perfekt geölte Maschine betrieben, und wenn er in ihnen eine Projektion seiner möglichen Zukunft sah, wusste er, dass er hier nicht bleiben wollte. Die Millionärssöhne verbrachten im Club auf Long Island die Wochen im Müßiggang, bevor sie anderswohin zogen, in einen anderen Club, zurück nach New York oder nach Philadelphia, oder bisweilen nach Europa. Sie beachteten ihn nicht, als wäre er selbst einer der Holzkegel, die er nach jedem Wurf aufstellte.

»Ich habe verstanden, dass ich meinen Wunsch, reich zu werden, etwas anpassen muss«, sagte er zu Ernesto, als er Ende des Jahres nach New York zurückkehrte. Es war kurz vor Weihnachten, die Schneeflocken glitzerten in den Lichtern, und unter den Füßen der Passanten verwandelte sich der Schnee in braunes Wasser. Ernesto hatte ihn in einen irischen Pub eingeladen, in dem sie sich leise auf Italienisch unterhielten. »Geld allein reicht nicht. Ich möchte mein Leben mit Sinn erfüllen«, erklärte er und hob seinen Bierkrug. »Es hätte dir auf Long Island gefallen, Piròn, es ist wie an der Adria. Aber viel langweiliger.«

Drinnen war es warm und dunkel, man konnte sich an einem spärlich beleuchteten Tisch bedienen, es gab Sandwiches mit Butter, Schinken und sauren Gürkchen, Blätterteigpastetchen, gefüllt mit Hackfleisch und Zwiebeln, Sardinen in Öl, gekochte Eier. Diese Kleinigkeiten waren kostenlos, damit die Gäste mehr trinken konnten, und Anton schaffte es im Gedränge, zwei Teller zu füllen, während Ernesto die zweite Runde bestellte. Die rauen irischen Stimmen und das Gelächter bildeten einen Kokon um sie, das Bier war süß und bitter, die Sandwiches waren besser als jene, die man auf der Kegelbahn servierte. Sie stießen auf Weihnachten an, auf den Schnee, auf New York, auch wenn sie weder den Schnee noch die Kälte mochten, welche die Stadt fest in ihrer Umklammerung hielt.

Anton hatte es insgesamt vier Monate auf Long Island ausgehalten und war mit einem soliden Guthaben zurückgekehrt. In der Zeit hatte sich Ernesto in verschiedenen italienischen Restaurants als Kellner versucht, aber obwohl er wegen seiner Geschichten, die er zu jedem Thema ausschmücken konnte, bei den Gästen beliebt war, wurde er immer wieder entlassen, da er weniger arbeitete als erzählte. Angespart hatte er nichts, aber er berichtete Anton von dem guten Essen, das er von den Köchen zugesteckt bekommen hatte, »die besten Stücke, Antonio mio, saftige *parmigianas*, *ossobuco* mit Polenta, *pasta alla carbonara*«; er zählte umso begeisterter auf, je genauer ihn sein Freund anschaute, denn Ernesto war inzwischen noch dünner und blasser geworden, »doch was soll's, dann werde ich halt Theaterstücke schreiben und berühmt werden, es ist mir gegeben, Dichter zu werden, man kann gegen die eigene Bestimmung nichts tun.«

Er schloss wie üblich mit Dante:

L'acqua ch'io prendo già mai non si corse;
Minerva spira, e conducemi Appollo,
e nove Muse mi dimostran l'Orse.[3]

*

»Ich frage mich«, sagte Ernesto, »ob Nikola Tesla auch mit Lebewesen experimentiert, mit Glühwürmchen oder mit Leuchtkrebsen. Es gibt auch Tiefseefische, die leuchten, und sogar Pilze. Ob er die anzuzapfen versucht? So wie Luigi Galvani die armen toten Frösche zucken ließ. Vielleicht lässt sich in der Natur noch viel mehr Elektrizität finden und noch mehr Licht daraus gewinnen, als wir es ahnen.«

Anton war froh, dass er in der Schule von den zappelnden Fröschen gehört hatte, allerdings konnte er sich nicht mehr erinnern, was. Er kritzelte in sein Notizbuch *Luigi Galvani, Frösche.* Es war eine Art Abmachung unter ihnen: Anton würde sich Dinge notieren, die wichtig für seine Bildung waren, die er aber selbst erforschen wollte. Sollte er eine darüber hinausgehende Information brauchen, würde er Ernesto befragen. Ernesto würde also nicht, so wie es seine Art war, jeden Begriff und jeden Namen sofort erklären, sondern Anton Zeit lassen zu entscheiden, ob er der neuen Spur alleine nachgehen wolle oder ob es doch einfacher sei, von Ernesto eine weitere Lektion erteilt zu bekommen. Auf diese Weise würden sie keine wertvolle Zeit verlieren, da Anton noch viel lernen musste.

»Damit du mich nicht mehr für vollständig dumm hältst, möchte ich betonen, dass ich nicht nur von Galvani, sondern auch von dem zweiten Italiener, der die Elektrizität erforscht hat, gehört habe, von Alessandro Volta, und ich weiß sogar, was ein Volt ist«, sagte Anton. »Und ja, ich gebe ungefragt zu, dass es auf der Welt mehr berühmte Italiener als Kroaten gibt.«

»Ach, das Spielchen, das in New York in allen Kneipen gespielt wird: *Welches Volk ist am verdienstvollsten?*«, sagte Ernesto. »Du hast verloren, bevor wir überhaupt zu spielen beginnen. Ich möchte nicht angeben, aber ich könnte bis ans Ende des Tages weltbekannte Italiener aufzählen.«

»Es sind nur deshalb so viele, weil dein Garibaldi euch Italiener vereinigt hat. Wir Slawen suchen noch nach unserem Helden. Sonst würde zum Beispiel der Russe Mendelejew mit dem Periodensystem auf unserer Seite auftauchen.«

»Ich befürchte, da könnt ihr noch lange suchen, die Einheit wird bei euch niemals klappen. Höchstens rafft ihr Südslawen euch zusammen, das könnte ich mir noch vorstellen, oder die Polen, Slowaken und Tschechen schaffen es, das wäre auch was. Aber alle Slawen vereinigt – niemals. Besser so, wer würde es mit euch aushalten. Übrigens hat Lothar Meyer, ein deutscher Arzt, die Elemente ebenfalls in einem Periodensystem angeordnet«, sagte Ernesto.

»Mendelejew war der Erste, darauf kommt es an. Du hast selbst gesagt, dass Nikola Tesla in allem der Erste war, ja sogar bei den Radiowellen, die jetzt euer Marconi für sich beansprucht, und dass man eben deswegen die Patente anmeldet. Damit man weiß, wer der Erste ist. Ehrlich gesagt, wenn wir Slawen Nikola Tesla in die Waagschale werfen, dann wiegt er wie euer Michelangelo.«

Eines war klar: Anton war entschlossen, das fehlende Wissen nachzuholen. Seit er von Long Island zurückgekommen war, arbeitete er im Reisebüro von Vlaho Moretti, dem Immigrationsagenten, der sich um die Ankömmlinge aus Kroatien und Montenegro kümmerte und ein kleines Hotel in der Nähe von Battery Park betrieb. Moretti war 1865 sechzehnjährig auf einem Segelschiff aus Dubrovnik nach New York gekommen, ein freundlicher Mann, der unablässig von seiner Geburtsstadt schwärmte, die er seit vierzig Jahren nicht mehr gesehen hatte. Er war ein Autodidakt, der verschiedene Sprachen sprach, Gitarre spielte, die Neuankömmlinge um sich versammelte und ihnen erklärte, dass sie sich glücklich schätzen dürften, einen zu haben, der ihnen weiterhelfen werde. Er bezahlte Anton nur unregelmäßig und wirkte wie jemand, der mit Geld nicht umgehen konnte. Für Anton, der ein Kämmerlein in Morettis Hotel bewohnte, war das verrauchte Büro, in dem sich »unsere Leute« versammelten, ein neues Zuhause geworden.

Anton besuchte inzwischen eine Abendschule, um die Voraussetzungen für eine Immatrikulationsprüfung an der Universität zu schaffen, ohne zu wissen, was er studieren wollte. Wenn er freihatte, saß er entweder in der italienischen Bibliothek oder im prachtvollen Lesesaal der Astor-Bibliothek. Je mehr er lernte, umso deutlicher verstand er, was Ernesto meinte, wenn er behauptete, dass das gerade begonnene Jahrhundert im Zeichen der Wissenschaften stehen werde. »Alle Erfindungen sollen dem Wohl der Menschheit dienen, zumindest drückt es Nikola Tesla in seinen Interviews so aus«, hatte Ernesto neulich zu diesem Thema gesagt. »Tesla verspricht, dass wir in absehbarer Zukunft mit anderen Planeten kommunizieren können. Und was die Erde betrifft, so sucht er gerade nach Wellen, mittels derer die ganze Erdkugel enger zusammenrücken wird. Wie ein großes Hirn.«

Ernesto hatte Nikola Tesla zu seinem speziellen Forschungsgebiet auserkoren, und wie immer, wenn er etwas gründlich erkundete, war er ein Experte geworden. Anton war gerührt, er deutete das als Zeichen der Freundschaft. Inzwischen waren auch ihm Begriffe wie Wechselstrom und Transformatorspule vertraut, allerdings musste er zugeben, dass er sich die drahtlosen Wellen, die die Erde mit Energie und mit Informationen versorgen sollten, nicht vorstellen konnte.

Vlaho Moretti, der bestens über alles informiert war, was mit »unseren Leuten« zu tun hat, hatte ihm erzählt, dass neben Nikola Tesla noch ein weiterer Wissenschaftler in New York lebte: Mihajlo Idvorski Pupin, auch er ein Serbe aus Österreich-Ungarn, aber mit Tesla nicht befreundet, was in den Augen von Moretti gegen diesen Pupin sprach. Pupin war Professor an der Columbia University, und Moretti machte sich Gedanken, ob es für Tesla nicht besser wäre, wenn auch er eine Professur hätte. »Dann hätte er Ruhe und müsste sich nicht mit den gierigen Bankiers herumplagen, die ihn nicht verstehen und die seine Experimente nur dann finanzieren wollen, wenn sie daraus für sich mehr Geld herausziehen können, als sie Tesla gegeben haben«, seufzte er. Pupin, so sagte er, habe Tesla verärgert und verraten, er habe sich auf die Seite von Marconi geschlagen, und jeder, aber wirklich jeder, der bei Vlaho Moretti verkehrte, wusste, dass Marconi für sein Radio die Patente von Tesla gestohlen hatte.

*

Sie saßen in ihrem Lieblingscafé in der Rivington Street; Ernesto trank Kräutertee, Anton Milchkaffee, und der Barmann Giulio verkniff sich eine Bemerkung über diese Getränke, da er die beiden Jungen ansonsten sehr schätzte. Er hatte ihnen dazu ungefragt *biscotti,* gefüllt mit Zitronencreme serviert, es war sein persönliches Geschenk. Er lauschte ihren Gesprächen und sie hatten anscheinend nichts dagegen, bisweilen konnte man sogar den Eindruck gewinnen, dass sie wetteiferten, wer beflissener und klüger redete, wenn Giulio ihnen zuhörte.

»Ich beneide dich, weil du Teslas Tower gesehen hast«, sagte Ernesto. »Euer Tesla ist ein Dichter, Španjulet, ein

Techniker, gewiss, ein Physiker, bestimmt, aber vor allem ein Dichter!«

Anton bezweifelte das, wieso Dichter? Tesla hatte alle möglichen technischen Geräte konstruiert, von denen die amerikanische Industrie profitierte, doch er persönlich konnte darin nichts Poetisches erkennen.

Ernesto winkte ab: »Der Balkan in dir, *amico mio*, das sind die Berge, aus denen eure blutrünstigen Piraten stammen, diese Felsen wachsen in deinem Kopf und trüben dein Gehirn, sodass du nicht einmal den wahren Philosophen und Dichter aus euren eigenen verfluchten Bergen erkennen kannst.«

Auch wenn Teslas Funkturm Wardenclyffe Tower nicht in unmittelbarer Nähe des Millionärsclubs stand – Long Island war zehnmal größer als Brač, die größte Insel an der kroatischen Adria –, hatte Anton ihn vor einem Jahr tatsächlich besichtigt. Einer der jungen Reichen hatte ihn mit seinem elektrisch betriebenen Wagen dorthin gefahren, und die beiden durften sogar einige Räumlichkeiten im Labor des Erfinders besichtigen, ein freundlicher junger Ingenieur führte sie durch beeindruckend große Hallen, in denen gigantische Maschinen wie Wesen aus einer anderen Welt ruhten. Es roch nach Maschinenfett, Metall und verbranntem Holz. Eine düstere, abgründige Stimmung beherrschte die Szenerie. Sie waren nur kurz an den stillgelegten Maschinen vorbeigegangen, Anton hatte sich kein einziges Detail merken können, außer dass sie ihm wie Botschaften aus dem Weltall vorgekommen waren. Der Millionärssohn, der aus einer Laune diesen Ausflug vorgeschlagen hatte, als er erfahren hatte, dass Anton aus derselben Gegend wie Nikola Tesla stammte, hatte bald angefangen, sich zu langweilen und zur Rückkehr zu drängen.

Und heute, Ende Juni 1906, hatte ein anderer Millionärssohn den Architekten von Wardenclyffe Tower, den berühmten Stanford White, erschossen. Es ging um ein Showgirl, der Architekt pflegte angeblich sonderbare Neigungen zu jungen Mädchen, die er in seiner Wohnung auf eine Schaukel aus rotem Plüsch setzte. Die amerikanische Presse überschlug sich mit pikanten Details des Mordes, der auf dem Dach des Madison Square Garden als Eifersuchtsdrama inszeniert worden war. Der Mörder war der Sohn eines Straßenbaumagnaten. Das Gebäude, auf dem der Architekt starb, hatte er selbst entworfen; sein letztes Projekt war wohl Teslas Funkturm gewesen, der dort auf Long Island unvollendet in die Höhe ragte, der Körper aus Holzlatten wie ein fülliger, naturverbundener Bruder des Eiffelturms in Paris, der Kopf aus Kupferdrähten wie ein seltsamer Pilz.

Nikola Tesla, der die Finanzierung dieses unausgegorenen Weltwunders nicht mehr absichern konnte, war vermutlich von der Mordnachricht geschockt, auch wenn ihn nach dem Scheitern seiner Vision, die er mit Wardenclyffe Tower verband, wahrscheinlich nichts mehr erschüttern konnte. Anton hätte ihn gerne danach gefragt, aber er hatte noch keine Gelegenheit gehabt, in die Nähe des berühmtesten Slawen in New York zu gelangen. Seine Landsleute, die er bei Vlaho Moretti traf, um mit ihnen die Neuigkeiten aus Europa auszutauschen und die traurigen dalmatinischen Lieder zu singen, schwärmten von dem Größten unter allen Kroaten, Serben, Bosniern, Montenegrinern und Slowenen, aber keiner kannte ihn persönlich.

Zu diesen Treffen begleitete ihn Ernesto nur dann, wenn die Dalmatiner zur Freiheitsstatue fuhren, um oben in der Krone zu sitzen und von dort die Stadt zu betrachten. »Auf eine solche Idee könnt nur ihr kommen«, hatte er anerkennend gesagt, als er von dieser Freizeitbeschäftigung der Landsleute seines Freundes hörte. Die Dalmatiner waren von Ernesto begeistert, nannten ihn Piròn, weil Anton ihn so nannte, und umarmten ihn ständig, um ihm zu zeigen, dass sie ihn mochten, auch wenn sich der eine oder andere manchmal nicht verkneifen konnte, über die Italiener herzuziehen, die »unsere schöne Küste« stehlen wollten, worauf Ernesto nur belustigt mit den Augen rollte.

»Tesla wollte aus diesem Turm Menschen auf der gesamten Welt vernetzen, sie sollten dank seiner Radiotechnik miteinander kommunizieren, sich drahtlos unterhalten, sich gegenseitig bewegte Bilder und sogar Musik senden, und zwar kostenlos, da sein Turm die drahtlose Übertragung der Energie ermöglichen sollte, denn natürlich braucht man für diese ihm vorschwebende Kommunikation Geräte, die sich irgendwo energetisch aufladen. Wenn du nicht siehst, dass dahinter die reinste Poesie steckt, dann kann ich dir nicht helfen«, sagte Ernesto.

»Ich würde eher sagen, dass das ein Märchen ist. Ein Hirngespinst. Kein Wunder, dass ihm das nicht gelungen ist, auch wenn ich es bedaure. Ich glaube, Tesla schießt manchmal einfach über das Ziel hinaus«, sagte Anton.

Ernesto schüttelte den Kopf, sagte aber nichts mehr.

*

Manchmal, wenn im Café Taranto wenig zu tun war, setzte sich der Barmann Giulio an den Nachbartisch, nippte an seinem Glas, er gönnte sich zur Feier einer solchen gemütlichen Stunde einen Schluck Grappa, und lauschte den Gesprächen von Anton und Ernesto. Für einen Italiener war er ungewöhnlich schweigsam, und für zwei Italiener waren diese beiden Gäste überraschend strebsam. Das musste von ihrer germanischen Seite kommen, so viel stand für Giulio fest. Diese beiden stammten aus einem Land mit Doppelnamen, in dem es allerlei Völker gab, so wie in New York, und wie er gehört hatte, waren in diesem Staat die Germanen tonangebend, die man dort *Austriaci* nannte. Alle Einwanderer aus *Little Germany* waren fleißig und gut organisiert, in Giulios Augen standen sie in puncto Erfolg einige Stufen über seinen Landsleuten. Deshalb wollte Giulio sich Anton und Ernesto zum Vorbild nehmen.

Bei Anton und Ernesto drehte sich alles um die Frage, was sie in Amerika tun sollten. Ernesto wollte berühmt werden, wusste aber noch nicht, womit, und Anton wollte zwar reich werden, aber in keinem Fall wollte er sich als reicher Mensch langweilen, er sagte: »Ich möchte den Sinn des Lebens finden«, und das beeindruckte Giulio. Mit ihren Gesprächen brachten sie ihn zu der Überlegung, ob nicht auch er etwas anderes tun könnte, als hier für fünf Dollar in der Woche den ganzen Tag hinter dem Tresen zu stehen. Die italienischen Gäste, die nach dem Besuch des Lesesaals der Casa d'Italia ins Taranto einkehrten, gaben ihm nie mehr als fünf Cent Trinkgeld, wenn sie überhaupt etwas gaben, von den hungernden Journalisten oder den Lehrern mit dicken Brillen auf ihren blassen Nasen war ja kaum mehr zu erwarten. Die Leute mit Geld, etwa die Mafiabosse – man durfte über sie nicht sprechen, aber jeder wusste, dass es sie gab – und andere Geschäftsleute, besuchten keine Kulturzentren und gewöhnliche Cafés. Zugegeben, er konnte hier so viele Espressi trinken, wie er wollte, und das war nicht unbedeutend. Im Taranto gab es eine Originalmaschine der Marke *Ideale*, ein Produkt von Desiderio Pavoni, die im Sommer des Jahres 1905 in Milano die lange Reise angetreten hatte, um nun hier in New York das Innere des Cafés in der Rivington Street und seine eigene Seele mit aromatischem Duft zu erwärmen. Es war eine mit Dampf betriebene Vorrichtung voller Ventile, aus massivem, glänzendem Stahl, mit einem majestätischen runden Kopf. Aber von der Schönheit einer Espressomaschine sowie von Kaffee, Tramezzini und Keksen allein konnte niemand leben.

Er bewunderte seine beiden Gäste auch deswegen, weil sie Dinge wagten, die er sich nie zugetraut hätte. So hatte zum Beispiel Anton, der weniger sprach als der andere, ausgerechnet hier im Café Taranto eine Stelle gefunden, mit der er zufrieden zu sein schien – und zwar im Anzeigenteil der New Yorker Zeitung *Il Progresso Italo-Americano*, die Giulio persönlich jeden Morgen ordentlich in den hölzernen Halter klemmte. Als Anton die Stellenausschreibung laut vorgelesen hatte, beachtete ihn Giulio kaum, doch nachdem Anton in einem neuen Anzug erschienen war und von seinem guten Gehalt erzählt hatte, entschloss sich Giulio demnächst ebenfalls nach Anzeigen zu schauen, auch wenn ihm klar war, dass diese eine wie zugeschnitten auf Anton gewesen war, während er noch würde warten müssen, bis er etwas Passendes fand.

Er gönnte seinem Gast diese gute Stelle und im Stillen machte er sich Sorgen, ob der zweite Gast, Ernesto, mit seinen Bemühungen, in der Theaterwelt Fuß zu fassen, genauso gut abschneiden würde wie Anton mit der Arbeit in einem echten Museum, was auch immer sich hinter dieser Anatomie versteckte:

Das Anatomiemuseum an der Ecke Broadway/14th Street sucht einen ambitionierten jungen Mann, der neben der englischen und der italienischen Sprache noch mindestens eine slawische Sprache spricht.[4]

5.

Anton war »ein ambitionierter junger Mann«, wie er in der Stellenanzeige gesucht wurde, er sprach inzwischen gut Englisch, perfekt Italienisch, und beim Vorstellungsgespräch mit dem Museumsdirektor Doktor Winter, einem Deutschen, beteuerte er übermütig, dass er nicht nur Kroatisch, sondern etliche weitere slawische Sprachen spreche: Serbisch, Russisch, Polnisch, Slowakisch, Slowenisch, Ukrainisch, Montenegrinisch, Bosnisch, Tschechisch, Bulgarisch, so hatte er es ausgeschmückt und aufgezählt, während ihn der Arzt, ein Mann mit einwandfrei gestutztem Bart und einer Goldrandbrille, ein wenig misstrauisch beäugte. Auf sein Nachfragen erklärte Anton, alle slawischen Sprachen seien ähnlich und untereinander verwandt, worauf ihn Doktor Winter zur Probe einlud: Eine Woche für acht Dollar, von 7.30 bis 12 und von 13 bis 18 Uhr, danach werde man weitersehen. Auch wenn er mit seinen Sprachkenntnissen dick aufgetragen hatte, wurde Anton nach der Probezeit als Dolmetscher und Museumsführer in New Yorks Erstem Museum Anatomicum eingestellt.

In dem großzügig angelegten Erdgeschoss eines dreistöckigen Gebäudes war ein Wachsfigurenkabinett aufgebaut worden, eine Mischung aus Schaubude, seriös dargestellten neuesten Errungenschaften der Medizin und Fragmenten einer klassischen Pathologiesammlung. Die Exponate hatte Doktor Winter in soliden, mit Stroh gepolsterten Kisten aus Europa herbeigeschafft: Wachsmodelle von Gliedern und Organen, in gesundem und krankem Zustand, die er »Moulagen« nannte, fest verschraubte Gläser mit echten Gehirnen, Nieren, Lebern und Lungen, die in einer klaren Flüssigkeit schwammen, echte Schädel und andere Skelettteile. Der Arzt erklärte, dass an deutschen medizinischen Fakultäten die Personen, die ihren Köper der Wissenschaft zur Verfügung stellten, vor ihrem Tod eine kostenlose Versorgung bekamen. Anton fragte, ob die Patienten ohne diese Abmachung genauso schnell gestorben wären, doch Doktor Winter sah ihn mit aufrichtigem Erstaunen an, so als hätte er etwas Unanständiges gesagt, und er beschloss, solche Fragen in Zukunft zu vermeiden. Er versuchte sich alles schnell einzuprägen, seine Angst und der Ekel mischten sich mit Neugier und mit der Begeisterung bei der Vorstellung, wie er seinem Vater von diesem beruflichen Aufstieg berichten würde.

In Holzkästen mit Glasdeckeln waren Zähne ausgestellt, zusammen mit Geräten für ihre Extraktion, die wie Folterinstrumente wirkten, es gab bunte Bilder von Bakterien und Mikroben, die gruselig anmuteten, und als Krönung stand dort direkt am Eingang, zwischen der Außentür und einem schweren Vorhang aus dunkelblauem Samt, ein gläserner Mensch, vor dem jeder Besucher des Anatomischen Museums stehen blieb. Die Figur in natürlicher Größe war in einem elektrisch beleuchteten Glasschrank aufgestellt. Der Strom kam von einem Gleichstromgenerator, auf dem mit goldenen Lettern *Edison Electric Light Company* eingraviert war, doch bald würde er auf Tesla-Strom wechseln, versicherte Doktor Winter seinen Mitarbeitern zu Antons Freude – »Sie haben von Nikola Tesla gehört?« – »Es gibt keine ernst zu nehmende Person in New York, die nicht von Nikola Tesla gehört hat«, antwortete der Arzt.

Man konnte das Innere des gläsernen Menschen deutlich sehen, und zwar in prächtigen Farben: rote Gedärme, graues Hirn, gelber Magen, auberginefarbene Leber, zartrosa schimmernde Lunge, alles war da, doch am beeindruckendsten war ein rotbraunes Herz, das betrieben wurde von einer elektrischen Pumpe, die gefärbte Flüssigkeit in zwei getrennte Kreisläufe aus durchsichtigen Schläuchen pumpte. Rot und blau floss das künstliche Blut durch die künstlichen Adern und Venen, und die Lunge weitete sich und flachte ab, wie es bei jedem von uns geschehe, so Doktor Winter, nur dass wir es nicht sehen könnten und dass wir überhaupt wenig Ahnung von uns selbst hätten, da wir nicht in uns hineinschauen könnten. Das würde sich demnächst ändern, denn dank der tüchtigen Wissenschaftler, die sich in unserer Epoche, in der wir das Glück haben zu leben, daran machten, die letzten Geheimnisse des Daseins zu lüften, würden wir bald unsere Körper bis in die letzten Winkel von innen betrachten können, so als wäre jeder von uns dieser gläserne Mensch.

Zum Beweis seiner Worte wies der Arzt auf einen schwarz lackierten Tisch, wo auf milchig schimmernden, ebenfalls mit Edisons Strom beleuchteten Glasplatten Röntgenbilder ausgestellt waren, die eine Neuigkeit sondergleichen darstellten und von allen Museumsbesuchern bewundert wurden.

*

Antons neue Kollegen waren ein Grieche, der auch Türkisch sprach, und ein Spanier, der Portugiesisch und Französisch konnte. Alle drei waren am Mittelmeer aufgewachsen, alle drei schwärmten in den Pausen von den Kochkünsten ihrer Mütter und wetteiferten miteinander, in welchem Land die besten Fische und das beste Olivenöl zu bekommen seien, wobei sie an ihren Sandwiches kauten und sich beschwerten, dass hier in New York nichts, aber wirklich nichts so schmeckte, wie sie es von den Gerichten ihrer mediterranen

Küstenorte gewohnt waren. Allenfalls die Spaghetti, die Ravioli und die Tortellini, die man für wenig Geld in italienischen Restaurants bekommen konnte, wo immer jemand eine Gitarre zur Hand hatte und nicht selten ein *Pulcinella* derbe Witze erzählte und am Ende das ganze Lokal ein neapolitanisches Lied anstimmte.

Doktor Winter hielt wenig von diesen Gesprächen und hatte für die kulinarische Ausschweifungen seiner Mitarbeiter nichts übrig, auch wenn er sich manchmal gerne kurz zu ihnen setzte, um seine Stulle mit gekochtem Schinken und einigen Salatblättern darauf zu verzehren. Er sprach nicht nur Deutsch und Englisch, sondern auch Französisch und Italienisch, und er hatte diese Dolmetschergruppe ins Leben gerufen, da seine Kundschaft selten Englisch sprach. Er betrachtete die Patienten als Kundschaft, weil er auf seine alten Tage unbedingt etwas Geld verdienen wollte. Zum Geldverdienen war er schließlich nach zahlreichen Stationen in deutschen, österreichischen und italienischen Kliniken, Spitälern und *ospedali* nach Amerika gekommen, und jetzt musste er sich etwas einfallen lassen. Die Konkurrenz schlief nicht, oder wie er zu sagen pflegte: »Hier in New York weht der Wind von vorne.« Das Anatomische Museum war eine Werbemaßnahme, mit der er die Patienten in seine Miniklinik lockte, und sie kamen in Scharen. Er hatte sich diesen Ort im Süden Manhattans mit Bedacht ausgesucht, weil er hier mit Slawen, Türken und Griechen, Italienern, Spaniern und Portugiesen rechnen konnte, während man es als neuer Arzt im deutschen oder etwa im jüdischen Viertel gar nicht erst versuchen brauchte, da es dort schon zu viele ausgezeichnete Mediziner gab.

Doktor Winter beschäftigte zwei weitere Ärzte, die auf der zweiten Etage des Anatomischen Museums residierten und für die auch gedolmetscht werden sollte: Doktor Kelly und Doktor Bryan. Doktor Kelly hatte bei dem berühmten Chirurgen Nicholas Senn am Rush Medical College in Chicago studiert. An den Vormittagen operierte er im Bellevue-Krankenhaus und an den Nachmittagen nahm er hier kleinere chirurgische Eingriffe vor. Von ihm lernte Anton, was es heißt, Lipome und Atherome zu enukleieren oder Abszesse zu inzidieren. Doktor Bryan war ein Spezialist für männliche Geschlechtskrankheiten, der häufig in Wien, Paris und London weilte, von dort neue Publikationen und neue Medikamente mitbrachte und sich für Okkultismus und Astrologie interessierte.

Obwohl auf der dritten Etage ein modernes Labor eingerichtet war und die angestellten Chemiker das Blut, den Urin und das Sputum untersuchten, hatte Doktor Bryan auf seinem Schreibtisch ein Mikroskop stehen und prüfte die vorbereiteten und eingefärbten Präparate noch einmal selbst. Gegen Syphilis empfahl er eine Mischung aus Arsen, Jod und Sarsaparilla und gegen Gonorrhö eine Mischung aus Copaibaöl, Lavendelöl und Silbernitrat, die er *Mixture Lafayette* nannte. Gegen Impotenz sollten ruhende elektrische Ladungen und Massagen mit einem Tonikum aus Phosphor, Strychnin, Arsen und Eisen helfen. Allerdings war er aus der amerikanischen Ärztekammer ausgeschlossen worden, weil seine Methoden allzu originell waren. Doktor Winter schätzte an ihm vor allem die Tatsache, dass er mit Sir Oliver Lodge befreundet war und rege korrespondierte; für Doktor Winter war Lodges Ruf als Physiker ausschlaggebend und für Doktor Bryan Lodges Hang zum Übernatürlichen.

In seinen Briefen nach Hause versuchte Anton all diese Neuigkeiten zu beschreiben, allerdings ohne die Geschlechtskrankheiten und die Impotenz zu erwähnen. Zum Glück gab es auf der zweiten Etage mehrere Räumlichkeiten, gefüllt mit technischen Geräten, denen er etliche Briefe widmete. Er wusste, dass die Technik bei ihm zu Hause das größte Erstaunen hervorrufen werde, deshalb gab er sich Mühe und zeichnete die Zander-Geräte ab, die für die mechanische Rehabilitation angewandt wurden. Man zog an Hebeln und bewegte Gewichte; dank der Anstrengung der Muskulatur gegen den Widerstand der Maschine wurde die Stärkung des Körpers begünstigt. Anton beteuerte, dass die Wirkung dieser Maschinen wissenschaftlich geprüft worden war.

Nachdem er die Geräte für die Elektrotherapie beschrieben hatte – einen d'Arsonval-Transformator, einen elektrostatischen Generator von Wilhelm Holtz, mit dem unter anderem die Haare des Patienten dank einer Platte, in der Nadeln steckten, so elektrisiert wurden, dass sie zu Berge standen –, fügte er hinzu, dass bald die Apparate von Nikola Tesla mit hohen Frequenzen angeschafft werden würden. (»Papa, Doktor Winter glaubt, dass es unser Tesla war, der die heilende Wirkung der Elektrizität auf den menschlichen Körper entdeckt hat, allerdings gibt es andere Erfinder, die sich in diesem Bereich vordrängen.«)

Dass Doktor Bryan mit merkwürdigen Geräten und auch mit der elektrischen Iontophorese die Harnröhren dilatierte, erwähnte er nicht. Er war sich nicht einmal sicher, ob seine Eltern überhaupt wussten, was eine Harnröhre ist, vom Dilatieren ganz zu schweigen. Er selbst lernte Namen der Körperteile und der Krankheiten zunächst auf Englisch, übersetzte sie mithilfe von Ernesto und von Vlaho Moretti ins Italienische und Kroatische und schrieb sich dann die Vokabeln auf. Für die slowakischen, russischen oder polnischen Besucher und Patienten benutzte er die kroatischen Ausdrücke, und diese taten so, als verständen sie ihn. Er vermutete, dass für viele diese Begriffe ebenfalls Neuland waren.

So, wie Doktor Winter ernsthaft bei der Sache war, erwartete er es auch von seinen Mitarbeitern. Damit sie die Exponate im Museum Anatomicum dem Publikum erklären konnten, mussten sie zuerst selbst viel lernen – über die Funktion des Herzens, über die Beschaffenheit und die Zirkulation des Blutes, über die unermüdliche Arbeit der Nieren, über die echten und falschen Seuchen, über Parasiten, die Pflanzen und Tiere genauso befallen konnten wie Menschen.

Deshalb hielt Doktor Winter ihnen Vorträge, jeden Morgen genau 45 Minuten, bevor die Tür zur Straße geöffnet wurde, der gläserne Mensch zu atmen begann und der Arzt in den hinteren Teil des Museums verschwand, wo er seine Praxisräume hatte. Seine Vorträge gehörten zu den Dienstpflichten und wurden ebenso zur Arbeitszeit gerechnet wie die Stunden, die mit Führungen im Museum und mit dem Dolmetschen ausgefüllt wurden.

*

Jeden Tag brachten Schiffe Einwanderer über den Atlantik; trotz aller Bemühungen der Ärzte auf Ellis Island und trotz des Baus der beiden neuen Krankenhäuser auf den beiden künstlichen, eigens dafür geschaffenen Inseln neben Ellis Island, in denen nur die Neuangekommenen behandelt wurden, kamen nicht nur die Menschen in die Stadt, sondern auch deren Krankheiten. New York wurde zu einem Umschlagplatz für Infektionen, zu einem Schmelztiegel diverser Mikroben, und man betrachtete die Einwanderer zunehmend als Gefahr für die allgemeine Gesundheit. Dabei begleiteten Krankheiten die Menschheit von Anfang an, seit der Steinzeit, behauptete Doktor Winter, und diese Symbiose zwischen dem Menschen und seiner Anfälligkeit für Erkrankungen und schließlich seinem Sterben war, wenn man seinen Ausführungen Glauben schenkte, bedeutender als alles andere, worüber man als vernunftbegabtes Wesen nachzudenken imstande war.

»Wenn Menschen zusammenkommen, dann kommen auch Krankheiten zusammen«, sagte Doktor Winter, »dagegen ist nichts zu machen, aber dafür hat der humane Genius die Medizin erdacht. Darin verbindet sich das gesamte Wissen der Menschheit, um diesen ungleichen Kampf gegen die Krankheiten aufzunehmen«. Er zeigte auf eines der eingerahmten Bilder, auf dem eine Schlange zu sehen war, die sich um einen Stab windet. »In diesen Kampf gehen wir nicht unbewaffnet.«

Alles, was uns Menschen ausmache, also unsere Gefühle und Gedanken und das, was wir allgemein Geist nennen, so Doktor Winter, all das sei das Produkt diverser Funktionen unseres Körpers, und dieser sei für jedwede Störung anfällig; die Störungen könnten von innen und von außen kommen, mit ihnen sei stets zu rechnen, deshalb zeuge es von Unwissen, wenn nur die Einwanderer als potenziell krank angesehen würden, weil es jedem logisch denkenden Wesen klar sein müsse, dass auch diese sich bei den alteingesessenen New Yorkern eine Krankheit einfangen könnten, er habe schon Tuberkulosekranke behandelt, die sich eindeutig in New York und nicht irgendwo in Europa angesteckt hätten, die Krankheiten stünden in einem unermüdlichen Austausch und scherten sich nicht um die Herkunft des Opfers oder darum, wer früher an einem Ort angekommen war und wer später. Das sei der unvermeidliche Lauf der Dinge, und es sei absurd, deshalb aufzuhören, sich durch die Welt zu bewegen. Ganz im Gegenteil, so lautete seine These, je mehr die Menschen umherkämen, desto widerstandsfähiger gegenüber Krankheiten werde die gesamte Menschheit. Auch wenn er zugeben müsse, dass die Mikroben immer für eine Überraschung gut waren – »Mikroben sind ziemlich zäh, meine Herren, sie tummeln sich überall, und dadurch entstehen immer neue Arten, aber schließlich ähneln sie sich doch untereinander« –, war seiner Meinung nach eine exotische Seuche, die plötzlich New York hätte erschüttern können, ausgeschlossen:

»Wenn die Nachkommen jener Überlebenden zusammenkommen, die Pest und Cholera, Pocken und Lepra überstanden haben, dann wächst auch die allgemeine Widerstandskraft. Die menschliche Energie, das ist ein besonderes Fluidum, wirkungsvoller als elektromagnetische Wellen. Es wird vermutet, dass es eine Erinnerungskraft in diesem Fluidum gibt. Es ist die Frage des Tages, wann wir Mittel erfinden werden, die solche Erreger bekämpfen können. Jetzt, wo wir ihnen auf die Spur gekommen sind, werden wir diese Spur nicht mehr verlassen. Den Kampf gegen Tuberkulose und Syphilis werden wir eines Tages auch gewinnen«, er zeigte wieder auf den Stab mit der Schlange.

Allerdings sei der Gegner ebenfalls voller Energie und verfüge über raffinierte Tricks, was in der Vergangenheit besonders dann sichtbar geworden sei, wenn eine neue Plage eine Gemeinschaft überfallen habe. Große Reiche seien untergegangen, wenn sie von einer neuen Seuche angegriffen worden seien, ganze Kontinente seien unterworfen worden, weil die Eroberer nicht nur Waffen »gegen gewöhnliche Kriegsgeräte kann man kämpfen, verehrte junge Kollegen, aber die Mikroben toben sich aus, solange sie es wollen« –, sondern auch ihre Krankheiten mitgebracht hätten, und angesichts dieser Einflüsse sei eine Bevölkerung, die noch nie mit einem Erreger in Berührung gekommen sei, zunächst ohnmächtig gewesen.

Das Wort *Erreger* sei neu und von höchster Bedeutung, sie sollten sich dieses Wort gut merken.

»Diese Beobachtung ließ einige herausragende Forscher in der Vergangenheit schließen, dass jemand, der eine Krankheit überlebt hat, sie nicht wieder oder sie nur in abgemilderter Form bekommt, während eine Gemeinschaft, für die diese Krankheit neu ist, davon arg betroffen wird. Daraus dürfen wir folgern, dass es auf lange Sicht gesehen ein Vorteil sein könnte, dass sich in diesem Augenblick Krankheitserreger aus aller Herren Länder hier in New York miteinander vermischen. Damit sie aber auf kurze Sicht überleben, werden wir unseren Patienten beibringen, wie sie mit der Hygiene die Erreger bekämpfen können. Damit leisten wir einen Dienst an der amerikanischen Volksgesundheit. Dafür habe ich das Museum Anatomicum eröffnet!«

Das Geld, das er sich von diesem Modell einer Arztpraxis und eines Schauraums versprach, erwähnte Doktor Winter nicht. Er hatte nicht Jahrzehnte seines Lebens in stinkenden Krankenzimmern verbracht, um sich seine Erfahrung jetzt nicht bezahlen zu lassen. In der Neuen Welt drehte sich alles ums Geld, die Neue Welt war nicht nur das Reich der Freiheit, sondern auch das Reich des Geldes, er war überzeugt davon, dass diese beiden Phänomene miteinander verbunden waren. Er wollte sein Können nun versilbern, wie man es in seinem Land so treffend ausdrückt. In dieses Unternehmen hatte er alles investiert, was er zusammengespart hatte. Wenn er dabei jemanden kurieren konnte, dann war das umso besser, auch wenn er nach vielen Jahren der Behandlung von Tuberkulose und Lungengeschwülsten ziemlich ernüchtert ob der Möglichkeiten einer dauerhaften Heilung war. Aber er schaute voller Zuversicht in die wissenschaftliche Zukunft der Menschheit und fühlte sich jetzt, am Anfang des neuen Jahrhunderts, beschwingt und motiviert wie nie zuvor. Er war überzeugt, dass irgendeiner seiner Landsleute jenseits des Ozeans bald ein einsetzbares Mittel gegen die Mikroben finden würde.

All das sagte er nicht laut, doch seine Helfer verstanden es ohne Worte, und sie verurteilten ihn auch nicht dafür. Er bezahlte sie pünktlich, ermahnte sie, darauf zu achten, wo sie und in welcher Gesellschaft sie wohnten – er befragte sie, ob es dort sauberes Wasser gebe, ob man die Fenster gut öffnen könne, um zu lüften, ob die Toiletten regelmäßig geputzt und ob sich die Mitbewohner waschen würden und ob es nicht muffig rieche. Wenn sich einer von ihnen erkältete oder Magenschmerzen bekam, schenkte er ihm seine Kräutermischungen, die wahre Wunder bewirkten.

*

Im großen Saal des Museums hing an prominenter Stelle eine gerahmte Kopie der *Vier apokalyptischen Reiter* von Albrecht Dürer, auf die Doktor Winter häufig in seinen Vorträgen Bezug nahm: »Die Reiterfigur, die den Tod, und zwar den Tod infolge eines körperlichen Gebrechens symbolisiert, ist nicht zentral positioniert, doch sie ist dem Betrachter am nächsten, und Dürer wird einen Grund gehabt haben, das Bild so zu gestalten. Sie sollen, meine Herren, den starren Blick des hageren Greises genau studieren, der da auf seinem Rappen reitet, unter dessen Hufen gerade ein Bischof zertrampelt wird.«

Er wartete, bis er sicher war, dass sich alle drei das Bild genau angeschaut hatten.

»Eine Krankheit – der Greis auf dem Bild steht symbolisch für alle erdenklichen Krankheiten und damit auch für jedes Verderben und schließlich für den Tod –, eine Krankheit ist das Schlimmste und zugleich das Wahrscheinlichste, was einem Menschen im Verlauf des Lebens an bösen Schicksalsschlägen widerfahren kann. Albrecht Dürer wollte durch diesen reitenden Greis hervorheben, dass weder die Armut noch der Hunger so schlimm ist wie eine Krankheit. Und nicht einmal der Krieg ist so schlimm. Kriege sind vor allem deshalb tödlich, weil sie Brutstätten der Seuchen sind.«

Da seine Schüler skeptisch schauten, kam der Arzt nun richtig in Fahrt:

»Sie, Herr Kollege, stammen aus der Türkei, Sie haben bestimmt vom Krimkrieg gehört, und Sie, Herr Matijaca, wahrscheinlich auch? Sie sprechen ja Russisch. Der Krimkrieg war der größte Krieg, den die Welt je gesehen hat. Und in ihm starben zehnmal mehr Menschen an der Cholera und an der Ruhr als an Kriegsverletzungen. Jetzt staunen Sie, nicht wahr? Dysenterie, Typhus, Pocken, diese Namen sollten Sie sich ebenfalls merken, nicht nur die Pest. Die Pest ist eine Art Metapher. Inzwischen unterscheiden wir zwischen den Seuchen, und ich bin zuversichtlich, dass wir sie in unserem Jahrhundert dank der Medizin gänzlich ausmerzen werden. Vorausgesetzt, es wird keine weiteren großen Kriege geben.«

Die drei Schüler bildeten sich bei jeder neuen Lektion ein, an der Krankheit, von der sie gerade hörten, erkrankt zu sein. Der Name »Pest« war besonders erschreckend, sie prüften angstvoll, ob sie Symptome an sich erkennen konnten. Was eine Metapher war, wussten sie nicht, aber sie verstanden auch viele andere Ausdrücke nicht, die Doktor Winter mit seinem deutschen Akzent in den Raum schleuderte.

»Es müssen nicht sofort Seuchen sein, es reicht einem schon, wenn man einen faulen Zahn hat oder eine Geschwulst, die überall innen und außen wuchern kann, von geistiger Umnachtung und Nervenleiden ganz zu schweigen. Oder die quälenden Unpässlichkeiten, die vom Magen kommen. Und dann die diversen Varianten des Fiebers! Der Tod einer Mutter an Kindbettfieber ist eine der größten Tragödien, der die Medizin neuerdings auf die Spur gekommen ist, worüber ich Ihnen in den nächsten Tagen berichten werde. Die Medizin ist die edelste aller Tätigkeiten, auch wenn sie mit Exkrementen, Blut, Eiter und Auswürfen zu tun hat und sich nicht selten irrt.«

Er machte eine Pause, breitete seine Arme aus zu einer hilflosen Geste, die er immer machte, wenn er von den Irrtümern seiner Zunft sprach, und setzte seine Rede fort:

»Doch gibt es irgendetwas, das uns mehr befriedigen und glücklicher machen kann, als wenn wir ein armes Geschöpf retten? Dank der Erfindung des Tiefschlafs, der Anästhesie, für die man Ether und Chloroform verwendet, kann man inzwischen wesentlich besser als in der Vergangenheit operieren. Früher musste man die Menschen festbinden, bevor man schnitt, und nicht wenige Patienten starben an dem Schock, den die Schmerzen verursachten.«

Anton verkniff sich die Frage nach dem Sinn einer Operation, bei der man starb, ehe man überhaupt behandelt wurde. Außerdem fragte er sich, ob Ernestos Mutter an Kindbettfieber gestorben war, und wie das Leben seines Freundes verlaufen wäre, hätte es das Heilmittel gegeben, das Doktor Winter angekündigt hatte.

*

Unter jenen Moulagen, deren Name den drei Dolmetschern, die alle aus dem Mittelmeerraum stammten, wie eine seltene Muschelart vorkam, gab es eine ganze Serie, welche die Geschlechtsorgane in verschiedenen Stadien der Syphilis zeigte, auch Lues oder auf Deutsch »harter Schanker« genannt, wie Doktor Winter seinen Schülern erklärte. Dabei gebe es nichts zu kichern, und sollten sich unter den Besuchern solche finden, die mit den Fingern auf die weiblichen und männlichen Geschlechtsorgane zeigten, auf denen sich kreisförmige Wunden, eitrig geplusterte Furunkel und schwammförmige Wucherungen abzeichneten, und dabei lachten, gehöre es zu den Aufgaben der drei Dolmetscher, sich dieses Verhalten höflich, aber bestimmt zu verbitten: »Wir stellen unsere Exponate nicht nur im Sinne der Wissenschaft zur Schau, sondern gleichzeitig zur Prophylaxe, zum Erlernen von Hygiene, gewiss nicht zur Belustigung irgendwelcher denkfauler Individuen, mit denen wir leider immer rechnen müssen«, sagte Doktor Winter.

Es gab Wachsexponate, die den Kranken in einem direkten und schonungslosen Verfahren abgenommen wurden. Die Menschen mussten dabei höllische Qualen erlitten haben, aber so sei es nun einmal, wenn man mit der Wissenschaft in Berührung komme und das Pech habe, krank zu sein. Der Schmerz, meinte Doktor Winter, sei genauso schlimm wie die Scham gewesen. Die Modelle müssten leider in eine unwürdige Stellung gebracht werden, damit die Moulage gelinge und die Wachsformung deutlich die Deformationen des Körpers abbilden könne.

Anton faszinierte das halbe Gesicht einer Frau: Das gelbglatte Wachs war an den Wangen gerötet, der hübsch geschwungene Mund war in zartem Rosa gehalten, aber an der unteren Lippe glänzte eine dunkelrote, verkapselte Wunde und beschwerte die linke Lippenseite, zog sie nach unten, und darunter stand ein Schild in deutscher Sprache mit dem Wort »Primäraffekt«. Das Modell hatte keine Augen, und der restliche Kopf fehlte – die untere Gesichtshälfte war von einem weißen Tuch umhüllt, und Anton fragte sich, was man in ihren Augen hätte ablesen können, hätte man diese gesehen. So wie Anton vor diesem Gesicht blieb sein griechischer Kollege häufig vor zwei weiblichen Unterschenkeln stehen, die ebenfalls in weiße Tücher gewickelt waren, übel zugerichtet, voller offener Stellen, blutiger Risse und eitriger Flecken. Der Zettel darunter verkündete: »Lues III«.

Doktor Winter legte großen Wert darauf, dass seine Schüler alle Details von zwei weiteren Syphilis-Moulagen erklärt bekamen: Einem männlichen Glied, das an einer Stelle aufgebläht war und inmitten einer Landschaft aus schwarzer Wolle lag, sowie einer klaffenden Vulva, auf deren Schamlippen Bläschen sprossen. Beide Moulagen waren mit angedeuteten Gesäßbacken und Oberschenkeln aus hautfarbenem Wachs ausgestattet. Da Doktor Winter davon ausging, dass seine Schüler erwachsen genug seien, dienten diese von Krankheit verunstalteten Geschlechtsteile auch ihrer Aufklärung. Anton fragte sich, ob die Syphilis nicht als Vorwand diente, um diese ansonsten stets verborgenen Körperteile zu wissenschaftlichen Zwecken öffentlich präsentieren zu können. Er war dem Arzt dankbar, dass er ihnen erklärt hatte, was sie damit anstellen konnten, allerdings erfüllte ihn die Vorstellung, dass er damit eines Tages ein Kind zeugen könne, mit Unbehagen.

Einige Wachsmodelle zeigten gesunde Organe oder Gliedmaßen, das waren Idealfälle, wie Doktor Winter betonte, die es in der Natur selten oder gar niemals gab: »Sobald wir geboren sind, befallen uns Krankheiten«, sagte er und hob dabei seinen rechten Zeigefinger in Augenhöhe, bewegte ihn dreimal bedächtig und ließ ihn in der Luft stehen, »das kann uns sogar schon im Mutterleib geschehen, diesem am meisten geschützten Ort der Welt«.

Die größte Zahl der Exponate waren Lungen, die hier an der Kreuzung von Broadway und 14th Street wie anonyme Grabsteine wirkten. Sie lagen in Gläsern mit Formalin und zeugten von der zerstörerischen Wut der Silikose und der Tuberkulose. Doktor Winter war ein Spezialist für diese Krankheiten. Tuberkulose kam nach seinen Worten in der Welt so häufig vor, dass vermutlich sie alle den Tuberkelbazillus in sich trugen, doch da sie ansonsten einigermaßen gesunde junge Männer waren – er lehnte die Möglichkeit, dass ein Mensch vollständig gesund sein könne, entschieden ab –, würde sich die Krankheit bei ihnen nicht entfalten. Noch nicht! Sie sollten sich unbedingt regelmäßig waschen und lange genug schlafen, damit das auch so bleibe. Und lüften! Das Lüften nie vergessen! Außerdem müssten sie sich gesund ernähren. Dazu gehörten Fleisch, Kartoffeln, Gemüse und Milch, keine italienischen Teigwaren! Und was die Aufklärung betraf: Sie sollten sich vorsehen, mit wem sie Geschlechtsverkehr betreiben würden, denn die Syphilis lauerte in New York an jeder Ecke.

Seltsamerweise rief ein Wachsmodell von siamesischen Zwillingen, bei denen die Torsi aus einem gemeinsamen Unterkörper herauswuchsen, bei allen drei jungen Männern mehr Ekel hervor als die Geschlechtsteile mit ihren syphilitischen Auswüchsen. Im Übrigen fanden alle drei die Darstellungen der vom Krebs verursachten Gewebeveränderungen, die man unter gut justierten Vergrößerungsgläsern und unter elektrischer Beleuchtung betrachten konnte, ausgesprochen gruselig.

*

Von all den historischen Ausführungen, die Doktor Winter in seine Vorträge einzubauen pflegte, merkten sich seine Schüler besonders die Geschichte von den gespenstischen Segelschiffen, die über die Meere trieben, bis sie kenterten.

Wenn man diese Geisterschiffe fand, lagen verfaulte Körper oder sogar nur Skelette darauf. Ihre Besatzung war von einer unheilbaren und sich stürmisch verbreitenden Seuche befallen worden, und alle waren gestorben.

Ob Piraten oder Händler, ob körperlich starke Seemänner, erfahrene und gebildete Kapitäne oder bloß elende Abenteurer, niemand wurde von einer ansteckenden Krankheit verschont, wenn sie auf einem Schiff grassierte.

*

Jeden Morgen betrat Doktor Winter pünktlich um 8 Uhr das Museum, wo seine drei Schüler schon die ersten Vorkehrungen erledigt hatten, und dann hielt er entweder einen Vortrag aus dem Gebiet der Physiologie oder der Anatomie, trug aus der Praxis eine Anekdote vor, aus der sie lernen sollten, wie man eine harmlose Krankheit von einer ernsten unterscheidet, oder er erzählte ihnen von seinen Lehrjahren in Berlin und Heidelberg. Nicht nur, dass er Robert Koch, der ja im Jahr davor den Nobelpreis bekommen habe – »Ich hoffe, meine Herren, dass sie davon gehört haben?« –, persönlich gekannt habe, er habe auch andere Nobelpreisträger kennengelernt, so Emil von Behring, der den ersten Nobelpreis für Medizin überhaupt bekommen habe, und auch Wilhelm Conrad Röntgen, den ersten Nobelpreisträger für Physik. Es waren lauter Pioniere, die er nicht genügend würdigen konnte, Vorboten einer glücklicheren Zukunft der gesamten Menschheit, da sie mit dem Licht ihres Verstands die dunklen Stellen des Daseins beleuchtet hatten.

An dieser Stelle schwärmte Doktor Winter von dem Jahrhundert, das sich gerade vor ihnen wie ein Füllhorn voller rosiger Aussichten öffnete: »Hier, in der Neuen Welt und heute, in der Neuen Zeit, werden wir Zeugen der größten Wende in der Menschheitsgeschichte, der Wende zu einer höheren Daseinsstufe, die mit dem Wachstum an Erkenntnis zu tun hat.« Es hörte sich beinahe an, als könnte der Mensch den Tod besiegen. Aber an dieser Stelle dämpfte Doktor Winter seine eigenen Erwartungen und die seiner Hörer: »Den Tod werden wir nicht besiegen, aber das sinnlose Sterben infolge des Unwissens und der Dummheit wird aufhören.« Er habe auch Paul Ehrlich als Vortragenden erlebt, ein Genie, das den Nobelpreis zwar noch nicht bekommen habe, aber was ihn betraf, würde er ihn Ehrlich sofort zusprechen, schon wegen der Schönheit der Farben, mit denen dieser die Krebszellen einfärbte, er persönlich schätze die dank Ehrlichs Methode entstandenen Bilder höher als jede Kunst, zumal man heutzutage ja auch kaum noch schön zu malen verstehe.

Damit stehe wohl außer Diskussion, welche Nation die größten Beiträge im Bereich der Diagnostik und damit zum Wohl der Menschheit geleistet habe, auch wenn er eigentlich für diese nationalen Wettbewerbe, die aktuell allerorten herrschten, nichts übrighabe, da Krankheiten international seien und so auch die Heilmethoden und er am meisten von einem Italiener gelernt habe, Dr. Carlo Forlanini, bei dem er noch im letzten Jahr gewesen sei, um die Technik des künstlichen Pneumothorax zu erlernen. Die italienischen Kollegen an der Universität in Pavia hätten mit seinem Namen gescherzt und ihn *Dottore Inverno* genannt, »aber für Sie, meine Herren, bin ich immer noch Doktor Winter« – er beendete den kurzen Anflug einer lockeren Stimmung mit erhobenem Zeigefinger.

Die drei jungen Männer waren nicht immer sicher, ob sie begriffen hatten, worüber er sprach. Sie machten sich Notizen, aber die deutschen Namen waren schwer zu verstehen und deshalb auch unmöglich aufzuschreiben, doch einmal in der Woche verteilte Doktor Winter handgeschriebene Zettel, auf denen der Stoff der Woche wiederholt wurde und die sie dann abzuschreiben hatten.

*

Bei seinen Treffen mit Ernesto berichtete Anton, was er gelernt hatte, und wunderte sich, dass Ernesto ihm über Robert Koch oder über Carlo Forlanini mehr zu erzählen wusste als Doktor Winter. Ernesto war von den Thesen des Arztes, den er nie gesehen hatte, aber von dem sein Freund so viel berichtete, begeistert:

»Španjulet, dein deutscher Heiler ist kein Pfuscher, er ist ein echter Wissenschaftler! Und er hat vollkommen recht – wir Menschen sind vor allem Körper. Unsere Gedanken drängen sich in den Vordergrund und möchten als wichtig wahrgenommen werden, aber auch sie werden vom Körper erzeugt. All das hat kein Geringerer als Dante als Erster verstanden, deshalb ließ er die Sünder in seiner Hölle körperlich leiden, auch wenn sie schon tot waren. Damit ihre Seelen bestraft werden! Unsere Körper sind die Wohnstätten unserer Seelen. Die Köper sind aus Licht entstanden.«

»Ich kann deinen Ausführungen nicht folgen, Piròn, aber wenn du mich einmal im Anatomischen Museum besuchen kommst, wirst du Dinge sehen, über die auch dein Dante gestaunt hätte.«

»Gibt es bei euch auch Sehorgane zu sehen? Menschliche Augen mit ihrer Verbindung zum Gehirn? Ich würde gerne wissen, wie es zustande kommt, dass wir sehen. Ohne Augen könnten wir das Licht nicht wahrnehmen, und das Licht ist die Quelle des Seins. Das Licht ist auch die Garantie für die Unsterblichkeit unserer Seelen. Im Licht ist das Geheimnis des Lebens enthalten, deswegen sind die Augen für mich wichtiger als das Herz.«

Augen allein gab es im Anatomischen Museum nicht, nur der gläserne Mensch hatte Augen mit leuchtenden Pupillen, die rot und blau durchblutet waren. Anton, der bei der Erwähnung von Augen an die Moulage der jungen Frau denken musste, die anstelle der Augen ein weißes Tuch aus modelliertem Wachs verpasst bekommen hatte, bat um Erlaubnis, seinen italienischen Freund zu einem der Vorträge mitzubringen, und Doktor Winter stimmte zu. Später sagte Ernesto:

»Nicht nur wegen seines Wissens, auch wegen seines Unwissens ist unser Dottore Inverno ein typischer Europäer: Er schwärmt von der Genialität der europäischen Wissenschaftler, aber er erwähnt nicht, dass in Salerno, der Stadt, an der wir mit unserer flotten *Giulia* vorbeigefahren sind, erinnerst du dich?, die arabischen und die jüdischen Ärzte schon vor siebenhundert Jahren gewusst haben, dass man sich die Hände waschen muss. Erst jetzt, im zwanzigsten Jahrhundert, in dem sie die Möglichkeit haben, unter Vergrößerung die Mikroben zu sehen, glauben die Christen endlich daran! Die Juden und die Araber wussten es seit jeher, sie brauchten dafür kein Mikroskop. Hast du gehört, dass Doktor Semmelweis seine Kollegen lange Zeit nicht von der Notwendigkeit des Händewaschens überzeugen konnte? Obwohl die Frauen in Massen starben, weil die dummen Ärzte sie nach der Entbindung mit ihren ungewaschenen Pfoten anfassten.«

Anton hatte es natürlich gehört, das Thema war ja im Vortrag angesprochen worden, und er war sichtbar erleichtert, dass Ernesto sich an ihre Abmachung gehalten hatte, nur zuzuhören und zu schweigen und Doktor Winter unter keinen Umständen zu widersprechen und keine Gegenvorträge zu halten. Wer weiß, vielleicht wusste der deutsche Arzt von der Medizinschule in Salerno und von den jüdischen und arabischen Ärzten und ihren Hygienevorschriften, aber auch wenn er es nicht wusste, sollte sein Freund ihn nicht belehren. Zum Glück war Ernesto von den Exponaten so begeistert, dass er es sich mit Doktor Winter nicht verderben wollte, er hoffte, wieder einmal eingeladen zu werden.

Das Museum bestand aus vier kleinen und einem großen Saal, die an manchen Tagen alle so voll waren, dass die drei Museumsführer keine einzige freie Minute hatten, zumal sie immer wieder in das Kabinett von Doktor Winter gerufen wurden, wenn wieder einmal das Gespräch mit einem Patienten gedolmetscht werden musste. Hinter dem großen Saal befand sich ein luxuriös eingerichteter Warteraum, in dem der Blick zuerst auf ein Bild in einem massiven goldenen Rahmen fiel, auf Rembrandts Bild *Die Anatomie des Dr. Tulp*, eine Kopie, die Doktor Winter von einem Maler in Würzburg hatte anfertigen lassen, als er dort seine erste Praxis eröffnete. Auf dem dicken grünen Teppich standen Ledersessel und Stühle entlang der Wände, die mit Brokatpapier tapeziert waren, von der Decke hing ein Lüster mit acht Glühbirnen, in dessen Glasprismen das flackernde elektrische Licht reflektiert wurde.

Die Patienten, die es sich leisten konnten, von Doktor Winter behandelt zu werden, hatten Glück: Er war ein unterkühlt und streng wirkender, aber gewissenhafter Arzt, der nicht nur die modernsten technischen Mittel, darunter einen nagelneuen Apparat zur Erzeugung eines Pneumothorax, anzuwenden wusste, sondern sich auch mit Naturheilmitteln auskannte. Dass er am Ende dennoch nur sehr wenige Patienten heilen konnte, lag nicht an ihm. Es lag an der Medizin, die immer noch im Dunklen tappte, auch wenn sie sich gerade anschickte, die Welt für immer zu verändern.

6.

In den nächsten Monaten wuchs die Zahl der zufriedenen italienischen und slawischen Patienten so rasant an, dass Antons Gehalt stieg. Inzwischen war er zusätzlich in der Versandabteilung tätig, da Doktor Winter aus ganz Amerika Briefe empfing, anhand der darin beschriebenen Beschwerden Diagnosen erstellte und entsprechende Kräutermischungen und Tinkturen verschicken ließ. In dieser Abteilung arbeiteten neuerdings weitere Dolmetscher, Labortechniker und Chemiker. Die Versandapotheke war genauso lukrativ geworden wie das ganze Ärztehaus mit all den elektrischen Geräten und mit der Museumssammlung.

Anton war unterdessen geübt im Entziffern verschiedenster lateinischer und kyrillischer Handschriften, und in seinem Kopf vermengten sich alle slawischen Sprachen in eine *Koiné*, von der die Besten unter den Slawen jahrhundertelang geträumt hatten, wie ihm Vlaho Moretti versicherte: »Und der Beste unter diesen Besten, der Edelste im Denken und im Handeln war der Theologe und Gelehrte Juraj Križanić, der die Kirchenspaltung durch die Schaffung einer gemeinsamen Sprache aller Slawenvölker überwinden wollte. Der arme Idealist reiste im siebzehnten Jahrhundert zwischen Wien, Vilnius, Rom, Konstantinopel und Moskau hin und her, bis der Papst ihn als russophilen Spinner und Verräter beschuldigte und die Russen ihn als angeblichen päpstlichen Spion nach Sibirien verbannten. Fünfzehn Jahre in Tobolsk! Die Zeit hat er genutzt, um eine allslawische Grammatik zu schreiben, was ihm natürlich das Vertrauen des Papstes nicht zurückbrachte. Den Russen war seine vergleichende Grammatik egal, sie hatten ja ihre eigene, und für die Sprachen der anderen slawischen Völker hatten sie nichts übrig. So etwas könntest du jetzt auch versuchen.«

Das war nicht ernst gemeint. Moretti wusste, dass Anton genug zu tun hatte, und außerdem hätte er ihm sowieso geraten, weder hier in New York noch anderswo zu versuchen, die Slawen zu vereinigen. Križanićs Enthusiasmus sollte jedem eine Warnung sein. Er, Moretti, wollte sich die eisige sibirische Ödnis nicht einmal im Geiste ausmalen. Vor allem, wenn er sich im Vergleich dazu an Dubrovnik erinnerte, die sonnige Stadt aus weißem, poliertem Stein inmitten des blauen Meeres. Juraj Križanić hätte ein viel bequemeres Leben haben können, wäre er unter seinen Kroaten geblieben.

Solange sie zusammen nostalgische Lieder sangen, Schnaps tranken und deftige Fleischspeisen verzehrten, waren die Slawen Brüder und Verbündete, aber ein falsches Wort über Geschichte, Sprache, Religion oder Kultur, und schon teilten sie sich in *uns*, *euch* und *die*, wobei die Mitglieder der zahlenmäßig größeren slawischen Völker jenen aus den kleineren erklärten, dass sie gar keine eigenständigen Völker seien. Die Ähnlichkeit ihrer Sprachen untereinander beweise doch, so ungefähr lautete die Argumentation, dass die kleineren über keine *eigene* Sprache und ergo über keine eigenständige Daseinsberechtigung verfügten, und diese Spirale drehte sich hoch bis zu den Russen, die für alle anderen nur eine müde Verachtung übrighatten.

Anton erwiderte, dass er trotzdem die Vereinigung der Slawen für eine bessere Lösung halte, als ewig von Österreichern, Ungarn und Italienern, dazu noch von Türken, Deutschen und womöglich Japanern beherrscht und bekämpft und darüber hinaus von all diesen und auch den Amerikanern als minderwertig betrachtet zu werden.

Der alte Dubrovniker erinnerte ihn an seinen Vater, aber im Unterschied zu seinem Vater behandelte Vlaho Moretti ihn als gleichberechtigten Gesprächspartner. Anton verdiente inzwischen bei Doktor Winter zwanzig Dollar in der Woche und war entschlossen, demnächst ein Studium aufzunehmen. Dafür musste er weiter sparen und zusätzlich bei Moretti aushelfen, viel Zeit, um sich mit Politik zu beschäftigen, hatte er nicht, aber er hatte inzwischen viel gelesen und außerdem hatte er die ethnischen Hierarchien hier in Amerika genauso beobachtet wie damals in Zadar. Er sagte: »Herr Moretti, das war doch im siebzehnten Jahrhundert. Heute ist man viel weiter, und wenn sich ein slawischer Garibaldi finden würde, dann würden die Russen ihn bestimmt nicht nach Sibirien verbannen.« Er sagte noch, die Koiné sei eine schöne Idee, aber so weit müsse man bei der slawischen Union gar nicht gehen. Was ihn betreffe, solle jeder seine eigene Sprache behalten, dennoch würde man sich gut untereinander verstehen, das würde doch reichen. Vlaho Moretti nickte nur und griff zu seiner Gitarre.

Er hätte sich seinem Vater nie in der Form widersetzt, wie er sich jetzt in der Frage der Vereinigung aller slawischen Völker gegen Moretti auflehnte. Er verstand seine Haltung, denn Moretti sah jeden Tag verschiedene Slawen bei sich einkehren, und er kannte ihre politischen Zwistigkeiten und Verblendungen besser als irgendjemand sonst, aber dennoch wollte Anton an seinen Idealen festhalten. Was nicht war, das könnte werden! Wer hätte erwartet, dass sich eines Tages die Italiener vereinigen würden? Ohne Ideale würden wir blind vor uns hindümpeln.

Er dachte häufig an die Überfahrt auf der *Giulia*, manchmal wachte er nachts auf, weil er das Gefühl hatte, im dunklen, kalten Wasser zu ertrinken. Aber sobald er sich auf die andere Seite drehte, war er wieder in Sicherheit. Er deutete seinen Alptraum als den notwendigen Preis für all das, was er hier gewonnen hatte. Damals auf dem Schiff wollte er wie Ernesto werden: Viel wissen und seine Meinung vertreten, ganz egal, ob die anderen darüber lachten.

Vlaho Moretti lachte nicht, er wirkte nur nachdenklich: »Die Slawen, Anton, sie sind wie alle anderen. Es gibt keine Unterschiede zwischen den Völkern, nur zwischen den einzelnen Menschen. Und gerade deswegen wäre es schwierig, sie friedlich zu vereinigen und zufriedenzustellen.«

Doktor Bryan hatte Anton einmal zu sich nach Hause zum Essen eingeladen. Er und seine Frau waren Vegetarier, es gab Möhren und Kartoffeln, eine süße Tomatensoße, dazu unbekannte Gemüsesorten, geröstete Maiskolben, Reis und schwarze Bohnen, und nach dem Essen in Butter gebackene Bananen, mit Honig und Sahne verfeinert. Da der im freien Stil handelnde Mediziner ein bekennender Anarchist, Sozialist und Nihilist war, zeigte er dem jungen Gast nicht nur seine Bücher über Telepathie, Mystik, Okkultismus und Meditation, sondern auch die Porträts von Pjotr Alexejewitsch Kropotkin und Michail Alexandrowitsch Bakunin. Die beiden Russen waren mit runden Schädeln, hohen Stirnen und Bärten gesegnet. Doktor Bryan erklärte Anton, dass darin ihre Genialität erkennbar sei: »Man erwartet es von anderswo, aber die Rettung der Welt wird von deinen Slawen kommen, mein Junge!« Nach dem Essen gingen sie spazieren. Im Park auf dem Washington Square legte Doktor Bryan einer Bettlerin eine Fünf-Dollar-Banknote in die Hand und sagte zu Anton: »Wir haben heute gut gespeist, dann soll sie auch gut essen, so wird das Gleichgewicht im Universum hergestellt.«

*

Anton schrieb nach Hause, dass er bald ein Studium aufnehmen werde. Sollte er wie Doktor Winter nach dem Geheimnis des Lebens in den Mikroben und im Blutkreislauf suchen oder wie Doktor Bryan bei den esoterischen und anarchistischen Lehrern oder wie Ernesto in der Literatur und im Theater, oder sollte er wie Nikola Tesla noch weiter als alle anderen gehen und nach einer endgültigen Antwort auf alle Fragen zu Materie und Energie, Erde und Universum, Sein und Bewusstsein suchen? Er befürchtete, dass sein berühmter Landsmann bisweilen übertreibe, und dass es eine einheitliche Weltformel nicht gebe, aber man konnte ja nie wissen. Er wollte zunächst studieren. Vielleicht doch Medizin. Die Medizin sei die beste aller Tätigkeiten, hatte Doktor Winter gesagt, schon deshalb, weil man Geld verdiene, indem man Menschenleben rette und dazu noch den allertiefsten Einblick in das Leben selbst gewinne. Den einzig wahren Einblick seiner Meinung nach. Und Doktor Winter musste es wissen, er hatte in Deutschland und in Italien nicht nur Medizin, sondern auch Physik, Chemie, Astronomie und Biologie studiert.

Ernesto bedauerte, dass sein Freund bei den Millionärssöhnen auf Long Island nicht mehr Stoff gesammelt hatte: »Das wären wunderbare Theaterstücke geworden, hättest du nur besser zugehört, amico mio.« Er arbeitete gerade an seiner ersten Erzählung, die er einer Zeitung verkaufen wollte. »Die Welt steht an einem Wendepunkt, nicht nur in den Vorträgen deines deutschen Arztes, der freilich recht hat – wir leben im Zeitalter der Erfindungen, ganz eindeutig wird gerade vor unseren Augen eine neue Epoche erschaffen, in der Technik, in der Medizin, in der Literatur und in der Kunst. Vor allem in der Literatur. Unsere Worte sind wie elektrische Lokomotiven, und bald werden sie auch fliegen lernen.«

Aus der Kleidung, den Schuhen, Kopfbedeckungen, Frisuren, Bewegungen und Gesichtern der Menschen könne man ihre Fähigkeiten und Fertigkeiten herauslesen, ihre Charaktereigenschaften, ihre Vergangenheit und vielleicht auch ihre Zukunft, behauptete Ernesto, der sein erstes literarisches Werk auf diese Erkenntnis stützen wollte. »Es ist wie die Anamnese, frag mal deinen deutschen Arzt, was dieses Wort bedeutet.« Er behauptete, dass er sich bei seinen Streifzügen durch New York wie in einem riesengroßen Kinetoskop aus der Produktion der *Edison Manufacturing Company* fühle, und es komme ihm vor, als wäre er zwischen die bewegten Bilder geraten, die eine geheime Botschaft für ihn parat hätten. Er müsse sie nur noch verstehen. »Ich höre mich einfach um, und wenn ich etwas Außergewöhnliches aufschnappe, schreibe ich es in mein Notizbuch.« Von Ernesto konnte man immer noch viel lernen.

»Erinnerst du dich an den erschossenen Architekten, der den Wardenclyffe Tower projektiert hatte? Der die Mädchen in seinem Studio voller roter Kissen und Samtvorhänge schaukeln ließ? Eine Bekannte, die nicht gerade barbusig, aber in einem gewagten Kostüm in einem Musical am Broadway tanzt, hat mir verraten, dass Nikola Tesla eine elektrische Tür für dieses Studio entworfen hatte. Man drückt nur einen Knopf, und die Tür öffnet sich automatisch. Diese Geschichte habe ich sofort aufgeschrieben, sie wird in einem meiner Stücke vorkommen. Der große Erfinder, der nichts ahnend seinem Freund einen Gefallen tut und sein Liebesnest mit neuster Technik ausstattet. Ich frage mich, ob der Architekt damit die Mädchen beeindrucken wollte oder ob er sie gefangen hielt.«

Anton, der in seinem Heft nur Einnahmen und Ausgaben notierte, fragte nicht, wer diese Bekannte sei. Ernesto war in allen Requisitenschuppen zu Hause, in denen hinter den Bühnen gefeiert und getratscht wurde, und es war kaum noch möglich, den Überblick über all seine Freundinnen und Bekannten zu behalten. Er fragte auch nicht, wozu diese Geschichte gut sein sollte. Sie warf ein schlechtes Licht auf den serbischen Erfinder, der nichts Schlechtes beabsichtigt hatte. Anstatt ihn zu bewundern, weil er mit Leichtigkeit solche Dinge wie automatische Türöffner erfand und in seiner Werkstatt eigenhändig produzierte, werde man sich nur an die anrüchige Geschichte, die dem Namen von Stanford White anhaftete, erinnern, obwohl auch White so viele bedeutende Bauten hinterlassen hatte. »Du musst aufpassen, dass deine Literatur nicht von der Art mancher amerikanischer Zeitungen, nur über Sensationen und nicht über wichtige Inhalte zu berichten, vergiftet wird«, sagte Anton.

Sie sahen einander jetzt seltener, da Anton mit seinen neuen kroatischen Freunden oder mit seinen Kollegen abends gerne in die Metropolitan Oper oder ins Hippodrome Theater ging, wo es allerlei Spektakel zu sehen gab, die Ernesto genauso wenig mochte wie Operetten und Vaudeville-Shows, und wenn Anton ein Theaterstück auf dem Broadway sehen wollte, dann hatte Ernesto es schon längst gesehen, und Anton ging mit jemandem hin, mit dem er sich unterwegs in seiner Muttersprache unterhalten konnte. Nur manchmal begleitete er Ernesto in die Bowery Street, eine Gegend, die er neugierig erforscht hatte, danach aber lieber mied, und die auf Ernesto eine magische Anziehungskraft ausübte.

*

Die Straßen, die Häuser und die Menschen in New York waren aufeinander abgestimmt. So wie im Herzen Manhattans die überdimensionierten, majestätischen Schlösser mit ihren gleich aussehenden Fenstern und den goldenen Lettern über prunkvollen Eingängen in die Höhe wuchsen, bewegten sich entlang der Park Avenue, der Madison Avenue und der Fifth Avenue gut gekleidete Männer mit blank geputzten Schuhen und aufwendig drapierte, mit Brillanten behängte Damen. Auf der anderen Seite des Spektrums befand sich die Bowery Street. Hier ratterten auf der Erde die elektrischen Straßenbahnen und in der Luft die elektrische Stadteisenbahn, beide machten höllischen Lärm, sodass man sich kaum unterhalten konnte. Die überirdische Bahnlinie fuhr über eine Stahlkonstruktion, die auf der Höhe der zweiten Geschosse einer Reihe unansehnlicher und ungleicher Gebäude verlief, weshalb die Sonne nie bis zu den Fußgängern vordrang. Bisweilen war es auf der Bowery Street tagsüber so dunkel wie in der Nacht. Hier strandeten alle, die es nicht geschafft hatten. Hier konnte man die Kehrseite der Hoffnungen sehen, welche die Einwanderer mit sich in die Neue Welt gebracht hatten und die in den düsteren, schmuddeligen Hauseingängen der Bowery Street verpufften und im Alkoholrausch ertränkt wurden. Hier, so sagte Ernesto und grinste dabei, müsste am Beginn der Straße, irgendwo in der Höhe der Canal Street, ein Flatterband angebracht werden, auf dem Dante zitiert werden sollte:

Laciate ogni speranza voi ch'entrate.[5]

Inmitten bunter, leuchtender Werbetafeln diverser Geschäfte, zwischen schäbigen Absteigen und zwielichtigen Bars, Vergnügungsstuben und Pfandhäusern tummelten sich Seeleute, Vagabunden und Hütchenspieler, betrunkene Boxer und erfolglose Musiker, die husteten und gelegentlich Blut spuckten. Sie hätten besser ihre Lungen von Doktor Winter durchleuchten lassen sollen, hätten sie nur das Geld für einen Arzt gehabt. Es gab kleine Läden, in denen man Anzüge und Socken stopfen und Schuhe flicken lassen konnte, dicht gedrängt an die Waschsalons, die ein pragmatisches »While You Wait« verkündeten; hier konnte man die Kleidung, die man anhatte, und das war zugleich alles, was einige überhaupt besaßen, abgeben und in eine Decke gewickelt warten, bis alles gewaschen, getrocknet und gebügelt worden war. Für fünf Cent ließ man sich hier rasieren und für zehn Cent die Haare schneiden, allerdings ohne dass sie zuvor gewaschen wurden. Waschen konnte man sich in den billigen Herbergen, in denen auf vier Kammern mit jeweils zwei Etagenbetten ein Bad kam.

Auf der Bowery Street warteten Menschen in Schlangen vor den Ausgabestellen der Heilsarmee und den Rekrutierungsstellen des Militärs. Die Schiffsgesellschaften heuerten Matrosen an, und zwischen all den Wartenden stellten Astrologen ihre Tische auf. Auch vor ihnen bildeten sich Schlangen, man ließ sich für fünfzig Cent ein Horoskop erstellen, und wer mehr erfahren wollte, begab sich in das Hinterzimmer eines der mit bunten Tüchern geschmückten Geschäfte, in denen er von Wahrsagerinnen und Phrenologen empfangen wurde. Letztere behaupteten, nach strengsten wissenschaftlichen Erkenntnissen vorzugehen, während sie mit ihren Fingern die Kopfformen der Kunden betasteten und ihnen anhand der Konstitution ihrer Schädel Diagnosen über ihre persönlichen Schwächen und Stärken sowie Prognosen über ihre private und berufliche Zukunft erstellten. Da Doktor Bryan ähnliche Verfahren anwandte, weckten die Phrenologen Antons Interesse, aber ausgerechnet über sie lachte Ernesto. »Aus den Gesten, aus der Kleidung, aus der Körperhaltung und aus den Bewegungen kannst du herauslesen, wie jemand ist, aber doch nicht aus den Dellen im Schädel und aus der Bogenform der Augenbrauen«, sagte er.

Man wartete außerdem vor den Tattoo-Salons, den Fotoateliers, Schießbuden und Spielhallen, in denen die Ärmsten ihre letzten Münzen in die Automaten warfen, die sie »zunächst liebevoll *Liberty Bell* nannten und dann als *Einarmigen Banditen* verfluchten«, wie es Ernesto in einer seiner unveröffentlichten Erzählungen formulierte. Es gab keine erkennbaren Bordelle. Die Frauen boten ihre Dienste in Hauseingängen oder in den gemieteten Zimmern von Bruchbuden an. Gestrandete konnten sich dort nicht zum Schlafen hinlegen, da sie von den Zuhältern bedroht wurden, sobald sie nur kurz anhielten.

An manchen Abenden versammelten sich auf der Bowery Besucher aus besseren Stadtteilen, um die kleinen Theatersäle, Varietés und Tanzcafés aufzusuchen oder sich in einer Kokain-, Opium- und Haschischhöhle zu vergnügen. So etwas hieß *slumming* und war eine Mode, die aus Großbritannien herübergeschwappt war – die Slums bestaunen und »sich unter das Gesindel mischen«. Die Touristen gaben Runden in den Bierhäusern aus und zahlten dazu Suppe und Brot für die Mittellosen, die in Scharen darauf warteten. Im Theater Thalia bemühten sich die Reformer des New Yorker Yiddish Theater um belehrende Programme, was allgemein als spießig angesehen wurde, während in der Burlesque halb nackte Mädchen tanzten und ihre Beine synchron im

Rhythmus der Musik in die Luft warfen, darüber herrschte allgemeine Begeisterung. Jeden Mittwoch hatten die Mädchen einen freien Abend, und die Burlesque verwandelte sich in eine Showfläche für Amateure, die ihre Chance ergreifen wollten, was regelmäßig in einer Katastrophe endete: Wenn die Darbietung gefiel, warf das Publikum Geldstücke auf die Bühne, doch das geschah selten, viel häufiger flogen Bananenschalen und faules Obst, es wurde gebrüllt und gepfiffen, bis ein Aufseher aus dem Hintergrund auftauchte und mit einem Metallhaken die Unglücklichen an der Taille oder am Hals von der Bühne zog.

Verfaultes Obst war einfach zu besorgen, standen doch in der Mulberry Street links und rechts Holzkarren und Marktwagen in zwei Reihen, voll beladen mit schimmelnden Früchten und vertrockneten Salatköpfen, geschrumpftem Gemüse und Bergen aus altem Brot, die von Sizilianern und Neapolitanern für einige Cent verkauft oder verschenkt wurden. Daneben türmten sich auf Decken ausgelegte Geräte mit Fabrikationsfehlern, die von osteuropäischen Juden für ein paar Dollar und begleitet von Erklärungen, wie man die Geräte am besten reparieren könne, dargeboten wurden.

Die Bowery war der Boulevard der Elenden und der Süchtigen, die Pulsader im Südosten Manhattans, auf der man nach seinem Glück suchte wie anderswo in Amerika nach Gold. Um die Bowery herum scharten sich die Viertel der weniger angesehenen Ethnien: Süditaliener mit ihrer Mafia, Chinesen mit ihren Teestuben, in denen Opium und Haschisch kreisten, Griechen, Türken und Albaner mit ihren Kaffeehäusern, wo sie starken Mokka tranken, Zigaretten oder Wasserpfeifen rauchten und Karten spielten, bis Messer aufblitzten, osteuropäische Juden, die von alteingesessenen Juden als billige Arbeitskraft eingesetzt wurden.

Anton hatte keine Lust, ständig auf seine Taschen aufzupassen und darauf zu achten, nicht von jemandem angerempelt und in eine Schlägerei verwickelt zu werden, deswegen schlug er nie von sich aus vor, dass sie wieder einmal in die Bowery Street gehen sollten. Aber nicht nur Ernesto, auch andere junge Männer wollten immer wieder dorthin, da es hier ausreichte, einmal die Straße auf und ab zu gehen, und schon hatte man mehr gesehen als anderswo in einem ganzen Monat.

Wer die Bowery Street nicht kennt, der kennt New York nicht, so sagte Ernesto, aber Anton meinte, jetzt, da er die Straße und die ganze Gegend gesehen habe, würde er seine wenigen Stunden nach der Arbeit und nach der Abendschule lieber anderswo verbringen: »Wer das Waldorf-Astoria nicht kennt, der kennt New York auch nicht, aber wir beide schaffen es nicht einmal, wenigstens Nikola Tesla dort zu begegnen.«

»Natürlich schaffen wir das«, sagte Ernesto.

7.

In der Sommerhitze verwandelte sich die Stadt in ein müdes, durstiges Tier, das ausgestreckt vor der Atlantikküste lag und hechelte. Er lebte jetzt schon seit mehr als drei Jahren in New York und wenn er abends nach einem langen Arbeitstag zurück ins Mills Hotel fuhr, wo er seit dem Beginn des Sommers wohnte, konnte es ihm vorkommen, als wäre er noch nie anderswo gewesen und als hätte er keine Mutter und keinen Vater, als wäre er hier aus dem Schaum der grauen Wellen entstanden, die die Fähren am Hudson River hinterließen, und irgendwo vor Clinton Castle an das Ufer des Battery Parks gespült worden. Oder als wäre er in der Tiefe des Meeres auf einem Korallenriff zur Welt gekommen, und eine Strömung hätte ihn vom Ozean kommend in den schmalen East River getrieben, erst unter der Brooklyn Bridge wäre es ihm gelungen, das Festland zu erreichen.

Er träumte häufig vom Schwimmen.

Auf den Fähren, die Manhattan mit den umliegenden Nachbarküsten verbanden, spielten bisweilen italienische Musiker – zwei Geigen, ein Cello, eine Harfe. Ihnen zu lauschen war fast so schön, wie Enrico Caruso in der Metropolitan zu erleben. Und die Besuche in der Oper waren das größte Vergnügen, das Anton sich gönnte. Carusos Stimme zauberte mediterrane Landschaften aus Sonne und Meer. Manchmal träumte er von dieser Stimme.

Er legte sich gegen Mitternacht ins Bett, fiel sofort in einen unruhigen Schlaf, wurde aber regelmäßig nach ein oder zwei Stunden von der Hitze im Zimmer geweckt und konnte nicht wieder einschlafen. Je mehr er sich dazu zu zwingen versuchte, desto wacher wurde er. Er wusste, dass er unbedingt weiterschlafen musste, da Doktor Winter seine Missbilligung nicht verbergen konnte, wenn er sah, dass einer seiner Schüler gähnte.

Die Glocke im Hotel klingelte jeden Morgen um 6.30, schrill und unerbittlich, und spätestens um 7 Uhr mussten alle Türen der dreihundert Zimmer weit geöffnet und die Zimmerinsassen im Frühstücksraum oder bereits auf dem Weg zur Arbeit sein. Das Mills Hotel in der Rivington Street war ein Luxushotel für Arme, das man das »Waldorf-Astoria der East Side« nannte, es war ein Domizil für alleinstehende Männer, in dem es einen schnellen Aufzug, warmes Wasser und ausreichend Seife in den Gemeinschaftsbädern und sogar eine Zentralheizung gab, was in den Wintermonaten von großer Bedeutung war, wenn New York von Schneestürmen heimgesucht wurde. Jetzt mochte er an das Wort »Zentralheizung« nicht einmal denken. Die Sommernächte waren unerträglich heiß in dieser spartanischen Einrichtung, die ein Millionär und Philanthrop namens Darius Ogden Mills hatte erbauen lassen, da die Wohnsituation in New York besorgniserregend war. Die überfüllten Behausungen der Neuankömmlinge waren zu Brutstätten für Seuchen geworden, was diese immer unbeliebter machte, so sehr sich Doktor Winter bemühte, jedem, der es hören wollte, zu erklären, dass man die Immigranten nicht für die Existenz von Krankheiten verantwortlich machen dürfe: »Die Bazillen sind da, und sie unterscheiden nicht zwischen *reich* und *arm* oder *alteingesessen* und *soeben eingereist*. Wenn die Bedingungen für sie günstig sind, vermehren sich die Krankheitserreger. Es ist die Aufgabe der gesamten Menschheit und in diesem konkreten Fall der ganzen Stadt, die Bedingungen für das Gedeihen der Keime einzuschränken.«

Anton wollte ebenfalls Millionär und Philanthrop werden. Oder zumindest Philanthrop. Oder Arzt. Amerika, so dachte er, wäre die reinste Hölle aus Dantes Versen, die ihm Ernesto regelmäßig vortrug, wenn es nicht Wohltäter und Ärzte wie Doktor Winter gäbe. Das versprochene Land war ein Ort des Überlebenskampfs, in dem seltsamerweise immer wieder an unerwarteten Stellen Humanität aufleuchtete, sodass es einen Überschuss an Hoffnung inmitten der Not gab. Darüber hatte er neulich nach Hause geschrieben. Er fragte sich, ob sich sein Vater darunter etwas vorstellen könne.

Es gab zahlreiche andere Vorteile in dem riesengroßen Land, zum Beispiel waren die Unterhaltskosten niedrig, und schlecht bezahlte Arbeit gab es überall. Man musste viel Pech haben, körperlich schwach oder krank sein oder spielen und trinken, um in vollständigem Elend zu enden. Alles, was man benötigte, waren Ausdauer, Sparsamkeit und Disziplin, dann schaffte man es auch, eine besser bezahlte Arbeit zu finden, und so kämpfte man sich nach oben, mit mehr oder weniger Geschick. Er wusste, dass Ernesto darüber anders dachte. Ernesto hätte auch in einer derart militärisch organisierten Institution, wie es das Mills Hotel war, nicht wohnen wollen.

Man wohnte hier für einen Dollar pro Woche. Die Wäsche konnte man für wenige Cent in einem chinesischen Salon waschen lassen, direkt gegenüber. Im Gebäude roch es nach Desinfektionsmittel, und es herrschten Ordnung, Symmetrie und Gleichheit – die Zimmer hatten alle gleich große Fenster und waren jeweils drei Meter lang und zwei Meter breit, man musste sie morgens verlassen, damit sie sauber gemacht und gelüftet werden konnten, zurückkommen durfte man erst nach 18 Uhr. Es gab drei Aufenthaltsräume im Erdgeschoss, wo Anton sich manchmal aufhielt, hier konnte man lesen und schreiben, zwei andere waren mit Billard- und Kartentischen ausgestattet. Die Zimmer waren einheitlich möbliert: Ein Bett, ein Nachtschränkchen, ein Stuhl und eine schlichte Wandgarderobe mit fünf Haken. An den Wänden hingen keine Bilder, und niemand traute sich, ein Bild anzubringen. In den Korridoren standen nummerierte Garderobenschränke, in denen die Bewohner ihre gesamte Habe aufbewahrten. Das Restaurant befand sich im Keller und war schlicht eingerichtet. Tische und Stühle waren aus hellem Holz mit dunklen Metallbeinen, sie waren immer sauber, genauso wie der Boden, da alle zehn Minuten der Putzdienst kam und alles wegfegte, wegwischte, schrubbte und trocknete. Für zehn Cent konnte man hier frühstücken, es gab reichlich Weißbrot mit Butter und Marmelade, frisches Obst, dazu Milchkaffee oder Tee. Nach 18 Uhr konnte man für zwanzig Cent ein amerikanisches Abendessen bekommen, meistens Rindfleisch mit Kartoffeln und grünen Bohnen, aber Anton bevorzugte die italienischen Restaurants und mochte den Geruch nicht, der am Morgen noch immer zwischen den Wänden hing und ihm den Genuss seines ersten Kaffees verdarb.

Es war irgendwann Mitte Juli 1908, als er wieder einmal in der Nacht wach wurde, und zwar mit einem klaren Gedanken im Kopf: Seine Familie in Dalmatien hatte ihn vergessen. Er richtete sich im Bett auf, spürte, wie feucht das durchwühlte Laken unter ihm war, und fror in der trockenen, warmen Luft. Es überkam ihn ein Gefühl von unermesslicher Einsamkeit, von jener Art, wie sie im Weltall herrschen muss. Darüber hatte Ernesto neulich gesprochen, er hatte Dantes Verse mit den Beobachtungen eines Astronomen ausgeschmückt. Und jetzt war Anton in diesem öden, nach innen gekehrten Universum als das einzige Lebewesen aufgewacht. Die fernen Sterne funkelten in der Weite seiner Seele, nichts regte sich außer ihrem kalten Licht, alles in ihm war taub, stumm und leer. Ja, seine Familie hatte ihn vergessen, die Gewissheit darüber wurde plötzlich übermächtig wie die warme Nacht, die ihn umgab, und wie das frostige Weltall in seinem Inneren. Der letzte Brief war im Mai gekommen, die immer gleichen, nichtssagenden Beschreibungen des Alltags, dazu die Grüße der Nachbarn, Patentanten und Großeltern in immer gleicher Reihenfolge. Er war plötzlich fest davon überzeugt, dass sein Vater ihm nur noch aus Pflichtgefühl schrieb und die Mutter genug mit seinen Geschwistern zu tun hatte, die sie womöglich sowieso mehr liebte als ihn.

Bereits im Gymnasium hatte er weit entfernt gelebt. Hatten sie ihn nicht schon damals vergessen, sobald er sich nach den kurzen Ferien verabschiedete und zurück ins Internat musste? Dabei lag Zadar viel näher als New York. Jetzt war er auf der anderen Seite des Ozeans, und sie vermissten ihn nicht. Warum sollten sie auch? Er hatte ihnen bisher keinen einzigen Dollar geschickt. Von allen, die er hier kannte, hörte er ständig, wie viel Geld sie an ihre Familien geschickt hatten, Ernesto natürlich ausgenommen, aber er verdiente ja auch kaum etwas.

Inzwischen hatte er seine Ersparnisse einer amerikanischen Bank anvertraut. Er wollte sein Geld nicht mehr beim »König der Kroaten«, Franjo Zotti, verwahren, da es Gerüchte gab, dass Zotti den Familien der kroatischen Arbeiter die schwer verdienten Dollars nicht auszahlte, zumindest blieb das Geld irgendwo stecken, in der Luft oder auf dem Wasser, man wusste nicht genau, wie diese Bankgeschäfte vonstattengingen, die Gerüchte wurden immer lauter, Anton war misstrauisch geworden, und Vlaho Moretti seufzte nur, wenn er ihn danach fragte.

Er sparte für sein Studium, doch würde es ihm etwas bringen, wenn er ein studierter Mann wäre, den alle zu Hause vergessen hatten? Ernesto kam ihm jetzt glücklich vor. Er hatte diese Sorgen nicht, wie bitter es auch war, ein Waisenkind ohne Geschwister zu sein. Ernesto hatte in Triest sogar ein Bankkonto, auf das er zugreifen konnte, wenn es notwendig wäre. Oder wenn er zurückkehrte. Er glaubte allerdings nicht, dass Ernesto an Rückkehr dachte. Im Unterschied zu ihm. Er müsste zuerst etwas werden, das hatte er seinem Vater versprochen, und dann durfte er zurückkehren.

Jetzt war er vollständig wach.

Bestimmt konnte auch die amerikanische Bank Geld nach Österreich-Ungarn transferieren. Er würde von seinen Ersparnissen eine kleine Summe beiseitenehmen, sie der Mutter senden und ihr schreiben, sie solle davon etwas Schönes nur für sich kaufen. Aber was würde sich seine Mutter kaufen? Sie trug selbst genähte Kleider und selbst gestrickte Pullover und dazu Schuhe, die ein Schuster in Split für sie und für den Vater anfertigte, die Schuhe wurden lange geflickt und repariert, nachdem sie einmal gekauft waren. Wenn er nur ihr etwas schenkte, würde der Vater nicht beleidigt sein? Wäre es nicht besser, die Geschwister zu erfreuen? Sie hatten ihn erst recht vergessen, im letzten Brief hatten sie am Ende nur einige Sätze hinzugefügt: »Lieber Anton, mir geht es gut, und Dir? Gestern habe ich eine Katze gefunden, ich wollte sie streicheln, aber sie hat mich gekratzt. Wir haben die Seeigel herausgeholt, es ist kein Einziger mehr da, aber Du kennst sie, es kommen immer wieder neue. Macht nichts, dann holen wir auch die heraus, sei gegrüßt von Deinem Bruder« und »Lieber Anton, ich habe mich mit Adela zerstritten und bin nicht mehr mit ihr befreundet, es grüßt Dich Deine Schwester«.

Ernesto hatte es besser als er. Ja, er war zwar allein auf der Welt, aber dafür konnte es ihm wenigstens nicht passieren, von lebenden Eltern, Geschwistern, Verwandten und Freunden vergessen zu werden. Ernesto war außerdem stets vergnügt und voller Pläne für seine großartige amerikanische Zukunft. Vorerst durfte er in der Public Library für drei Dollar pro Woche morgens Staub wischen, und diese Aufgabe nutzte er, um Bücher zu lesen, Zitate in sein Heft zu notieren und Zeitungen durchzublättern. Mittags arbeitete er in italienischen Restaurants, die ihn noch immer nicht einstellen wollten, ihn aber duldeten, meist nur für Essen und bescheidene Trinkgelder, und an den Abenden half er in den Theatern aus. Man kannte ihn zwischen Bowery und Broadway, als wäre er nicht von echten Eltern aus Fleisch und Blut gezeugt worden, sondern wie ein Märchenwesen aus den Brettern einer New Yorker Bühne gesprossen, und hätte sofort begonnen, mal den Dramaturgen, mal den Regisseuren zu assistieren. Er belustigte die Schauspielerinnen mit seinen Witzen, hielt an den Abenden, an denen sich ein Ensemble ausruhte, Vorträge über Carlo Collodi und seinen Pinocchio, über Giosuè Carducci und darüber, warum dieser den Nobelpreis verdient habe, sowie natürlich über Dante Alighieri und darüber, warum er der Größte unter allen Dichtern sei. Für seine Vorträge erntete er nicht nur Applaus, sondern auch einige Dollar, die man von den wenigen Zuhörern einsammelte. Er tröstete magere, spärlich bekleidete Tänzerinnen, die aus Liebeskummer, Heimweh, Angst oder Verdruss in stickigen, vollgestopften Garderoben weinten. Anton, der sich nach der Aufklärung durch Doktor Winter vor Kontakten mit Frauen hütete, fragte sich, ob

Ernesto mit ihnen schlief. Er hatte ihm all seine theoretischen medizinischen Kenntnisse über Geschlechtskrankheiten, Geschlechtsverkehr und Schwangerschaft weitergegeben und hoffte, dass Ernesto wusste, was er tat.

Auch wenn er sich manchmal Sorgen machte, wie er in dieser Stadt voller Männer eine Frau für sich finden würde, war Anton erleichtert, dass sich aktuell eine solche Gelegenheit für ihn kaum ergab. Im Unterschied zu ihm schien Ernesto von Frauen umgeben und umschwärmt zu sein. Wenn sie sich endlich einmal wieder gemeinsam auf eine ihrer Erkundungen begaben, die meist im Café Taranto endeten, las Ernesto Anton aus seinem Heft vor oder erzählte von den Theaterstücken, die er noch schreiben werde und von den Erzählungen, die zu veröffentlichen er noch nicht geschafft habe, und darin ging es immer um Liebe. Er vergaß außerdem nie, in Zeitschriften und Magazinen nach Tesla zu suchen oder sich bei seinen Theaterleuten nach dem größten aller New Yorker Zauberer zu erkundigen, dessen Erwähnung seinen kroatischen Freund jedes Mal erfreute:

»Španjulet, neulich am Broadway, in der Umkleide von Ellen, ich weiß nicht, ob ich dir gegenüber Ellen schon mal erwähnt habe? Na ja, jedenfalls erzählten mir Ellen und die anderen Mädchen dort, dass Nikola Tesla ihre Umkleide mit einer besonderen Hochspannungsaura ausgestattet hat, um die Schauspielerinnen und Schauspieler energiegeladen und munter zu halten. Sie schwören darauf, sie behaupten, es sei die beste Garderobe New Yorks. Was würde dein Doktor Winter dazu sagen?«

»Doktor Winter glaubt nicht an Schwingungen, Auren und das Waschen mit Elektrizität, von dem Nikola Tesla manchmal spricht. Für Doktor Winter gibt es nur Wasser und Seife zum Waschen. Bei uns ist Doktor Bryan für die

Elektrotherapie zuständig. Er wäre begeistert, wenn er das hören würde, er wendet ja selbst eine Ozontherapie an und massiert seine Patienten mithilfe eines d'Arsonval'schen Generators, er will aber auf Teslas Geräte umsteigen.«

Der Barmann Giulio hörte ihrem Gespräch zu. Er hatte noch keine andere Arbeit gefunden, wollte allerdings sowieso bald nach Italien zurückkehren, in sein Dorf oberhalb der Amalfiküste, zu seiner Mutter und seinen beiden Schwestern, um deren Verheiratung er sich kümmern musste. Jetzt mischte er sich ins Gespräch ein, sagte, in Amerika sei das Leben doch komfortabel, mit all diesen technischen Erfindungen, es sei nicht ausgeschlossen, dass auch er wiederkommen werde, das täten viele, sie fuhren hin und her. Wer einmal die Schiffsfahrt überlebt habe, würde es wohl auch ein zweites Mal schaffen. Aber sie sollten sich bitte weiter über Elektrotherapie unterhalten, auch er würde sich gerne einmal von so einem Gerät massieren lassen. Die Italiener nenne man Zugvögel, hatte Anton erwidert, *Birds of Passage*, weil sie es kaum aushielten, von ihrem Land und ihren Familien getrennt zu sein. Als wollte er sich dafür entschuldigen, war Giulio aufgestanden und hatte ihnen einen Grappa eingeschenkt. »Auch wenn ihr beide sonst immer nur Kindergetränke bestellt«, hatte er gesagt und gezwinkert. »Man nennt uns auch Schwalben, *Golondrinas*. Wie gesagt, ich glaube, dass ich zurückkommen werde. Aber zunächst einmal muss ich nach Italien.«

Die Erinnerung an dieses Gespräch im Café Taranto hatte die Totenstille, die in seinem Inneren herrschte, aufgebrochen. Er stopfte sich das Kissen in den Rücken, lehnte sich an die Wand und lauschte. Von draußen drangen gedämpfte Stadtgeräusche, aus anderen Zimmern konnte man hier und da ein leises Husten oder Schnarchen vernehmen, sogar gelegentliches Lachen, da manch ein Bewohner einen obdachlosen Freund ins Zimmer schmuggeln musste, auch wenn das verboten war. Das einzige Kapital der Immigranten war die Solidarität, und dieses wurde eingesetzt, wenn ein Neuangekommener oder gerade arbeitslos gewordener Bekannter um Hilfe bat. Solche blinden Passagiere benutzten nicht den Aufzug, sondern gingen auf Zehenspitzen die Hotelinnentreppe hoch und verschwanden meist direkt nach dem ersten Glockenton.

Er zwang sich, einen kühlen Kopf zu bewahren, trotz der Hitze. Der Gedanke, dass ihn seine Familie vergessen hatte, war unsinnig. Sicher, sie hatten andere Dinge zu tun, als den ganzen Tag daran zu denken, wie es ihm wohl in Amerika gehe, im Schlaraffenland, in dem man überall Gold ausgrub, in dem man in kürzester Zeit reich werden konnte und in dem man die Errungenschaften der Technik an jeder Ecke genoss. Vermutlich erwarteten sie, dass er ihnen Geld schickte, aber sie wären bestimmt mit seinem Plan einverstanden: Er musste weiter für die Aufnahmeprüfung lernen und sparen. Wenn alles gut lief, würde er im nächsten Jahr mit dem Studium beginnen können. An Rückkehr sollte er vorerst nicht denken.

Er versuchte sich an das Meer in Kaštel Lukšić zu erinnern, an die Schwimmbewegungen, an den Körper, der durch das Salzwasser glitt, aber er konnte nur an die Seeigel denken, die die Kinder vor der Badesaison aus dem Meer sammelten, an die Pastelltöne der Gehäuse, die zum Vorschein kamen, wenn die Stacheln abfielen. Jetzt, Mitte Juli, hatten sich die schlaueren Seeigel in die Tiefe des Meeres verzogen, und die anderen hatten auf dem Festland ihre Stacheln verloren und ihre Gehäuse in Hellgrün, Hellrosa und

Helllila trockneten auf den Mauern der Terrassen und auf den Fensterbrettern. Plötzlich kam ihm eine solche Säuberungsaktion brutal vor, die Igel hatten auch ihre Mütter, Väter und Geschwister, aber das kümmerte wohl niemanden, die Menschen wollten im Sommer gefahrlos baden und dafür mussten ganze Seeigelfamilien sterben.

*

Antons Vater erkundigte sich in regelmäßigen Abständen nach Doktor Vilimek. Er fragte in seinen Briefen, ob Anton den Arzt durch etwas verärgert haben könnte, aber sein Sohn ging auf diese Frage nicht ein. Doch als er im Herbst seine Frage wiederholte, entschloss sich Anton, es noch einmal mit dem tschechischen Arzt zu versuchen, auch wenn dieser vergessen hatte, ihn von Ellis Island abzuholen, und sich bei ihrer bisher einzigen Begegnung sonderbar verhalten hatte. Vielleicht hatte sein Vater recht, vielleicht lag es an ihm, dass die Kommunikation so unerfreulich verlaufen war, vielleicht war er doch zu jung und unerfahren und durfte nicht allzu schnell urteilen, schließlich konnte er nicht wissen, ob dem Mann etwas widerfahren war und er deshalb mal vergesslich und ein anderes Mal exaltiert, gereizt und düster gewesen sein könnte.

Es war an einem Montag im Oktober, als er sich endlich entschloss, Doktor Vilimek anzurufen. Zu seiner Überraschung, lud dieser ihn zum Mittagessen ein, fragte, ob er ihn am kommenden Mittwoch besuchen wolle, er werde sich bis dahin etwas überlegen, er habe eine gute Geschäftsidee, die er Anton darlegen werde, er müsse dafür nur einige Dinge vorbereiten. Anton bat Doktor Winter um einen freien Nachmittag, zog seinen besten Anzug an und ließ sich in einer italienischen Konditorei einen frisch gebackenen, mit Rosinen und kandierten Früchten gespickten Panettone einpacken.

Es war ein grauer Tag, die Straßen waren voller gelber, brauner und roter Blätter, die der Wind aufwirbelte, und die Passanten eilten dick angezogen dahin, die Schals um ihre Köpfe gewickelt, ohne die Blicke vom Boden zu heben, als wäre in den Blättern eine Botschaft für sie versteckt. Antons Augen tränten von der Kälte, auch er starrte den Weg vor sich an und hielt den Panettone mit beiden Händen fest vor seinem Körper, damit die Verpackung keinen Schaden nahm.

In der Wohnung seines Gastgebers war es nicht warm, aber auf dem Tisch flackerten Kerzen und es duftete nach der Rinderbrühe, die die Haushälterin stumm serviert hatte und danach verschwunden war. Nach der Suppe gab es Tafelspitz mit Meerrettich und Brot, dazu Rotwein aus Kristallgläsern, die Doktor Vilimek stolz als direkt aus Böhmen importiert präsentierte. Er zeigte sich gesprächig, erzählte von seinem Studium in Prag und Wien, sprang beim Erzählen von einem Thema zum anderen, und nach dem Essen sagte er, es sei noch nicht an der Zeit, seine Idee zu verraten. Dann schwieg er eine Zeit lang, nippte an seinem Wein, und Anton befürchtete bereits, dass er wieder in eine merkwürdige Stimmung verfallen würde. Plötzlich verkündete er jedoch, dass sie beide nun einen Termin bei einem tschechischen Schneidermeister hätten, der Antons Maße nehmen würde – für einen Anzug, den er für ihn bestellen wolle. Anton sagte, das sei nicht notwendig, er habe genug Geld, um sich zu kleiden, und er sei mit seinem Anzug, den er gerade trug, zufrieden, doch Doktor Vilimek ließ sich von seinem Vorhaben nicht abbringen und stürzte vor ihm durch die

Tür, rannte auf die Straße, allzu dünn angezogen, mit einem großen Hut auf dem Kopf, den er mit der Hand festhalten musste, da der Wind ihn wegzufegen drohte.

Zum Glück war es nicht weit bis zum Schneidermeister, der in einem gut beheizten Raum saß und schlecht Englisch sprach, sodass Anton in seine slawische Koiné verfiel. Der Schneider zeigte sich erleichtert darüber und redete ab jetzt nur noch Tschechisch, maß die Längen und Weiten, ließ Anton seine Arme beugen und strecken und sagte abschließend, dass sie in einer Woche wiederkommen sollten, dann werde alles fertig sein.

Weder der Schneider noch Doktor Vilimek wollten Anton verraten, was dieses *alles* werden sollte. In der nächsten Woche kamen Anton und der Arzt wie vereinbart erneut in die Schneiderei, das Wetter war sonnig und überraschend angenehm, in der Luft lag eine Fröhlichkeit, die auch auf Doktor Vilimek abzufärben schien, denn er strahlte vor Freude, als der Schneider dem verdutzten Anton zwei Trachtenanzüge präsentierte, einen dalmatinischen und einen montenegrinischen, beide aus soliden, dunklen Stoffen genäht, beide mit aufwendigen Bordierungen und Metallknöpfen, dazu zwei verschiedene Mützen, eine runde, rotschwarze dalmatinische und eine von einer Art, die er nicht kannte und die ihm als montenegrinisch vorgestellt wurde. Doktor Vilimek wirkte glücklich, er erklärte, dass die Bestellung seinen Zeichnungen entspreche, bezahlte hinter einem Paravent und packte die Anzüge und die Mützen in einen Lederkoffer, den er eigens dafür mitgebracht hatte. Er verriet immer noch nicht, wozu er diese Trachtenanzüge bestellt hatte, und führte Anton zu Fuß in die Park Avenue, zu einem gewissen Herrn Elmendorf, der schon auf sie wartete.

Es stellte sich heraus, dass Herr Elmendorf ein Reiseschriftsteller war, der Dalmatien und Montenegro bereist hatte und darüber jeden Sonntagabend in der Carnegie Hall gut besuchte Vorträge hielt, wobei er kolorierte Diapositive projizierte. Doktor Vilimek hatte mit ihm vereinbart, dass Anton, gekleidet in dalmatinischer Tracht, für fünf Dollar pro Abend das Publikum zunächst an der Tür begrüßen und danach, beleuchtet von einem Reflektor, bis zur Pause auf der linken Seite der Bühne stehen sollte. In der Pause sollte er die Tracht wechseln, weil die Reise im ersten Teil des Abends durch Dalmatien und im zweiten Teil durch Montenegro führte. Herr Elmendorf trug einen Frack und stand, während er sprach, auf der rechten Seite der Bühne.

Nach jedem dieser Vorträge wurden sie mit begeistertem Applaus verabschiedet, Anton für seine bloße Erscheinung und Herr Elmendorf für seine informative Rede. Im Publikum saßen vornehme Damen und Herren, die eine Urlaubsreise ans Mittelmeer planten, weshalb Anton am Eingang jedem den Prospekt eines Luxusdampfers in die Hand drücken musste. Auch wenn er sich albern vorkam, überlegte er, dass er jene fünf Dollar pro Abend ansparen und seiner Mutter senden könnte, und deswegen ertrug er diese Aufgabe drei Sonntagabende lang. Nach dem dritten Abend verließ er die Carnegie Hall und war gerade einige Schritte gelaufen, als sich plötzlich ein Mann auf ihn stürzte, ihm ins Gesicht schlug und ihn beschimpfte. Antons Nase blutete, er wusste nicht, ob der Schmerz oder sein Schock schlimmer war – oder seine Scham, als er verstand, was der Mann rief: »Du Schwein, du hast mir meinen einzigen Lohn genommen!« Er schlug ihm noch einmal mit der Faust auf die Brust und brüllte, er habe früher an der Tür die Prospekte verteilt, natürlich in einem ganz normalen Anzug, schrie er, und Herr

Elmendorf sei mit ihm zufrieden gewesen, Herr Elmendorf habe nichts zu beanstanden gehabt, er sei nie zu spät erschienen und nie unhöflich zum Publikum gewesen, aber er sei entlassen worden, als sich dieser balkanische Nichtsnutz in seinen falschen Trachtenanzügen in den Vordergrund gedrängt und ihn seines Lebensunterhalts beraubt hatte.

Am nächsten Tag ging Anton nach der Arbeit im Anatomischen Museum zu Doktor Vilimek, um ihm die beiden Anzüge zurückzugeben. Als er ihm erklärte, dass er gestern geschlagen und beschimpft worden sei und dass er diese dumme Rolle auf keinen Fall weiterspielen wolle, vor allem weil jener Mann seinetwegen die Arbeit verloren habe, brach der Arzt zunächst in ein so heftiges Lachen aus, dass er nach Luft schnappen musste, und anschließend wurde er wütend. Er beschimpfte Anton als undankbar, feige und faul, sagte, dass er für ihn eine so großartige Stelle organisiert habe, und fragte, was Anton denn glaube, was er in New York sonst tun könne? Er habe keine Ausbildung, sei von der Schule geflogen, wie er dem Brief seines Vaters entnommen habe, und jetzt spiele er sich hier auf, er wolle gar nicht wissen, wo und wovon Anton lebe. Und was meine er wohl, fragte er, wie viel die Anzüge ihn gekostet hätten? Das sei also der Dank für seine Großzügigkeit und für seine fantastische Idee? Etwas Besseres hätte ein Kroate in ganz Amerika nicht finden können, doch Anton sei offensichtlich zu dumm, um das einzusehen, und zu schwach, um sich gegen einen gewöhnlichen Schläger zu behaupten, den er hätte verprügeln und so sein Revier verteidigen müssen. Das hier sei ein Land der unendlichen Möglichkeiten, allerdings nur für die Mutigen und Entschlossenen.

Nachdem er sich diese Tirade angehört hatte, verließ Anton die Wohnung des tschechischen Arztes, ohne sich zu verabschieden. Seine Nase war geschwollen und schmerzte. Er wollte nur schnell in sein Hotelzimmer kommen und im Gemeinschaftsbad Umschläge mit den Kräutern zubereiten, die ihm Doktor Winter mitgegeben hatte. Zuerst überlegte er, ob er Herrn Elmendorf über seine Kündigung informieren sollte, aber dann entschied er sich dagegen und eilte erleichtert in die Rivington Street.

8.

Das Hotel Waldorf-Astoria sah aus wie die Verwirklichung eines Traums. Diesen Traum wollte man nicht nur für sich leben, man wollte ihn auch nach außen zeigen. Dafür mussten in der schnell wachsenden Stadt, die sich inzwischen immer kühner mit London, Paris und Wien verglich, besondere Räumlichkeiten zur Verfügung gestellt werden.

Es war einem Streit und der anschließenden Aussöhnung von zwei Zweigen einer erfolgreichen deutschstämmigen Familie zu verdanken, dass die nebeneinander gebauten Hotels Waldorf und Astoria mit einem langen Korridor verbunden wurden, in dem bald die schönsten Gewänder, Damen- und Zylinderhüte, Gehstöcke und Stiefeletten Amerikas in diskreter elektrischer Beleuchtung zu sehen waren. Der Bau dieser Verbindung war die Geburtsstunde der *Peacock Alley*, der Allee der Pfauen, in der die oberen Vierhundert endlich ihre angemessene Bühne bekommen hatten.

Nikola Tesla gehörte dazu, so behauptete Ernesto, wenn auch unter etwas eigenwilligen Voraussetzungen: Dank seiner Unfähigkeit, mit Geld umzugehen, hatte der Erfinder die Millionen nie bekommen, die ihm dem Vertrag nach, den er mit George Westinghouse abgeschlossen hatte, zugestanden hätten. Er hätte diese Millionen haben können und wäre der feinen New Yorker Gesellschaft finanziell zumindest nahegekommen, hätte er nicht jenen Vertrag aus einem ehrenwerten Gefühl der Loyalität heraus zerrissen, nachdem Westinghouse, damals einer der größten Arbeitgeber Amerikas, ihm vorgejammert hatte, wie teuer ihn der vereinbarte Dollar pro verkauftes Kilowatt kommen würde, den er Tesla vertraglich zugesichert hatte. Vereinfacht gesagt: Nach Ernestos Theorie war Nikola Tesla ein ideeller, aber kein realer Millionär.

Ernesto behauptete außerdem, dass Tesla all die Millionen, hätte *Westinghouse Electric Company* sie ihm vertragsgemäß ausgezahlt, sowieso in noch größere Projekte gesteckt hätte, sodass er am Ende wieder auf die Investitionen anderer Millionäre angewiesen gewesen wäre. Um genau diesen zu begegnen und nicht von ihnen vergessen zu werden, musste Tesla an Orten anwesend sein, an denen sie verkehrten, und dazu eignete sich das Waldorf-Astoria am besten. Das Interesse der Reichen sei sprunghaft, behauptete Ernesto, ihre Anerkennung für die Leistungen der Wissenschaftler sei flüchtig, man müsse sie bei Laune halten, damit sie in die Forschung investierten. Ihre Fähigkeit, sich auf das Wesentliche zu konzentrieren, sei begrenzt, und es sei fragwürdig, ob sie sich für die Geheimnisse des Universums oder für eine unbegrenzte Energieversorgung auf unserem Planeten interessierten, lauter Themen, die Nikola Tesla bewegten. Anton hatte das Gefühl, dass es ein Genie englischer, deutscher oder niederländischer Herkunft in New York leichter gehabt hätte. »Haben wir nicht Europa deswegen verlassen?«, fragte er. »Haben uns nicht genau diese nationalen Hierarchien und nationalistischen Ungerechtigkeiten gestört?«

»Ich möchte etwas erleben«, antwortete Ernesto. »Ich bin gekommen, um ein amerikanischer Schriftsteller zu werden, der Europa hinter sich gelassen hat. Genauso wie Tesla ein amerikanischer Erfinder geworden ist. Natürlich sind nicht alle begeistert, dass wir aus dem europäischen Durcheinander hierhergekommen sind und sie mit unserem Talent verdrängen. Es ist eigentlich ein Fortschritt, dass man uns hier dennoch duldet. Du witterst überall Ungerechtigkeit und willst die Welt verändern. Ich möchte sie nur beschreiben.«

Anton dachte kurz nach und sagte: »Es kann sein, dass du recht hast.«

Außerdem sei Nikola Tesla einer der am besten gekleideten Männer New Yorks, die Allee der Pfauen wäre ohne ihn nicht vollständig gewesen, erklärte Ernesto weiter: »Im Waldorf-Astoria zu wohnen, ist für Tesla angemessen. Diese Position hat er sich als osteuropäischer Immigrant erarbeitet, du solltest es von dieser Seite betrachten.« Tesla sei mit John Jacob Astor IV (»diese Germanen tragen römische Zahlen in ihren Namen, als wären sie Könige«) befreundet, der sich ihm gegenüber großzügig zeige. Er winke die Rechnungen durch, die sich zum Ärger des Mitbesitzers und Geschäftsführers George Boldt im Hotelsafe türmten, da Tesla sie nur sporadisch zu begleichen pflege. Über all das tratschte man in New York, aber man dürfe natürlich nicht alles glauben. Angeblich beklage sich John Jacob Astor IV darüber, dass sich Tesla nicht auf ein überschaubares und lukratives Projekt konzentrieren könne, etwa auf die vereinbarte Entwicklung und Produktion von Vakuumlampen, sondern sich immer für neue Ideen begeistere. »Ich glaube, dass Tesla diese Lampen schon vergessen hat. Er arbeitet an einem weltumspannenden, drahtlosen Informations- und Energiesystem und hat keine Lust, sich mit Kleinigkeiten aufzuhalten. Es ist ein Interessenkonflikt zwischen Geld und Geist, ein unlösbares Problem«, sagte Ernesto.

»An seiner Stelle würde ich die Lampen produzieren und mich in der verbleibenden Zeit mit anderen Themen befassen. Meine Rechnungen bezahle ich sofort, ich könnte nicht ruhig schlafen, wenn ich es nicht tun würde«, antwortete Anton.

Bei ihren Spaziergängen hatten sie häufig das größte Hotel der Welt von außen betrachtet. Ernesto hatte alles über seine Entstehung und das gesellschaftliche Leben, das sich darin abspielte, gelesen, was er nur finden konnte. Das zweiteilige Hotel war im Stil der deutschen Renaissance (»was immer das sein soll«, witzelte er, und Anton meinte, er solle bitte auf seine italienische Überheblichkeit verzichten) wie ein überdimensioniertes Märchenschloss gebaut, mit Türmchen, die in schmucken Zwiebelkuppeln und kegelförmigen Dächern endeten – die richtige Bleibe für einen Zauberer.

Es war typisch für New York, dass ein Hotel nicht nur Reisenden zur Verfügung stand, sondern auch Menschen, die es für praktisch befanden, sich nicht um eine Wohnung kümmern zu müssen, und die sich dauerhaft in einem Hotel einrichteten – ob in einem schäbigen Quartier, einer spartanischen Schlafstelle oder hier im Waldorf-Astoria, dessen vergoldete Wände an den Reichtum erinnerten, der sich am Übergang vom neunzehnten zum zwanzigsten Jahrhundert in dieser Stadt angehäuft hatte. Auf den Bällen, Banketts und Wohltätigkeitsdinners im Waldorf-Astoria wurden Champagner, Austern, Lachs, Roastbeef und Schildkrötensuppe serviert, zum Frühstück bekam man auf getoasteten Weizenbrötchen pochierte Eier mit kross gebratenem Speck, Blaubeertörtchen und Geflügelsalat in Mayonnaise, all das hatte Ernesto in Gesellschaftsmagazinen gelesen, während er in der Public Library Staub wischte. Er rümpfte die Nase über diese neureichen Menus: »Kannst du alles vergessen, Španjulet, mit Europa können meine lieben Amerikaner nicht mithalten, vielleicht nur in Delmonico's Restaurant, dort ist Tesla ebenfalls häufig anzutreffen. Ich will jetzt nicht angeben, aber es waren zwei schweizerische Italiener, die das Delmonico's eröffnet und die Maßstäbe gesetzt haben, die diese deutschen Astor-Millionäre jetzt nachahmen.«

*

Als Nikola Tesla auf Antons Schreiben antwortete und sie beide zu sich nach Hause, also ins Waldorf-Astoria, einlud, war Ernesto begeistert: »Was habe ich dir gesagt? *Bittet, so wird euch gegeben; suchet, so werdet ihr finden; klopfet an, so wird euch aufgetan.* Alle Türen dieser Stadt stehen uns offen!«

Anton hatte den serbischen Erfinder angeschrieben, ihm seine Verehrung ausgesprochen und ihn um einen Termin gebeten, ohne zu hoffen, je Antwort zu bekommen: »Ich bin in der Nähe von Split aufgewachsen, das liegt nur 200 Kilometer von Ihrem Geburtsort Smiljan entfernt. Ich habe das königlich-kaiserliche Gymnasium in Zadar besucht und lebe schon seit vier Jahren in New York. Gerade habe ich die Aufnahmeprüfungen bestanden und möchte mich am Eclectic Medical College immatrikulieren. Wenn es Ihnen keine allzu großen Umstände bereitet, dann würde ich gerne etwas über Ihre Erfahrungen mit den hiesigen Bildungseinrichtungen hören. Zu diesem Zweck würde ich mit meinem italienischen Freund Ernesto Chiaro, einem Schriftsteller, an jeden Ort kommen, den Sie uns nennen und der für Sie praktisch ist, damit Sie nicht allzu viel Zeit verlieren. Wir würden uns beide sehr geehrt fühlen, wenn wir Sie kennenlernen dürften.«

Bereits nach einer Woche wurde ihm an der Rezeption im Mills Hotel ein Brief in einem Umschlag mit dem Wappen des Hotel Waldorf-Astoria ausgehändigt, und darin war auf einem weichen, beigefarbenen Briefpapier, das ebenfalls mit dem Wappen verziert war, die Antwort in einer energischen, regelmäßigen Schrift zu lesen: Ja, er möchte ihn und seinen italienischen Freund gerne kennenlernen, man sei hier in der Fremde aufeinander angewiesen, und es freue ihn immer, wenn sich junge Menschen aus seiner Heimat für Bildung und für seine Arbeit interessierten, mit herzlichen Grüßen, Nikola Tesla.

Sie waren im neuen Teil des Doppelhotels verabredet. Der Eingang war von einer Konstruktion aus Milchglas und Schmiedeeisen überdacht, und in der Eingangshalle wurde der unerfahrene Besucher vom Glanz des blassgrünen und lachsfarbenen italienischen Marmors und der vergoldeten Sockel der dunkelgrünen Marmorsäulen derart verwirrt, dass man ihn leicht als unerfahren erkennen konnte. Doch Ernesto und Anton hatten sich vorbereitet. Ernesto hatte alles über die Architektur des Hotels gelesen (»außen deutsche, innen italienische Renaissance, stell dir bitte diese Mischung vor und frag bloß nicht, welche der beiden Renaissancen das Original darstellt«), und Anton hatte nicht nur für seine Garderobe, sondern auch für die von Ernesto Sorge getragen – von den Ersparnissen, die zu einer beachtlichen Summe angewachsen waren, hatte er für beide neue Hemden, Krawatten, Hüte und Schuhe gekauft, die passenden Anzüge hatten sie bereits gehabt. Noch nie waren sie so elegant gewesen.

Sie wurden zum Palmgarten geführt, einem Café, das mit einer Kuppel aus Bernsteinglas überdacht war. Die Wände waren aus weißen Ziegelsteinen, verziert mit Terrakotta-Reliefs, man konnte Umrisse von Weintrauben, Oliven, Amphoren und Fischen erkennen. In dem lichtdurchfluteten Raum waren großzügig Rattan-Sessel um Tischchen aus Mahagoni verteilt. Ihr Gastgeber stand in der Mitte des Cafés. Er war groß gewachsen, schlank, in einem dunklen Anzug mit weißem Hemd und einer rot-weiß gepunkteten, breiten Schleife um den Hals. Sie wussten, dass er niemandem gerne die Hand gab, deshalb verbeugten sie sich vor ihm. Er konnte nicht wissen, wie lange sie diese Verbeugung im Taranto unter Aufsicht des Barmanns Giulio eingeübt hatten, aber er lächelte sie freundlich an. Auf ein Zeichen von ihm setzten sie sich um einen der Tische, auf dem eine ausgebreitete Zeitung lag, die er jetzt zusammenfaltete. Ein Kellner war wie aus dem Nichts erschienen und fragte, ob sie Tee oder Kaffee und Kuchen wünschten, er könne Käsekuchen mit Johannisbeergelee oder Apfelkuchen mit Baiser empfehlen. Die beiden jungen Männer blickten sich unsicher um, aber Nikola Tesla sagte in italienischer Sprache:

»Ich esse keinen Kuchen. Ihnen empfehle ich allerdings, von beiden Sorten zu nehmen, angeblich sind sie hervorragend. Sie sind meine Gäste, langen Sie nur zu!«

Er wartete nicht auf ihre Antwort, sondern wandte sich auf Englisch an den Kellner: »Bringen Sie bitte für die Herren jeweils ein Stück des heutigen Kuchenangebots, bitte in den empfohlenen Dimensionen, und für mich ein Glas Milch.« Dann drehte er sich erneut zu Ernesto und Anton: »Ich gehe davon aus, dass Sie beide Kaffee trinken?«

Anton sagte: »Ja, danke, gerne, mit Milch«, und Ernesto verschwieg, dass er lieber Tee trank. Er hätte gerne gefragt, was die empfohlenen Dimensionen seien, aber er traute sich nicht.

Nikola Tesla wechselte wieder ins Italienische:

»Sie wollen sich also von mir beraten lassen?«

»Wir wollen etwas erreichen«, sagte Anton. »Und wir kennen kein größeres Vorbild als Sie. Ich beginne bald mein Studium und Ernesto schreibt Erzählungen, aber bisher hat er noch keine veröffentlichen können. Manchmal spüren wir, dass Italiener und Osteuropäer in New York kein hohes Ansehen genießen. Das verunsichert uns.«

Nichts an Anton wirkte unsicher. Zwar war er aufgeregt, weil er sich mit Nikola Tesla unterhielt, aber er strahlte wie immer Ruhe und Gelassenheit aus. Ernesto, der den Freund aufgrund seiner ausgeprägten Bodenständigkeit gerne als *testa balcanica* verspottete, sah ihn bewundernd an.

»Folgen Sie Ihren Herzen«, sagte Nikola Tesla. »Wir Menschen sind Maschinen, angeschlossen an das allumfassende Räderwerk der Natur. Und unsere inneren Säfte werden von unseren Herzen in Bewegung gehalten. Wenn ich Sie richtig einschätze, dann tun Sie das ja bereits.« Er hielt inne, als wäre damit seine Beratung beendet. Alle schwiegen, während der Kellner Tassen, Gläser, Teller, Besteck, die Kännchen mit Kaffee, ein Tablett mit Kuchenstücken und eine Silberkanne voller Milch vor ihnen sortierte. Nachdem sich alle bedient hatten (Ernesto sagte später, er habe noch nie einen so köstlichen Kuchen gegessen), wandte sich Tesla erneut an Anton: »Erklären Sie mir bitte, was ich mir unter der eklektischen Medizin vorstellen darf?«

»Das ist eine amerikanische Ausrichtung in der Medizin, bei der die Kenntnisse aus allen Richtungen zusammenfließen, zum Beispiel werden Biologie, Chemie und Pharmakologie nach europäischer Art mit dem Wissen der Ureinwohner Amerikas über Kräuter und andere Heilmethoden angereichert. Das Motto der eklektischen Medizin lautet: Alles, was dem Patienten guttun könnte, bei kleinstmöglicher Toxizität. Es ist eine pragmatische Einstellung, die die Individualität des Patienten berücksichtigt«, sagte Anton.

»Für mich hört sich das sehr vernünftig an«, sagte Nikola Tesla. »Bisher habe ich keinen Ihrer Eklektiker kennengelernt. Gerne würde ich mich überraschen lassen und hören, dass es Mediziner gibt, die den ganzen Menschen und seine Interaktion mit dem Universum betrachten. Ich habe Methoden der Elektrotherapie entwickelt, die mir wirkungsvoller erscheinen als der Aderlass und ähnliche Eingriffe, welche die Ärzte gewöhnlich an ihren Patienten vornehmen.«

Anton beeilte sich zu versichern, dass die Ärzte, die er das Glück gehabt habe, im Anatomischen Museum am Broadway kennenzulernen, anders waren als jene, die Herrn Tesla womöglich negativ aufgefallen seien. Als er sagte, dass Doktor Bryan mit einem Physiker in England befreundet sei, zeigte sich Tesla interessiert: »Mit Sir Oliver Lodge? Ein geschätzter Kollege, der das Geheimnis des Äthers besser versteht als die anderen Physiker heute.«

Dann wandte er sich an Ernesto, der im Unterschied zu Anton seine Kuchenstücke schon aufgegessen hatte: »Habe ich zu viel versprochen? Waren sie schmackhaft?« Als Ernesto bejahte, sagte er: »Jedes Stück sollte idealerweise 393 Kubikzentimeter umfassen. Ich berechne das Volumen von Speisen. Wenn das Ergebnis nicht durch drei teilbar ist, dann versuche ich selbst, die Menge anzupassen. Aber diese Stücke waren perfekt bemessen.«

»Warum ausgerechnet durch drei?«, fragte Anton.

»Drei ist eine heilige Zahl, die uns hilft, Ordnung in die Welt zu bringen. Wir müssen stets an der Ordnung arbeiten. Sonst würde die Entropie gewinnen. Kennen Sie Maxwells Dämon?«

Ernesto kannte ihn natürlich, und es war offensichtlich, dass Teslas Interesse an ihm geweckt war: »*Signor* Chiaro, Ihnen muss ich vermutlich nicht erklären, dass der italienische Dichter Dante Alighieri die Bedeutung der Zahl Drei besser verstanden hat als irgendein anderer Mensch. Auch wenn er katholisch war, seine Epoche war der Lehre der ersten, gemeinsamen Kirche von der Heiligen Dreifaltigkeit näher als die unsere.«

Ab diesem Augenblick war Ernesto der Magie des Zauberers der Elektrizität endgültig verfallen. Zum ersten Mal, seit er ihn auf der *Giulia* in der lachenden Menge wahrgenommen hatte, erlebte Anton ihn sprachlos. Anstatt zu einem Vortrag über Dante auszuholen oder aus der *Commedia* zu rezitieren, gelang es Ernesto nur stotternd zu antworten: »Ja, ja, Dantes Terzinen.«

»Nicht nur die Terzinen mit ihrem Dreifachreim«, sagte Tesla, der ihn anschaute, als wollte er prüfen, ob Ernesto seinem gelehrten Italienisch folgte. »Die gesamte Struktur von Dantes Werk ist auf der Zahl Drei aufgebaut. Und auf der Vorstellung von der Gravitationskraft, die in die Tiefe zieht, als das absolut Böse. Die Antigravitation zieht in die Höhe, als das absolut Gute.«

Ernesto hatte sich gefasst. Es war seine Gelegenheit. Er durfte einen seiner Vorträge vor niemand Geringerem als Nikola Tesla halten, von dem er in den letzten drei Jahren so viel gelesen und gehört hatte. Er wollte diese Möglichkeit vollständig auskosten. Er setzte ein strahlendes Lächeln auf, faltete die Hände vor der Brust und sagte: »Ich hätte es wissen müssen, dass Sie nicht nur den deutschen Dichter Goethe kennen – das weiß man aus den amerikanischen Journalen –, sondern auch Dante. Wer sollte die kosmische Numerologie begreifen, wenn nicht Sie? Es handelt sich nicht um Mystik, es ist die reine Wissenschaft, verkleidet in Poesie: Dante beendet jeden der drei Teile mit dem Wort *Sterne*, weil er auf die Kosmologie als Wurzel seines Werks verweisen möchte.«

»Eine weitere Wurzel ist die Mathematik: 14.233 Verse in 3 Teilen, jeweils 33 Gedichte plus 1, insgesamt 100, da die Hölle eine Art Einleitung hat, und so addieren sich auch die Ringe der 3 Himmelsbereiche immer zu 9 plus 1. Die Zahl 3 ist heilig und die Zahl 10 ist perfekt.«

»Sie lieben wirklich die Literatur. Es ist also alles wahr, was man über sie lesen kann!«

»Nicht alles. Bei Weitem nicht alles«, antwortete Tesla.

9.

Am frühen Morgen des 16. April 1912 überschlugen sich auf den Straßen New Yorks die Rufe der Zeitungsjungen. In hohen Tönen verbreiteten sie die Nachricht, die jeder in der Stadt bereits gehört hatte, die aber erst jetzt in alle Schlagzeilen gelangt war: Zwei Tage zuvor war am späten Abend das prunkvollste und modernste Schiff aller Zeiten in der Nähe von Neufundland mit einem Eisblock kollidiert und untergegangen. Nur die *New York Times* hatte schon tags davor gewagt, von den vielen Toten zu berichten, während alle anderen Zeitungen die Katastrophe noch als kleineren Vorfall beschrieben. Jetzt aber bestand Gewissheit, und dennoch war es schwer, daran zu glauben. Auf dem Pier 59, einer der Landungsbrücken am Westufer New Yorks, versammelten sich trotz des kühlen, wechselhaften Wetters Tausende von Menschen, die vergeblich auf ein Wunder warteten. Andere versammelten sich vor dem Gebäude der *New York American*-Zeitung und lasen die Namen der Überlebenden laut vor, die auf riesigen Tafeln aufgelistet waren.

Anton war gerade wieder in New York. Er übernachtete im Mills Hotel; die Gerüche, Geräusche und die grauen Wände riefen in ihm eine Mischung aus Nostalgie und Unglauben hervor: Hatte er wirklich einmal hier gelebt? Wo war die Zeit geblieben? Es kam ihm vor, als wären Lichtjahre vergangen.

Die Nachricht vom Untergang der *Titanic* betrachtete er zunächst als eine typisch amerikanische Übertreibung. Er hoffte, dass sich bald herausstellen werde, dass die Rettungsschiffe viel mehr Überlebende aufgenommen hatten als bisher angenommen, und er fragte sich, wie es Nikola Tesla jetzt wohl ergehe. Werde er sein Hotel verlassen müssen? Den ersten Nachrichten zufolge war John Jacob Astor IV unter den vermissten Passagieren des verunglückten Schiffs. Eigentlich war es unvorstellbar, dass jemand wie Astor es nicht geschafft haben sollte, sich zu retten. Man müsse einige Tage abwarten, bevor man sich ein klares Bild machen könne. Das Schiff selbst gehörte einem anderen Förderer von Tesla, dem Banker J. P. Morgan. Ob er jetzt auch bankrott war, so wie Franjo Zotti, als sein Schiff *Brooklyn* kenterte? Vermutlich nicht. Morgan gehörte zu den allergrößten Haifischen, die im amerikanischen Becken aus Geld, Geschäft und Glanz stets oben schwammen. Zotti, der am Ende noch des Betrugs und der Veruntreuung beschuldigt worden war, gehörte schon der Vergangenheit an.

Auch wenn jetzt alle Zeitungen nur über die Passagiere der ersten Klasse berichteten, das wahre Geschäft machte man mit denen in der dritten. Die Ozeandampfer verdienten an der Masse. Wie viele von ihnen waren gerettet worden? In seinem Kopf erschien das Bild von ihm selbst im Unterdeck der *Giulia*, mit dem Gesicht über dem Nachttopf. Inzwischen wusste er nicht nur, woraus Magensaft besteht, sondern auch wie der Magen, die Leber und die Gallenblase aussahen. Seit September 1911 wohnte er in Charleston und studierte am dortigen Old Medical College. Die Professoren waren hervorragend, darunter gab es sogar zwei Frauen, was ihn an den Vortrag von Ernesto über die *Scuola medica salernitana* erinnerte. Er wohnte bei einer freundlichen Familie und seine Mahlzeiten nahm er in einem griechischen Restaurant ein.

Erst als Anton und sein Kollege Philippe Duplessis sich für den klinischen Teil des Studiums in Charleston eingeschrieben hatten, erfuhren sie, dass der frühere Reichtum dieser Stadt vom Sklavenhandel herrührte. Die idyllische Hafenstadt mit ihren bunten Häusern im Kolonialstil war ein Ort des unterdrückten Schreckens. War er nicht nach Amerika gekommen, um in einem freien Land zu leben? Er dachte immer häufiger an eine Rückkehr nach Dalmatien.

Auch er verdiente seine Dollars an den Immigranten. Die Schiffsgesellschaften, die Banken, die Hotels, alle florierten, weil sie den Reisenden zwischen Europa und Amerika Dienstleistungen anboten, und mittendrin arbeiteten die Dolmetscher und holten sich ihre Prozente aus diesem Hin und Her. In der Zeit, die er nicht an der Universität oder in einer der Kliniken verbrachte, arbeitete er als Übersetzer in einer Bank, in der ein reger Verkehr mit Italien, Polen, Russland und der Ukraine gepflegt wurde und er hatte viel mit Kunden aus diesen Ländern zu tun.

Am Tag vor dem Untergang der *Titanic* war er mit dem Zug nach New York gekommen, um mit seinem Mentor, Professor John Uri Lloyd, über eine mögliche Fortsetzung des Studiums in Europa zu sprechen. Auch Philippe Duplessis dachte darüber nach, Amerika zu verlassen. Er hatte eine Tante in Kanada, die ihm monatlich eine bescheidene Unterstützung überwies, sodass er nicht arbeiten musste, und einen Vater in Südafrika, der ihn ständig anflehte, zurückzukommen. »Lass uns nach England übersiedeln, dann sehen wir weiter«, war sein Vorschlag, der Anton immer besser gefiel. Philippe war natürlich nicht wie Ernesto, niemand konnte Ernesto ersetzen.

Er wollte die Gelegenheit nutzen, um Doktor Bryan und Doktor Winter zu sehen, Vlaho Moretti zu besuchen und Ernesto zu treffen. Sie waren im Café Taranto verabredet, und ihm war bange vor der Fremdheit, die sich bereits eingestellt hatte, als er noch in New York gewohnt, und die sich durch seine lange Abwesenheit bestimmt vertieft hatte. Es könnte sein, dass sie sich bald für längere Zeit nicht mehr sehen würden. Er musste nach Europa, zumindest um zu prüfen, ob man ihn zu Hause nicht vollständig vergessen hatte. Die Albträume, in denen er regelmäßig starb und auf einem anonymen Friedhof beerdigt wurde, ohne dass irgendjemand zu seiner Beerdigung erschien, waren häufiger geworden. Jetzt, da der Name *Titanic* durch alle Straßenschluchten Manhattans klang, kam es ihm vor, als wären die Jahre des Aufstiegs endgültig vorbei. Es konnte nicht ständig alles besser werden.

Ihm persönlich war es in den sieben Jahren immer besser ergangen. Er verfügte über solide Ersparnisse, er besaß eine goldene Uhr an einer dicken Goldkette, einen Ring mit einem Brillanten, den ihm Doktor Bryan zur Immatrikulation geschenkt hatte, einen Pelzmantel und sogar vier elegante Anzüge, dazu zwei Paar handgefertigter Schuhe und mehrere Paar Socken aus Seide. Inzwischen schaffte er es, seinen Geschwistern ab und zu je fünfzig Dollar zukommen zu lassen, wofür sie sich überschwänglich bedankten, was ihn jedes Mal peinlich berührte. Wenn er Glück hatte, dann träumte er nicht vom eigenen Ertrinken, sondern davon, wie er mit ihnen nach Seeigeln suchte und im türkisfarbenen, warmen Wasser schwamm. Er wollte sie wiedersehen.

In seinem letzten Jahr in New York hatte er mithilfe von Vlaho Moretti einen Job am Bahnhof in Hoboken bekommen, am gegenüberliegenden Ufer des Hudson River, in New Jersey. Er hatte morgens von sechs bis acht gearbeitet und war dann in sein College gegangen. Mit Zügen aus dem Westen kamen dort Goldsucher und Bergarbeiter, Farmer und Bauarbeiter an, die nach Europa fuhren, häufig zum ersten Mal nach langer Zeit, da die Schiffspassage mittlerweile aufgrund der Konkurrenzkämpfe erschwinglicher geworden war. Seine Aufgabe war es, ihnen bei ihrer Weiterreise behilflich zu sein. Je bescheidener sie wirkten, desto großzügiger fiel ihr Trinkgeld aus. Diese Reisenden eilten *nach Hause* und verkündeten das frohgemut, obwohl sie sich in der Neuen Welt ein neues Zuhause aufgebaut hatten. Sie verstärkten sein Heimweh derart, dass er mit seinem Leben zunehmend unzufrieden war. Dabei hatte er alle Gründe, dankbar und zufrieden zu sein. Er wohnte damals in der Bronx, in der Pension einer gewissen Frau Brown, wo er endlich ein gemütliches Zimmer hatte, nicht weit entfernt von der U-Bahn-Station. Das Zimmer kostete nur zwei Dollar die Woche, dazu bezahlte er fünfzehn Cent für das Frühstück. Mrs. Brown wickelte, bevor sie schlafen ging, eine Kanne mit warmem Milchkaffee und eine Schale mit Reispudding in ein Tuch aus dickem Flanell und stülpte diesem Packet eine Haube aus Schafswolle über, da Anton schon um 4 aufstehen musste, bevor er dann um 5 das Haus verließ. An manchen Abenden übersetzte er noch Briefe für Vlaho Moretti oder für Doktor Winter. Da er sich dank Philippe mit einigen französischen Medizinstudenten angefreundet hatte, die die besten französischen Restaurants kannten und mit denen sie Maskenbälle besuchten, waren seine freien Abende erfüllt, auch wenn er sie meist ohne Ernesto verbrachte.

*

Im Café Taranto gab es einen anderen Barmann, der ihn schmallippig begrüßte und kaum beachtete. Ernesto sprang auf, als er ihn hereinkommen sah. Er war abgemagert, sein Anzug wirkte ein wenig speckig, der Kragen seines Hemdes war abgewetzt, aber sein Lächeln war schön wie immer. Er zitterte vor Ungeduld, mit seinem alten Freund die neuesten Ereignisse zu besprechen. Sofort erklärte er ihm, dass bereits der Name *Titanic* eine doppelte Hybris sei, wegen des griechischen Mythos und wegen eines prophetischen Romans, in dem ein Schiff namens *Titan* ebenfalls mit einem Eisberg kollidierte (»leider lesen Banker wie J. P. Morgen, die neuerdings auch Schiffe bauen lassen, keine Romane«), er sagte, dass der Begriff *maiden voyage*, Jungfernfahrt, erotisch anmute und dass der mit dem Schiff gesunkene Captain E. J. Smith das Schicksal herausgefordert habe, als er behauptete, dass heutzutage perfekte Schiffe gebaut würden und dass deren technische Eigenschaften ein Unglück unmöglich machten.

»Stell dir vor, Španjulet, er brüstete sich damit, dass er in vierzig Jahren keinen einzigen Unfall erlebt hat. Und dass die *Titanic* unsinkbar sei. Wie leichtsinnig war es, bitte schön, die Zeichen nicht zu verstehen, die ihm direkt danach höhere Mächte schickten?«

»Was für Zeichen?«, fragte Anton.

»Sag mir jetzt bloß nicht, dass du nicht daran glaubst«, rief Ernesto. »Vor einigen Monaten hatte der Kapitän mit dem Schwesterschiff der *Titanic*, übrigens mit dem ebenfalls anmaßenden Namen *Olympic*, sogar zwei Unfälle. Das war, nachdem er von seinen vierzig unfallfreien Jahren gesprochen hatte. So etwas kann nur von oben kommen!« Er verdrehte die Augen, als er sah, dass Anton ungläubig den Kopf schüttelte.

Es hielt sie nicht lange im Café, so gingen sie zu Fuß zu den Chelsea Piers, als würde ihre Anwesenheit dort in der aufgewühlten Menge, die hinter den Absperrungen wartete, etwas helfen, und als bestände irgendeine Möglichkeit, in der Ferne die vier Schornsteine der *Titanic* erblicken zu können. Es wehte ein kalter Wind, und über dem bedrohlich wirkenden Fluss hingen dicke, schwarze Wolken, die sich jeden Moment auf die Stadt ergießen konnten, sodass sie mit einem Gefühl der Niederlage zurückgingen. Anton lud Ernesto zum Mittagessen ein, und sie entschieden sich für ein amerikanisches Restaurant, weil sie sich unterwegs einigten, dass sie einen Gemüseeintopf, gegrillte Süßkartoffeln und mit viel Sahne gedünstete Champignons essen wollten. Das Gespräch über das Menu verbesserte ein wenig die Stimmung. Ernesto wusste, dass Anton nach seinen Anatomiesemestern kein Fleisch mehr aß, und Anton fragte sich, ob sein Freund überhaupt regelmäßig etwas Warmes zu sich nehme. In dem Restaurant war es leer, die Kellner sahen genauso ratlos aus wie alle anderen Menschen in New York an diesem Tag. Als Aperitif bestellten sie Whiskey, und beide nippten bedächtig an ihren Gläsern, während sie schweigend auf das Essen warteten.

*

Philippe und Anton hatten mit Professor Conrad, dem Dekan des Medical College in Charleston, abgesprochen, dass sie ihr Studium in England fortsetzen wollten, aber mit ihrer ursprünglichen Schule in New York und hier in Charleston in Verbindung bleiben würden, da nicht klar war, ob sie nach der britischen Studienordnung problemlos weiter studieren konnten. Doch während sie gerade ihre Reise organisierten, entflammte der Balkankrieg. Serbien, Montenegro, Bulgarien und Griechenland lehnten sich gegen das geschwächte Osmanische Reich auf. In diesen Ländern gab es nur wenige Ärzte und Sanitäter, und so begannen das britische und das amerikanische Rote Kreuz Freiwillige zu rekrutieren, die bereit waren, auf dem Balkan zu helfen. Anton betrachtete diese Entwicklung der Ereignisse als einen Wink, er wusste nicht genau wofür, und er fragte sich, ob ihn Ernesto auslachen würde, wenn er davon erführe.

Philippe Duplessis wunderte sich nicht, als Anton verkündete, dass es seine Pflicht sei, sich für diesen Dienst zu melden, im Gegenteil, er entschied sich sogar, ebenfalls mit dem Roten Kreuz auf den Balkan zu gehen, auch wenn sein Vater in Südafrika auf ihn wartete. Sie schlossen sich einer Gruppe aus vier Chirurgen, sechs Krankenschwestern und zwei Medizinstudenten an, die Ende Oktober mit dem Ozeandampfer *France* in Richtung Le Havre in See stach.

Da war er also, der Freiheitskampf im Süden Europas, zwar an einer anderen Stelle als erwartet, aber der Aufbruch in ein neues Zeitalter war absehbar! Niemand kann den Drang nach Freiheit verhindern, das hatte er immer schon gespürt, schon damals, als er mit seinen Schulfreunden durch Zadar lief und »Nieder mit dem österreichischen Kaiser!« rief, zum Glück hatte man sie bei dieser Aktion nicht erwischt. Bei der Zerschlagung der Jahrhunderte währenden türkischen Herrschaft auf dem Balkan hatte sich das kleine Königreich Serbien ganz nach vorne gedrängt, und das noch kleinere Königreich Montenegro strotzte nur so vor Tapferkeit, zumindest kam es ihm so vor, als er die *New York Times* aufschlug. Russland stand ihnen bei. Die brüderlichen slawischen Völker! Ihre Zeit war gekommen! Angeblich stammte das Wort *Sklave* von dem Wort ab, mit dem man seine ethnische Familie bezeichnete, das hatte ihm Ernesto in einem langen Vortrag erklärt, und er erinnerte sich, wie er wütend geworden war und wie ihm sein geduldiger Freund erwidert hatte: »Du darfst nicht den Boten der schlechten Nachricht schlagen, Spagnolèto!« Er hatte es später in der Bibliothek überprüft: Die Behauptung stimmte leider. Man sollte sowieso besser nicht an Piròns Wissen zweifeln. Aber jetzt würden es alle begreifen, die Türken, die Italiener, die Ungarn, die Österreicher, die Deutschen: Die Stunde der Freiheit für die Slawen war gekommen. Nieder mit der Sklaverei!

Er schrieb einen kurzen Brief an Nikola Tesla, von dem er wusste, dass er sogar ein Gedicht ins Englische übertragen und hier in Amerika veröffentlicht hatte, in dem der serbische Dichter Jovan Jovanović Zmaj den montenegrinischen Helden Luka Filipov und seinen Kampf gegen die Türken besungen hatte. Er vermutete also, dass Tesla die Befreiung der Serben, der Bulgaren und der Montenegriner von den Türken genauso am Herzen lag wie ihm: »Sehr verehrter Herr Tesla, hiermit möchte ich Ihnen mitteilen, dass ich mit dem amerikanischen Roten Kreuz nach Europa gehe. Dort will ich den Freiheitskampf der Balkanvölker als Sanitäter unterstützen. Für Ihre Projekte wünsche ich Ihnen alles Gute, hochachtungsvoll Ihr Anton Matijaca.«

Die Überfahrt dauerte fünf Tage, und Anton hätte sie gerne ausgedehnt. Philippe und er teilten sich eine Luxuskabine der zweiten Klasse, mit fließendem kaltem und warmem Wasser in einem eigenen Bad. Das Essen wurde in einem Salon serviert, dessen üppiger Dekoration sich kein Schloss hätte schämen müssen, und jeden Abend spielte ein Tanzorchester auf, so sorglos, als hätte es die Katastrophe mit der *Titanic* nur wenige Monate zuvor nicht gegeben. »Das Leben muss weitergehen«, lautete der Spruch, den man überall auf dem Schiff hörte, auch unter den Mitgliedern des Roten Kreuzes, die gerade auf dem Weg in einen echten Krieg waren, in dem Menschen starben, während sie ihre

Ozeanfahrt genossen, bei sonnigem Wetter und ruhigem, wellenlosem Meer.

Das größte Vergnügen bereiteten Anton die Schwimmbäder mit warmem Wasser. Er hatte auf dem Schiff eine Badehose gekauft und war morgens immer einer der Ersten, der einige Bahnen schwamm. So durfte das Leben, das ja weitergehen musste, immer sein. Kein Albtraum störte ihn, von Seekrankheit keine Spur, und Heimweh hatte er ebenfalls nicht mehr.

Aus Le Havre wurden sie nach Paris gebracht, wo das Rote Kreuz für sie Zimmer im Hotel d'Autriche reserviert hatte. Hier sollten sie vier Tage bleiben, zwei weitere in Triest, sodass sie zur selben Zeit in Kotor, Montenegro, ankommen würden wie der Frachter, auf dem ihr Sanitätswagen, ein Laster, Proviant, Kleidung und Sanitätsmaterial für ein Feldlazarett transportiert wurden.

In Paris verstanden sie auf Anhieb, warum die hohe New Yorker Gesellschaft diese Stadt als Maßstab des Weltgeistes betrachtete. Sie besuchten das Moulin Rouge und erlebten mit Erstaunen den französischen Cancan, die Opera, in der *La Bohème* gespielt wurde, den Louvre, Notre Dame, das Palais Royal, all das, was man sehen musste, aber sie wären keine Mediziner gewesen, wenn sie nicht auch das psychiatrische Krankenhaus Sâlpetrière aufgesucht hätten, wo einst Doktor Bryan den Experimenten des berühmten Arztes Jean-Martin Chacrot beigewohnt hatte, der mithilfe der Hypnose eine Katalepsie hervorrufen konnte. Anton schrieb seinem Gönner und Förderer einen Brief, in dem er berichtete, wie unglaublich aufregend diese Reise in den Krieg war. »Hier«, so schrieb er, »wo Sie einmal studiert haben, müsste Doktor Vilimek untersucht werden.« Er wusste, dass Doktor Bryan seine eigene These über das Verhalten des tschechischen Arztes hatte: »Nach allem, was du mir erzählt hast, Anton, kann es sich bei ihm entweder um Schizophrenie oder sogar um Neurosyphilis handeln. Er müsste sich an einer geeigneten Institution untersuchen lassen, aber ich bezweifle, dass er die Einsicht dazu hat.«

Im Quartier Montparnasse besuchten sie das Café La Rotonde. Dort konnten die Gesichter um sie herum bedeutenden Schriftstellern, Künstlern und Revolutionären gehören, aber leider erkannten sie sie nicht. Sie besuchten auch das Casino de Paris, ein prachtvolles Varieté, und als es am schönsten war, verließen sie Paris mit dem *Orient Express* in Richtung Triest.

Im Hafen von Triest nahmen sie das Passagierschiff *Baron Gautsch*. Anton fühlte, wie sich ein Kreis schloss. Seinen Vater, der vor sieben Jahren wie ein gebrochenes Streichholz hier gestanden und mit seiner dalmatinischen Kappe gewunken hatte, würde er um Mitternacht in Split treffen. Der Chef der Mission des Roten Kreuzes hatte ihm gestattet, neun Tage bei seiner Familie zu bleiben. Am zehnten Tag musste er sich in der alten montenegrinischen Königsstadt Cetinje zurückmelden.

Er war wieder in der österreichisch-ungarischen Monarchie. Mithilfe von Doktor Winter hatte er im New Yorker Konsulat dieses ihm verhassten Staates die Bestätigung bekommen, dass er für den Kriegsdienst untauglich sei, nicht aber für den Sanitätsdienst. Er hatte alle erforderlichen Bestätigungen des amerikanischen Roten Kreuzes, dass er sich auf einer humanitären Mission befand, aber er bekam Angst vor den Gendarmen, die im Hafen von Split mit unbewegten Mienen seine Dokumente prüften. Und er machte sich plötzlich Sorgen, ob sie ihm überhaupt erlauben würden, das Land in Richtung Montenegro zu verlassen. Nach allem, was er über die Lage auf dem Balkan wusste, war es nicht zu erwarten, dass die Österreicher mit den serbischen und montenegrinischen Rebellen sympathisierten, die sich mit russischer Hilfe gegen die Türkei erhoben hatten. Würden sie seine amerikanischen Ausweise ernst nehmen? Oder ihn als einen Bürger ihres Staates behandeln und aufhalten? Was würde er tun, wenn sie ihn an der Reise nach Cetinje hinderten? Das alte Unbehagen war zurückgekommen.

Die Beleuchtung im Hafen von Split war schlecht, und so sah er erst in der Wohnung seines Onkels, des Bruders seines Vaters, bei dem sie übernachten mussten, da der Zug nach Kaštel Lukšić erst am nächsten Morgen fuhr, wie gebeugt sein Vater war. Sein Haar war grau, die Augen müde und der Oberkörper in einer allzu weiten Jacke wirkte geschrumpft.

In dieser Nacht träumte er wieder von der eigenen Beerdigung, bei der niemand außer den unbekannten Totengräbern anwesend war.

Teil 2

1912–1944

in dem der erste Balkankrieg zu Ende geht und Anton sich nach England begibt. Es folgen der Zweite Balkankrieg (Sommer ***1913****), das Attentat von Sarajevo (28. Juni* ***1914****), und am 1. August 1914 beginnt der Erste Weltkrieg. Anfang* ***1915*** *kehrt Anton zurück nach New York. Im November* ***1918*** *endet der Erste Weltkrieg, die österreichisch-ungarische Monarchie zerfällt, und das Königreich der Serben, Kroaten und Slowenen wird gegründet, das* ***1929*** *in Königreich Jugoslawien umbenannt wird.* ***1934*** *wird der jugoslawische König Alexander Opfer eines Attentats, Nikola Tesla schreibt in der* New York Times *einen Nachruf auf ihn.* ***1937*** *verlässt Anton Amerika und kehrt zurück an die östliche Adriaküste, die* ***1941*** *von den italienischen Faschisten besetzt wird; nach der Kapitulation Italiens im September* ***1943*** *wird dieses Gebiet von den Deutschen übernommen. Am 7. Januar 1943 stirbt Nikola Tesla in New York; die kroatische Adriaküste wird bis Ende* ***1944*** *befreit.*

I.

Das Museum Anatomicum hatte kurz nach dem Untergang der *Titanic* seine Tore geschlossen. Es war, als wäre eine ganze Ära vom Ozean verschluckt worden. In Wissenschaftskreisen kursierte gerade ein neuer Gedanke, den niemand genau erklären konnte und der bald allerorts hinterfragt wurde. Es hieß, dass die Zeit relativ sei, abhängig vom Zustand beziehungsweise der Bewegung des Betrachters. Die Geschwindigkeit hatte überall zugenommen, man raste über das Wasser und die Schienen, sogar durch die Luft. War die *Titanic* nicht allzu schnell gefahren? Angeblich krümmte sich die Zeit vor lauter Raserei, der Raum auch, die Welt schien aus den Fugen geraten zu sein. Für den alternden menschlichen Körper sei es egal, er altere unwiderruflich. Man könne sich sowieso nicht mehr so bewegen wie früher, hatte Doktor Winter gesagt, als er zum letzten Mal seinen Ausstellungsraum und die drei Ambulatorien abgeschlossen hatte. Für ihn und seine Kollegen sei die höchst *absolute* Zeit gekommen, sich zurückzuziehen, sie seien schlicht und ganz geradlinig alt geworden. Er wollte nicht verraten, was mit den wertvollen Exponaten und mit dem gläsernen Menschen geschehen solle. Anton, der froh war, dass er immer noch in New York weilte und diesem Ereignis beiwohnen konnte, dachte, dass Doktor Winter bestimmt einen Abnehmer gefunden hatte, der für diese Schätze anständig bezahlte.

Die Szene war bedrückend: Doktor Kelly stand nur schweigend da, und Doktor Bryan kamen die Tränen. Alle waren von der Unerbittlichkeit der Stunde ergriffen. »Hiermit erkläre ich das erste Anatomische Museum New Yorks für geschlossen«, hatte Doktor Winter gesagt. »Eine Ära geht zu Ende.« Es wurde nicht darauf angestoßen, das hätte auch nicht gepasst – es war kein Augenblick, den man feierte, außerdem war Doktor Kelly Quartalstrinker, aktuell auf Abstinenz, Doktor Winter war sparsam, und Doktor Bryan trank sowieso lieber zu Hause ein Gläschen mit seiner Frau.

Die Erinnerung an den Abschied im Anatomischen Museum war in seinem Kopf so lebendig und präsent wie das Plätschern der Wellen, die sich zu dieser Stunde an dem Gestade unter seinem Fenster ausbreiteten und sich mit leisen Seufzern zurückzogen, um sofort wieder zurückzukehren. Er hatte an jenem Tag im April in New York versucht, sich die Exponate einzuprägen, die Moulagen aus Wachs und die Organe in den Glasbehältern, die Glasplatten, die beleuchteten Röntgenbilder, und er hatte voller Wehmut und Entschlossenheit gedacht, dass er das Werk seiner drei Lehrer fortsetzen wollte. Die Zeit musste doch relativ sein, denn es kam ihm vor, als hätte all das vor hundert Jahren stattgefunden. Jetzt stand er auf dem Balkon einer Pension in Sutomore an der montenegrinischen Küste, genoss den Frühling, der sich hier im Süden Europas golden, grün, orange und blau wie die Verheißung des Glücks zeigte, starrte die weißen Wolken an, die zur blauen Horizontlinie eilten, als hätte sie etwas von der Küste verscheucht, atmete die salzige Meeresluft ein und fragte sich, ob der Mann, den er in der Nacht behandelt hatte, überleben werde.

Am Tag zuvor war er von der Hafenstadt Bar zu Fuß über die Grenze gekommen, die hier, an der Peripherie dieses Küstenstädtchens, das Königreich Montenegro von der österreichisch-ungarischen Monarchie trennte. Ihm hatten die österreichischen Grenzsoldaten ein ungutes Gefühl bereitet, doch niemand hatte ihn und den britischen Kriegsreporter Stevenson aufgehalten, mit dem er hier in Sutomore auf einen österreichischen Dampfer warten wollte, der sie weiter nach Dalmatien bringen würde.

Da er an der Front an einer schweren Bronchitis erkrankt war, hatte Anton zunächst versucht, im Grand Hotel Marina in Bar gesund zu werden. Das Hotel war in ein Kriegslazarett umgewandelt worden. Doch irgendwann hatte die leitende britische Krankenschwester Miss Worth entschieden, dass allen besser gedient sei, wenn er nach Hause zu seinen Eltern fahre, da sein rasselnder Husten die Verwundeten, Frischoperierten und Amputierten störe. Außerdem sei es für ihn sicherer, sich zurückzuziehen, und an der Front könnten auch die inzwischen angelernten einheimischen Sanitäter seine Aufgaben übernehmen. Sie wünschte ihm alles Gute und hoffte, ihn bald in England wiederzusehen. Deshalb war er jetzt unterwegs, und seine einzigen Dokumente waren der Ausweis des amerikanischen Roten Kreuzes und eine Bestätigung, dass er für den Kriegsdienst untauglich sei.

Leider hatte man ihm bei der Ankunft in Split vor einigen Monaten mitgeteilt, dass seine amerikanische Staatsbürgerschaft in der Doppelmonarchie nicht gelte und dass er immer noch Bürger Österreich-Ungarns sei. In Montenegro hatte ihm ein serbischer Offizier anvertraut, dass man in Serbien glaube, die Österreicher seien nervös geworden, da man das Heldentum und die Stärke der Serben fürchte, eine große Mobilmachung sei dort drüben geplant. Sein Husten quälte ihn und die Meeresluft werde ihm genauso guttun wie das Essen, das seine Mutter kochen werde, aber nach diesen Worten hatte er sich entschlossen, Dalmatien wieder zu verlassen. Seine Heimatregion gehörte eindeutig zu diesem »dort drüben«.

Er hatte gesehen, dass seine Eltern und Geschwister gesund waren, dass sie ihn nicht vergessen hatten und dass Kaštel Lukšić ein Ort ohne jede Perspektive für ihn war. In Split, in Zagreb und selbst im inzwischen selbstständigen Königreich Serbien konnte er sein Medizinstudium nicht beenden, da es auf dem ganzen Balkan keine Hochschulen, Fakultäten oder Kollegs dafür gab. Wien oder Budapest kamen für ihn nicht infrage; Padua war zwar eine Überlegung wert, die er aber sofort verwarf. Er dachte darüber nach, zunächst einmal nach England zu gehen und dort in Ruhe zu entscheiden, ob und wann er wieder nach Amerika fahren werde. Mit seinem Vater hatte er noch nicht darüber sprechen können, aber er hatte den Entschluss gefasst, weder für die Österreicher in irgendeinen Krieg zu ziehen noch seine Studienpläne aufgrund nostalgischer Gefühle aufzugeben.

Vor ihm lag die türkisfarbene Adria mit dem ganzen Spektrum ihrer Anmut. Aber auch auf Long Island hatte man einen schönen Ausblick, und die Berge in Montenegro – in Dalmatien war es nicht anders – waren voller Menschen, die wie im Mittelealter lebten, oder zumindest stellte er sich das Mittelalter so vor. Er wusste nicht, wann diese im zwanzigsten Jahrhundert der Technik und der Wissenschaft ankommen würden. Er jedenfalls war ein Mann des zwanzigsten Jahrhunderts. In Amerika gab es auch Berge. Das Fernweh war wieder da, vermischt mit der Befürchtung, dass die Unruhen auf dem Balkan erst begonnen hatten und dass es ratsam wäre, wieder zu verschwinden. Die Welt war in Bewegung geraten, das wusste er seit der ersten Überfahrt mit der *Giulia*, als hätte die Erfindung von Dampfmaschinen, Dieselmotoren und Teslas Wechselstrom alles beschleunigt, auch den Zerfall der alten Reiche. Nach einem halben Jahr, das er auf dem Balkan mit amputierten Gliedern, eiternden Wunden, fiebernden Körpern zu tun gehabt hatte, war er nicht mehr sicher, ob die Befreiung der kleinen Völker und die herbeigesehnte rosige Zukunft je erreicht werden könnten.

Wäre da nicht dieser Schmerz, diese diffuse Verbundenheit mit der Landschaft, mit seiner Familie, mit der Sprache, in der es Sprüche gab wie »Geh, wohin du willst, aber komm immer zurück in die Heimat« oder »Auch Vögel hüten ihre Nester«, dann wäre ihm die Entscheidung leichtergefallen. Es gab auch Zugvögel, die mehrere Nester bauten. Ein Gedanke tröstete ihn: Er konnte wieder zurückkommen. Was tat wohl der Barmann Giulio gerade? War er glücklich in seinem Dorf geworden, in dem alle wussten, dass jederzeit Lava aus dem Vulkan hervorbrechen konnte, saß er abends unter den Zitronenbäumen und sang Lieder über Sorrento, Neapel und Capri? Oder sehnte er sich zurück nach New York, zu seiner Espressomaschine, zu den Zeitungen, in denen er abends nur blätterte, fest entschlossen, sie am nächsten Tag wirklich zu lesen? Er erinnerte sich an den Kaffeeduft im Taranto. Das Leben war wie das Pendel, das Doktor Bryan für seine okkulten Experimente benutzte.

Stevenson und er hatten in einem Fischrestaurant zu Abend gegessen, sich gewundert über die Ruhe im Ort und waren dann schlafen gegangen, als plötzlich jemand an seine Tür schlug und seinen Namen rief. Es waren zwei österreichische Gendarmen, die ihm mitzukommen befahlen. Noch verwirrt, da aus dem Schlaf gerissen, folgte er ihnen schweigend. Nach nicht einmal zehn Minuten kamen sie in eine Kaserne. Dort lag ein bewusstloser Mann auf einem Feldbett. Sein Oberkörper war unbekleidet, die rechte Seite seines Unterbauchs war aufgeschlitzt. Er sei Slowene, erklärte ihm einer der Gendarmen, Direktor des nahe gelegenen Bergwerks, in dem Steinkohle und Quecksilber abgebaut wurden, und ein verfluchter Montenegriner habe mit einem Bajonett auf ihn eingestochen, sie aber wüssten, dass Anton zum amerikanischen Roten Kreuz gehöre, und er möge doch bitte den Mann retten, der für die Monarchie von größter Bedeutung sei. Anton traute sich nicht zu fragen, wieso sie über ihn so genau Bescheid wussten.

In der Kaserne gab es ein Fläschchen mit Jodtinktur, etwas Gaze und einige Pflaster, ansonsten nichts, was einer Wundversorgung gedient hätte. Er legte die Jacke ab, fragte nach Wasser und Seife, bat darum, dass in der kleinen Teeküche eine Büroschere abgekocht werde, krempelte die Ärmel hoch und wusch sich die Hände und Arme so sorgfältig wie nur möglich, dann betupfte er die Umgebung der Wunde mit Jodtinktur. Mittels der Schere erweiterte er vorsichtig die Öffnung am Bauch, mit einem Stückchen Gaze fasste er den verletzten Darmabschnitt und zog ihn heraus, fixierte ihn mit Gaze und Pflastern, damit er nicht mehr in die Bauchhöhle zurückrutschen konnte, säuberte ihn behutsam und legte abschließend einen Verband um diese Konstruktion, von der er wusste, dass sie ein Provisorium zweifelhafter Qualität war. Doch er hatte erreicht, dass kein Kot mehr in die Bauchhöhle gelangen konnte. Es war nur zu hoffen, dass er nicht zu spät gekommen war. Der Mann wurde auf einer Trage in den Hafen gebracht, wo um 8 Uhr ein Dampfer nach Dubrovnik ablegte. Anton blieb bei ihm, bis er im Krankenhaus übernommen wurde. Die Chirurgen, die ihn operieren sollten, sagten unumwunden, dass er kaum eine Überlebenschance habe. Mit einem anderen Dampfer war Anton nach Sutomore zurückgekehrt, und jetzt stand er auf dem Balkon, inmitten der mediterranen Landschaft, und fragte sich, was ein erfahrener Chirurg wie Doktor Kelly zu seinem Eingriff gesagt hätte. Und ob Doktor Winter inzwischen weitere Informationen über Mittel gegen die Mikroben aus Deutschland bekommen hatte. Es war zu befürchten, dass im Kot des Slowenen Mikroben vorhanden waren, die zu einer Infektion führen mussten.

»Wenn die Menschheit, verehrter Herr Matijaca, je ein allgemeines Mittel gegen die Mikroben findet, dann wird das entweder im Kreis um Robert Koch oder im Kreis um Paul Ehrlich geschehen. Gewiss haben Sie von dem Medikament Salvarsan gehört? Auf dieser Spur wird intensiv weitergeforscht. Sie sind noch jung, Sie werden von der Entdeckung der *Zauberkugel* erfahren. Aber wer weiß, vielleicht werde ich es ja auch noch erleben«, hatte Doktor Winter an dem Tag der Schließung seines Museums zu ihm gesagt, worauf Doktor Bryan gemurmelt hatte: »Wir haben doch Mittel genug, wir müssen sie nur richtig anwenden. Da bin ich ganz bei deinem Landsmann Nikola Tesla, lieber Anton. Der elektrische Strom wird bestimmt die Mikroben töten können, wir müssen nur die richtige Frequenz herausfinden.«

Auch wenn er sich Doktor Bryan verbundener fühlte und dieser ihm gegenüber stets großzügig gewesen war, musste er einräumen, dass er den wissenschaftlichen Ansichten von Doktor Winter mehr vertraute. In den vergangenen Monaten hatte er immer wieder gestaunt, wie recht der alte deutsche Arzt damals mit seinen Vorträgen gehabt hatte: Es waren die Seuchen, die in einem Krieg viel mehr Menschenleben kosteten als die Geschosse. Aber auch die mangelnde Hygiene, die unzureichende Versorgung der Patienten, die erbärmlichen Unterkünfte. »Die Bettwäsche in einem Feldlazarett auskochen zu können bedeutet bisweilen mehr, als den fähigsten Arzt herbeizuholen«, hatte Doktor Winter damals in einer der Morgenvorlesungen für seine drei Dolmetscher behauptet.

Die kleine Rotkreuzgruppe mit Sanitätern aus England und Amerika konnte nur wenige Verwundete behandeln. Sie hörten andauernd von Toten, die Verletzungen erlegen waren, die bei guter Versorgung keinesfalls tödlich hätten enden müssen, doch am erschreckendsten waren die Zahlen der Opfer, die von den Seuchen weggerafft wurden. Inzwischen wüteten im ganzen Kriegsgebiet die Cholera und das Läusefieber, wie Doktor Winter den *Typhus exanthematicus* zu nennen pflegte, und die Epidemien verbreiteten sich sogar in den Nachbargebieten in Österreich-Ungarn, die vom Krieg nicht betroffen waren.

Anton wäre gerne dabei gewesen, als Doktor Winter eines seiner Ärzteblätter aus Deutschland aufgeschlagen und darin gelesen hatte, dass der von ihm so bewunderte Paul Ehrlich ein Heilmittel gegen Syphilis hergestellt hatte. Von Doktor Bryan wusste er, dass es sich dabei um ein Gemisch aus mehreren organischen Arsenverbindungen handelte. Er wusste auch, dass Doktor Bryan, der ein Leben lang Geschlechtskrankheiten mit seinen eigenen Methoden kuriert hatte, darin nichts Neues sah. »Mein verehrter deutscher Kollege spricht über dieses Salvarsan, das Paul Ehrlich neuerdings anwendet, wie von einem Wunder. Aber habe ich nicht meinen Patienten schon immer eine Tinktur aus Jod, Sarsaparilla und Arsen zum Einreiben verschrieben? Was soll an dieser Mischung von diesem Ehrlich Besonderes sein? Zugegeben, eine *Zauberkugel*, eine *magic bullet*, wäre fein, man stelle sich chemisch produzierte Verbindungen vor, von denen man einfach so gesund wird, aber für mich hört es sich nach Betrug an. Nicht, dass ich Ehrlich für einen Scharlatan halte. Allerdings wäre er nicht der Erste, der große Ankündigungen macht, die dann im Nichts verpuffen. Mit Krankheiten muss man geduldig sein.«

Nicht eine, viele Zauberkugeln wären notwendig, um den Slowenen aus seinem Tiefschlaf zu wecken. Anton glaubte nicht, darauf hoffen zu dürfen.

*

Als Anton im Mai 1913 nach London kam, hörte er im Hotel, in dem er vorerst wohnte, einen österreichischen Händler sagen, er teile die Meinung des Thronfolgers Franz Ferdinand zum Balkankrieg, der gerade beendet worden war. »Ach ja«, hatte Anton mit spürbarer Kälte in der Stimme gefragt, »und wie lautet diese geschätzte Meinung?« – »Sollen sich die Kerle die Schädel einhauen; wir schauen aus der Loge zu.«

Bald darauf bekriegten sich die einstigen Verbündeten Serbien und Bulgarien. Dieser zweite Balkankrieg bestätigte Anton, dass die eilige Abreise aus Österreich-Ungarn die richtige Entscheidung gewesen war. Am Ende war er ohne Dokumente weitergereist, nur mit dem Ausweis des amerikanischen Roten Kreuzes. Südosteuropa werde sich so schnell nicht mehr beruhigen, das stand fest, und der Krieg könnte sich wie eine Epidemie ausbreiten, egal, wie der österreichische Thronfolger darüber dachte. Glücklicherweise nahm man es an den Grenzen nicht so genau mit den Papieren, zumindest wenn man in der ersten oder zweiten Klasse fuhr, in der dritten Klasse wurde genauer kontrolliert. Er hatte einst geschworen, nie wieder in der dritten Klasse zu reisen, und bisher hatte er sich daran halten können.

Zum ersten Mal in seinem Leben war er vollständig allein. Ernesto fehlte ihm, er wollte sich endlich wieder bei ihm melden, aber er zögerte, weil er nicht recht wusste, was er ihm schreiben sollte. Andererseits war Ernesto Schriftsteller, er würde wohl ein Fragment genauso gerne lesen, ein Schriftsteller brauchte keine chronologischen Berichte:

»Mein lieber Piròn, ich bin in London, aber frag mich nicht warum. Ich habe gerade eine erfreuliche Nachricht von zu Hause bekommen, die ich unbedingt mit Dir teilen will: Bei meinem Einsatz in Montenegro habe ich einen Slowenen, der eine Bauchwunde hatte, aus der schon der Darm herausquoll, versorgt, bevor er operiert werden konnte. Er hat überlebt. Stell Dir das bitte vor! Er hatte keine Chance, er lag in einer Art Tiefschlaf da, an der Grenze zum Tod, und wachte nicht einmal auf, als ich mit einer Schere die Haut an seinem Bauch aufschnitt. Aber jetzt hat er sich bei meinen Eltern in Kaštel Lukšić gemeldet. Die Adresse hatte er wohl von den Gendarmen in Sutomore bekommen, die mich zu dem Mann führten. Ich weiß bis heute nicht, woher sie wussten, wer ich bin. So viel zu den Spitzeln, die überall in Europa lauern. Über die österreichischen könnte ich Dir tagelang erzählen. Aber das Wichtigste ist für mich, dass der Mann überlebt hat. Dabei hat sich das Ganze außerhalb des Kriegsgebiets abgespielt; der Mann war vermutlich Opfer eines Eifersuchtsdramas. So wie der Architekt Stanford White, erinnerst Du Dich? Ich frage mich, wie viele Männer auf der Welt von durchgedrehten Nebenbuhlern getötet werden. Hoffentlich achtest Du gut auf Dich. Ich könnte singen und tanzen! Das war bisher meine erfolgreichste Aktion. Dieser Erfolg bestätigt mich in der Absicht, mein Medizinstudium wieder aufzunehmen. Lieber Freund, Du fehlst mir, ich würde gerne über so viele Dinge mit Dir diskutieren – ich wüsste gar nicht, wo ich anfangen sollte. Deshalb nur dieses kurze Lebenszeichen von mir. Und noch etwas: Il Dottore Inverno, Du erinnerst Dich, der deutsche Arzt, hatte recht –

in einem Krieg sterben viel mehr Menschen an Epidemien als an Kriegsverletzungen. Bis hoffentlich bald, Dein Španjulet.«

Philippe Duplessis war aus Montenegro über Thessaloniki zu seinem Vater nach Südafrika gefahren und wollte in Johannesburg sein Studium beenden. Anton erfuhr in London, dass man ihn am Medical College Vorlesungen hören und praktische Übungen werde belegen lassen, er könne auch Teilnahmebescheinigungen bekommen. Das Studium hier abzuschließen war jedoch nicht möglich, es sein denn, er wiederhole alle Studienleistungen, die er schon in New York und Charleston erbracht hatte. In England wurden nur Studienleistungen aus Italien und Japan anerkannt. Dennoch wollte er noch nicht wieder nach Amerika zurückkehren. Hätte ihn jemand gefragt, was ihn hier auf der britischen Insel hielt, dann hätte er vermutlich die Nähe zu Dalmatien und zu seiner Mutter genannt, obwohl das absurd war. Letztendlich war es egal, ob man zwei oder zehn Tage für eine Reise benötigte. Eine Erklärung fiel ihm dennoch ein: Großbritannien befand sich in einer ähnlichen Lage wie seine Seele – noch in Europa, aber schon in der Neuen Welt.

Nachdem er den Brief an Ernesto abgeschickt hatte, begann er intensiver über New York nachzudenken, und schließlich erkundigte er sich nach den Schiffspassagen. Auf dem Weg von der Reiseagentur zurück ins Hotel traf er Miss Worth, die sich freute, ihn hier in London gesund und unversehrt anzutreffen, von seinem Husten geheilt, wie er ihr versicherte. Sie schlug ihm vor, in ihr Sanatorium zu kommen, sie könne ihm erstklassige Unterkunft und Verpflegung zusichern und ein anständiges Gehalt, außerdem könne er viel bei ihr lernen. Der angesehene Chirurg Doktor Adams operiere regelmäßig bei ihr, Anton könne ihm assistieren und sich auch darüber hinaus medizinisch betätigen. Amerika könne noch warten, er sei noch jung, bei ihr gebe es viel zu tun.

*

Jetzt verdiente er jede Woche eine Goldmünze im Wert von einem Pfund Sterling. Da er keine anderen Ausgaben hatte, legte er jeden Samstag eine weitere Münze in ein Holzkästchen, das innen mit grünem Samt ausgelegt war. Auf der einen Seite prangte das Porträt von König Eduard VII., auf der anderen der Heilige Georg, der den Drachen tötet. Er stellte sie stets so hin, dass er den König sah. Seine auf der amerikanischen Bank angesparten Dollars, die bei Bedarf auch in England leicht zugänglich waren, wiesen in die Zukunft, während die Goldmünzen eine altehrwürdige Welt der Vergangenheit repräsentierten. Inzwischen hatte er gelernt, sich in dieser Welt zurechtzufinden, sich für das Dinner umzukleiden und im schwarzen Smoking zu erscheinen, wie es sich für englische Gentlemen gehörte. Und wie es ihm Miss Worth beigebracht hatte.

Geboren in England, erzogen in Frankreich, hatte seine Gönnerin als Tochter eines Chirurgen mehrere Jahre in Beirut gelebt, wo ihr Vater an der dortigen Medizinschule unterrichtete. Sie war polyglott mit einer Selbstverständlichkeit, die ihm imponierte (er beschloss, Deutsch zu lernen, trotz seiner Animosität Österreich gegenüber), sie hatte ihre Ausbildung in der Schwesternschule von Florence Nightingale absolviert und in der Zeit des Zweiten Burenkriegs in Südafrika verwundete britische Soldaten gepflegt. Grauhaarig, nicht besonders hübsch, immer nach der neuesten Pariser Mode gekleidet, dezent parfümiert, konnte sie eine seltsame Eifersucht zeigen, wenn er sich mit jungen Krankenschwestern unterhielt. Höchsten Wert legte sie auf eine gepflegte Ausdrucksweise, sodass sich Anton mit seinem New Yorker Dialekt wie ein Tölpel vorkam, vor allem wenn ihr alter Freund Prinz Louis of Battenberg sie auf eine Tasse Tee, Sandwiches und Biskuits besuchen kam. Sie lud Anton bisweilen ein, sich ihnen anzuschließen und den neuesten Affären aus der Welt des Adels zu lauschen.

Ansonsten war er für die technischen Anlagen zuständig. Das luxuriös eingerichtete Sanatorium von Miss Worth bestand aus acht Krankenzimmern, einem Operationssaal und einer Reihe von Räumen, die mit Röntgenapparaten und modernsten Geräten für die Licht- und Elektrotherapie ausgestattet waren. Dennoch hätte er sich in diesem goldenen Käfig schrecklich gelangweilt, in dem ihm morgens um 6 *early tea* in seinem Schlafzimmer serviert wurde, hätte er nicht die Vorlesungen am London Hospital Medical College besuchen können und hätte Dr. Adams ihm nicht erlaubt, bei den Operationen zu assistieren, obwohl er beim ersten Mal in Ohnmacht gefallen war. Er konnte es sich nicht erklären, aber als der Chirurg eine Rippe aussägte, um das eitrige Pleuraempyem zu entfernen, wurde ihm schwarz vor Augen. Später sagte Dr. Adams: »Machen Sie sich nichts daraus, irgendwann passiert das auch den Besten. Sollte es häufiger vorkommen, sollten Sie lieber bei ihrer Technik bleiben.«

Miss Worth erzählte häufig von ihren Lehrjahren bei Florence Nightingale. Aus ihren Geschichten erfuhr Anton, dass der Tod meist nachts durch die Krankensäle schlich. Deshalb war es in der Nacht notwendig, mehrmals nach den

Schwerkranken und frisch Operierten zu schauen. Wenn die Ärzte schliefen, schlug die Stunde der Schwestern. Darüber, so Miss Worth, würde er in keinem Lehrbuch etwas lesen, deswegen sei es für seine Zukunft wichtig, es von ihr zu hören: »Sie haben es schon in Montenegro verstanden: In einem Lazarett sind wir *nurses* für die Kranken zuständig, die Ärzte für die Krankheiten.«

Florence Nightingale, die von den Soldaten *The Lady with the Lamp* genannt wurde, erschien regelmäßig dann am Bett eines Kranken, wenn die Krise ihren Gipfel erreichte. Das Licht ihrer Lampe beleuchtete das Bett, und es half dem Körper, sich für das Weiterleben zu entscheiden. Am nächsten Morgen erzählte der wie neugeboren wirkende Überlebende, dass Miss Nightingale ihm wie ein Engel vorgekommen sei. Kein Beruf habe sich so verändert, wie der der Krankenschwestern. Früher, so sagte Miss Worth, habe es in den Krankenhäusern der Armen (es verstand sich von selbst, dass das Hospitalwesen für die Reichen anders organisiert war) so erbärmlich gestunken, dass die Pflegerinnen es nur aushielten, wenn sie ständig betrunken waren. Das hörte sich zwar irreal an, sei aber wahr, beteuerte Miss Worth. Es habe von Ratten und Ungeziefer gewimmelt, in diesen Anstalten des Elends sei es ein Wunder gewesen, wenn jemand überlebte. »Sie müssen sich vorstellen, wie krank und hoffnungslos jemand sein musste, um dorthin zu gehen. In den Militärlazaretten war es nicht besser, bevor Florence Nightingale alles veränderte.« Sie schilderte diese Mischung aus Verwahrlosung und Zerfall, in der die Moribunden dahinvegetierten und die beschwipsten Schwestern herumtorkelten, als hätte sie ihn mit diesen Schilderungen von den jungen Schwestern in ihrem Sanatorium fernhalten wollen. Anton musste zugeben, dass ihm eine besonders gefiel, aber er fürchtete sich davor, Miss Worth zu verärgern. Immer wieder hatte er das Gefühl, dass er doch lieber wieder in New York sein wollte. Zuerst musste er jedoch die Verpflichtungen, die er eingegangen war, erfüllen. Außerdem wollte er in seinem Studium vorankommen. Wenn er nur einmal noch seine Mutter sehen könnte, dann würde ihm die Abreise leichterfallen. Aber die Mutter war genauso weit weg wie die Freiheitsstatue.

*

Ende Mai 1914 war es endlich so weit, er hatte sein Studium abgeschlossen, die Abschlussprüfungen sollte er an seiner Hochschule in New York ablegen. Sein Vertrauenslehrer, Doktor Lloyd, hatte ihm geschrieben, dass alle sich auf seine Rückkehr freuten. Er besuchte nur noch im St. Bartholomew's Hospital einen Spezialkurs über Elektrotherapie und Röntgenkunde, den Professor Elkin Percy Cumberbatch leitete, ein Pionier in diesem Fach, als die Nachricht von der Ermordung des österreichischen Thronfolgers Franz Ferdinand und seiner Frau Sophie wie eine Bombe einschlug. »Sollen sich die Kerle die Schädel einhauen; wir schauen aus der Loge zu«, flüsterte Anton, als ihm die aufgeregte Miss Worth diese Neuigkeit mitteilte, wobei sie hinzufügte: »Selbstverständlich können Sie bei mir bleiben, Anton.«

Dieser Kurs war eine Zusatzqualifikation, von der er annahm, dass sie sich in der Zukunft finanziell lohnen werde. Doktor Bryan hatte ihm einmal gesagt: »Ob das richtig ist, kann ich nicht sagen, Anton, aber einige Menschen scheinen großen Respekt vor diesen Geräten zu haben, sie schwören regelrecht darauf. Der Glaube an die Heilung ist bereits die halbe Heilung.« Mit diesem letzten Zertifikat in der Tasche konnte er die Überfahrt antreten, aber sollte er wirklich nach Amerika fahren, während seine Familie in der Kriegsregion zurückblieb? Er hätte sie gerne noch einmal gesehen. Die beiden Balkankriege hatten jeweils nur einige Monate gedauert, vielleicht würde auch dieser schnell vorbei sein.

Miss Worth um Rat zu fragen lohnte sich nicht. In ihrem Zimmer stand sein Foto in einem silbernen Rahmen auf dem Kaminsims, und er fragte sich, wie er fortgehen könne, ohne sie zu kränken. Zum Glück kannte er sich mit den Geräten für die Elektrotherapie besser aus als Professor Cumberbatch selbst. Als ihn Dr. Loader, ein Arzt, der mit ihm zusammen den Kurs belegt hatte, fragte, ob er mit ihm nach Nelson kommen wolle, um für ihn Hochfrequenzgeräte zu bauen und sie zu betreuen, sagte er sofort zu. Miss Worth war enttäuscht, vermutlich hielt sie ihn für undankbar, er befürchtete, dass sie in ihm den Sohn gesehen hatte, den sie nie haben würde. Vornehm, wie sie war, schwieg sie, während er sich im Salon von der Belegschaft verabschiedete und den letzten Tee trank. Dazu gab es Battenberg-Kuchen aus einem süßen Biskuitteig mit einem Schachbrettmuster aus rosa und gelben Quadraten, ummantelt von Marzipan.

Draußen tobte der Londoner Sommerregen, prasselte auf die Bäume im Park des Sanatoriums, während Anton noch einmal seine Goldmünzen zählte. Er reiste nicht mehr mit einem Seesack, sondern mit einem edel anmutenden Koffer aus festem Rindsleder mit Messingbeschlägen, den er in Split gekauft hatte, um die Reise nach England mit so wenig Kontrollen wie möglich zu überstehen.

Dr. Loader bewohnte in Nelson ein großes Haus, im Erdgeschoss befand sich seine Praxis, auf der ersten Etage wohnte er mit seiner Frau und zwei Töchtern, und auf der zweiten Etage hatte jetzt Anton ein gemütliches Zimmer. Er träumte wieder vom Schwimmen, wachte nachts auf und glaubte, Kanonendonner zu hören; morgens bereitete er sich in aller Frühe seinen Tee zu, bestrich die Scones, die ihm Mrs. Loader am Abend zuvor gegeben hatte, mit Orangenmarmelade und schrieb Briefe nach Hause:

»Wie ich schon angedeutet habe, vertritt Doktor Loader eine völlig andere Meinung als Doktor Winter, weil er nicht an die Existenz von Mikroben glaubt. Für ihn ist die Verdauung der Schlüssel der Gesundheit. Er behauptet, dass Verstopfung zu Autointoxikation führt und deshalb gegen jede Krankheit nur das Klistier und Heilfasten helfen. Mama, er würde Deine Hühnerbrühe bei einer Erkältung nicht schätzen, vor allem nicht, wenn Fleischstücke darin herumschwimmen. Und erst recht Deine Grießnockerl, weil er keinen Weizen isst. Er ist überzeugter Vegetarier, ein Gegner der Vivisektion und aller Tierversuche; er hält Paracelsus für einen Dummkopf, der sich mit Quecksilber selbst vergiftet hat, und Edward Jenner für einen Barbaren, der Menschen mit Kühen verwechselte; Loader wollte seine Kinder nicht gegen Pocken impfen, das muss man sich vorstellen! Gerade deshalb hat er viele Patienten aus ärmeren Schichten. Viele Ärzte greifen ihn in den Zeitungen an, da sie alle die Impfung befürworten, aber das treibt noch mehr Fabrikarbeiter zu ihm. Ich bin selbstverständlich ein Befürworter der Impfung, das bin ich Doktor Winter schuldig, meinem ersten Lehrer. Aber das kann ich Doktor Loader nicht sagen, weil er sich darüber ärgern und seine Meinung sowieso nicht ändern würde. Ansonsten geht es mir gut, ich frage mich nur, ob ich noch kommen kann, um mich von Euch zu verabschieden, bevor ich nach Amerika fahre. Es liebt Euch Euer Sohn.«

Als er in Dalmatien war, hatten die Eltern ihm versichert, dass sie gerne an seinem neu erworbenen Wissen teilhatten und dass sie sich immer freuten, wenn er ihnen etwas über Medizin schrieb, deshalb waren diese Themen der wichtigste Bestandteil seiner Briefe aus England geworden. Manchmal schrieb er sie als eine Art Selbstgespräch auf.

Ein Elektriker hatte die Bestandteile für einen Hochfrequenzapparat geliefert: Kupferdrähte, Messgeräte, Schalter, Kondensatoren, Schaltfunkstrecken; ein Schreiner hatte einen Schrank aus poliertem Walnussholz gebaut, mit Türen aus Kristallglas und mit einer Marmorplatte. In nur zwei Wochen konstruierte Anton einen statischen Transformator, einen Oszillator und einen Tesla-Transformator. Begeisterte Patienten kamen aus Nelson und den umliegenden Orten und wollten sich mit dem neuen Gerät behandeln lassen. Anton wurde gefeiert, und in der lokalen Zeitung wurde ein Bericht veröffentlicht, in dem von seinem Herkunftsland, von Nikola Tesla und von dem Krieg die Rede war, mit dem Österreich Serbien nun drohte. Er schrieb an Ernesto:

»Eigentlich hätte ich schon in New York sein wollen, aber es hat sich alles gegen meine Weiterreise verschworen, wobei es auch positive Umstände gibt, die mich noch daran hindern: Ich habe mich verliebt. Sie heißt Eleonora, stammt aus Malta, ist wunderschön und streng katholisch, wie alle Malteser, was bedeutet, dass ich mehr Zeit mit ihren Eltern verbringen muss als mit ihr. Manchmal dürfen wir allein spazieren gehen, und ab und zu darf ich sie und ihre Mutter ins Theater ausführen. Allerdings gibt es seit heute ein weiteres Hindernis, das mir Kopfschmerzen bereitet: Alle deutschen und österreichischen Staatsbürger müssen sich innerhalb von 24 Stunden bei der nächsten Polizeistelle registrieren lassen.«

*

Mad Dog, dachte Anton, als er zusammen mit seinen englischen Gastgebern von der Tragödie in der Nordsee hörte: Am 22. September 1914 griff SM U 9, ein deutsches U-Boot, betrieben mit Petroleum- und Elektromotoren, drei britische Panzerkreuzer an und zerstörte sie innerhalb von neunzig Minuten, 1.500 britische Reservisten starben. Er hätte nicht geglaubt, dass ihm eine derartige Nachricht so nahegehen könnte.

Die Zeit war wohl doch relativ: Seine Jahre in Zadar, als er prorussische und antijapanische Sprüche skandiert hatte, schienen einige Lichtjahre zurückzuliegen. In Großbritannien sprach man nur noch von den vielen Opfern, bevor das Erwachen aus der anfänglichen Erstarrung zur Jagd auf deutsche Spione führte. Die Polizeichefs größerer und kleinerer Gemeinden meldeten Erfolge, nicht nur aus England, sondern auch aus Irland, wo ein gewisser Carl Hans Lody aufgegriffen wurde, der sich als US-Bürger ausgab und ein großer Fisch zu sein schien, wenn man den Zeitungen glauben wollte. Man las Romane, in denen es von deutschen Spionen nur so wimmelte. Einige Schriftsteller, so verstand man jetzt, waren Propheten gewesen: Sie hatten die deutsche Invasion und ihre hinterlistigen Tricks in ihren Romanen vorhergesehen.

Am 10. Oktober schickte Captain Thompson, der Polizeichef von Nelson, seine Leute, um Anton zu verhaften. Es wurden an diesem frühen Morgen auch sechs Deutsche auf die Wache gebracht: ein Bierbrauer, zwei Metzger, zwei Würstchenmacher und ein Bäcker. Während ein Polizist nur kurz die Deutschen befragte, wurde Anton von der Gruppe getrennt und musste bis zehn Uhr warten, bis Captain Thompson persönlich erschien. Dieser hatte eine Mappe dabei, in der sich Briefe von Anton befanden, die er im Juli und

August nach Hause geschrieben hatte und die offensichtlich nie zugestellt worden waren, dazu seine Studienbescheinigungen und sein Sparbuch, beides hatten die Polizisten bei der Verhaftung mitgenommen.

Der Umstand, dass Anton keinen Pass hatte, entpuppte sich als einer der fünf Gründe für das Misstrauen des Polizeichefs: Wie hatte Anton ohne Reisepass nach Montenegro gelangen können, in das Kriegsgebiet und zurück, und wie anschließend wieder aus Österreich-Ungarn nach England? Wieso verfügte er über derart hohe Ersparnisse? Wieso hatte sein Bruder ihm einen Brief über Italien geschickt, als keine Post mehr aus Österreich-Ungarn nach England befördert wurde? Und wäre nicht jemand, der derartige elektrotherapeutische Geräte bauen konnte, wie Mister Matijaca es für Doktor Loader getan hatte, auch in der Lage, Funkgeräte zu produzieren, mit denen deutsche Spione ihre drahtlose Kommunikation von England nach Deutschland und Österreich betrieben? Und schließlich: Wieso befand sich in seinen persönlichen Dokumenten die Erklärung, dass im Fall seines Todes sein Eigentum und seine Ersparnisse an die Adresse seines Vaters in Kaštel Lukšić zu übermitteln seien – musste man daraus nicht schließen, dass er damit gerechnet hatte, gefasst und hingerichtet zu werden?

»Ich werde Sie dem Militärgericht übergeben. Dort wird man wissen, was mit Ihnen zu geschehen hat«, sagte Captain Thompson am Ende der zweistündigen Befragung.

2.

Die Zeit verstrich langsam; das Erstaunliche war, dass sie überhaupt verging. Er war seit zwei Wochen in dem Keller einer mittelalterlichen Burg unweit von Manchester eingesperrt, der genaue Ort war ihm nicht genannt worden. Seine einzige Hoffnung war Eleonora mit ihren strengen maltesischen Eltern: Würde sie etwas unternehmen können, um ihn freizubekommen? Aber was? Sie kannten sich kaum. Würde sie ihrem Gefühl oder der Polizei glauben? Wusste sie, wo er war? Würde der Vater ihr nun verbieten, mit ihm Kontakt zu pflegen?

Und wie sollte sie mit ihm in Kontakt treten, wenn er auf unabsehbare Zeit eingekerkert war?

Würde er Eleonora je wiedersehen?

Würde er seine Familie je wiedersehen?

Was würde Ernesto sagen, wenn er ihn in dieser Lage sehen könnte? Vermutlich so etwas wie: »Es war klar, Španjulet, dass dich dein Balkan den Kopf kosten wird. Der Kampf für die Freiheit fliegt einem am Ende um die Ohren, wenn man nicht aufpasst. Hatten beim Attentat von Sarajevo vielleicht auch deine Russen ihre Finger im Spiel? Wieso hat dieser Serbe Gavrilo Princip auch eine schwangere Frau erschossen? Ihr Mann mag ein österreichischer Besserwisser gewesen sein, aber aus diesen Morden sind jetzt schon so viele weitere Tragödien hervorgegangen, dass der Preis am Ende zu hoch sein wird. Vor allem, wenn er auch dein Leben kosten sollte.«

Es war kalt in diesem Verlies. Tagsüber drang durch ein vergittertes Fensterchen ein blasser Lichtstrahl, der am späten Nachmittag verschwand, sodass die Zelle in vollständiger Dunkelheit versank. Er konnte nichts anderes tun, als sich auf eine Matte aus durchgelegenem Stroh zu betten oder in der Zelle umherzugehen. Er musste an etwas denken und entschied sich, seine Gedanken nicht frei herumirren zu lassen. Da er nicht wusste, wie lange er im Gefängnis bleiben würde, musste er ein nachhaltiges Thema wählen, und so fiel die Wahl auf seine eigene Lebensgeschichte. Bei dem Thema konnte er verweilen und sich von den aktuellen Sorgen ablenken. Die Kunst bestand darin, die Schritte den Gedanken anzupassen; er zwang sich, chronologisch präzise über die Vorkommnisse in seinem Leben nachzudenken und diese mit dem Rhythmus seiner Schritte in Einklang zu bringen: Es-war-einmal-ein-Junge-und-er-hieß-Anton. Ante-Anton-Anthony-Toni-Tonko-Tonči-Antonius-Antonino-Antun-Antiša-Ante. Manchmal hüpfte oder tanzte er, wobei er versuchte, das gelegentliche Rascheln in den Ecken der Zelle und das Ungeziefer, das in der Strohmatte hauste, nicht zu beachten.

Morgens trank er seinen Tee im Stehen, dazu gab es nur trockenes Brot; mittags gab es in einem Blechnapf einen Bohneneintopf, der erstaunlich gut schmeckte und den er im Schneidersitz verspeiste, ein anderes Mal gab es anstatt Eintopf ein ungewürztes Gulasch mit dünnem Kartoffelbrei, den er ungenießbar fand; nachmittags – in der anbrechenden Dunkelheit – erneut Tee mit Brot. Er bemühte sich, nicht zu krümeln und auch nicht zu schlürfen und zu schmatzen. Es-war-einmal-ein-junger-Mann-und-er-arbeitete-in-einem-privaten-Hospital-in-London-in-das-manchmal-ein-Prinz-zum-Tee-vorbeikam-und-der-junge-Mann-durfte-dabei-sein-Anthony-reichen-Sie-mir-bitte-die-Platte-mit-den-Sandwiches.

Nach jeder Mahlzeit gönnte er sich eine Pause von seiner anstrengenden Choreografie aus Erinnerungen und Bewegungen. Er lag auf der Strohmatte, und um zu verhindern, dass er über seine Lage nachzudenken begann, zählte er laut bis tausend – morgens auf Kroatisch, mittags auf Italienisch und abends auf Englisch, mochten die Wächter ihn für verrückt halten, es war ihm egal.

Das Umkleiden vor dem Dinner gehörte zu einem Märchen aus alten, längst vergangenen Zeiten: Es-war-einmal-ein-junger-Mann-und-er-hatte-einen-gebrauchten-Smoking-günstig-gekauft-damit-er-beim-Dinner-im-Hospital-von-Miss-Worth-anständig-aussah. Captain Thompson war der Smoking natürlich verdächtig vorgekommen. Vermutlich trugen deutsche Spione in englischen Romanen Smokings. Wenn er wenigstens einen solchen Roman hätte. Oder irgendetwas anderes zum Lesen. Oder etwas zum Schreiben. Es-war-einmal-ein-junger-Mann-der-Arzt-werden-wollte-den-man-leider-irrtümlich-für-einen-deutschen-Spion-hielt-So-ein-Pech-aber-auch-dass-er-gerade-zum-ersten-Mal-im-Leben-richtig-verliebt-war.

Als die verrostete Gittertür eines Morgens geöffnet wurde und der Wächter ihm mitteilte, dass er vor das Militärgericht geführt werde, erschien ihm sein düsterer Käfig wie ein vertrautes Heim, seine Strohmatte wie ein weiches, kuscheliges Bett. Zwei Wochen hatte das Wort *Todesstrafe*, das Captain Thompson beim Verhör mehrfach erwähnt hatte, in seinem Kopf gehämmert, auch wenn er es mit aller Macht zu verdrängen suchte. Doch jetzt stand es in seiner ganzen deutlichen Unerbittlichkeit vor ihm. Er folgte dem Wächter mit festen Schritten, so als wäre er mit sich selbst im Reinen. Es war gut, dass er in der Zelle viel hin und her gelaufen war. Es-war-einmal-ein-junger-kroatischer-Medizinstudent-den-man-im-Tower-of-London-hingerichtet-hat. Ein Justizirrtum in Kriegszeiten, niemand würde davon erfahren, niemand würde wissen, was wirklich vorgefallen war. War da nicht etwas mit Nikola Tesla, eine persönliche Verbindung zu diesem zwielichtigen serbisch-kroatisch-amerikanischen Zauberer-Wissenschaftler? Konnte nicht dieser Medizinstudent aus Österreich-Ungarn-Dalmatien-Kroatien-Serbien-Bosnien-Herzegowina-Sarajevo-wo-um-alles-in-der-Welt-lag-das-eigentlich medizintechnische Tesla-Apparate bauen? Und wo Elektrizität und Röntgenstrahlen im Spiel sind, da sind Radiogeräte nicht weit entfernt. Und man weiß doch, wofür im Krieg Radiogeräte verwendet werden.

Er musste die Gedanken wieder ordnen, sie seinem Schritt anpassen, auf den Rhythmus achten, ruhig atmen.

Ein grauhaariger Oberst hatte den Vorsitz inne, drei jüngere Offiziere nahmen die Funktion von Hilfsrichtern wahr, der Ankläger und der Verteidiger waren Offiziere in mittleren Jahren. Während der Ankläger im Kreuzverhör bestrebt war, die Fragen, die ihm bereits Captain Thompson gestellt hatte, noch schärfer zu formulieren, mischte sich der Verteidiger immer wieder ein und stellte fest, dass für diese Behauptungen keine Beweise vorlägen. Der Richter stoppte bisweilen dieses Hin und Her und stellte Anton eigene Fragen, die meist in eine ganz andere Richtung gingen als jene, um die sich Ankläger und Verteidiger stritten. Die Richter zogen sich nach der zweistündigen Verhandlung nicht zurück, sondern blieben sitzen und flüsterten miteinander.

Er starrte durch das Fenster in den grauen Oktobertag und sah, dass es zu regnen begann. Nicht wirklich zu regnen, eher zu nieseln. Zwei kleine schwarze Vögel, die auf einem Ast des einzigen Baums vor dem Fenster herumgehüpft waren, flatterten auf und flogen davon. Als er hörte, dass der Richter zwar die Beschuldigung der Spionage zurückwies, aber aus Sicherheitsgründen dennoch seine Internierung anordnete, empfand er eine seltsame Gleichgültigkeit.

*

Sein Vorhaben, Deutsch zu lernen, konnte er früher in die Tat umsetzen, als er es sich hätte vorstellen können. Als ihm vor einiger Zeit diese vage Idee gekommen war – Französisch stand auch auf dem Plan –, war er noch nicht von so vielen Deutschen umgeben gewesen, sondern hatte als aufstrebender und bildungshungriger junger Kroate mit den britischen Damen und Herren aus höheren Kreisen mithalten wollen. Er fragte sich, wie es dem Prinzen Louis of Battenberg aktuell erging und ob auch er trotz seines hohen gesellschaftlichen Ranges zur Gruppe der Verdächtigen gehörte, da er deutscher Herkunft war. Er war sogar in Österreich geboren, davon hatte ihm Miss Worth mit verschwörerischer Miene erzählt.

Die nächsten Tage verbrachte Anton in einem großen Gefängnis. Es war so belegt, dass er beinahe seiner Einzelhaft nachtrauerte; es gab Etagenbetten und echte Matratzen, und man konnte sich unterhalten – wenn man die Sprache verstand. Glücklicherweise konnten viele der Mitgefangenen Englisch, und einige waren so freundlich, ihm ab und zu die in deutscher Sprache geführten Unterhaltungen zusammenzufassen. Ihm wurde gestattet, einen Brief an Eleonora zu schreiben und ihr mitzuteilen, dass man ihn wenig später in das Kriegsgefangenenlager *Newbury Camp* überführen werde. Den Internierten wurde ausdrücklich erlaubt, ja sogar angeordnet, Freunden und Familien Informationen über ihren künftigen Aufenthaltsort mitzuteilen. In dem Brief beteuerte er, dass er sich nichts habe zuschulden kommen lassen – und dabei fühlte er sich schuldig. Am Ende schrieb er, dass er sie liebe – und es fühlte sich unwirklich an. Die ungelenk wirkenden Männerkörper, die lauten Männerstimmen, das raue Lachen, die Nächte, in denen ihn das Schnarchen aus Dutzenden Mündern zur Verzweiflung trieb, all das befeuerte seine Sehnsucht nach ihr, was ihm wiederum peinlich war. Es wäre schrecklich gewesen, wenn sie ihn hier gesehen hätte.

Die Tage zogen sich unendlich in die Länge, die Stunden waren qualvoll, die Minuten wurden zu Tropfen aus einem undichten Wasserhahn.

Mit einer Gruppe von mehreren Hundert deutschen und österreichischen Staatsbürgern wurde er am 29. Oktober 1914 mit Militär- und Polizeibegleitung zum Bahnhof von Manchester gebracht. Erst als sie verstanden, dass die aufgebrachte Menge in den Straßen »Tod den deutschen Spionen!« rief, begriff er, dass die schwerbewaffneten Begleiter sie eher schützen, als an einer Flucht hindern sollten.

Auf einer ehemaligen Pferderennbahn, die von Stallungen und Zuschauertribünen umgeben war, standen Hunderte weißer, kegelförmiger Militärzelte. Es regnete ohne Unterlass, und schon nach einigen Stunden war alles durchnässt: die Hosen, die Hemden, die Jacken, die Schuhe, die Zigaretten, die Körper. In den Zelten war Stroh ausgestreut worden, doch dieses verwandelte sich bald in eine modrig riechende Masse. Wenn man aus dem Zelt hinaustrat, versank man bis zum Knöchel im Schlamm.

Die Tage glichen einander. Man stand in klammer Kleidung auf, die Schlange vor den Toiletten und Waschräumen war endlos. Dann watete man bis zur Essensausgabe, trank unter dem Vordach der Großküche seinen Tee im Stehen und aß Brot mit Margarine, und keiner wusste, wohin mit sich selbst. Nicht einmal der Gedanke an Eleonora half ihm, im Gegenteil, er begann ihn zu verdrängen. Unter den Gefangenen gab es Handwerker, die sich bemühten, die Zelte stabiler zu machen, andere putzten und wischten, doch der Regen und der Matsch machten ihre Bemühungen zunichte. Man konnte nur herumstehen und sich unterhalten, ganz egal, worüber. Herr Pichler, sein ehemaliger Deutschlehrer aus Zadar, wäre über seinen Fortschritt erstaunt gewesen. Da er verstehen wollte, was um ihn herum vorging, wuchs sein Wortschatz, als hätte er einen Intensivkurs belegt.

Beinahe alle Gespräche drehten sich um die missliche Lage, in die sie geraten waren. Dabei ging es weniger um die Feuchtigkeit und die Kälte als um die Angst vor falschen Beschuldigungen. Man flüsterte hinter vorgehaltener Hand über Carl Hans Lody, der am 6. November im Tower of London von einem Erschießungskommando exekutiert worden war. Alle beteuerten, dass sie keine Spione seien, und einige raunten, dass auch dieser Lody wahrscheinlich irrtümlich angeklagt gewesen sei, genauso wie sie. Und dann sei er hingerichtet worden, um sie alle in Angst und Schrecken zu versetzen. Andere jammerten, dass wegen dieses einen schwarzen Schafs, das der verfluchte Lody wohl gewesen sei, alle unter Generalverdacht ständen und womöglich demnächst kurzerhand erschossen würden. Anton versuchte dagegenzuhalten, er berichtete, dass ihm persönlich ein erstaunlich fairer Gerichtsprozess gemacht worden sei, aber die anderen Männer blieben skeptisch. Die meisten von ihnen waren hierhergebracht worden, ohne einem Richter vorgeführt worden zu sein.

Als der Schlamm so tief wurde, dass man gar nicht mehr aus dem Zelt herauskam, wurde die Umsiedlung in die leer stehenden Pferdeställe angeordnet, pro Stall zwanzig Gefangene, die sich zum Schlafen auf dem Boden aus festgetretener Erde aneinanderdrängen mussten. Hier war es warm und trocken, es gab elektrisches Licht, und man konnte sogar Tee und Kaffee auf Gaskochern zubereiten. Es wurde den Gefangenen gestattet, Pakete zu empfangen, deren Inhalt sie untereinander aufteilten. Von Eleonora bekam er ein Paket voller Kekse, Schokolade und geräucherter Würste; als er es öffnete, wusste er, dass er sie heiraten werde, wenn er das *Newbury Prisoners of War Camp* je verlassen könnte.

Eine Zeit lang ging es ihm nicht schlecht, er hatte genug zu essen, konnte sich mit warmem Wasser waschen und seine Kleidung vor einem Kamin im Waschraum trocknen, und er wusste, dass Eleonora zu ihm stand, sonst hätte sie ihm nicht die vielen Tafeln Schokolade und einmal sogar einen selbst gebackenen Kuchen geschickt. Ihre Pakete kamen mit pünktlicher Regelmäßigkeit und bedeuteten jedes Mal ein Fest.

Leider wuchs die Zahl der Gefangenen rapide, sodass es in den Pferdeställen bald noch enger wurde. Zuerst kamen Seemänner, die auf deutschen Handelsschiffen über den Atlantik fuhren, und mit ihnen deutsche Reserveoffiziere, die aus Amerika nach Deutschland zurückkehren wollten. Beide Gruppen waren von britischen Marineeinheiten aufgebracht und gefangen genommen worden. Danach kamen Soldaten und Offiziere ins Lager, die in der Schlacht an der Marne gekämpft hatten und zunächst in einem Gefangenenlager in Frankreich untergebracht waren. Ihre Uniformen waren dreckig, die Unterwäsche hatten sie seit Wochen nicht gewechselt, sie waren erschöpft und viele waren krank; mit ihnen kamen Krätzmilben und Läuse ins Lager. Anton handelte mit dem britischen Lagerarzt aus, dass ihre Wäsche ausgekocht wurde, und musste wieder an die Theorie von Doktor Winter denken, nach der es die Krankheiten seien, die nicht nur über einzelne Schicksale, sondern auch über den Verlauf eines Kriegs entschieden. Der Lagerarzt wunderte sich über Antons Kenntnisse, grüßte ihn aber fortan mit einem anerkennenden Augenzwinkern.

Unter den Gefangenen waren mehrere Ärzte. Der Agilste unter ihnen war Doktor Schwartz, ein achtzigjähriger deutscher Jude, der die Ställe und Zelte (inzwischen waren die im Matsch stehenden Zelte wieder voll von Gefangenen) täglich auf der Suche nach Kranken inspizierte. Der Lagerarzt versorgte ihn mit Pillen, Salben und Kräutern, die Doktor Schwartz in seine Manteltaschen stopfte und nach Bedarf austeilte. Anton schloss sich ihm an, schleppte Verbandsmaterial und heißes Wasser, wunderte sich über die Ausdauer des alten Mannes, bis er ihn eines morgens leblos in der Ecke seines Stalls fand. Er lag friedlich da, eingewickelt in seine Decke, Augen und Mund fest geschlossen, das Gesicht pergamentfarben, als wäre er eine einbalsamierte Mumie. Zum ersten Mal in seinem Leben verstand Anton, der auf den Namen des heiligen Antonius von Padua getauft war, was es bedeutete, heilig zu sein. Dabei spielte die Religion keine Rolle – Heilige waren als Menschen getarnte Engel. Einige von ihnen wurden verehrt, andere wurden vergessen. Er würde Doktor Schwartz nicht vergessen.

Doktor Schwartz war der erste Tote im Lager. Eine weitere These von Doktor Winter bestätigte sich: Es waren die Ärzte und Pflegekräfte, die zu den ersten Opfern zählten, wenn sie beim Ausbruch von Epidemien oder bei anderen massenhaft auftretenden Krankheiten Tag und Nacht arbeiteten. Der alte Mann hatte jedem helfen wollen, bis tief in die Nacht hatte er seine Patienten besucht. Anton hatte er stets daran erinnert, bei wem sie noch vorbeischauen mussten, und am Ende eines jeden langen Tages hatte er sich bei ihm bedankt, was Anton beschämt hatte. Wenn er ein guter Arzt werden wollte, musste er diese Art von Hingabe entwickeln: heilen und dienen bis zum letzten Atemzug. Als er zum ersten Mal allein den täglichen Rundgang von Doktor Schwartz übernahm, kamen ihm die Tränen.

Da es erlaubt war, Briefe zu schreiben, auch wenn diese von der Zensur geprüft wurden, schrieb Anton an Personen, von denen er sich Hilfe erhoffte, unter anderem am Doktor Bryan. Doktor Winter kam nicht infrage, da er Deutscher war, und Anton hütete sich sogar davor, ihm Grüße ausrichten zu lassen. Er schrieb auch an seinen alten Professor Lloyd sowie an einen serbischen Diplomaten in London, mit dem er sich während seiner Studienzeit angefreundet hatte und der ganz begeistert gewesen war, als Anton ihm erzählte, dass er Nikola Tesla getroffen habe. Eleonoras Vater versuchte, sich für ihn einzusetzen, und erfuhr im Kriegsministerium, dass der serbische Diplomat als Vertreter eines im Krieg verbündeten Landes für Anton interveniert hatte, doch es war vergeblich gewesen. Der Lagerkommandant hatte Anton zu sich gerufen und ihm erklärt, dass bei einer derartigen Intervention jedes Mal die Meinung des zuständigen Polizeibeamten, der den Gefangenen eingewiesen hatte, eingeholt werde, und in Antons Fall hatte Captain Thompson immer wieder geschrieben: »Likely to be very dangerous.«

»Als potenziell besonders gefährlicher Gefangener gehören Sie zu der Gruppe, die demnächst Newbury verlassen wird, um sich an der schönen englischen Küste zu erholen«, sagte der Lagerkommandant, fügte aber gleich hinzu, dass dies leider ein schlechter Scherz gewesen sei… es tue ihm leid, Anton sagen zu müssen, dass diese Verlegung mit gewissen Gefahren verbunden sei. Dann sagte er mit erhobener Stimme, dass es nach dem Völkerrecht nicht erlaubt sei, Kriegsgefangene einer Gefahr auszusetzen, dennoch hätten die Deutschen (»Ihre Deutschen, Mister Matijaca!«) im Dezember 1914 eine große Gruppe gefangener englischer Offiziere nach Freiburg verlegt, und das sei eine schwer umkämpfte Stadt im Süden Deutschlands. Das sei wohl die schäbige Rache dafür gewesen, dass die Franzosen und Engländer aus Flugzeugen und Zeppelinen Bomben auf diese Stadt geworfen hatten, in der zwar Verwundete in einem Lazarett behandelt wurden, »aber den Luftkrieg haben Ihre Deutschen angefangen, Mister Matijaca. Es waren die Deutschen, die schon im August aus einem Zeppelin Bomben auf Lüttich geworfen haben.«

Mister Matijaca versuchte gar nicht erst zu erklären, dass er kein Deutscher, sondern ein amerikanischer Staatsbürger kroatischer Herkunft aus Österreich-Ungarn war, denn inzwischen hatte er gelernt, dass er sich damit in eine noch schlechtere Lage brachte. Es hätte auch nicht viel genutzt, wenn er sein Entsetzen darüber geäußert hätte, dass selbst eine Stadt, in der ein Lazarett eingerichtet war, nicht verschont wurde. Die Welt war in Auflösung begriffen, und es hieß, geduldig bleiben und sich vernünftig benehmen.

Die Briten hatten verlangt, dass ihre Offiziere an einen anderen Ort gebracht wurden, doch die Deutschen scherten sich nicht darum, deshalb wollten die Briten die internierten Österreicher und Deutschen ebenfalls nicht schonen, und so wurde Anton nur zwei Tage vor Weihnachten auf die *Andania* verlegt, einen Ozeandampfer der Cunard Line im Hafen von Portsmouth an der Südküste Englands. Mehrere Hochseeschiffe, die aufgrund des Krieges keine Passagiere mehr transportierten und als potenzielle Ziele der gefürchteten deutschen Marine galten, wurden als schwimmende

Gefangenenlager eingerichtet. Nachts kreuzten deutsche U-Boote vor dem Hafen und versuchten, britische Kriegsschiffe zu torpedieren. Auf den mit Häftlingen gefüllten Ozeandampfern tönten die Sirenen, und kurz darauf konnte man Explosionen hören. Nachdem in den ersten Nächten bei den Gefangenen, die unter Deck bleiben mussten, Panik ausgebrochen war, gewöhnten sie sich allmählich daran. Wenn es wieder einmal zu einem nächtlichen Angriff kam, ließen sie sich beim Kartenspielen nicht mehr stören oder schliefen weiter in ihren Kabinen, die ihnen nach den Wochen in Newbury wie purer Luxus vorkamen. Paarweise in der zweiten Klasse untergebracht, genossen sie die elektrische Beleuchtung und das fließende Wasser, die saubere Bettwäsche und die weichen Daunendecken. Das Essen wurde ihnen im großen Salon serviert, zu Tee und Brot gab es hier Margarine und Marmelade, und mittags wechselten die Gerichte beinahe wie auf einer echten Atlantiküberfahrt. Natürlich wären sie jämmerlich ertrunken, hätte ein Torpedo ihr Schiff getroffen, aber dennoch genoss Anton diese Verbesserung der Lage.

Er teilte die Kabine mit dem Schwiegersohn von Albert Ballin, dem Generaldirektor der Hamburg-Amerika-Linie, der größten Schifffahrtslinie der Welt, die ihren Erfolg der Beförderung von Migranten zu verdanken hatte. Dieser erzählte ihm, dass er ihr Büro in New York geleitet hatte und pflichtbewusst als deutscher Reserveoffizier nach Hause zurückkehren wollte. Die Engländer hatten jedoch sein Schiff festgesetzt und alle Männer verhaftet: »Ist ein derartiges Vorgehen Ihrer Meinung nach rechtmäßig, Herr Matijaca?« Was sollte er ihm antworten? Was war schon *rechtmäßig* in einem Krieg? »Und was wird aus unseren Geschäften? Wir haben nicht nur Auswanderer befördert, wissen Sie? Wir haben auch Kreuzfahrten organisiert, herrliche Winterreisen an sonnige Küsten für diejenigen, die es sich leisten konnten. Bei uns ist man mit größtem Komfort gereist, ob über den Atlantik oder ins Mittelmeer. Und all das ist jetzt vorbei.«

*

Er war immer wieder erstaunt, wie schnell sich der Mensch an neue Umstände gewöhnt. Es gab Tage, an denen er vergaß, dass er je ein anderes Leben geführt hatte. »Als hätte ich nie etwas anderes gemacht, als zu bestimmten Uhrzeiten im Salon zu erscheinen, abends nach dem Dinner der Musik zu lauschen und bis spät in die Nacht Karten zu spielen«, sagte er zu seinem Kabinennachbarn, der zustimmend nickte. Sie hatten ihre eigene Routine entwickelt, hielten ihren gemeinsamen Raum und die Kleidung in Ordnung, und wenn sie Briefe schreiben wollten, fragten sie höflich, ob der kleine Schreibtisch in der Kabine gerade frei sei. Anton wagte nicht darüber nachzudenken, dass Eleonora zu dem Leben vor ihrer Bekanntschaft zurückgekehrt sein könnte. Vielleicht schickte sie ihm die Pakete und Briefe nur aus Mitleid? Wie lange würde er noch hierbleiben müssen? Wie lange dauerte ein Krieg? Ein Jahr, zwei Jahre?

Auf der *Andania* gab es ein buntes Unterhaltungsprogramm, da unter den Internierten Musiker, Schauspieler und Dichter waren, die an den Abenden Darbietungen organisierten. Nicht alles war lustig, aber dennoch lachte man viel. Manchmal kamen allen die Tränen. Wer Geld hatte, bestellte Bier für alle. Die britischen Aufseher schlossen sich ihnen nicht an, weil das Programm auf Deutsch stattfand, und auch die Musik schien ihnen nicht zuzusagen. Von den Künstlern inspiriert, bemühten sich plötzlich alle, ihre Kenntnisse und Fähigkeiten den anderen nutzbar zu machen: Die Barbiere kümmerten sich um Bärte und Frisuren, die Schneider flickten Hemden, Sakkos und Hosen, die Wurstmacher, Bäcker und Bierbrauer halfen in der Gemeinschaftsküche aus. Auf dem Schiff, das den Hafen nie verließ, hätte man sich bisweilen wie auf einer Kreuzfahrt oder zumindest wie in einem idyllischen Dorf fühlen können, wären da nicht die Detonationen und Sirenen gewesen, die man nachts hörte.

Und natürlich waren alle Passagiere Männer. Die Abwesenheit von Frauen wurde als selbstverständlich empfunden, es war ja Krieg, und Krieg war Männersache. Allerdings waren Eleonoras Briefe und Pakete Antons ganzer Trost. Und wenn er sich an den Einsatz der amerikanischen und englischen Krankenschwestern in Montenegro erinnerte, verstand er, was Miss Worth gemeint hatte, wenn sie behauptete, dass die Heilkunst ein weiblicher Beruf sei, die Männer drängten sich nur überall vor. »Sie haben gewiss von Agnodike gehört, Anton?«, hatte sie ihn einmal gefragt. Glücklicherweise hatte ihm Ernesto von dieser griechischen Ärztin erzählt, die in Männerkleidung gebärenden Frauen half. Außerdem hatte er in Charleston am Old Medical College zwei exzellente Professorinnen als Lehrende erlebt. In Amerika schworen die eklektischen Mediziner darauf, die Kenntnisse der Ureinwohner des Kontinents, der Einwanderer und eben auch der Frauen in das Medizinstudium zu integrieren. »Das höre ich gerne«, hatte Miss Worth gesagt. »An diesem Punkt gibt es weltweit Nachholbedarf, sogar in Großbritannien. Obwohl bekanntlich unsere britische Medizin die beste der Welt ist, was sich nicht zuletzt in der *Nightingale School of Nursing* manifestiert – in der die Frauen das Sagen haben.« Als Anton darauf nicht antwortete, legte sie noch ein wenig nach: »Es hat schon zu Urzeiten begonnen, dass die Männer über alles bestimmen wollten und sich für besonders klug hielten. Agnodike lebte drei Jahrhunderte vor Christus in Athen, als es Sklaven und Frauen verboten war, ärztlich tätig zu werden, was uns zeigt, dass die sonst vortrefflichen Griechen auch einmal falschliegen konnten. Agnodike musste in Männerkleidung bei ihren Patientinnen erscheinen, die jedoch wussten, dass sie eine Frau war, da sie sich sonst gar nicht hätten helfen lassen wollen. Wussten Sie, dass es Frauen gab, die lieber bei der Geburt starben, als sich von Männern in einer derartig intimen Situation behandeln zu lassen? Und dann entscheiden ausgerechnet die Männer, dass Schwangeren von kundigen Frauen nicht geholfen werden darf, das muss man sich einmal vorstellen. Noch absurder war es, dass die anderen Athener Ärzte glaubten, dieser adrette Kollege, den alle Gebärenden zu sich bestellten, verführe die Frauen und sei deshalb so erfolgreich. Vor Gericht musste sich Agnodike als Frau zu erkennen geben, aber am Ende wurde sie nicht verurteilt. Die griechische Vernunft feierte einen weiteren Sieg. Die ansonsten unmündigen Frauen protestierten lautstark. Agnodike wurde nicht nur freigesprochen, sondern endlich wurden Frauen als Geburtshelferinnen zugelassen.«

Da er sich nach den Vorlesungen und praktischen Übungen in London einen Vergleich erlauben durfte, fand er seine eklektische medizinische Schule gar nicht so übel. Gewiss, man konnte sich viele der Kräuter, die man dort kennenlernte, auch sparen, das hatte George Washington Boskowitz, Professor für Phytotherapie in New York, einmal freimütig erklärt, aber es gab doch Pflanzen, etwa die Coca-Blätter, die große Aufmerksamkeit verdienten. Sein Vertrauenslehrer John Uri Lloyd hatte sogar ein Gerät patentieren lassen, mit dem er die Wirkstoffe aus den Pflanzen extrahieren konnte, ohne sie zu erhitzen. Anschließend wurden sie zu Konzentraten verarbeitet. Mit seinen beiden Brüdern betrieb Lloyd eine Firma, bei der sich alle eklektischen Ärzte mit Medikamenten eindeckten. Genau wie Doktor Winter hatte Doktor Lloyd eine wissenschaftliche und eine geschäftliche Ader, was man von Nikola Tesla leider nicht behaupten konnte. Er fragte sich, wie es aktuell um den Erfinder stand. Wohnte er noch im Waldorf-Astoria? Sein Gönner Astor war tot, inzwischen war der Bankier Morgan gestorben, wer finanzierte nun seine Experimente? Er wollte ihm schreiben, dass er verdächtigt worden war, einen Tesla-Sender zu konstruieren, und zwar nur aus dem Grund, weil er seine elektrotherapeutischen Apparate nachgebaut hatte, aber die Angst vor der Zensur hielt ihn davon ab. Bei den englischen Behörden hätte womöglich schon die Adresse des Erfinders Nikola Tesla Argwohn hervorgerufen.

*

Anfang Januar 1915 bekam Anton einen Brief von Professor Lloyd, in dem dieser ihm mitteilte, dass er das amerikanische Rote Kreuz gebeten habe, beim britischen Kriegsministerium zu intervenieren, da es eine internationale Verordnung gebe, nach der Ärzte und Sanitäter, sollten sie in Kriegsgefangenschaft geraten, entweder ausgetauscht oder entlassen werden sollten. Und so wurde er am 17. Januar zum Lagerkommandanten vorgeladen, der von seinen Schwierigkeiten mit Captain Thompson wusste.

»Mister Matijaca, es ist mir eine Freude, Ihnen mitzuteilen, dass Sie ein freier Mann sind, vorausgesetzt Sie verpflichten sich, England sofort zu verlassen und in die USA auszureisen«, sagte der Lagerkommandant. »Sie müssen nur diese Verpflichtungserklärung unterschreiben. Sobald Sie London erreicht haben, wo Sie persönlich im Kriegsministerium vorsprechen müssen, um Ihr Entlassungsschreiben ausgehändigt zu bekommen, müssen Sie sich bei der ersten Polizeistation anmelden.«

Anton wollte hinausstürzen und sofort an Land gehen, doch es war nach 17 Uhr, und zwischen 17 Uhr und 9 Uhr morgens durfte niemand den Kriegshafen verlassen. Es sollte eine seiner schlaflosen Nächte werden, in der er wie so oft, wenn er kurz einnickte, vom Schwimmen träumte, das in ein Ertrinken überging. Auf dem vor Anker liegenden Schiff, das von dunklen Wassermassen umgeben war, in denen vielleicht gerade in dieser Nacht die deutschen U-Boote lauerten und eben dann zuschlagen würden, wenn er von Bord gehen wollte, entschied er sich, das Morgengrauen im Sitzen zu erwarten und so den Albträumen zu entkommen.

Beim Morgentee gratulierten ihm seine neuen Freunde, als hätte er das große Los gezogen. Sobald er dann um Punkt 9 Uhr die Außenbordtreppe betrat, um in ein kleines Hafenboot zu steigen, ertönte ein feierlicher Marsch, den das Blechblasorchester der deutschen Gefangenen für ihn spielte. Alle Gefangene standen an Deck, Hunderte Taschentücher flatterten zum letzten Gruß. Er wusste nicht, was ihn stärker bewegte, die Rührung, der Schmerz des Abschieds von seinen neuen Freunden – wer hätte je gedacht, dass sie zu seinen Freunden werden würden? – oder die Freude über die wiedergewonnene Freiheit.

Er hielt sich an alle Auflagen, meldete sich sofort bei der Londoner Polizei, und im Kriegsministerium nahm er die Ausreisedokumente entgegen. Der Offizier, der sie ihm aushändigte, konnte nicht deutlicher sein: Sollte er von Militärs der Länder der Entente auf dem Territorium Österreichs oder des Deutschen Kaiserreichs oder eines anderen Landes der Mittelmächte erwischt werden, werde er standrechtlich erschossen. Er sollte seine Ausreise nach Amerika schleunigst organisieren. Er telegrafierte an Eleonora: »Es tut mir leid, dass ich so unromantisch bin, aber ich brauche dringend deine Antwort: Willst du mich heiraten?«

Am 29. Januar 1915 heirateten Eleonora und Anton in Burnley, Grafschaft Lancashire, ohne wirklich einschätzen zu können, ob sie einen Fehler begingen. Eleonoras Vater machte sich Sorgen: Seine Tochter verlor durch diese überstürzte Heirat automatisch ihre britische Staatsbürgerschaft und wurde Österreicherin. Ausgerechnet jetzt, da sich Großbritannien im Krieg gegen Österreich befand. Andererseits war er froh, dass es seiner Tochter gelungen war, einen Katholiken als Ehemann zu bekommen, denn wo konnte eine Maltesin hier in England einen anständigen Katholiken finden? Und zwar einen, der kurz davorstand, Arzt zu werden, und mit dem sie in einigen Tagen nach Amerika aufbrechen würde, weit fort vom Krieg.

Nach der bescheidenen Hochzeitszeremonie umarmten die Eltern, die beiden Brüder und einige Freunde Eleonora. Sie schüttelten Anton die Hand und begleiteten das junge Paar zum Bahnhof; das Hochzeitsgeschenk, das Eleonoras Vater ihnen zusteckte, waren die Tickets für eine Kabine der ersten Klasse auf dem Ozeandampfer *St. Paul*: »Es ist ja eure Hochzeitsreise«, sagte der Vater zu der laut schluchzenden Tochter.

Als sie sich auf dem Meer irgendwo zwischen Liverpool und Irland für das Dinner umkleideten – er schlüpfte in seinen schwarzen Smoking, der ihn an Miss Worth erinnerte, und sie in das seidene weiße Kleid, das ihr als Hochzeitskleid gedient hatte und über dem sie nun einen rosaroten Umhang trug, der sie wie eine duftende Blume aussehen ließ –, fühlte sich Anton wie ein aufgeplusterter Pfau: Das war der Aufstieg! Vor zehn Jahren die Passage im Unterdeck der *Giulia*, und heute durfte er mit der schönsten Frau des ganzen Schiffs, des Commonwealth und der Welt im prachtvollen Tanzsaal der ersten Klasse über das Parkett gleiten.

3.

Anton bemerkte sofort, dass die Wangen von Ernestos Freundin Stella leicht gerötet waren, dabei war ihre Haut ansonsten blass und sie sah auf eine besondere Art müde aus, wie er es auch bei den Tuberkulosepatienten von Doktor Winter beobachtet hatte. Sie saßen zu viert in der Küche einer winzigen Wohnung in Lower Manhattan, unweit der Kreuzung East 2nd Street und Bowery, und tranken vorzüglichen italienischen Wein, den Ernesto anstelle eines Lohns in dem Restaurant bekommen hatte, wo er mittags aushalf. Er verdiente noch immer kein Geld mit dem Kellnern.

»Dafür bekomme ich täglich ein gutes Essen, amico mio«, sagte er und strich dabei über seinen flachen Bauch. »Ich darf auch eine Portion nach Hause mitnehmen, Stella liebt Spaghetti mit Tomatensoße.«

»Mit viel Parmesan«, zwitscherte Stella.

Ich werde mich später ärgern, dachte Anton, dass ich es ihnen nicht sofort gesagt habe: Sie braucht gehaltvolleres Essen als Spaghetti, und sie muss in einer anderen Umgebung leben, nicht in diesem miefigen Souterrain an dieser lauten und schmutzigen Straße, aber ich kann doch unser erstes Treffen nicht mit solchen Einwänden verderben. Zumal Ernesto im Kopf ganz woanders war:

»In den letzten Briefen hast du gar nicht erklärt, warum man dich in England festgehalten hat, aber ich konnte es mir denken. Anton Matijaca als deutscher Spion, das ist zum Brüllen komisch. Sobald ich mein großes Drama beendet habe, an dem ich gerade arbeite, werde ich eine Burleske darüber verfassen, das wird der Kassenschlager am Broadway werden. Natürlich erst nach dem Krieg. Ich sehe es schon vor mir: Du, wie du mit angespanntem Gesicht dein Gerät für einen hyperstatischen Transformator ausprobierst, mit dem du die Blutgefäße und Gelenke der Rheumakranken von innen massieren willst, und der Polizist, der Tesla persönlich in dir erkennt und glaubt, dass du seinen teleautomatischen Lufttorpedo bauen willst.« In diese Küche drang nie die Sonne, dafür lag das Fenster zu hoch, und die Straße dahinter war allzu düster. »Eine Frage an deine Frau«, er wandte sich an Eleonora und für einen Moment glaubte Anton, dass er sie mit *Madame* oder zumindest mit *signora* ansprechen würde, »könntest du, Eleonora, ich darf dich Eleonora nennen, nicht wahr?, könntest du mir bei Gelegenheit erzählen, wie du dich in der Zeit seiner Internierung gefühlt und verhalten hast, damit ich diese Rolle für Stella schreiben kann. Stella wird dich in dieser Spionagekomödie spielen, das ist doch klar, oder nicht, Stella?«

Natürlich hatte Eleonora nichts dagegen. Sie hatte nicht nur den prüfenden Blick ihres Mannes in Richtung Stella bemerkt, sondern sich vermutlich auch selbst Sorgen um die hübsche, zierliche Frau gemacht. Anton hatte in den ersten Wochen ihrer stürmisch geschlossenen Ehe festgestellt, dass Eleonora über ein diagnostisches Talent verfügte und großes Interesse an seinem Beruf hatte. Sie unterhielten sich häufig über medizinische Themen, und er staunte, wie schnell sie sich Dinge merkte und wie klug ihre Nachfragen waren. Sie war eine bessere Schülerin, als er es damals bei Doktor Winter gewesen war, und er ertappte sich dabei, wie er sogar die Tonlage seines alten Lehrers nachahmte, ja sogar sein Akzent wurde irgendwie deutsch, sobald er zu einem seiner Vorträge ausholte. Er erzählte ihr alles – über die Seuchen und Mikroben, über die Missbildungen der Organe und über die Geschlechtskrankheiten, er hatte sich sogar tapfer durch den Aufbau der Geschlechtsorgane und durch die Sexualität und Reproduktion gekämpft, und sie hatte aufmerksam zugehört, als lägen sie nicht nackt nebeneinander in ihrem Bett, denn diese Vorträge hielt er meist am späten Abend oder frühmorgens. Sie musste gar nicht danach fragen, er setzte die Vortragsreihe ähnlich aufgebaut fort, wie Doktor Winter es damals für seine Dolmetscher getan hatte.

So wie Ernestos Zähne leuchtete in der kleinen, ordentlichen Küche auch Stellas blondes Haar. Es war nach neuester Mode mit einem breiten weißen Stoffband zu einer kinnlangen Frisur gebunden, geschwungene Locken verdeckten dabei ihre Ohren. Sie trug ein weißes, gerade geschnittenes Sommerkleid und flache Schuhe aus hellem Leder mit goldenen Schnallen; sie war ein Engel, der sich irrtümlich auf der Erde, und zwar ausgerechnet in New York, aufhielt und selbst darüber überrascht war, dass er mit geröteten Wangen in einer Küche im Süden Manhattans saß und an einem Weinglas nippte. Eleonora legte eine Hand auf den schlanken Unterarm des Engels und sagte in ihrem melodiösen, deutlich artikulierten Englisch: »Er wäre mir eine Ehre. Ich werde euch alles erzählen. Meine ganze Familie hat mit mir um Anthonys Schicksal gebangt. Wir haben keinen Augenblick an seiner Unschuld gezweifelt, aber wir wussten, wie nervös die englischen Behörden waren.«

Geboren in Singapur, hatte Eleonora ihre Kindheit in Indien und in Hongkong verbracht – ihr Vater war Oberst der britischen Armee gewesen und hatte dort gedient. Mit ihm sprach sie Englisch, mit der Mutter Maltesisch, das war eine Information, die Ernesto beim Kennenlernen in Verzückung versetzt hatte (»Maltesisch ist die beste Mischung überhaupt! Sizilianisch, Italienisch, Arabisch, Griechisch,

Englisch, Französisch, alles durcheinander, habe ich nicht recht?«, hatte er gerufen, und Eleonora hatte ernsthaft genickt). Ihre Jugend hatte sie abwechselnd auf Malta und in England verbracht, umgeben von Bediensteten und in Gesellschaft ihrer fürsorglichen Mutter. Während der Schiffspassage stellte Anton (der bereit war, ihr neuer Bediensteter zu werden, so verliebt war er in sie) überrascht fest, dass sie nicht nur mit allen Gegenständen, die sie anfasste, geschickt hantierte, sondern auch regelrecht anpacken konnte. Gemeinsam mit ihm besuchte sie weibliche Passagiere, die an der Seekrankheit litten; Anton hatte es als seine Pflicht empfunden, den Menschen zu helfen, und der Schiffsarzt war ihm dankbar dafür gewesen, da er in den ersten beiden Tagen viel zu tun hatte, selbst wenn die Wellen kaum spürbar waren. Nachdem Anton eine der leidenden Damen beraten hatte, ließ sich Eleonora nicht davon abbringen, der erschöpften Frau bei der Körperpflege zu helfen. Zu den männlichen Passagieren ging er allein, auch wenn sie anbot, ihm dabei ebenfalls zu helfen, doch das hielt er für übertrieben. Er fragte sich, ob dieser Eifer sie in New York verlassen werde, aber Eleonora war auch nach ihrer Ankunft unermüdlich. Sie fand sich schnell in der Stadt zurecht, verwandelte jedes Kämmerlein in jedem noch so einfachen Hotel in eine gemütliche Bleibe und kümmerte sich um den Ablauf ihres gemeinsamen Alltags wie ein Offizier – jede Minute war durchdacht und geplant, auch die romantischen Abende.

Er wusste, dass Ernesto diese Eigenschaften bei einer Geliebten nicht schätze, aber er war schier begeistert: Seine Frau entpuppte sich als noch disziplinierter, pragmatischer und bodenständiger, als er selbst es war! Sie half ihm bei der Stellensuche, da er unbedingt arbeiten wollte, auch wenn er parallel für die Abschlussprüfungen lernte. Er erklärte, dass er seine Ersparnisse nicht weiter aufbrauchen und keine Hilfe mehr von ihren Eltern annehmen wolle. Sie zeigte nicht einen Moment lang, dass sie ein viel bequemeres Leben gewöhnt war, sie bemerkte nur trocken, dass sie die Geschenke ihrer Eltern selbstverständlich auch weiterhin annehmen werde, aber nicht mehr die regelmäßige finanzielle Unterstützung, das gehe auch ihr zu weit. Als sie in der Nähe des Central Park West in der 60th Street eine Wohnung fanden, freundete sie sich sofort mit einer polnischen Nachbarin an und erfuhr von ihr eine Reihe wichtiger Dinge – wo kaufte man ein?, wo ließ man die Wäsche waschen?, mit welcher Sorte von Pilzen füllte die Nachbarin die Piroggen, die so verlockend aus ihrer Wohnung dufteten?

Bei der Stadterkundung ging Eleonora systematisch vor. Sie teilte einen Stadtplan in Quadrate ein und erforschte zu Fuß jeden Tag ein Quadrat, sie notierte in ein Heft, was sie gesehen hatte, und bald kannte sie sich mit den öffentlichen Verkehrsmitteln, den Straßennamen und Geschäften besser aus als Anton. Jeden Nachmittag, wenn er aus der Klinik kam, in der er als Pfleger arbeitete, wartete Eleonora auf ihn mit frisch gebackenen Scones und kleinen Sandwiches, manchmal auch mit polnischen Teigtaschen, die sie bald nach eigener Fantasie füllte – und mit frisch aufgesetztem Tee. Er staunte über ihre Fähigkeiten, und sie erzählte ihm, dass sie sich oft in der Küche aufgehalten habe und dass die Bediensteten ihr gerne kleine Aufgaben anvertraut hätten, vor allem, als sie feststellten, wie geschickt sie war: »Hätte ich Medizin studiert, wäre ich Chirurgin geworden, du solltest mich sehen, wenn ich einen Fisch ausnehme«, sagte sie, und er glaubte ihr aufs Wort.

Stella lächelte glücklich, sagte, sie könne es kaum erwarten, diese Rolle zu spielen. Die Rollen, die man ihr sonst anvertraute, seien unseriös, sie spiele immer irgendwelche Mädchen ohne Charakter und ohne Charisma, die von Männern verführt und ins Unglück gestürzt würden. Sie war dieser Rollen überdrüssig, aber glücklicherweise widme Ernesto ihr in seinen Stücken auf sie zugeschnittene Rollen. Sie hoffte, dass er bald seinen Durchbruch erlebe. Auch in seinem bisher ambitioniertesten Werk, an dem er gerade arbeite, gebe es eine herausragende Rolle für sie, sie solle darin die Tochter des Bankiers J. P. Morgan spielen, und es werde gewaltig zwischen ihr und Nikola Tesla funken (sie sprach den Namen korrekt aus und blickte dabei bedeutungsschwer in Antons Richtung, der höflich nickte). In diesem Stück funke es sowieso ständig, sogar Kugelblitze und ein künstlich hervorgerufenes Erdbeben kämen darin vor. Aus jedem ihrer Worte konnte man Ernesto heraushören, Anton sah ihn förmlich vor sich, wie er ihr im Bett sein Vorhaben auseinanderlegte, in der Dozentenrolle ihm selbst gar nicht unähnlich, allein dass Ernesto seine eigenen originellen Gedanken vortrug, während er selbst Eleonora das Wissen von Doktor Winter präsentierte.

Stella schüttelte ihre Locken: Mehr würde sie nicht verraten, nur vielleicht noch, dass der Zuschauerraum genau wie die Bühne in die technisch reproduzierten Wunder der Natur einbezogen werde, welche die Gefühle der Protagonisten widerspiegeln würden. Eine Sensation, eine Erneuerung des Theaters. Ernesto erhob sein Glas darauf, alle prosteten sich zu; dann war es Zeit auseinanderzugehen, da Anton am nächsten Morgen sehr früh zur Arbeit musste und Eleonora immer mit ihm gemeinsam aufstand. Als sie sich an der Tür verabschiedet hatten und auf den staubigen Bürgersteig vor dem schief wirkenden Backsteingebäude getreten waren, wandte sich Anton noch einmal an Ernesto:

»Ich habe meine Prüfungen vor mir und deshalb habe ich wenig Zeit, aber ich hätte trotzdem Lust, wieder einmal mit dir wie in den guten alten Zeiten auszugehen. Aber nicht in ein italienisches oder slawisches Restaurant, sondern in unseren irischen Pub, was meinst du? Dann kannst du mir von deinem großen neuen Werk erzählen.«

*

Der Geschmack des Sandwichs aus weißem Brot, gesalzener Butter, gekochtem Schinken und sauren Gürkchen katapultierte ihn an die Anfänge seines New Yorker Lebens zurück, als er den letzten Bissen mit einem großen Schluck Guinness hinunterspülte. Dieser Pub war ihr Lieblingsort gewesen, eine Oase der Geborgenheit und einer angenehmen, frei gewählten Fremdheit inmitten der dampfenden Stadt, die weiter in die Höhe wuchs und in der es immer noch an jeder Ecke hämmerte, bohrte, wirbelte, ratterte. In dem Pub hatte sich nichts verändert, der Holzboden war feucht und rutschig, die Gesichter rosig und glänzend, sogar der Kellner war noch immer derselbe und schien nicht einmal gealtert zu sein.

»Wir beide sind die Reinkarnationen irgendwelcher verirrten irischen Seelen«, murmelte Ernesto und leckte sich den cremigen Bierschaum von der Oberlippe. »Komm mir ja nicht damit, dass du nicht an Reinkarnation glaubst.«

»In diesem Fall bin ich fest überzeugt, dass du recht hast«, sagte Anton, der an seinem zweiten Sandwich kaute. »Es kann nicht anders sein, auch wenn sich die Iren um uns herum wundern, was die beiden Italiener hier wollen. Wenn die wüssten!«

»In Europa wird der elende Karneval der Nationen zum Blutbad. Es ist ein Jammer, dass die Auswanderer ihre ethnischen Zwistigkeiten mit sich schleppen und sie in dieses gesegnete Land bringen. Gesegnet und verflucht: Da die Europäer den Algonkin Manhattan für einen Spottpreis abgekauft haben, *musste* ein Fluch darauf liegen. Hätten sie hundert Kisten Gold dafür bezahlt, wäre es immer noch zu wenig gewesen, aber sie haben den Ureinwohnern irgendwelchen Ramsch untergejubelt.«

»Du arbeitest also an einem Stück über den Rachegott Mannahatta, von dem du mir einmal erzählt hast? Und darin tauchen Tesla und Anna Morgan auf?«

»Ich arbeite parallel an mehreren Stücken. Das aktuell wichtigste Projekt ist dir gewidmet, Španjuletto caro, und unserer Freundschaft. Es heißt *Tesla oder Die Vollendung der Kreise*.«

Anton gab dem Kellner ein Zeichen, ein weiteres Bier zu bringen, ging zu dem Tisch mit den Schnittchen und Salaten und füllte zwei weitere Teller. Erst als er sich wieder gesetzt hatte, sagte er:

»Ein Stück über uns beide und Tesla? Über den Tag, an dem wir drei in eleganter Kleidung im Palmgarten des Waldorf-Astoria gesessen haben?«

»Nein, nicht so geradlinig. Es wird eine stilistische Explosion werden. Ich werde Teslas rotierendes Magnetfeld in Worte verwandeln, die Industrialisierung der Welt auf die Bühne übertragen. Seine Teleautomaten werden zwischen den Zuschauerreihen herumwuseln. Es wird Funken und Blitze geben, das erste Theaterstück, in dem der Text wie Wechselstrom fließt und Hochspannung verursacht. Das sind natürlich Metaphern, aber du verstehst, was ich meine. So wie Tesla Poesie in die Wissenschaft einbaut, werde ich

Wissenschaft zu Poesie verarbeiten. Der Mann verdient es, dass man ihn von einer ganz anderen Seite betrachtet.«

»Aha, und was habe ich damit zu tun?«

»Meine Damen und Herren, darf ich vorstellen: *Signor* Anton Matijaca in all seiner balkanischen Einfallslosigkeit! Du hast selbstverständlich sehr viel damit zu tun, es ist ein Antikriegsstück, das sich gegen jeden Nationalismus wendet. Gegen das ewige Wetteifern der Nationalitäten, wer ist der Beste, der Stärkste, der Schnellste, der Verdienstvollste. Jeder würde von mir erwarten, dass ich Garibaldi feiere oder zumindest Marconi und nicht diesen Serben und dass ich das Stück meinen italienischen Freunden widme und nicht einem Kroaten, der sich gegen die Italiener in Dalmatien und Istrien auflehnt. Ich werde sie vor den Kopf stoßen. Genauer betrachtet, bist du Nationalist, und ich bin Kosmopolit«, er lachte laut auf und wirkte dabei wie ein frecher kleiner Junge.

»Du könntest ein Libretto für eine Oper schreiben. Das würde besser zu diesem Durcheinander passen«, sagte Anton, der jetzt selbst lachte. Wie immer hatte Ernesto recht, und wie immer war er von seiner Logik und seiner direkten Art, die Dinge anzusprechen, begeistert.

»Ich habe selbstverständlich darüber nachgedacht, aber keinen Komponisten gefunden. Gustav Mahler ist leider tot, der wäre ideal gewesen.«

Darüber, dass ihn der berühmte Dirigent und Komponist vermutlich nicht einmal empfangen, geschweige denn seinen Text mit all dem elektrischen Strom, den Funken, Magneten und Blitzen in eine Oper verwandelt hätte, verlor er kein Wort. Hätte Stella auch eine Gesangsrolle bekommen? Ein ausgeprägtes Selbstbewusstsein war schon immer Ernestos Stärke, dachte Anton, und es wurde ihm warm ums Herz und sogar ein wenig feierlich zumute: Sein Freund wollte ihm ein Theaterstück widmen! Er würde später am Abend die Stimmung verderben, da er den Gesundheitszustand von Stella ansprechen musste, aber nun genoss er erst einmal das Bier, die Wärme des Pubs, das vierte Sandwich, in das er gerade gebissen hatte, das Gespräch über ein Theaterstück, von dem er noch kaum etwas begriffen hatte.

Die irischen Gäste um sie herum unterhielten sich laut über den Krieg. Zwischen den weichen und archaisch anmutenden Lauten des irischen Gälisch – Ernesto erklärte Anton, dass es ein schottisches und ein irisches Gälisch gebe, hielt eine kurze Ansprache über die Kelten und skizzierte das englische Kolonialverhalten gegenüber Irland (»die Algonkin haben zumindest irgendwelchen niederländischen Plunder für die Halbinsel Manhattan bekommen, man hat eine Art Warentausch betrieben, auch wenn es ein Betrug war; die Iren jedoch wurden regelrecht überrannt«) – hörte man seltsam klingendes Englisch, zumindest empfand es Anton so, dass die Sprecher ihre Lippen merkwürdig schürzten, wenn sie Vokale aussprachen. Eine aufgeregte Stimme, deren Englisch eine New Yorker Färbung hatte, schimpfte über die Deutschen, eine andere Stimme, die britisch klang, über die Engländer. Irisch verstanden sie zwar nicht, aber sie vermuteten, dass die irisch sprechende Gruppe es eher mit der zweiten Stimme hielt. Allerdings war das nicht eindeutig, denn auch zwischen den Sprechern dieser unverständlichen Sprache gab es massive Unstimmigkeiten, sodass an jedem Tisch und entlang der gewaltigen Holztheke die Wortfetzen wie Gewehrsalven hin und her schossen.

Anton und Ernesto bemühten sich, leise zu sein, da sie nicht wussten, auf welcher politischen Seite man die Italiener verortete; in Wirklichkeit wussten sie selbst nicht, auf welcher Seite Italien stand. Das Land, das seit Ende des neunzehnten Jahrhunderts einen »Dreibund« mit Deutschland und Österreich-Ungarn bildete, hatte sich zu Beginn des Kriegs für neutral erklärt, verlangte jetzt aber von der Donaumonarchie irgendwelche Gebiete – Anton befürchtete, dass wieder einmal niemand bemerken würde, dass in Istrien und Dalmatien vorwiegend slawische Bevölkerung lebte, da es sich vermutlich um genau diese Gebiete handelte –, und es war nicht klar, auf welche Seite Italien sich schlagen würde, genauso wie es für sie nicht ersichtlich war, auf welcher Seite die Iren in diesem Pub standen.

»Es tröstet mich«, flüsterte Anton, »dass es in der Welt ähnlich komplizierte Fälle wie den kroatischen Fall gibt. Bei den Iren versteht man gar nichts mehr, nur dass sie mit eiserner Hand von den Engländern beherrscht werden.«

»Und dass sie sich deshalb untereinander zerfleischen. Auch darin sind sie euch Kroaten ähnlich, wenn du mir den Vergleich gestattest.«

»Du sprichst mir aus der Seele«, sagte Anton. »Es ist kein Wunder, wenn sich die kleinen Völker, die von den Großmächten beherrscht und vereinnahmt werden, destruktiv verhalten. Aber ich kann und will nicht glauben, dass alle Großmächte gleich schlecht sind. Nehmen wir zum Beispiel das russische Kaiserreich ...«

Er hielt inne, da ein traurig wirkender Hunne in einem verschwitzten Hemd zu singen begonnen hatte. Alle Männer verstummten wie auf Kommando. Die erhitzten Gesichter, die weit aufgerissenen Augen, die Arbeiterhände, die Schaumkronen in den Biergläsern, die Zapfhähne aus Messing, die Sandwiches auf den Glasplatten – auf einmal ruhte alles und lauschte. Das getragene, langsame Lied hörte sich an wie eine Mischung aus orientalischem Gebet und irgendwelchen nordischen Rufen, die er zwar noch nie gehört hatte, aber genau so stellte Anton sich den Norden und die in Bärenfelle gehüllten Schlittenfahrer vor, die sich gegenseitig durch die klirrende Kälte etwas zuriefen, um sich zu vergewissern, dass der Schnee ihre Mitmenschen noch nicht unter sich begraben hatte. Er sah, dass Ernestos Augen feucht waren.

New York, diese derbe, erbarmungslose, strebsame Stadt war ein Ort größter Melancholie.

New York war die Weltmetropole der Sehnsucht.

Sie bestellten noch zwei Gläser Bier, nachdem der Sänger verstummt war und der Lärm wieder den Raum erfüllte. Ein freundlicher junger Ire wandte sich an die beiden und erklärte ihnen: »In dem Lied geht es um Mutter Maria, die in der Menschenmenge nach ihrem Sohn sucht und ihn dann am Kreuz erblickt.«

Ernesto sprach noch schneller, noch leidenschaftlicher als sonst: »Vergiss die Russen. Russland ist eine Großmacht, in der es weitere Revolutionen geben wird, das ist gewiss. Außerdem tummeln sich die Russen in allen möglichen Gegenden und sichern ihre Einflussgebiete vom Pazifik über den Kaukasus bis hin zum Schwarzen Meer, zum Baltikum und zur Donau. Um ehrlich zu sein, meiner Ansicht nach läufst du mit deiner russischen Obsession einer Illusion hinterher. Dem slawischen Mythos von der russischen Güte, einem Wunschdenken, einem Traum vom großen Bruder, der auf dem Schulhof erscheint und die prügelnde Bande von starken Kerlen, die die Kleinen drangsalieren, vertreibt. Aber euer Bruder kommt nur, wenn es für ihn etwas zu holen gibt.«

Anton wusste nicht, was er antworten sollte. Ernesto redete wie jener kroatische Barbier, der im Hinterzimmer seines Ladens in Zadar die jungen Rebellen versteckt hatte, ohne ihr

Ansinnen zu unterstützen. Das war während des Russisch-Japanischen Kriegs gewesen, der in ferner Vergangenheit lag. Niemand erwähnte ihn mehr. Warum sollte man auch daran denken, wenn aktuell jenseits des Atlantiks ein neuer, viel größerer Krieg tobte? Glücklicherweise ging es seiner Familie gut, sein Vater war zu alt und sein Bruder zu jung, um von den Österreichern einberufen zu werden, zumindest hoffte er das. Sonst hätten sie womöglich gegen die Russen antreten müssen. Sollte er auf Ernesto hören? Und versuchen, die Russen mit anderen Augen zu sehen? Ernesto hatte ihm ja gesagt, dass nicht alle Slawen von den Russen begeistert seien, etwa die Polen, von denen es in New York unendlich viele gab, er sollte sich bei ihnen erkundigen, wenn er ihm nicht glaubte. Er dachte an die Nachbarin mit den Piroggen, vielleicht sollte er sie darauf ansprechen. Musste er seine Hoffnung auf die Einigung aller Slawen aufgeben? Die Slowenen und Kroaten wurden in diesem Krieg von der k. und k. Monarchie gezwungen, nicht nur gegen die Russen, sondern auch gegen ihre südslawischen Brüder, die Serben und Montenegriner, zu kämpfen, aber er wusste, dass sich viele verweigerten, desertierten und sogar zu den Serben überliefen.

Er starrte schweigend in sein Bierglas, als Ernesto wieder anfing, im Schnelltempo zu sprechen:

»Vergessen wir die Russen, wenden wir uns wichtigeren Dingen zu. In meinem Theaterstück wird Nikola Tesla der Prophet des neuen Zeitalters sein. Der Bote aus der Zukunft, der Wegweiser in die Ära der Technik in den Diensten der Menschheit. Einer Menschheit, die sich nicht mehr in verschiedene Nationen teilt, einer Menschheit, die die Muße hat, sich mit Kunst und Wissenschaft zu beschäftigen, da Automaten für sie arbeiten. Die Botschaft lautet nicht, Tesla ist ein Engel oder gar der Heiland. Durch seine Person wird im Stück ein Zeitalter angekündigt, auf das die Menschheit seit jeher zustrebt, ohne dass es ihr bislang gelungen wäre, diese höhere Stufe zu erreichen.«

Manchmal verlor Anton den Faden, aber Ernesto bemühte sich, deutlicher zu werden: Tesla verbinde Magie und Wissenschaft, Messung und Vermutung, Beweisführung und Einschätzung. Nur so, im Zusammenspiel aller Möglichkeiten, lasse sich die Wirklichkeit verstehen. Tesla sei ein Mann der Visionen, der das Unsichtbare, Unaussprechbare, Undefinierbare verstehe, da sich darin Kräfte entfalten, die er entdecken möchte. Abschließend sagte Ernesto, er wolle sein Stück Anton widmen, weil sein verstorbener Vater ihm von Galileo und Edison, Newton und Maxwell, Faraday und Huygens erzählt hatte, von Volta und Galvani, von Dante, Goethe und Shakespeare, aber nie von einem Slawen. Das sei keine bewusste Auslassung gewesen. Anscheinend habe man in Triest die Slawen nur als Dienstboten oder Hafenarbeiter wahrgenommen, höchstens als Fischer und Seemänner, nicht jedoch als Erfinder oder Dichter. Und wenn es welche gab, dann seien ihre Namen italianisiert oder germanisiert worden. Zum Beispiel Ruggero Giuseppe Boscovich, der in Wirklichkeit Ruđer Josip Bošković heiße, und auf den ihn Tesla aufmerksam gemacht habe. Der Mann sei eines der größten Genies aller Zeiten, der wegen dieses Namens voller Zischlaute allzu wenig bekannt sei.

Anton lachte: »Zum Glück hat Tesla einen Namen ohne sch oder tsch. Was Bošković betrifft, da hast du recht – in der Schule in Zadar wurde uns erklärt, er sei eindeutig ein Italiener gewesen.«

»Du hast mir die Augen für diese Ungerechtigkeit geöffnet«, sagte Ernesto. »Mein Theaterstück soll ein Werk zur Verbrüderung aller Menschen im Universum werden.«

»Ich befürchte, du willst zu viel auf einmal«, sagte Anton.

»Gefällt es dir nicht?« Ernesto klang enttäuscht.

»Ich fühle mich geehrt. Aber genau wie Tesla neigst du zu Übertreibungen.«

»Man kann es auch Wagnis nennen. Das Wagnis des Denkens. Übertreibung hört sich so negativ an.«

»Hätte er seine drahtlose Übertragung von Energie und Radiowellen nicht etwas weniger bombastisch planen können? Am Ende hat Marconi für die Erfindung des Radios den Nobelpreis bekommen, er war einfach schneller fertig, da er sein Forschungsgebiet begrenzt hat. Tesla will immer alles gleichzeitig, das ist sein Problem.«

In New York ging das Gerücht um, dass Tesla Marconi wegen der Patentrechtsverletzung erfolglos verklagt hatte. Ernesto dozierte: Marconi habe das Forschungsgebiet nicht nur begrenzt, sondern kommerzialisiert, aber gerechterweise müsse man zugeben, dass Marconi intelligent sei, und außerdem sei es nicht Tesla allein gewesen, der sich um die Entwicklung der drahtlosen Übertragung Verdienste erworben habe, es gab noch Faraday und Hertz und allen voran Maxwell, aber Tesla habe als Erster das umgesetzt, was diese theoretisch berechnet hatten: elektromagnetische Wellen, um die gehe es ja die ganze Zeit. In ihnen schien der Schlüssel zum Universum zu liegen, und genau das bewege Tesla, er sei den großen Antworten auf der Spur.

»Da Marconi in meinem Stück schlecht wegkommt, würde man mich in Italien wegen Hochverrats erschießen, und unsere lieben Iren würden mich lynchen, Marconis Mutter kam immerhin aus Irland. Zum Glück leben wir im Land des freien Denkens, und zum Glück ist das Ganze für die Mafia uninteressant, da es nichts für sie zu holen gibt; und hier in unserem Pub kennt mich ja keiner. Die gebildeten Italiener aus der Gesellschaft ›Dante Alighieri‹ sind nicht so mörderisch veranlagt, sie werden sich nur ärgern.«

Anton wiederholte, dass Tesla das Problem habe, zu viel zu wollen. Sobald er ein Prinzip verstanden, sobald er ein Patent angemeldet habe, verliere er das Interesse. Sie waren aufgebrochen und liefen durch die warme Sommernacht. Überall waren noch Menschen, da es auf der Straße angenehmer war als in den stickigen Wohnungen, sogar Kinder spielten noch draußen. Es gab Gegenden in Lower Manhattan, in denen New York wie ein gemütliches Dorf wirkte.

»Bei aller Liebe, aber muss Tesla wirklich im Waldorf-Astoria leben?«, sagte Anton plötzlich.

»Er glaubt, dass ihm das zusteht. Für all das, was er für die Menschheit getan hat, sozusagen. Es ist ein offenes Geheimnis, dass er um sein Geld betrogen worden ist. Zuerst von Edison und dann – in noch viel größerem Ausmaß – von Westinghouse, der mit Teslas Wechselstrom und mit seinem mehrphasigen Wechselstrommotor steinreich geworden ist. Von Marconi ganz zu schweigen, der von Teslas Wissen profitiert hat, ohne es zuzugeben. Da wird Tesla doch zumindest anständig wohnen dürfen.«

»Es ist ja nicht so, dass ich ihn nicht bewundere, zum Beispiel dafür, wie er sich nach dem Brand in seinem Labor wieder gefangen hat. Er muss einen schlimmen Schock erlitten haben. Aber für seine falschen Entscheidungen müssen doch die Hotels nicht aufkommen.«

»Er braucht für sich nur ein Hotelzimmer und regelmäßige Mahlzeiten in einem gepflegten Speisesaal, sonst nichts. Ach ja, und einen guten Schneider, ist das zu viel verlangt? Er häuft kein Kapital an, er investiert nicht in Aktien oder Immobilien.«

»Es wäre besser für ihn, er würde es tun. Wer soll für die

Kosten aufkommen? Es gibt keine Menschheit, die dir etwas zurückzahlt, wenn du ihr eine Erfindung oder ein Kunstwerk schenkst. So laufen die Dinge nicht.«

Die Laternen, die elektrischen Straßenbahnen, überall konnte man den Triumph des Wechselstroms beobachten. Für Ernesto war das ein Grund, an die Wut zu denken, mit der Dante seine Gegner in die Hölle verdammte. In seinem Drama – oder war es ein Libretto? – würde er für alle Geldgierigen die Tore zu einer neuzeitlichen Hölle öffnen. Für alle Plagiatoren, für alle Neider, die Tesla seine Genialität nicht gönnten. Für alle Ideendiebe, die sich auch bei Ruđer Bošković bedienten, ohne ihn zu nennen.

»Wusstest du, dass Bošković bereits im achtzehnten Jahrhundert versucht hat, die gesamte Realität anhand eines einzigen Gesetzes der Kräfte zu erklären – *lex unica virium in natura existentium* –, in jener glücklichen Epoche, in der man sich auf Latein verständigte, sodass die Herkunft eines Wissenschaftlers keine Rolle spielte? Und jetzt plötzlich wollen alle Physiker und Mathematiker auch eine allgemeine Formel finden, ohne ihn zu erwähnen. Nur Tesla hält dagegen. Ohne Tesla hätte hier in Amerika niemand etwas von Bošković erfahren.«

Anton gab zu, nie von dieser *lex unica* gehört zu haben. »Theoretisch könntest du die gesamte Menschheit in deine Hölle verbannen, da allzu viele Menschen nur an sich selbst denken und alles an sich reißen wollen«, sagte er. Er wirkte immer noch skeptisch, auch wenn er von der unerwarteten Widmung gerührt war. »Und viele Menschen sind gierig, das stimmt. Ich persönlich möchte gerne mehr Geld verdienen, aber ich verstehe, was du meinst. Es geht um unlautere Machenschaften, um die Selbstsucht und um die Unersättlichkeit. Allerdings sehe ich Teslas Fehler darin, dass er mit Geld nicht umgehen kann. Doch wenn wir schon beim Thema Wohnen und Geld sind – ich glaube, dass ihr eine bessere Wohnung braucht.«

Dieser Satz kam unvermittelt und schwebte in der Nachtluft wie ein Heißluftballon.

Nach einer Weile gab Anton sich erneut einen Ruck: »Ich will den Teufel nicht an die Wand malen, aber ich denke, dass ich Stella zu Doktor Winter bringen sollte. Er praktiziert nicht mehr, aber niemand kennt sich mit Tuberkulose besser aus als er, und für mich würde er eine Ausnahme machen und sie untersuchen. Die Röntgenbilder könnte ich bei uns in der Klinik machen. Doch auch ohne Doktor Winter weiß ich, dass Tuberkulosekranke viel frische Luft, viel Erholung und gutes Essen brauchen, damit ihre Körper die Tuberkelbazillen bekämpfen können.«

Ernesto schwieg.

Es gab nur wenige Situationen, in denen Ernesto schwieg, und noch weniger Themen, zu denen er nichts zu sagen hatte.

Anton fühlte sich unwohl in seiner Rolle, aber er setzte seinen Monolog fort: »Du schreibst ein Theaterstück für mich, Piròn, das ist mehr, als ich dir zu bieten habe. Ich kann mich medizinisch um Stella kümmern, und wir haben etwas Geld, womit wir euch helfen könnten, eine bessere Wohnung zu finden. Ich würde euch sogar raten, aus der Stadt zu ziehen, ihr könntet in einem der kleineren Orte entlang des Hudson River ein Haus mit Garten finden.«

Ernesto schwieg noch immer.

Es waren nur noch wenige Passanten unterwegs, die spielenden Kinder hatten sich zurückgezogen, die Freunde mussten sich beeilen, um die letzten Straßenbahnen in verschiedene Richtungen zu erreichen.

»Du irrst dich, Anton, Stella ist kerngesund. Wir waren bei einem Arzt, während du in England in deiner Spionageaffäre stecktest. Er hat Stella ein Stärkungsmittel verschrieben, weil sie sich etwas schwach fühlte, und jetzt geht es ihr bestens. Sie hustet nicht, sie fiebert nicht, sie ist nicht krank, ganz bestimmt nicht, und wir werden New York nicht verlassen. Unsere Theaterhäuser sind hier, unsere Freunde. Zu ihnen zähle ich dich mehr als alle anderen, ich bin dir für deine Fürsorge dankbar, aber du irrst dich.«

Er sah nicht dankbar, sondern beleidigt aus.

Als wäre bereits die Andeutung einer möglichen Erkrankung seiner Freundin ein Frevel und als wäre eine tatsächliche Krankheit seine persönliche Niederlage, lehnte er jedes weitere Gespräch ab.

4.

In dem Hotel, das einst Vlaho Moretti und jetzt einem Montenegriner gehörte, erfuhr Anton von Morettis Tod. Die Angst, dass ihn eines Tages in der Fremde die Nachricht vom Tod seiner Mutter oder seines Vaters erreichen werde, hatte sich plötzlich in einer geografischen Umkehrung verwirklicht: Moretti war wie ein guter, vielleicht sogar der bessere Vater für ihn gewesen, der alte Mann war gestorben, während sich der verlorene Sohn in den montenegrinischen Bergen in der Nähe von Dubrovnik aufhielt, in dem Gebiet, das Moretti nie mehr sehen sollte. Plötzlich kam ihm die westliche Südspitze Manhattans wie die wahre Heimat vor, der Battery Park wie das verlorene Paradies der Kindheit und der Tod von Vlaho Moretti wie der erste ernsthafte Verlust in seinem Leben.

Von Doktor Winter hatte er gelernt, dass ein Medizinier mit der Unerbittlichkeit des Todes nüchtern umgehen müsse und nicht so anmaßend sein dürfe zu meinen, jeden heilen und retten zu können. Und dennoch wäre er gern in New York gewesen, hätte den alten Mann untersucht, der an einem geheimnisvollen Fieber gestorben war, wie man ihm berichtete. Er klammerte sich an sein Schuldgefühl, um keine Traurigkeit und kein Gefühl der Leere in sich aufkommen zu lassen, dabei fühlte er die Angst, dass sein leiblicher Vater oder seine Mutter die Nächsten sein könnten, und er wäre wieder auf der falschen Seite des Ozeans, mit seinem Arztkoffer, der gefüllt war mit Antipyrin, Pilocarpin, Phenacetin, Veratrum, Dynamyne, Chloralamid, Eisenhut und Salbei.

Er hätte vor allem auf Salbei und Zitrone, Essigumschläge und frische Luft gesetzt. Dazu hätte er die Pflanzenextrakte von Professor Lloyd verabreicht, die dieser in einem speziellen Verfahren – die Formeln und die Geräte dafür waren gut gehütete Geheimnisse – zusammen mit seinen beiden jüngeren Brüdern produzierte. Die Brüder waren Chemiker, und gemeinsam betrieben sie eine Manufaktur, deren sorgfältig zusammengesetzte Elixiere in ganz Amerika bekannt waren.

Das Reisebüro war geschlossen, die Schiffspassagen waren sowieso seltener geworden, seitdem sich die Briten und die Deutschen auf dem Ozean gegenseitig in die Luft jagten und die Amerikaner Hilfsgüter in die Länder der Entente schickten. Dafür ging es im kleinen Restaurant so lebhaft zu wie eh und je.

Der von dem Verstorbenen aus Dubrovnik eingeführte Gemeinschaftsgeist der Südslawen wehte hier noch immer. Anton kam manchmal nach der Arbeit vorbei, nur um die versammelten Montenegriner, Serben, Kroaten und Slowenen zu begrüßen. Er war inzwischen zum Doktor der Medizin promoviert worden, konnte aber noch keine eigene Praxis eröffnen, da er das dafür notwendige Staatsexamen noch nicht bestanden hatte. Seine Südslawen störte das nicht, für sie war er vom ersten Tag seines Studiums ein Doktor, dazu noch ein erfahrener Militärarzt, der am Balkankrieg teilgenommen hatte, sie hatten ihm ihre Approbation schon längst erteilt. Sobald er erschien, erzählten sie ihm, an welchen Körperstellen sie gerade ein Wehwehchen verspürten, beklagten sich über dies und das, wollten Ratschläge hören, zeigten Schwielen oder Wunden, meist Arbeitsverletzungen, jeder hatte immer etwas, auch wenn sie ansonsten vor Gesundheit strotzten und in bester körperlicher Verfassung waren. Es war eine typische mediterrane Eigenschaft; ganz anders als die zurückhaltenden Deutschen im Internierungslager oder die Engländer aus dem Umkreis von Miss Worth scheuten sich die leidenschaftlichen Südländer nicht, ihre Hosenbeine hochzukrempeln, ihr Hemd auszuziehen oder ihren Mund weit aufzureißen, um ihm eine Stelle zu zeigen, an der irgendeine Störung aufgetreten war.

Manchmal blieb er länger sitzen, ließ sich ein Glas schweren, beinahe schwarzen Weins einschenken, dazu gab es meist lauwarme Teigfladen, dick mit Butter bestrichen und mit grobem Salz bestreut. Er lauschte den Gesprächen und dem Gesang, sie waren ernsthafter und melancholischer geworden, das Echo des fernen Krieges war eindeutig herauszuhören. Solche Zusammenkünfte endeten häufig in hitzigen Diskussionen darüber, wie es weitergehen werde, wenn Österreich-Ungarn besiegt war, woran niemand zweifelte. Anton zog sich dann zurück, sie riefen hinter ihm her: »Warum so früh, Doktor?«, aber sie ließen ihn gehen und freuten sich, wenn er wieder einmal auftauchte.

Morettis Kreis war keinesfalls repräsentativ; die Eintracht in dem Restaurant an dieser südlichsten Ecke Manhattans täuschte. Anton war damals nicht in New York gewesen, doch er verstand schnell, dass das Attentat von Sarajevo wie eine Bombe in das südslawische politische Wirrwarr eingeschlagen war. Er vermisste *gospar* Moretti, um sich besser orientieren zu können: Wer war für wen und wer gegen wen und warum? Die zentrale Frage drehte sich um eine mögliche Vereinigung der Südslawen, die nicht alle befürworteten; die Befürworter und die Gegner dieser Idee teilten sich innerhalb der beiden großen Gruppen in verschiedene, darunter einige erbittert zerstrittene Untergruppierungen.

Anton erfuhr, dass aus der Alten Welt regelmäßig Abgesandte kamen, um unter den Migranten für diese oder jene Idee zu agieren, wobei es am Rande solcher Veranstaltungen zu Beleidigungen, Ausschreitungen und Schlägereien kam. Die hiesigen Migrantenzeitungen befeuerten jeweils andere Optionen, es herrschte ein heilloses Durcheinander, und die Frontlinien gingen quer durch alle Lager – es war unmöglich, an der ethnischen Zugehörigkeit festmachen zu wollen, ob jemand für oder gegen die Vereinigung war, und wenn er es war, für welche Art der Vereinigung, denn auch diesbezüglich wurde über verschiedene Wege gestritten: Föderation; Konföderation; Monarchie; Republik; eine Teilung in ein westliches und ein östliches Südslawien, im westlichen hätten sich Slowenen und Kroaten zusammen mit den österreichich-ungarischen Serben versammelt, alle anderen wären im östlichen Südslawien verblieben. Oder aber sollten alle Serben gemeinsam ihr eigenes großes Königreich bilden, aber wie sollte man sie herauslesen aus den Gebieten, über die sie sich jahrhundertelang verstreut hatten? Und wohin mit den Nichtserben, die ebenfalls in diesen Gebieten lebten? Sollte man sich lieber gar nicht vereinigen, sondern bestimmte Länder an Italien angliedern, an Ungarn, an Österreich, an Deutschland, an Bulgarien, nein, keinesfalls an Bulgarien, an die Türkei, an Griechenland, an Albanien, an Russland, nein, auch nicht an Russland, das ist zu weit entfernt, wer weiß schon, bis wohin Russland demnächst reichen wird, ich wäre eher für Italien …

… und dann ging alles wieder von vorne los.

Landkarten wurden gezeichnet, historische Schlachten aufgerufen, Religionen und Konfessionen verglichen, Verbündete in der ganzen Welt herbeigesehnt.

Wie weit entfernt davon waren die Träume Teslas und Ernestos, Träume von einer Zukunft, in der die vereinte Menschheit Maschinen für sich arbeiten lässt!

Er erkundigte sich nach Tesla und erfuhr, dass dieser zu den Befürwortern einer großen und alle Ethnien umfassenden Vereinigung der Südslawen unter dem serbischen Königshaus gehörte – wie schließlich auch sie, sonst würden sie hier doch nicht so friedlich versammelt ihren montenegrinischen Wein trinken – und dass er sich mit einer ungarischen Malerin angefreundet und ihr Modell gesessen habe. Die beiden sprächen Ungarisch miteinander, behauptete jemand, selbst wenn die Malerin, die sich als russische Prinzessin ausgebe, auch fließend Französisch, Deutsch und Englisch spreche, genauso wie unser Tesla.

Ach was, unser Tesla beherrscht noch zehn weitere Sprachen, rief jemand, und alle stimmten zu.

Es war das erste Mal gewesen, behauptete ein anderer, dass sich der Erfinder habe malen lassen, und zwar, weil die Malerin alle New Yorker Berühmtheiten der Reihe nach porträtiere, ohne ihn wäre die Reihe nicht vollständig. Und ob es wirklich das einzige Porträt sei, wisse auch niemand, Tesla habe einem Kunststudenten geholfen, sich in Amerika zurechtzufinden, angeblich habe dieser auch ein Bild von ihm angefertigt.

Thomas Alva Edison sei vor Tesla an der Reihe gewesen, warf ein Dritter ein, und bei der Erwähnung von Edison buhten und pfiffen alle. Die Prinzessin habe die größten europäischen Herrscher porträtiert, etwa den deutschen Kaiser Wilhelm II und den serbischen König Petar I, der sich gerade mit dem angeschlagenen serbischen Heer und unzähligen Zivilisten über Albanien nach Korfu zurückgezogen habe. Dennoch glaubten hier alle an einen Sieg, die Russen würden doch helfen, die Franzosen, die Engländer, ja, das würden sie bestimmt.

Aber in Teslas Fall gebe es eine Besonderheit, er habe eigens für das Porträt spezielle Lampen konstruiert und mit Filtern ausgestattet, die herrliches blaues Licht produzierten, und so erscheine er auf dem Bild wie in den Polarkreis entrückt. Oder in einen Dunst aus Elektrizität.

Unsinn, sagte ein anderer, es sei ein mystisches, ätherisches Licht in der authentischen Farbe des Universums. Und dieses Licht gebe es nur, wenn man die Lampen anstelle, sonst sei das Bild ganz normal und gar nicht blau.

Ganz prosaisch dagegen sei die finanzielle Lage der beiden verwandten Seelen: Sowohl die Malerin wie auch der Erfinder hätten auf Pump in erstklassigen Hotels gelebt und seien beide vertrieben worden. Sie musste ihre Suite im Hotel Plaza räumen – »nein, inzwischen hat sie nur noch zwei Räume im St. Regis, aber auch dort kann sie nicht bleiben«, warf jemand ein – und er das Waldorf-Astoria, beide sollten horrende Schulden hinterlassen haben. Außerdem seien sie auf eine ähnlich merkwürdige Art verrückt nach Tieren, sie halte sich in ihren Hotelzimmern eine ganze Menagerie, darunter ein Löwenjunges und ein Krokodil, und er sammle kranke Tauben im Bryant Park ein und behandle sie, als wären sie seine Kinder. Niemand lachte.

Eleonora hörte viel lieber seinen Berichten aus der Klinik zu. Wenn er versuchte, ihr von den Dingen zu erzählen, die er im montenegrinischen Restaurant erfahren hatte, winkte sie ab. Sie hatte sich auf Malta genauso wohlgefühlt wie in Indien, sagte sie dann, ob Bombay oder Valletta, London oder Hongkong, ihr sei es egal, und sie habe kein Verständnis für diese mühsamen Landvermessungen auf dem Balkan, die irgendwann wie eine Kneipenschlägerei mit blutigen Köpfen enden würden.

Sie hat gut reden, dachte ihr Mann voller Bewunderung. Aber nicht alle Menschen waren Töchter eines hohen britischen Offiziers, die von Privatlehrern unterrichtet wurden, in Häusern mit großen Bibliotheken lebten und sich in den exotischen Kolonien wie auf einer nur für sie errichteten Weltpromenade bewegten. Er würde gerne ihren lässigen Kosmopolitismus auf seinen Balkan anwenden, aber das funktionierte nicht. Nur seine Beobachtung, dass sich Menschen in großer Einsamkeit und aus Sehnsucht nach Nähe häufig mit Tieren umgäben, interessierte sie, und so unterhielten sie sich über Hunde, Katzen, Vögel und Wildtiere, die mit der grenzenlosen Liebe von Herrchen und Frauchen überschüttet wurden.

Wohin mit der Liebe, die jemandes Herz zum Überlaufen bringt? Ob daraus koronare Erkrankungen entstanden?

Als sie aus England gekommen waren, war der erste Mensch, den sie aufsuchten, Antons Vertrauenslehrer John Uri Lloyd gewesen, der sich glücklich gezeigt hatte, dass seine Intervention beim Roten Kreuz erfolgreich gewesen war und sein Schützling nun lebend vor ihm stand, nach all den Strapazen, denen er als amerikanischer Sanitäter in einem realen Krieg und nach der Internierung als vermeintlicher deutscher Spion in einem zweiten realen Krieg ausgesetzt war. Anton wollte ihn aus Dankbarkeit zum Essen einladen, er war sogar bereit, von seinen Ersparnissen in einen Abend im Delmonico's zu investieren, aber der Professor lud das junge Paar zu sich nach Hause und kochte für sie ein aufwendiges vegetarisches Menu, wie es sich für den bekanntesten Botaniker Amerikas gehörte. Er schenkte Eleonora seinen Roman *Etidorhpa or The End of Earth*. Er hoffte, die Lektüre werde ihr Vergnügen bereiten, es gehe um eine Welt wie in jenem, ihr gewiss bekannten, Kinderbuch *Alice im Wunderland*, es gebe in seiner Geschichte Riesenpilze, übersinnliche Rituale, geheime Gesellschaften, besessene Wissenschaftler und ein Leben innerhalb der hohlen Erdkugel;

der Eingang in diese Innenwelt befinde sich in einer Höhle in Kentucky.

Anton, der sich gerade gefragt hatte, aus welchen Pilzen die erlesene Suppe zubereitet war, die sie als zweiten Gang nach der Vorspeise aus getrockneten Tomaten, gebratenen Zucchini mit viel frischer Minze und Walnüssen in Honig gegessen hatten, meinte, dass er diese Information unbedingt seinem besten Freund Ernesto Chiaro, ebenfalls Schriftsteller, erzählen müsse. Dieser nämlich schwärme von Dante, der in der Nähe von Florenz den Eingang zur Hölle gefunden habe. Professor Lloyd habe also in Kentucky den Zugang zu einem innerirdischen Leben gefunden? Die Augen des Professors blitzten hinter der ovalen Brille mit dünner Metallfassung, während er zustimmend nickte. Anton hatte das schon des Öfteren beobachtet – die Vertreter der schreibenden Zunft liebten es, wenn man sie in eine Reihe mit den illustresten Namen setzte. Den Wissenschaftler freute dieser Vergleich mit Dante, als machte er sein Werk unsterblich, dabei war Anton überzeugt, dass die pharmakologischen Arbeiten von Professor Lloyd ihn längst unsterblich gemacht hatten.

Eleonora las diesen Roman schon zum zweiten Mal. »Witzig«, sagte sie, »im Titel *Etidorhpa or The End of Earth* ist der Name Aphrodite versteckt – man muss *Etidorhpa* von hinten lesen. In der Literatur geht es am Ende immer um die Liebe.« Lloyd, so erzählte sie ihrem Mann, behaupte in dem Buch ganz anders als Ernesto – und als Nikola Tesla in seinem berühmten Vortrag »Über Licht- und andere Erscheinungen hoher Frequenz«, den Ernesto ihr dringend zu lesen empfohlen hatte –, dass die Augen nur für uns Menschen ein wichtiges Organ seien. Im Allgemeinen treffe das aber nicht zu. In Lloyds Roman lebten blinde Wesen in der hohlen Erdkugel, die Licht auf anderen Wegen absorbierten und die genauso die Geheimnisse der Energie erfassen konnten, wie es die Menschen dank ihrer Augen tun, ja vielleicht sogar besser. Kein Wunder, meinte Anton, wenn man an all die Kartoffeln und Wurzelgemüse denke, die er uns aufgetischt habe, dass er auf derartige Gedanken komme.

Er liebte es, mit seiner Frau solche Gespräche zu führen, auch wenn er dabei Schuldgefühle hatte: Ernesto sah er nur noch selten allein, meist trafen sie sich zu viert, und dann unterhielt er sich mit Stella und Ernesto mit Eleonora; sein Freund wirkte bei den Begegnungen zu zweit nicht mehr so heiter und mitteilungsfreudig wie früher, auch über die Arbeit an seinem Drama wollte er nicht mehr viel verraten. Einmal hatte er ihm im Scherz gesagt: »Jetzt hast du alles gelernt, jetzt brauchst du mich nicht mehr«, und als Anton empört antwortete: »Niemand kann alles lernen«, hatte er nur gemurmelt: »Der balkanische Einfaltspinsel.«

»Ich dachte, dass es Professor Lloyd gar nicht so ernst ist mit seinem Roman, aber ich habe mich anscheinend geirrt, er redete nur noch darüber, das Buch ist wohl inzwischen tausendfach verkauft worden. Ein Mediziner und Pharmakologe schreibt über solche fantastischen Dinge – das kommt mir wie eine unzulässige Vermischung meiner und Ernestos Interessensgebiete vor«, sagte Anton. »Ich würde gerne hören, was Doktor Winter darüber denkt.«

»Der Roman war für ihn vielleicht die Möglichkeit, Fakten und Vermutungen zusammenzuführen, ohne dass sich andere Wissenschaftler über ihn lustig machen. So kann er immer sagen, es sei ja reine Fiktion. Aufgrund seiner Forschung an Pflanzen glaubt er das Licht, die Sonnenwärme, den Elektromagnetismus, die Energie, die Gravitation, das

Sein, das Universum auf seine Art verstanden zu haben, und genau darüber wollte er berichten.«

»Niemand kann alles verstehen, immer der gleiche Jammer mit diesen Dichtern«, sagte Anton. »Nikola Tesla behauptet auch, dass er die gesamte Natur dank Blitz und Donner verstanden habe. Er philosophiert ständig über dies und das herum, sogar über die Gesundheit, und zumindest darüber kann ich mir mein eigenes Urteil bilden – mal liegt er richtig, mal falsch. Warum bleibt er nicht einfach bei seiner Elektrizität?«

»Lloyd schreibt in dem Roman, dass Wissenschaftler, die die Geheimnisse der Natur entschlüsseln, notwendigerweise nach einer Formel für das gesamte Dasein zu suchen beginnen.«

»Ich werde sein Buch lesen, sobald ich etwas Zeit habe. Auch Nikola Tesla ist fest davon überzeugt, dass er diese Formel finden wird, da seiner Meinung nach im Universum alles miteinander verbunden ist. Durch den Äther, so erklärt er es.«

»Das schreibt auch Lloyd.«

*

Die in dem montenegrinischen Restaurant – es war eher eine Kantine als ein Restaurant – um einen langen Holztisch versammelten Weisen vom Balkan waren entgegen Antons Behauptung der Meinung, dass Nikola Tesla den Brand in seinem Labor nicht gut verkraftet habe. Sie meinten, dass es mit ihrem großen Landsmann seither – und das war schon in der Nacht vom 13. März 1895, also vor zweiundzwanzig Jahren gewesen – stets bergab gegangen war. Seine bedeutendsten Leistungen, so behauptete ein Mann von der Insel Hvar, dessen Dialekt man kaum verstand, vor allem dann nicht, wenn er dabei an etwas kaute (hier gab es immer etwas zu kauen, dieses Mal war es ein in Olivenöl eingelegter, harter, goldgelber Schafskäse, dazu dünne Fladenbrote), seine größten Leistungen habe er bis 1895 vollbracht, bis zu diesem Zeitpunkt habe Tesla die Menschheit bereits mit seinen wichtigsten Erfindungen beschenkt, und durch den Brand seien viele weitere Erfindungen unwiderruflich verloren gegangen.

Wer auch immer von ihnen über Nikola Tesla sprach, alle waren sich einig, dass er ihr größter Stolz in New York und im Allgemeinen war. Als würde in seinem Namen die gleiche symbolische Bedeutung mitschwingen wie in Piemont für Italien, strahlte das Wort »Tesla« eine vereinigende Kraft aus, die man eigentlich vom Königreich Serbien erwartete, ohne wirklich überzeugt zu sein, dass dieses die Erwartungen erfüllen würde. Engländer, Deutsche, Amerikaner, Russen, Franzosen, Italiener – sie alle lebten in großen Reichen, sogar die Italiener waren inzwischen vereinigt, die großen Völker waren bedeutsam und rühmten sich, alles Mögliche erfunden, besungen, gemalt, erbaut zu haben. Wo waren die Südslawen auf dem großen historischen Tableau der Nationen und ihrer Errungenschaften? Sie hatten Nikola Tesla, und in ihren Augen war er wichtiger als alle anderen Genies zusammen.

Ein hoch aufgeschossener Serbe, über dessen Oberlippe ein wuchtiger Schnurrbart prangte (an seinen Spitzen glänzten gerade grüngoldene Olivenöltropfen), versuchte, die Verdienste von Tesla aufzuzählen – das Polyphase-Wechselstromsystem, der Wechselstrommotor, der Teleautomat, die Teslaspule … –, doch da alle besser Bescheid wussten, ging dieser Versuch einer Systematisierung im Lärm unter. Anton wartete, und als alle sich beruhigt hatten, sagte er: »Ich arbeite an einer Studie über die medizinische Elektrotherapie, die ich Tesla widmen werde.« Der Lärmpegel stieg wieder an und verwandelte sich aus einem unartikulierten Brüllen in ein jubelndes Lied, da der Wirt zwei Karaffen Wein spendierte, um Antons Ankündigung gebührend zu feiern. Jemand griff nach der alten Gitarre von Vlaho Moretti, die an der Wand hing. Am Ende lagen sich alle in den Armen.

*

Anton wurde im Bundesstaat Illinois zum staatlichen Examen zugelassen; er bestand die Prüfungen in Chemie, Anatomie, Embryologie, Physiologie, Pathologie, Innere Medizin, Hygiene und in einigen Nebenfächern mit Auszeichnung und wurde in das offizielle Ärzteregister eingetragen, nachdem er die Gebühren von acht Dollar bezahlt hatte.

Wie einst, als er Hals über Kopf nach Long Island verschwunden war, um in dem Millionärsclub zu arbeiten, verabschiedete er sich auch dieses Mal auf die Schnelle vom überraschten Ernesto und von der lächelnden, müde wirkenden Stella, versprach ihnen, bald zu schreiben, und übersiedelte mit Eleonora nach Chicago, um dort oder in der Umgebung nach einem geeigneten Ort für seine erste Arztpraxis zu suchen.

Sie mochten den schmutzigen Michigansee nicht, die Elendsviertel und die Hochhäuser inmitten der schäbigen Arbeitersiedlungen, die ihnen nach ihrem New Yorker Leben fehl am Platz erschienen. In Joliet, fünfzig Kilometer von Chicago entfernt, stiegen sie aus dem Zug und sahen gleich eine Neonleuchtreklame, die feierlich verkündete: »Joliet The City That Offers You Something Better«. Anton, der von Doktor Bryan gelernt hatte, Intuition und Telepathie ernst zu nehmen, auch wenn es dafür keine wissenschaftlichen Grundlagen gibt (»Noch nicht!«, pflegte Doktor Bryan zu sagen), hatte den Eindruck, dass sie den Ort für eine glückliche Zukunft gefunden hatten; seine Intuition sagte ihm das. Eleonora war einverstanden, ihr gefiel der Fluss mit dem französischem Namen Des Plaines, der die Stadt in zwei Uferpartien teilte, allerdings verkündete sie sofort, dass sie hier gewiss nicht ihr ganzes Leben verbringen wolle. Anton, der nie aufgehört hatte, an eine Rückkehr nach Dalmatien zu denken, und der jetzt auch Heimweh nach New York verspürte, war damit einverstanden.

Der Gedanke, dass sie hier nur vorläufig seien und zunächst einmal ihre neuen Rollen austesten wollten – er als Arzt mit Kenntnissen in der Elektrotherapie und Röntgenologie, sie als Arztgattin mit der Neigung, anzupacken und, wo nötig, zu helfen –, erleichterte ihnen die Entscheidung, sich in Joliet niederzulassen, einem Städtchen, von dem sie noch nie etwas gehört hatten und wo sie niemanden kannten. Glücklicherweise lag Joliet an einem Verkehrsknotenpunkt und war von New York mit der Eisenbahn erreichbar. Sie mieteten eine helle, geräumige Wohnung in einer komfortablen Villa, die mit elektrischer Heizung, fließendem kalten und warmen Wasser und hellen Parkettböden ausgestattet war, richteten gemeinsam die Praxisräume in einem flachen Neubau in der Nachbarschaft ein, bestellten für beide Adressen die modernsten Telefongeräte und schrieben Stella und Ernesto, sie würden sie jederzeit willkommen heißen. Ernesto antwortete mit einem Telegramm: »Cari amici, Stella hat eine Rolle am Broadway bekommen. Stop. Schreibe an meinem Stück *Tesla oder Die Vollendung der Kreise.* Stop. Wir wünschen euch einen guten Start in Joliet.«

Die Patienten kamen in Scharen: Unter den Slowenen, Kroaten, Serben, Italienern, Ungarn, Ukrainern, Russen, Slowaken und Polen, die vorwiegend in den Stahlwerken der U.S. Steel Corporation beschäftigt waren, hatte sich die Kunde vom polyglotten Arzt verbreitet, der mit Röntgenstrahlen Krankheiten im Inneren eines jeden Körpers aufspüren konnte, mit seinen geschickt eingesetzten Elektrotherapien Erleichterung verschaffte und darüber hinaus kleine Operationen durchführte und Experte für die Produkte der Lloyd Brothers Pharmacists, Inc. war.

Anton arbeitete ununterbrochen, fasziniert von der Geschwindigkeit, mit der seine Geldreserven anwuchsen. Für eine gewöhnliche Untersuchung bezahlten seine Patienten zwei Dollar, für die elektrotherapeutischen Behandlungen bis zu fünf Dollar und für die Röntgenbilder zwischen fünf und fünfzehn Dollar. Außerdem notierte er nachts die Ergebnisse seiner Behandlungen und veröffentlichte gelegentlich wissenschaftliche Artikel im Magazin *Herald of Health*. Auch wenn er häufig bis zum frühen Morgen am Schreibtisch saß, fühlte er sich stark und energiegeladen, was er zwanzigminütigen Entspannungseinheiten mithilfe der Diathermie und einigen bittersüßen Extrakten aus der Produktpalette der Lloyds zuschrieb. Er testete abwechselnd eine Teslaspule, einen Oudin-Resonator und eine d'Arsonval-Spule an sich und Eleonora und notierte akribisch seine Beobachtungen.

Eleonora kaufte sich in Chicago einen eleganten Wagenradhut nach Pariser Mode, der mit gelben und weißen Seidenblumen verziert war und ein Vermögen kostete; wenn sie sonntags die Hauptstraße entlangflanierten, wurden sie von allen Passanten begrüßt.

Seine Patienten berichteten ihm von den Turbulenzen in der weiten Welt: Zuerst erzählten ihm aufgebrachte Serben, dass die unverschämten Amerikaner die Zerstörung von Teslas Wardenclyffe Tower angeordnet hätten, unter dem Vorwand, der serbische Erfinder schulde Herrn George C. Boldt, dem inzwischen alleinigen Besitzer des Waldorf-Astoria, wohlgemerkt einem Deutschen, 20.000 Dollar. Tatsächlich ging es wohl um den lächerlichen Verdacht auf Kollaboration durch Sendung von Nachrichten nach Deutschland von dem Turm, der noch gar nicht fertiggestellt war. Einige konspirativ flüsternde Kroaten berichteten ihm, dass sich ihre Gemeinschaft heillos zerstritten und aufgespalten habe in jene, die die Gründung eines gemeinsamen südslawischen Staates anstrebten, und andere, die für den Verbleib im Verbund mit Österreich waren; nachdenkliche Russen erzählten ihm, dass in ihrem Land eine Revolution stattgefunden habe und dass sie nicht wüssten, was die Zukunft bringen werde; traurig wirkende Italiener berichteten voller Entsetzen von der letzten Isonzoschlacht, bei der die Deutschen den Österreichern zu Hilfe gekommen seien und Giftgas eingesetzt hätten, gegen das die italienischen Gasmasken wirkungslos gewesen seien; die Slowenen und Kroaten erzählten ebenfalls von der Isonzoschlacht und von den vielen Toten, die auf österreichischer Seite zu beklagen waren, um die Ausweitung Italiens zu verhindern. Und schließlich berichteten wieder die serbischen Patienten über erfolgreiche Vorstöße der Serben und Franzosen an der Salonikifront. Nikola Tesla sollte angekündigt haben, eine Todesstrahlenwaffe zu planen, die alle Kriege beenden würde.

Die Bilanz des Großen Krieges war verheerend: Zwanzig Millionen Tote, darunter Miss Worth, die im Dienst des britischen Roten Kreuzes in einem Belgrader Spital an Typhus gestorben war, Philippe Duplessis, der als Militärarzt in der Schlacht von Gallipoli gefallen war, und der Schwiegervater des deutschen Reserveoffiziers, mit dem Anton die Kabine auf dem Ozeandampfer *Andania* geteilt hatte, der Gründer der Hamburg-Amerika-Linie Albert Ballin, der zwei Tage vor dem Ende des Krieges Suizid beging; angeblich war er ein treuer Royalist gewesen, den deutsche Antisemiten bisweilen als »Vorzeigejuden des Kaisers« verspotteten. Er hatte das Ende des Deutschen Kaiserreichs nicht verkraften können. Auch einer von Antons Patienten hatte sich wegen des Untergangs der österreichisch-ungarischen Monarchie umgebracht: ein naiver Kroate aus Sinj, der an schwere körperliche Arbeit gewohnt war, jahrelang in einem Gemeinschaftssaal mit anderen Arbeitern geschlafen, seine Ersparnisse immer in einem Lederbeutel an seiner Brust gehütet und diese dann in österreichisch-ungarische Kriegsdarlehen investiert hatte, da ihm ein österreichischer Bankagent versprochen hatte, dass sich seine 3.500 Dollar nach dem Krieg verfünffachen und darüber hinaus auch zum Sieg der Donaumonarchie beitragen würden.

Eine weitere bedrohliche Zahl wuchs im letzten Jahr des Krieges parallel zu jener der Gefallenen an: die Zahl der an einer geheimnisvollen Seuche Verstorbener. Die Öffentlichkeit wollte diese Toten nicht zu den Kriegsopfern zählen, aber Anton war ein Schüler von Doktor Winter: Er hatte schon auf eine Seuche gewartet.

Bereits die ersten Berichte über Soldaten, die in einem Militärausbildungscamp mit Symptomen einer Influenza starben, waren ein Alarmsignal, das in seinem Kopf immer lauter wurde. Die Lehre von Doktor Winter im Hinterkopf, bereitete er verschiedene Mittel vor: Seifen aus Lein- und Hanföl, die er an seine Patienten verteilte – gleichzeitig schärfte er ihnen die Notwendigkeit des Händewaschens ein –, Salbeitee zum Gurgeln, dazu Präparate aus Kampfer und Zimt; Fläschchen der Lloyd Manufaktur mit *eupatorium perfoliatum* – dieses als Fieberkraut bekannte Mittel eignete sich bestens zur Prophylaxe bei der Influenzaepidemie, die offenbar die Atemwege befiel und sich auszubreiten begann; *euphorbia corollata*, um den Reizhusten zu beruhigen; die eigentlich giftige *lobelia inflata*, der Indianertabak, der in der Zubereitung der Brüder Lloyd das Atmen erleichterte – und das war nach allen medizinischen Lehren, die ihm bekannt waren, die wichtigste Lebensenergie. Deshalb experimentierte er auch mit der Ozontherapie, aber er befürchtete, dass diese bei Influenza nicht half.

Er verfolgte in den medizinischen Magazinen, die er abonniert hatte, die neusten Meldungen, doch leider verkündeten weder Richard Pfeiffer, Robert Koch oder Paul Ehrlich noch eine andere der von Doktor Winter gefeierten deutschen Koryphäen, dass sie den Bazillus identifiziert hätten, der die aktuelle Seuche verursachte. War es vielleicht der schon bekannte *haemophilus influenzae*, den man auch Pfeiffer-Influenzabakterium nannte und der aufgrund des Krieges eine ungeahnte, bösartige Entwicklung durchgemacht hatte? Wenn es überhaupt jemandem gelingen könne, eine Antwort darauf zu finden, dann sei es sicher Pfeiffer selbst. Doch Anton fragte sich, ob die Amerikaner zu diesem Zeitpunkt überhaupt eine deutsche Entdeckung bekannt machen würden? Nach dem Untergang der *Lusitania*, bei dem 1.198 Menschen umgekommen waren, war hier niemand gut auf die Deutschen zu sprechen, und es war eine deutliche Abkühlung gegenüber der großen Wissenschaftsnation spürbar. Das war schade, aber er hütete sich, laut darüber zu sprechen. Manchmal wachte er auf und glaubte, in dem Schlafzimmer ihrer luxuriösen amerikanischen Wohnung das Rascheln der Ratten im englischen Kerker zu hören.

Dieser Krieg hatte schnell die ganze Welt erfasst, und er staunte bei dem Gedanken, wozu wissenschaftliche Entdeckungen verwendet wurden. Doktor Winter wusste zwar, dass die Medizin den Kriegen zahlreiche Erkenntnisse schuldete, aber auch er hätte sich nicht vorstellen können, was die Chemie, die Technik, die Physik anrichten konnten. Inzwischen munkelte man, dass die neue Influenza, die man noch nicht als Pandemie bezeichnen wollte, eine biologische Waffe der Deutschen sein könne. Er fragte sich besorgt, warum Nikola Tesla plötzlich von Waffen sprach. Die US-Regierung hatte der Freude der jungen und begeisterten Rundfunkamateure, die allesamt Bewunderer von Tesla waren, längst einen Riegel vorgeschoben, da die Gefahr der Spionage lauter schwirrte als die elektromagnetischen Wellen; er fragte sich manchmal, ob sie ihm auch die Elektrotherapie verbieten würden, da einige seiner Diathermiegeräte komplexer konstruiert waren als die meisten drahtlosen Telegrafen; eine Antenne und ein Fußschalter, und schon hätte man Morsezeichen versenden können.

Es war merkwürdig, dass die besten Mikroskope noch nichts nachweisen konnten – auch er, der sein Mikroskop nach dem Vorbild Doktor Bryans immer auf dem Schreibtisch stehen hatte, konnte weder im Blut noch im Urin noch im Auswurf des ersten Kranken, der bei ihm erschienen war, etwas erkennen. Er wollte die Kulturen noch weiter züchten, aber er befürchtete, dass es für einen wissenschaftlichen Zugang zu diesem Problem zu spät war. Es war Anfang September 1918; der Mann war in Boston bei seiner Schwester gewesen, die zwei Tage gefiebert hatte und wieder auf den

Beinen war, ihm ging es dagegen sehr schlecht, und Anton machte sich Sorgen nicht nur um ihn, sondern um sich selbst und um seine Patienten, die dem hustenden und schniefenden Mann im Warteraum begegnet waren. Er wusch danach sämtliche Gegenstände, die der Patient berührt haben könnte, kochte einige Instrumente aus und lüftete alle Räumlichkeiten. Dann befestigte er ein Schild an der Außentür mit dem Hinweis: »Bei Symptomen wie Husten, Fieber und Muskelschmerzen bitte draußen warten.« Am Abend zeichnete er Eleonora den Schnitt für eine Gesichtsmaske, und sie machte sich sofort an die Arbeit – die ganze Nacht produzierte sie Schutzmasken aus einem Leinenbettlaken, während er daneben saß und an seinem neuesten Artikel über die Ozontherapie, die ihm immer weniger zuverlässig vorkam, arbeitete. Sein Buch *Principles of Electro-Medicine, Electrosurgery and Radiology* hatte ihm nicht nur viel Lob seitens der medizinischen Eklektiker eingebracht, sondern auch 1.000 Dollar Honorar, doch er hatte begonnen, an einigen der Methoden zu zweifeln, und bereitete eine zweite Auflage vor.

Als die Nachricht aus New York eintraf, galt der erste Gedanke seinen Patienten, die er nicht alleinlassen konnte. Einige von ihnen hatten eine gefährliche Lungenentzündung entwickelt, und zu allem Überfluss war auch Eleonora erkrankt. Sie hatte einen leichten Verlauf, ihre Nase lief, und sie hustete ein wenig; er glaubte, verrückt zu werden, da er die möglichen Folgen einer Influenza kannte. Die Nachricht kam in einem Telegramm von Stella: »Ernesto krank. Stop. Atemnot und Fieber. Stop. Er fragt nach Dir. Stop.« Eleonora hielt es in der Hand, als er am Abend vollständig erschöpft von den letzten Patienten nach Hause kam, sie reichte ihm schweigend das Blatt, setzte sich auf einen Stuhl und massierte ihre rechte Schläfe.

»Hast du Kopfschmerzen?«, fragte er und spürte die Panik in sich aufsteigen.

»Ja. Du musst trotzdem fahren. Morgen früh.«

»Ich kann nicht fahren! Ich kann auf keinen Fall fahren.«

»Du musst fahren.«

Da war sie, die Seuche, die Begleiterin der Kriege und der Naturkatastrophen. Er begriff, dass man sich nicht auf sie vorbereiten konnte, denn alles geschah zu schnell – kaum hatte man sichs versehen, schon trieben Geisterschiffe auf hoher See, deren Besatzungen von einem unsichtbaren winzigen Wesen niedergemetzelt wurden – oder war es eine primordiale, böse und seit Anbeginn durch Raum und Zeit spukende Energie, wie manche in diesen Tagen glaubten?

Am frühen Morgen versuchte er, die Fahrt nach New York zu organisieren. Eleonora ging es besser, sie behauptete sogar, ganz gesund zu sein, aber er hatte immer noch Angst um sie, er brachte ihr ein Kännchen starken schwarzen Tee, Porridge und heiße Limonade, die er mit einem Löffel Zimt abgeschmeckt hatte, ans Bett. Mit seinem Ford, den er für Hausbesuche angeschafft hatte, fuhr er von einer Arztpraxis zur nächsten, um die Kollegen zu bitten, seine schwersten Fälle zu übernehmen, doch alle lehnten ab, da sie allzu viele eigene Patienten hatten; einer fühlte sich selbst nicht gut. Am Ende fuhr er ins Silver Cross Hospital, in der Hoffnung, eine der Krankenschwestern mit Hausbesuchen beauftragen zu können, doch schon am Eingang verstand er, dass auch hier Hochbetrieb herrschte.

Selten hatte er sich so klein und verloren gefühlt, vielleicht das letzte Mal, als er alleine auf dem Deck der *Giulia* saß und versuchte, die Tränen des Abschieds von seinem Vater zu unterdrücken. Er parkte vor seiner Praxis, unschlüssig, was er tun sollte, als ihm eine Frau entgegenkam. Schluchzend sagte sie auf Slowenisch, dass er nicht mehr zu ihrem Mann zu kommen brauche, er sei in der Nacht gestorben, sie wisse nicht, was sie tun solle, sie sei nur gekommen, um ihm Bescheid zu sagen.

In seiner Praxis klingelte das Telefon. Es war Eleonora, die ihm sagte, er solle nach Hause kommen, ein zweites Telegramm von Stella sei eingetroffen. Die Nachricht sei schlecht.

Im Regal neben dem Schreibtisch standen seine botanischen und pharmakologischen Lexika, dazu ein dicker anatomischer Atlas und einige Bände zur allgemeinen Chirurgie. Auf dem obersten Regalbrett verwahrte er ein Buch, das Ernesto ihm vor langer Zeit geschenkt hatte, ein zerfleddertes Exemplar der *Divina Commedia*, das die Bibliothek in der Casa d'Italia aussortiert hatte, als mehrere Exemplare einer neuen, schönen Ausgabe aus Italien eingetroffen waren. Er stand vor dem Regal, schlug das Ende der *Hölle* auf und las laut vor:

Lo duca e io per quel cammino ascoso
intrammo a ritornar nel chiaro mondo;
e sanza cura aver d'alcun riposo,

salimmo sù, el primo e io secondo,
tanto ch'i' vidi de le cose belle
che porta 'l ciel, per un pertugio tondo.

E quindi uscimmo a riveder le stelle.[6]

Erst nach dem letzten Wort begann er zu weinen.

5.

Mit dem Frühling kamen die Farben nach New York, diese Verwandlung kannte er von früher: Die rußigen Fenster wurden geputzt, die stickigen Wohnungen gelüftet, hier und da eine Feuerleiter neu gestrichen, die Eingänge in die vornehmen Gebäude gründlich gereinigt. Die Baustellen ließen plötzlich Bilder von sprießenden Blumen entstehen, auch wenn sie Quellen von Lärm, Schmutz und Staub waren. Die Hochhäuser glänzten wie frisch gewaschen in der immer noch blassen Sonne. Nur der Hudson River war noch grauer geworden, da sich die von der Schneeschmelze angewachsenen Wassermassen ihren Weg in den Atlantik bahnten.

Anton war mit dem Nachtzug aus Chicago gekommen, der sich mit dem Namen *20th Century Limited* schmückte, auch wenn die Dampflokomotive mit Kohle befeuert wurde, was Nikola Tesla als barbarisch bezeichnete. »Die Kohle gehört ins neunzehnte Jahrhundert«, hatte er abschätzig gesagt. Anton hatte ihn aufgesucht, um ihm sein Werk über die Elektrotherapie und Radiologie zu schenken, und da auch Tesla häufig auf dieser Strecke reiste, erklärte er sofort, wie *seine* strombetriebene Lokomotive aussehen werde; aktuell arbeite er an der Optimierung einer Turbine, die ebenfalls von Nutzen für den Schienenverkehr sei. Zu dem Buch wolle er sich bei ihrer nächsten Begegnung äußern. Es schien, als freute es ihn nicht besonders, dass seine Ideen in neuen Geräten, neuen Therapien und neuen Büchern weiterlebten.

Die Bahnstrecke entlang des Flusses hatte Anton melancholisch gestimmt. Malerische Landschaften tauchten in der diesigen Luft der Morgendämmerung auf beiden Seiten des breiten Stroms auf, Städtchen und Brücken ruhten am Weg, wie in ein Bilderbuch gezeichnet. Er war unschlüssig, ob er mit seiner Familie in Amerika bleiben sollte oder nicht. Der Alltag erlaubte es ihm nicht, viel nachzudenken, die Routine war zermürbend geworden. Eleonora und er hatten einen Sohn bekommen, der dreisprachig aufwachsen sollte. Eleonora wollte ihm Maltesisch und er Kroatisch beibringen, tatsächlich aber war er den ganzen Tag in seiner Praxis und abends zu müde, um mit dem Kind zu spielen. Die lange Fahrt mit dem *Century* war eine wohltuende Abwechslung. Er freute sich auf New York.

Sie mochten Chicago noch immer nicht und konnten sich nicht vorstellen, in diese Metropole umzuziehen, und gleichzeitig wurde ihnen Joliet allzu eng. Vielleicht waren sie nur einsam, getrennt von ihren Familien, die sich bestimmt freuen würden, den Kleinen kennenzulernen. Sie sehnten sich nach Europa, allerdings war Anton unschlüssig, ob sie den Schritt wagen sollten. Er war neugierig auf das neue Königreich der Serben, Kroaten und Slowenen; andererseits versprach schon dieser Name Komplikationen. Überhaupt hatte sich Europa nach dem Großen Krieg und der Pandemie vermutlich verändert, und es war zu befürchten, dass die Veränderungen nicht immer zum Besseren ausgefallen waren. Die Nachrichten aus Russland, das sich jetzt Sowjetunion nannte, versprachen nichts Gutes, und Italien war mit dem Ausgang der Friedensverhandlungen unzufrieden. In die Stadt Rijeka, italienisch Fiume, an der kroatischen Küste waren martialisch anmutende Freischärler einmarschiert, angeführt von einem Dichter.

Ausgerechnet von einem Dichter! Anton hätte gerne mit Ernesto darüber gesprochen. Am Ende hatte der Dichter mit seinen Schwarzhemden die Stadt verlassen müssen, aber die

Krise war nicht ausgestanden, und es blieb ungewiss, ob Italien die Stadt Rijeka nicht doch noch annektieren würde. Er hoffte, dass der neue große Staat aller Südslawen die kroatischen Interessen gegenüber den Italienern durchsetzen werde.

Es war, als fürchtete er sich vor der Erfüllung seiner politischen Schwärmereien. Eleonora wäre lieber schon längst anderswo gewesen, in Indien oder England, in China oder auf Malta, selbst in Dalmatien; Joliet war ihr zu eintönig geworden. Er wollte sich nach einer Beschäftigung in New York umschauen. New York lag näher an Europa, und Eleonora wünschte sich so sehr, aus Joliet fortzukommen – ganz egal wohin, erst einmal neu beginnen, später würden sie dann weitersehen.

Im Bryant Park glänzte der Tau auf den gelben und roten Blumenblättern und auf den Zweigen der Bäume in der Morgensonne. Spatzen hüpften am Rand des Springbrunnens herum, tauchten die Schnäbel ins Wasser und schienen sich zu unterhalten. In der Mitte des Parks wurden gerade große Beete umgegraben, die aufgestellte Holztafel verkündete ein bedeutendes Gartenexperiment. Die Erde duftete wie in seiner Kindheit, er bekam Lust, mit den Händen darin zu wühlen, besann sich aber seiner Verabredungen und setzte den Weg fort. An der Marmortreppe der Nationalbibliothek saßen zwei verwahrlost aussehende Männer und sonnten sich.

Er hatte das Gefühl, dass es in der Stadt mehr Obdachlose gab als früher. Im Hotel hatte er erfahren, wo man etwas zu trinken bekam, obwohl er nicht danach gefragt hatte: In den Jazzclubs gab es nichts mehr, dafür aber reichlich in den *Speakeasys*, den »Flüsterkneipen«, sagte ihm im Vertrauen der Rezeptionist. Er musste lachen. Es war wohl ähnlich wie in Chicago, wo die Prohibition die Macht der Mafia beförderte, die Zahl der Alkoholiker jedoch konstant blieb. »Das kann gut sein«, antwortete der Rezeptionist. »Vielleicht sind es sogar mehr geworden.«

*

»Hat man Ihnen bei der Einwanderung auf Ellis Island die Augenlider mit einem Löffel aufgeklappt, einen Stab in den Rachen geschoben, und mussten Sie sich vor allen Menschen ausziehen?«, fragte Nikola Tesla. Er hatte Anton zum Essen in sein Hotel eingeladen.

»Ich war so darauf konzentriert, nach New York zu kommen, dass ich es ertragen habe«, sagte Anton. »Ich wollte unbedingt nach Amerika.«

»Ich verstehe ja, dass sie prüfen wollen, ob man eine ansteckende Krankheit einschleppt, aber die Methode hat mir nicht gefallen. Die Medizin kommt mir auch sonst wie eine Tätigkeit voller übergriffiger Handlungen vor«, sagte Tesla, nachdem er drei kleine Bissen zu sich genommen hatte. »Es wird an den Körpern herumexperimentiert, aber wenig erreicht. Mit der Pflege verhält es sich anders. Die Mütter an den Betten ihrer fiebernden Kinder, Florence Nightingale in einem Militärzelt oder ich, wenn ich mich um meine Tauben kümmere – das ist Heilkunst.«

»Ich kann Ihnen nur zu einem gewissen Grad zustimmen. Einen Zahn zu extrahieren wird schmerzhaft bleiben, es sei denn, wir machen bei den Betäubungsmethoden Fortschritte. Daran arbeiten zurzeit namhafte Pharmakologen und Chemiker. Nach einem Trachom im Auge zu suchen wird ebenfalls Schmerzen bereiten, bis ein Gegenmittel für diese Infektion gefunden wird, dann wird es nicht mehr so wichtig sein, ob sich jemand infiziert. Wir Mediziner können nichts dafür, dass es Krankheiten und Schmerzen gibt.«

Nikola Tesla nickte. Er wirkte wie jemand, der einen Sachverhalt schon verstand, wenn sein Gesprächspartner kaum ein Drittel seiner Argumente vorgetragen hatte. Anton hatte den Eindruck, dass er ihn dazu bewegen konnte, seine Meinung zu überdenken. Allerorten wurde über die Ärzte und die Medizin geschimpft, doch Tesla war vermutlich imstande, die Dinge von einem anderen Standpunkt zu betrachten.

Sie saßen im Restaurant des St. Regis. Der Kellner hatte gedünstetes Gemüse aufgetragen – Möhren, Topinambur, Pastinaken und Süßkartoffeln, dazu Kartoffelbrei, zubereitet nach Teslas Anweisungen –, er hatte beiden ein Glas Milch eingeschenkt und sich diskret zurückgezogen, nachdem der berühmte Gast sein Ritual mit achtzehn Stoffservietten vollzogen hatte: Dabei polierte er zunächst sein Glas, dann das Besteck. Fünfzehn Servietten mussten dann vom Tisch entfernt werden; drei weitere würde er noch während des Essens benötigen.

Das Hotel, das genauso zum Imperium von John Jacob Astor IV gehört hatte wie das Waldorf-Astoria, strahlte eine vornehme Atmosphäre aus. Nikola Tesla hatte das Waldorf-Astoria aufgrund seiner Schulden räumen müssen, eine Tatsache, die an die Öffentlichkeit gelangt war und in der Presse weidlich ausgeschlachtet wurde. Hier gab es gewölbte hohe Decken, schwere Lüster mit hellem elektrischen Licht, dicke, weiche Teppiche, das Personal bewegte sich dezent durch die Szenerie, man unterhielt sich mit gedämpften Stimmen und aß von hauchdünnem Porzellan, das Silberbesteck glänzte, kurzum: Anton befürchtete, dass sich Teslas Schuldenberg hier erneut anhäufen würde.

Ernesto, der behauptet hatte, dass Nikola Tesla sich den Luxus verdient hatte, ganz egal, ob er dafür bezahlen konnte oder nicht, hatte damals von einer »poetischen Gerechtigkeit« gesprochen, und Anton hatte versucht, mit den Grundsätzen der Ökonomie und der Unmöglichkeit eines derartigen immateriellen Ausgleiches dagegenzuhalten. So etwas wie »poetische Gerechtigkeit« war ihm als Konzept unverständlich, genauso wie der Äther, das unsichtbare, alles verbindende Etwas, das angeblich nicht nur das Universum, sondern auch die Atome ausfüllte, wie ihm Nikola Tesla in den ersten Minuten ihrer Begegnung erklärte. Am Ende seines unverständlichen Vortrags fügte er hinzu: »Was halten Sie von der Relativitätstheorie? In meinen Augen ist das ein gefährlicher neumodischer Unfug, fern jeder Realität. Energie kann nicht aus der Masse gewonnen werden, da können Sie die Lichtgeschwindigkeit noch so oft mit ihr multiplizieren; die Energie umweht die Materie.«

Natürlich wusste Anton nicht, was er dazu sagen sollte. Ernesto hätte bestimmt eine passende Metapher (»Der Äther ist so etwas wie die Liebe, Španjulet«), ein Gleichnis, eine Fabel oder ein Dante-Zitat parat gehabt. Selbstverständlich hätte er das Ganze auch weiterhin nicht verstanden, Ernesto hätte ihn ausgelacht, aber er hätte die Bilder, die dieser zur Illustration seiner Erklärung heranzog, dennoch bewundert. Ernesto hatte die magische Kraft der Verdeutlichung ungewisser und unbestimmter Sachverhalte besessen, die Fähigkeit, jede Vieldeutigkeit stehen zu lassen und seinem Gegenüber trotzdem das Gefühl zu geben, diese begriffen zu haben. Er sah ihn vor sich, wie er elegant und gewandt im Fahrtwind des Ozeandampfers stand und gleich einem Volkstribun mit einer Handbewegung die grollende und lachende Masse seiner Zuhörer beruhigte. Eine weitere Handbewegung, und schon hingen sie an seinen Lippen: Erzähle uns, Piròn, wer wir sind und wohin wir treiben und was aus uns und aus der Welt wird. Dafür waren wohl Dichter, Märchenerzähler, Theatermacher und andere Illusionisten da. Nun ja, und wohl auch um eine Truppe ausrangierter Kriegsveteranen herumzukommandieren, wie man am Beispiel des Dichters Gabriele D'Annunzio in Rijeka sehen konnte.

Er hatte sich damals beschwert, dass Ernesto so viel Energie und Zeit mit dem Unfassbaren und Unwirklichen verlor und keiner handfesteren Tätigkeit nachgehen wollte. Deshalb wunderte es ihn nun, wie sehr er seine poetischen Luftschlösser vermisste. Seinetwegen war er heute in dieses edle Hotel gekommen. Nikola Tesla hat ihn eingeladen, er wollte sich mit ihm über Ernestos unvollendetes Werk unterhalten.

»Es tut mir leid um Ihren Freund«, sagte Tesla. »Ich kann mir vorstellen, dass es für Sie als Arzt besonders bitter sein muss, wenn Menschen wie die Fliegen an einer Seuche sterben. Ich habe die Cholera überlebt, ich weiß, wovon ich rede.«

Anton war dankbar, dass der Kellner kam, um ihnen Milch nachzugießen. Denn sein Hals fühlte sich an, als steckte ein Wollknäuel darin. Er hätte gerne Wein getrunken. Was war ein Essen ohne Wein? Er hätte in diesem Moment am liebsten mehrere Gläser Wein geleert. Tesla hatte es gut, er trank sowieso immer nur Milch. Allerdings erzählte man sich im montenegrinischen Restaurant über seinen einstigen Weinkonsum Legenden: Angeblich habe er in seinen besten Zeiten regelmäßig kistenweise Wein aus Kroatien kommen lassen. In Europa war Prohibition undenkbar, auch das ein guter Grund zurückzukehren. Es ging ihm nicht um den Alkohol, als Arzt kannte er das Problem des

Alkoholismus, es ging ihm schlicht um Wein zum Essen. In Dalmatien gehörte das zusammen wie Butter und Brot in Amerika. Er nickte nur und widmete sich wieder dem Kartoffelbrei.

»Ihr Freund hat mich vor seinem Tod mehrfach besucht. Er wollte wissen, wie ich zur Erforschung der Natur stehe – für mich liegt darin der Schlüssel der Existenz. Er wollte wissen, ob ich wirklich an die kosmische Strahlung glaube, die wir benutzen könnten, wenn wir die geeigneten Geräte hätten. Ich sagte ihm, dass ich nicht nur daran glaube, sondern fest davon überzeugt bin. Er fragte auch, was ich über eine mögliche Kommunikation mit anderen Planeten denke – ich halte sie für unumgänglich und für schon bald realisierbar, aber das habe ich ihm nicht gesagt. Ich habe aufgrund meiner Aussagen, dass ich Signale vom Mars empfangen zu haben glaube, schon genug Schwierigkeiten bekommen. Meine Geräte haben aber dennoch etwas Ungewöhnliches gemessen, und ich musste selbstverständlich die Öffentlichkeit darüber informieren.«

»Seit wir nach New York gekommen sind, hat Ernesto alles über Sie gelesen, was er finden konnte. Er war ein leidenschaftlicher Leser und ein noch besserer Erzähler.«

»Die Arbeit des Erfinders gleicht jener des Künstlers. Das hat ihr Freund gewusst. Ich habe ihn sehr geschätzt, auch wenn ich Goethe liebe und er es mehr mit Dante gehalten hat. Ich bin nur vorsichtig geworden, weil mich die amerikanischen Journalisten als Magier dargestellt haben. Das hat dazu geführt, dass mir die Geldgeber nicht mehr glauben. Die Finanziers verstehen nicht viel von Visionen. Sie haben bestimmt gehört, dass mein Turm auf Long Island zerstört wurde – er hätte das bedeutendste Projekt des Jahrhunderts, wenn nicht des ganzen Jahrtausends werden können.«

Sein Gesicht wirkte auf einmal tief eingefallen, die hellen Augen hatten sich in die Augenhöhlen zurückgezogen und wurden von einem grauen Schleier überzogen, zumindest kam es seinem Gegenüber so vor. Er stach mit der Silbergabel in eine glacierte Möhre.

»So, so«, sagte er, nachdem beide wortlos ihre karge Mahlzeit beendet hatten und er sich die Lippen mit drei Stoffservietten abgetupft hatte. »Sie haben mir Ihr Buch gewidmet und mir ein signiertes Exemplar geschenkt, ich muss mich bei Ihnen bedanken. Es freut mich, dass meine Erfindungen breite Anwendung finden. Ich stelle mir vor, dass elektrische Skalpelle in der Zukunft die gegenwärtige blutrünstige Chirurgie völlig verdrängen werden. Mit den präzisen elektrischen Messern wird man schneiden und sofort die Blutung stoppen können, das Blut wird infolge der hohen Hitzeentwicklung auf der Stelle koagulieren. Man wird außerdem gezielte Strahlentherapien anwenden und damit krankes Gewebe verschwinden lassen, Geschwüre einschmelzen und Wucherungen ausradieren. Ich will mich nicht weiter in die Materie vertiefen, aber die Grundlagen habe ich geschaffen. Sie wissen, dass ich zur selben Zeit wie Conrad Röntgen in meinem Labor Röntgenstrahlen generiert habe? Und habe ich Ihnen erzählt, dass ich den von Ihnen meiner Ansicht nach allzu sehr gefeierten Franzosen Jacques Arsène d'Arsonval in Paris getroffen habe? Ich hatte vor, ihn zu verklagen, da er ohne Genehmigung meine Patente verwendete, aber er erwies sich als freundlicher Mensch, und so ließ ich die Klage fallen. In Zukunft wird man selbstverständlich genau wissen, wer der Vater aller Hochfrequenzströme ist.« Anton bezweifelte, dass die Zukunft viel gerechter sein werde als die Gegenwart, sagte aber nichts. »Sie kennen die serbischen Heldenlieder? Fürst Lazar, der posthum zum Heiligen und zum Zaren erklärt wurde, hat bei der Schlacht auf dem Amselfeld heroisch vorgelebt, wie man das irdische Reich gegen das himmlische eintauscht. Ich bin nicht religiös, das wissen Sie, aber für mich stehen die Werte des himmlischen Reichs ebenfalls höher als die des irdischen, dabei meine ich das Wohl, das meine Entdeckungen der Menschheit gebracht haben und noch bringen werden, auch wenn ich davon nichts haben werde.«

Ähnlich wie Ernesto zeichnete sich Tesla nicht gerade durch Bescheidenheit aus. Vermutlich gehörte das einfach zu der Arbeit der Illusionisten. Denn was waren die neuesten Visionen von Nikola Tesla, wenn nicht Illusionen?

»Ernesto und ich, wir haben uns beide, jeder auf seine Art, mit Ihrem Werk beschäftigt«, sagte Anton. »Meine bescheidenen Ergebnisse sind in diesem Buch zusammengefasst, und ich freue mich, dass ich es Ihnen widmen konnte. Der Text des Dramas von Ernesto Chiaro ist leider verschollen. Wie Sie wissen, hat sich seine Freundin nach seinem Tod umgebracht.« Er hielt inne und starrte auf sein leeres Milchglas. Verfluchte Prohibition, er hätte heute wirklich Wein zu diesem Essen gebraucht. »Meine Frau und ich, wir hatten Stella zu Weihnachten zu uns nach Joliet eingeladen, wir dachten, dass sie während des Fests auf keinen Fall allein bleiben sollte. Sie hatte die Einladung angenommen. Sie tat sogar so, als freute sie sich darüber und als würde sie sich auf die Reise vorbereiten. Ich habe ihr das Geld für die Zugfahrt telegrafisch angewiesen. Aber sie ist nicht gekommen. Als ich zur Beerdigung nach New York kam – die zweite Beerdigung in vier Monaten –, fand ich die Wohnung von der Polizei durchwühlt vor. Das Manuskript des Dramas *Tesla oder Die Vollendung der Kreise* war unauffindbar.«

*

Nikola Tesla wohnte schon wieder in einem anderen Hotel: dem Pennsylvania, einem kürzlich fertiggestellten Kasten aus grauen Ziegelsteinen in der Nähe der Penn Station. Er war sichtbar älter geworden, wirkte jedoch würdevoll wie eh und je. Er hielt sich mit seinen sechzig Kilogramm, wenn er überhaupt noch so viel wog, an der eigenen Würde fest. Aus diesem Grund ließ er auch niemanden an sich heran, denn mit den Gewohnheiten, die er entwickelt hatte, hätte er sich entweder lächerlich oder bemitleidenswert gemacht; Anton hatte häufig beobachtet, wie unbarmherzig Menschen aufgrund ihrer Eigenarten verspottet wurden.

Nikola Tesla mochte an seinem Lebenstraum gescheitert und sein Wunderturm mochte abgebaut und verschrottet sein, er mochte keine Finanziers für seine Projekte mehr finden, doch er wusste genau, wer er war: Der Erfinder des rotierenden magnetischen Feldes und des Wechselmotors, der von Polyphasen-Wechselstrom betrieben wird. In diesem Moment drehten sich überall auf der Welt derartige Motoren. Teslas Wasserkraftwerk an den Niagarafällen produzierte mehr Energie als alle Gleichstromgeneratoren von Edison zusammen. Er wusste, dass die Beherrschung verschiedener Sprachen, genauso wie Byrons Gedichte, die er auswendig aufsagen konnte, die biblischen Psalmen, Goethes *Faust*, die serbischen Heldenlieder, seine naturwissenschaftlichen, philosophischen und theologischen Kenntnisse, dass all das viel mehr wog, als irgendein Dummkopf ahnen konnte, der ihn wegen seiner Zwänge auslachen würde, weil er zum Beispiel dreimal um ein Gebäude gehen musste, bevor er es betreten konnte. Die Betonung lag auf dem Wort *müssen*. Solange es ihm gelang, seine sonderbaren Rituale in der Öffentlichkeit als beabsichtigte Schrulligkeit darzustellen, als exzentrische Eigenart, die er abstellen konnte, wann immer er wollte, durfte er damit rechnen, dass sich seine obsessiven Handlungen in das Bild des genialen Erfinders fügten. Aber würden die verschiedenen Neider und Ideendiebe, die ihn um seine Patente betrogen hatten und betrügen wollten, wissen, dass er sie ausführen *musste*, dann würden sie diese Tatsache bestimmt gegen ihn verwenden. Das wollte er ihnen nicht gönnen. Anton konnte das gut verstehen.

Während des Studiums der Medizin lernte man wenig über Marotten, Ticks und Eigenarten, doch einige Professoren gingen am Rande auf das Thema Nerven und Psyche ein. So wie die eklektische Architektur New York seine besondere Aura verlieh, war es die Stärke der eklektischen Medizin, dass sie allen Methoden gegenüber offen war. George Washington Boskowitz, der Dekan des Eclectic Medical College, hatte seinen Studenten von den Lehren Sigmund Freuds aus Wien berichtet, der genauso wie Boskowitz die Eigenschaften von Coca-Blättern erforschte und die Träume und Traumata der Menschen in seinen neurologischen Diagnosen berücksichtigte.

Dieser österreichische Professor Freud behauptete, die menschliche Seele sei für die allgemeine Gesundheit genauso wichtig wie der Körper. Sein amerikanischer Kollege Boskowitz meinte, dass die medizinische Wissenschaft unbedingt ausführlicher in diese Richtung forschen sollte. Das Jahrhundert sei noch jung, und es ständen herausragende wissenschaftliche Erkenntnisse bevor. Die Familien dieser beiden Mediziner stammten aus Mähren, aus dem geografischen Herzen Europas; Anton vermutete, dass die Eltern von Boskowitz aus Dankbarkeit, in Amerika aufgenommen worden zu sein, ihren Sohn George Washington genannt hatten. Sein Familienname erinnerte an den Mathematiker, Astronomen und Naturphilosophen aus Dubrovnik Ruđer

Bošković, aber als Anton ihn darauf ansprach, antwortete Boskowitz mit einem ausweichenden Vergleich: »Wie das Saatgut der Kräuter werden unsere Namen vom Wind verweht.«

Boskowitz hatte auf der Suche nach Heilkräutern und ihrer Anwendung bei verschiedenen Völkern beinahe die ganze Welt bereist und war nebenbei Amateurarchäologe geworden. Als dieser hochgebildete Mann erfuhr, dass Anton in der Nähe von Split an der Adriaküste geboren war, fragte er ihn voller Begeisterung, ob er ihm etwas von den Ruinen der alten römischen Stadt Salona erzählen könne, die vor den Toren der Stadt Split lägen, es sei ein großer Wunsch von ihm, diese einmal zu besichtigen. Anton gab zu, dass er sich nie für diese Ruinen interessiert, ja dass er sie nie gesehen habe. Der Gesichtsausdruck von Professor Boskowitz war eindeutig: Anton hatte sich selten so geschämt. Aber Professor Boskowitz wäre nicht ein an der menschlichen Psyche interessierter Arzt gewesen, wenn er genau das nicht bemerkt hätte. Er unterdrückte seine Reaktion und ermutigte seinen Studenten mit den Worten: »Na, dann befehle ich Ihnen, dass Sie sie bei Ihrem nächsten Besuch in der Heimat besichtigen.«

Seit in der Zeitschrift *Electrical Experimenter* von Hugo Gernsback in mehreren Folgen Teslas Erinnerungen unter dem Titel »My Inventions« erschienen waren, wusste Anton, dass das entscheidende Erlebnis in Teslas Kindheit der tragische Tod seines älteren Bruders gewesen war. Er war dankbar, dass er etwas Deutsch konnte, und obwohl es für ihn schwierig war, dem Text zu folgen, hatte er die Schriften von Sigmund Freud zu lesen versucht. Er war neugierig geworden – er hatte an einigen seiner Patienten beobachtet, dass sie zu obsessiven Handlungen neigten. Konnte es sein, dass ein Trauma aus der Kindheit zu Zwangshandlungen führte, die einem halfen, besser mit der unangenehmen Erinnerung umzugehen?

Alle drei Männer – Boskowitz, Freud und Tesla – waren im Jahr 1856 in der alten Donaumonarchie geboren. Er fragte sich, ob mit dem Untergang dieses ihm in seiner Jugend so verhassten Staates nicht auch andere Dinge untergegangen waren, die es vielleicht zu bewahren gelohnt hätte. Und ob die neue Epoche besser sein werde? Einiges sprach schon jetzt dagegen. Die Nachrichten aus dem südslawischen Teil Europas waren oft noch schlimmer als früher: Im Parlament des Königreichs der Serben, Kroaten und Slowenen hatte ein serbischer Nationalist auf die Delegierten der Kroatischen Bauernpartei geschossen. Drei von ihnen waren tot, zwei waren schwer verwundet. Sein Vater schrieb ihm in einem langen Brief, nachdem er sich zunächst ausführlich über seine und die Krankheiten der Mutter ausgelassen hatte, dass überall in Kroatien Unruhen ausgebrochen seien, die unter brutalem Einsatz der Gendarmerie unterdrückt würden. Der blutige Vorfall im Parlament habe den Traum von einem gemeinsamen südslawischen Staat jählings zerstört, schloss der Vater. Anton konnte spüren, wie unglücklich er war.

Nikola Tesla lud ihn in sein Zimmer ein. Hier gurrten und turtelten Tauben, er hatte für sie in seinem Hotelzimmer eine Krankenstation eingerichtet, es gab sogar eine eigens von ihm gebaute Dusche, da die Tauben häufig nicht nur krank, sondern vom New Yorker Straßenstaub verdreckt waren. Und die Tauben, so behauptete Tesla, liebten es, sauber zu sein.

Er lud selten jemanden zu sich ein, doch er wollte, dass Anton sich den Flügel eines der Vögel anschaute. Er war mit schmalen Holzstäben geschient, damit der Bruch ausheilen konnte; Tesla konstruierte solche Hilfsmittel mit geometrischer Perfektion. Entlang der Wunde zeichnete sich entzündetes Gewebe ab, und Anton gab ihm ein Fläschchen mit *balsamum peruvianum* aus der Zauberwerkstatt der Gebrüder Lloyd, der Peruanische Balsam war eine dunkle, sirupartige Flüssigkeit, die nach Zimt und Vanille duftete. Er riet Tesla, die gerötete Stelle damit mehrmals am Tag zu betupfen.

»Andere Menschen halten Katzen oder Hunde, Ihre Porträtistin Elisabeth Vilma Lwoff-Parlaghy hielt sich sogar einen Löwen im Hotel Plaza. Wie sind Sie denn auf Tauben gekommen?«, fragte Anton.

»Ich halte die Tauben nicht. Ich bringe sie nur zum Auskurieren hierher, dann fliegen sie wieder fort. Nur wenn sie sehr krank sind, werden sie anhänglich. Es wäre eine Aufgabe für die Medizin, diesen Zusammenhang zu untersuchen. Eine meiner Tauben – ein wunderschönes weißes Weibchen mit vereinzelten grauen Federn – hat mich darüber informiert, dass sie sterben werde. Ich habe sie sehr lieb gehabt, und als aus ihren Augen das hellste Licht leuchtete, das ich je sah, habe ich das als Zeichen für das Ende meines Weges erkannt.«

Anton schwieg. Er dachte an Professor Freud – es war bedauerlich, dass er nicht alles begriffen hatte, was dieser lehrte. Früher konnte er nächtelang lesen und lernen, aber inzwischen ermüdete ihn seine Routinearbeit in der Praxis mehr als in jüngeren Jahren. Doch auch ohne eine wissenschaftliche Erklärung für diese Liebe zu einer Taube spürte er, wie einsam Nikola Tesla war. Da stand er, groß und hager, in einem tadellos sitzenden Anzug und einem schneeweißen Hemd, eine graue Seidenschleife um den Hals, und streichelte liebevoll mit zwei Fingern die verklebten Federn eines kranken Vogels. Mit diesen Händen hatte er in der Vergangenheit die wunderbarsten Maschinen für die neue Epoche gebaut, und jetzt bastelte er Schienen für gebrochene Flügel.

»Es ist schwer, Tiere im Geschlossenen zu halten, sie mögen es nicht, wenn man sie der Freiheit beraubt«, sagte Tesla. »Das Löwenjunge der Prinzessin Lwoff-Parlaghy ist früh gestorben, das Leben im Hotel ist ihm nicht gut bekommen. Katzen – und ein Löwe ist eine Katze – brauchen Bewegungsfreiheit. Habe ich Ihnen von meinem Kater Mačak erzählt? Der mich immer verteidigen wollte und mit mir auf den Wiesen herumtollte? Als ich an einem kalten Tag das glänzende schwarze Fell meines Katers streichelte, knisterte es und funkte, und mein Vater erklärte mir, dass es sich um Elektrizität handle. Ich fragte mich, ob die gesamte Natur ein Kater sei und die Hand, die sie streichelt, die Hand Gottes. Da war ich drei Jahre alt.«

Dann drehte er Anton den Rücken zu und stellte sich ans Fenster. Vor ihm erstreckte sich in alle Richtungen die brodelnde Stadt. Seine Stimme, die Anton bislang immer eine Spur zu dünn und zu hoch vorgekommen war, klang tief und traurig:

»Mein Vater erzählte mir, dass von allen Lebewesen und von allen Vogelarten, die Noah auf seiner Arche versammelte, ausgerechnet einer Taube die Ehre zukam, ihm die Friedensbotschaft Gottes zu überbringen.« Er machte eine Pause, dann sagte er: »Noah wusste besser als wir heute, dass Tauben einen Orientierungssinn haben. Schon lange bevor es den ersten Kompass gab, wussten die Tauben, dass die Erde ein Magnet ist. Und wenn Sie mich fragen, dann müssen alle Vögel über dieses Wissen verfügen, vielleicht wurde es von den Tauben an sie weitergegeben. Wie sollten die Zugvögel sonst ihren Weg zurück nach Hause finden?«

6.

Da sich andere Hotelgäste über die Tauben im Zimmer von Nikola Tesla beschwerten, musste er das Hotel Pennsylvania verlassen. Das erzählte er Anton, als dieser ihn eines Morgens im Bryant Park traf, wo er Tauben fütterte. Er sei in das nahe gelegene Hotel Governor Clinton umgezogen, es gefalle ihm sowieso besser, das Hotel habe etwas Italienisches an sich, und er habe zunehmend Sehnsucht nach Europa, auch wenn man aus Italien nun gerade keine guten Nachrichten höre. Er beabsichtige aber mindestens fünfzig weitere Jahre zu leben, dann würde er es wohl noch schaffen, seine Knochen in der Sonne Italiens aufzuwärmen, bis dahin würde sich die Lage dort sicher zum Besseren wenden. Reiche Amerikaner reisten häufig dorthin, vermutlich des guten Weines wegen, ob der Herr Doktor davon wisse? Anton war nicht sicher, ob er es ernst meinte oder ob er scherzte.

Sie setzten sich auf eine Bank, da die Sonne New Yorks an diesem Tag ebenfalls wohltuend wirkte. Nikola Tesla blinzelte in Richtung Himmel und fragte: »Wissen Sie, warum es bei Matthäus heißt, Jesus habe sich vor den Augen von Petrus, Jakobus und dessen Bruder Johannes verwandelt: ›Sein Gesicht leuchtete wie die Sonne und seine Kleider wurden blendend weiß wie das Licht.‹«?

Anton wusste es nicht. Er war sowieso nicht besonders bibelfest, auch wenn er als sehr junger Schüler eine Weile bei einem Onkel in Split gewohnt hatte, der ein katholischer Theologe war. Es gehe nicht nur um die Bibel, sagte Tesla. Es gehe um das orthodoxe Christentum, in dem das Verklärungsereignis auf dem Berg Tabor eine zentrale Rolle spiele.

»Da Gott Mensch geworden ist, kann der Mensch wieder Gott werden. Die ganze Schöpfung wird nach der Erlösung zu Licht.«

Anton konnte ihm nicht unbedingt folgen, und Tesla winkte ab: »Vergessen Sie es. Wir Menschen sollten jedenfalls die Sonnenenergie besser nutzen. Wenn wir das Wasser in den Kraftwerken für uns arbeiten lassen, dann ist das bereits eine sinnvolle Nutzung der Sonnenergie, denn der Kreislauf des Wassers wird von der Sonne in Gang gehalten. Energie ist überall, unser Planet rast mit hoher Geschwindigkeit durch das Weltall, aber noch immer haben wir nicht die Möglichkeiten ausgeschöpft, diese Energie und diese Geschwindigkeit für die Fortentwicklung der Menschheit nutzbar zu machen. Ich habe durch meine Messungen kosmische Strahlen entdeckt. Mein Freund William Crookes aus London war Chemiker und Spiritist, er hat den »vierten Zustand der Materie« beschrieben, es geht um die strahlende Materie, *radiant matter*, die Materie in einem vierten Zustand neben dem festen, flüssigen und gasförmigen. Denn was sind elektrische und magnetische Kräfte, wenn nicht strahlende Materie? Neuerdings spricht ein Schweizer Astronom und Physiker davon, dass es in einem von ihm beobachteten Galaxienhaufen an der sichtbaren Masse fehle, um diesen Haufen zusammenzuhalten. Es geht um Gravitation, sie kann doch nur das anziehen, was auch über die Masse verfügt. Er vermutet eine Dunkle Materie, die wir noch nicht kennen. Dafür wurde er ausgelacht, das ist so typisch für unsere ignorante Welt.«

*

Es war ein kalter Novembermorgen im Jahr 1934, auf den Straßen New Yorks zerfielen die letzten trockenen Blätter.

Anton hatte den Schmutz mit einem Tuch von seinen Schuhen gewischt, bevor er das Zimmer betrat. Das Tuch verstaute er danach in einer eigens dafür vorgesehenen Tasche seines Arztkoffers.

Die untadelig geschneiderte Jacke des grün-beige gestreiften Seidenpyjamas konnte ihn nicht täuschen: Der Oberkörper des Patienten war noch schwächer, als er ihn in Erinnerung hatte. Es war, als wären von dem Mann nur noch die Knochen übrig geblieben, zusammengehalten von dem glänzenden Pyjamastoff. Die langen Finger, die aufgrund ihrer gelblichen Blässe an Vogelkrallen erinnerten, ruhten auf dem weißen Bettbezug.

»Mein Vater war Priester, das wissen Sie«, murmelte der Kranke. »Er brachte mir einen Psalm bei: *Weise sterben, genauso gehen Tor und Narr zugrunde.* Der Tod kommt, egal, wie sehr Sie sich, zusammen mit Ihrer ganzen heilenden Zunft, abmühen. Da hat es das Universum schon besser als der Mensch. Im Unterschied zum Leben geht die Energie nicht verloren.«

»Die Medizin hat auf der Erde trotzdem eine wichtige Aufgabe.«

»Ich hatte nichts anderes erwartet, als dass Sie Ihren Beruf verteidigen, egal, wie vergeblich Ihre Tätigkeit ist. Alles Hokuspokus, reine Glaubenssache. Ich habe mich mit eigener Willenskraft von der Cholera kuriert. Ich habe mehr Erfolge mit meinen Elektrizitätsbädern erzielt als tausend Mediziner mit ihren Medikamenten.«

»Ihre Verdienste sind unbestritten, *gospodine* Tesla. In meiner Praxis setze ich viele Ihrer Postulate über die Elektrizität um, und ich habe ausgezeichnete Resultate in den Bereichen Arthritis, Muskelverspannungen und sogar bei Nervenleiden erzielt. Doch unser Hauptproblem sind Krebserkrankungen und Entzündungen. Dagegen hilft leider die Elektrotherapie nicht. Die Wissenschaft hat inzwischen verstanden, was die Ursache von Entzündungen ist, und jetzt steht man in den deutschen Laboren vor dem Durchbruch. Bald werden wir ein Gegenmittel haben. Das wird eine Revolution.«

»Die wahre Wissenschaft ist immer eine Revolution. Es ist schwierig, heutzutage die Wissenschaft von der Parawissenschaft zu unterscheiden; die Zielsetzungen und sogar die Methoden sind häufig gleich. Na, dann wollen wir auf die deutschen Chemiker warten. Auf die ist Verlass, das ist auch meine Erfahrung. Es ist erfreulich, dass sich in diesem Bereich etwas bewegt. Ansonsten scheinen die Ärzte vorwiegend im Dunklen zu tappen, wenn Sie mir meine Ehrlichkeit gestatten.«

»Trinken Sie bitte den Kräutertee, den ich Ihnen mitgebracht habe, und tropfen Sie diese Tinktur direkt auf die Zunge. Es ist ein Zaubertrank, Kreosot aus Buchenholzteer, der sich gegen den hartnäckigsten Katarrh durchsetzt. Wirksame Medikamente helfen sogar denen, die ihnen misstrauen.«

Antons Verehrung für den Mann mit dem ausgemergelten Gesicht und den Augen eines Heiligen blieb ungebrochen, egal, wie abschätzig sich dieser über seinen Beruf äußerte. Er wusste, dass Nikola Tesla keine Ärzte an sich heranließ. Tesla war von einem Taxi angefahren worden; die Balkanfreunde aus dem montenegrinischen Restaurant, die sich ungeachtet der Katastrophenmeldungen aus dem gemeinsamen jugoslawischen Königreich immer noch regelmäßig im Geist von Vlaho Moretti versammelten, munkelten über einen Mordversuch, doch Anton glaubte an einen Unfall. Der Erfinder hatte sich dabei mehrere Rippen gebrochen, lehnte konsequent jede Hilfe ab, lag im Bett und behauptete, er kenne seinen Körper am besten, die Ärzte brächten nur ein Durcheinander in seine innere Ordnung. Anton dachte, dass er womöglich recht hatte. Er selbst setzte nicht nur auf die Elektrotherapie, sondern auch auf das Händewaschen, auf Kräuterelixiere und Heilpflanzen sowie hier und da auf einen chirurgischen Schnitt, den er für unabwendbar hielt, er klammerte sich jedoch nicht an die angelernten Postulate, sondern behielt die Persönlichkeit seiner Patienten im Blick. Nikola Tesla war für seine erhöhte Achtsamkeit und geistige Wachheit berühmt. Außerdem konnte man bei gebrochenen Rippen sowieso kaum helfen. Mit der Erkältung wäre er ebenfalls zurechtgekommen; dass er ihn durch einen Hotelpagen hatte holen lassen, geschah weniger aus Angst vor dem Husten, als wegen des Wunsches nach etwas Gesellschaft. Es konnte aber auch sein, dass ihm das Husten besonders wehtat, da die Rippen schmerzten.

Tesla war ein Meister des Alleinseins. Einsamkeit, so hatte er ihm bei einer ihrer Begegnungen erklärt, Einsamkeit sei für ihn inzwischen das Gleiche wie Heimweh. Er bräuchte keine amerikanischen Freunde mehr, die er ohnehin kaum noch hatte, die besten waren schon gestorben, aber manchmal wollte er sich in der alten Sprache unterhalten, diese in seinem Mund und in seiner Nase spüren, die weich zischenden Laute und das gerollte R in den Ohren vibrieren lassen. Er sei zufrieden, einen jungen Landsmann kennengelernt zu haben, der auf ihn vernünftig wirke, auch wenn er Arzt geworden sei. Und der genauso wie er an die Notwendigkeit der Einheit zwischen Kroaten und Serben glaube.

»Diese Tinktur schmeckt widerlich, verehrter Doktor Matijaca. Seien Sie mir nicht böse. Es ist auch nicht so, dass sich nur die Mediziner irren. Wir Erfinder sind genauso anfällig. Denken Sie an Ikarus: Die Federn seiner Flügel waren nach einer Baustruktur mit Wachs verklebt, die er nicht etwa von Hühnern oder von Tauben – diese Vögel werden übrigens als die Ratten der Lüfte bezeichnet, dabei sind sie weitaus vornehmer als wir Menschen – abgekupfert hatte! Nein, er machte es richtig, er lernte von den Adlern, und dennoch hat er bei seinen Berechnungen die Sonnenstrahlung nicht berücksichtigt.«

Eine Hustenattacke ließ den mageren Körper erneut erzittern. Anton hätte jenen Dreisatz mit den Ratten, den Menschen und den Tauben gerne kommentiert und seine anthropozentrische Haltung noch einmal unterstrichen, bei der die Menschen im Vorteil waren, auch wenn er dieses Gespräch mit Nikola Tesla bereits einige Male geführt hatte. Dieser mochte Tauben viel lieber als Menschen. Doch es gehörte sich nicht, dass der Arzt mit einem leidenden Patienten diskutierte, und Anton war ein guter Arzt.

Am Himmel wirbelten unentschlossene Wolken herum, es konnte jeden Moment zu regnen beginnen, zumindest sah es so aus, wenn man von der 33. Etage des Hotels New Yorker durchs Fenster blickte.

»Haben Sie Nachrichten von zu Hause, Doktor Matijaca? Ich bekomme ab und zu Briefe von meinen Schwestern. Ich antworte ihnen häufig in Gedanken, so wie ich die Experimente, die ich für meine Erfindungen benötige, zuerst im Kopf durchführe. Das Problem ist, dass sie nichts mitbekommen. Glauben Sie an Gedankenübertragung? Ich arbeite gerade an einer drahtlosen Übertragung nicht nur von Informationen in Form von bewegten Bildern und Tönen, sondern auch von Energie, die die Empfangsgeräte speisen soll.« Die letzten Worte gingen in einer erneuten Hustenattacke unter. Anton wartete ab, bis wieder Stille herrschte, und sagte dann:

»Unsere Gehirne sind keine Maschinen. Ich glaube dennoch an so etwas wie Telepathie, da ich entsprechende Erfahrungen gemacht habe, etwa dass ich nach langer Zeit an jemanden denke und dieser sich genau in dem Moment bei mir meldet. Aber erklären kann ich mir die Gedankenübertragung nicht.«

»Wie erklären Sie die Geschwindigkeit, mit der in unserem Kopf aus einem Wort ein kompliziertes Bild entsteht? Ich sage jetzt *Pferd*, und wir beide sehen ein Pferd mit seiner wehenden Mähne, mit feuchten Nüstern, mit kräftigen Muskeln vor uns. Ich sehe meinen Bruder unter den Hufen eines Pferdes sterben. Ich höre den Schrei meiner Mutter, sehe jene Wiese, das Blut an der Stirn meines Bruders, die Kirche in unserem Dorf, in der sein Leichnam aufgebahrt war, mein ganzes Leben leuchtet auf wie ein Kaleidoskop in meinem Kopf, nur weil ich *Pferd* gesagt habe.«

Anton durfte erneut – wie schon so oft – staunen: Wenn Nikola Tesla solche Theorien formulierte, die er wochenlang in der Einsamkeit seines Zimmers ersann, war Antons erster Gedanke, wieso er nicht selbst darauf gekommen war. Tatsächlich, wie schaffte es unser Gehirn, diese Bilder zu generieren, und zwar in einer nicht messbaren Geschwindigkeit? War das die berühmte Lichtgeschwindigkeit, von der so viel die Rede war? Er hatte im Studium Gehirne seziert, er hatte sie im Anatomischen Museum bewundert, sie schwammen in Formalin und hüteten ihre Geheimnisse, die auch Doktor Winter nicht zu entschlüsseln vermochte, allerdings war Doktor Winter zuversichtlich, dass es der zukünftigen Wissenschaft gelingen werde.

»Sie kannten doch jemanden, der Oliver Lodge kannte?« Nikola Tesla, der bei der Erwähnung seines verunglückten Bruders besonders traurig ausgesehen hatte, folgte weiter dem Faden seines Gedankens über die Leistungen des Gehirns. »Von Lodge stammt die Aussage, dass die Materie eine psychische Bedeutung hat, da sie ein Gehirn bilden kann, ein Organ, das die physische und die psychische Welt miteinander verbindet. Dem kann ich nur zustimmen.«

Anton erinnerte sich an die Briefe von Oliver Lodge, die dieser Doktor Bryan schickte, der auf diese Freundschaft besonders stolz war. Als er ihm das sagte, antwortete Tesla: »Ich hätte gerne gewusst, worüber er schreibt.« Er machte eine Pause. »Lodge ist ein kluger Mann! Auch wenn er nach dem Tod seines Sohns, der im Großen Krieg gefallen ist, angefangen hat, mit dem Toten zu sprechen. Ich kann das nachvollziehen, manchmal erscheinen mir meine Mutter und mein Bruder in den Träumen. Doch man kommt nicht zu den Toten durch, an dem Punkt irrt sich Lodge. In einer anderen Sache sind wir dagegen der gleichen Meinung, wir sehen den Äther nicht nur als Medium für die Verbreitung des Lichts und der elektromagnetischen Wellen, sondern auch für die Übertragung der Gravitationskräfte. Nicht einmal Lodge vermag die Gravitation zu erklären. Ich war auf dem besten Weg, aber Sie haben bestimmt gehört, dass ich daran gehindert wurde.« Bei diesem letzten Satz brach seine Stimme ab. Das Ende seiner Experimente bereitete ihm mehr Schmerzen als seine gebrochenen Rippen.

Anton hatte noch viel zu erledigen. Schweren Herzens sagte er: »Ich wäre sowieso in diesen Tagen gekommen, auch wenn Sie nicht nach mir geschickt hätten. Ich wollte mich verabschieden. Sie erinnern sich, dass Sie mir das letzte Mal auf der Bank im Bryant Park gesagt haben, ich solle dankbar sein, eine Mutter zu haben, und ich solle sehen, dass ich nach Hause komme, solange sie lebt? Jetzt ist es so weit. Meine Eltern sind alt und krank, und sie wünschen sich, dass ich zurückkomme. Meine Frau und ich haben bereits für uns und unsere Kinder Fahrkarten für die Passage gekauft.«

Der Himmel hatte sich zugezogen und draußen war es noch dunkler geworden. Tesla stellte die Lampe über seinem Bett an, und sein seidener Schlafanzug erstrahlte in leuchtend hellem Glanz. Er trank zunächst etwas Wasser aus einem fein geschliffenen Glas und sagte: »Das ist eine vernünftige Entscheidung, auch wenn wir Sie hier vermissen werden. Unsere Heimat braucht Sie, Herr Doktor. Ich habe das erwartet, ehrlich gesagt, hat es mir jemand verraten, jemand von unseren Jugoslawen hier in New York, so darf man uns jetzt alle nennen, nicht wahr? Jetzt, da der König in Marseille erschossen wurde, müssen wir umso stärker zusammenhalten.«

Anton nickte. Er hatte den Nachruf gelesen, den Nikola Tesla in der *New York Times* veröffentlicht hatte. Darin kritisierte er den slowenisch-amerikanischen Autor Louis Adamič, der einen Reisebericht aus dem Königreich Jugoslawien veröffentlicht hatte; es war bemerkenswert, dass sich Nikola Tesla weniger an dem negativen Urteil über die Gesamtherrschaft des Königs und über die verheerende politische Situation im Land störte als an der Behauptung Adamičs, der König, den er im Palast in Belgrad getroffen hatte, sei ein Feigling, der Angst habe, ermordet zu werden. Als Eleonora diesen Text gelesen hatte, sagte sie mit einem Anflug von britischer Großspurigkeit: »Tesla hat völlig recht. Es ist nicht respektvoll, so über einen König zu schreiben. Adamič konnte zwar nicht wissen, dass der König ausgerechnet in einem offenen Wagen durch die Menge fahren und darin erschossen würde, aber die Geschichte hat Adamičs Verleumdung eindeutig widerlegt. Der König war kein Feigling. Eine andere Sache ist, ob er ein guter Herrscher war und wie die Lebensumstände in seinem Königreich aktuell aussehen.«

In dieses Land wollten sie nun zurückkehren. Er sagte sich, dass sie jederzeit zurück nach Amerika kommen könnten. Der letzte Brief seiner Eltern klang dringlich: Sie seien alt und wollten ihren Sohn noch einmal sehen. Der Vater hatte geschrieben: »Was die Krise in Jugoslawien und in Europa betrifft, so ist immer irgendwo eine Krise, wir können unsere Leben nicht danach richten. Auch wenn alle um mich herum sagen, dass es wieder einen Krieg geben wird, ich glaube nicht daran.«

»Es wird wieder einen Krieg geben«, sagte Nikola Tesla. »Deshalb habe ich, wie Sie gewiss gelesen haben, eine Waffe konstruiert, die zur Verteidigung eines Landes von der Größe Jugoslawiens optimal ist. An der Küste werden Sendestationen angebracht werden müssen, die höchste auf dem Berg Lovćen in Montenegro. Meine Waffe bildet einen Schutzwall, das Land wäre praktisch aus der Luft und vom Meer nicht angreifbar. Ich habe dazu einen Teilchenbeschleuniger konstruiert; die Pläne dafür habe ich vorwiegend im Kopf, weil sie sonst in falsche Hände kommen könnten.«

»Ich muss zugeben, dass es mich gewundert hat, als ich gelesen habe, dass Sie als Humanist und Wohltäter der Menschheit eine Waffe konstruiert haben. Warum haben Sie das getan?«

»Das hat mich ein anderer Kroate aus Dalmatien auch gefragt, der Bildhauer Ivan Meštrović. Ich habe ihm geantwortet, dass ich reine Freude an einer Entdeckung habe, genauso wie ein Künstler, *l'art pour l'art*. Das war nicht die ganze Wahrheit. Es geht auch um meine Befürchtung, dass sie ein anderer auf Grundlage meiner Patente konstruieren könnte, und das wäre gefährlich. Wissen Sie, dass jede unserer Entdeckungen und wissenschaftlichen Erkenntnisse in Friedens- und in Kriegszeiten einsetzbar ist? Ich möchte diese Waffe den Regierungen aller Länder zur Verfügung stellen, denn wenn jeder sie besitzt, kann es keinen Krieg mehr geben. Bisher hat nur die Sowjetunion ein echtes Interesse gezeigt, die andern sind entweder zu feige oder sie rechnen damit, dass ihre Wissenschaftler aus meinen Patenten schon etwas zusammenbasteln, das kenne ich ja. Zuallererst möchte ich sie jedoch den Jugoslawen geben, sie sind jetzt ohne König noch schwächer als zuvor. Ich habe hier etwas notiert«, er hustete, beruhigte sich wieder, holte einen Umschlag aus dem Schränkchen neben seinem Bett und reichte ihn dem überraschten Anton: »Ich bitte Sie, diese Pläne an die geeigneten Stellen im Königreich weiterzuleiten. Sie werden herausfinden müssen, an wen Sie sich wenden. Selbstverständlich würde ich eine Honorierung begrüßen, damit ich weiter forschen kann, das dürfen Sie auch weitergeben. Und noch etwas: Wenn Sie in Europa sind, suchen Sie bitte nach der Hinterlassenschaft von Elisabeth Vilma Lwoff-Parlaghy. Das Bild, das sie von mir gemacht hat, das *Blaue Porträt*, ist verschwunden. Ich habe gehört, dass es in Europa sein soll.«

7.

Nichts kann eine Gegend in der Imagination so sehr verklären wie die Sehnsucht.

Als er mit seiner Familie über den Hafen von Cherbourg, über Paris und den Hafen von Triest endlich Dalmatien erreichte, stimmten allein die Farbe und der Duft des Meeres mit seinen Erinnerungen überein. Die Häuser waren kleiner und stickiger, die Straßen staubiger, die Gassen enger und schäbiger als in seinen Träumen, nur die verblassten grünen und violetten Gehäuse der Seeigel, die auf den Brüstungen der Terrassen trockneten, von den Kindern am Beginn des Sommers gesammelt und dann vergessen, waren noch schöner.

Zur Begrüßung kamen alle Verwandten und Nachbarn, drängten ins Wohnzimmer, in dem Tische und Stühle wie bei großen Familienfesten entlang der Wände aufgestellt waren. Die Einrichtung im Haus seiner Eltern war bescheidener, und die Zimmer niedriger als in seinen schlaflosen amerikanischen Nächten, in denen er sich danach gesehnt hatte, hier zu sein. Es roch nach gebratenem Fisch, nach Kräuterschnaps, nach Knoblauch, nach Zitronen, nach frischem Hefegebäck, das seine Mutter mit Nüssen, Rosinen und geriebenen Äpfeln gefüllt hatte, wobei sie immer wieder mit Tränen in den Augen sagte: »Für die Kinder.«

Seine drei Söhne – der älteste hatte bereits einen feinen Bartflaum – schauten zunächst verwirrt, dann mit Zärtlichkeit auf ihre Großmutter, denn der Flut ihrer Liebe konnte man nicht entgehen, sie schwappte über sie und nahm sie mit. Bald sprachen alle drei in ihrem gebrochenen Kroatisch und liefen der Großmutter wie allzu groß geratene Enten nach.

Er tunkte Brot in das Öl und schob sich mit den Fingern ein Stück Sardelle in den Mund. Der Geschmack war intensiv wie in seinen Erinnerungen, und dennoch fühlte er sich, als säße er auf dem Stuhl neben sich und betrachtete die Szenerie. Die Mutter rannte hin und her, sie konnte ihre Augen nicht von den drei Enkeln und von der stumm lächelnden Schwiegertochter abwenden, sie wusste nicht, was sie ihnen noch anbieten sollte. Sie hinkte etwas, als hätte sie Schmerzen im Knie oder in der Hüfte. Ihr Haar, das sie im Nacken zu einem Knoten gebunden trug, war mit silbernen Strähnen durchzogen. Gerade dieses ergraute Haar war widerspenstig, es bildete eine feine Aura um ihren Kopf. Sie hatte eine dalmatinische Tracht angezogen, ein Kleid aus dunkelroter Wildseide, mit einem Kragen aus weißer Spitze und einer schwarzen Schürze, die auf dem Rücken mit einer breiten Schleife gebunden war. Der Vater trug zur Feier ihrer Ankunft einen schwarzen Anzug, das Sakko und die Weste wirkten eine Nummer zu groß, der Hals war faltig geworden und ragte ein wenig unvermittelt aus dem allzu breiten Kragen, vor dem flachen Bauch baumelte die silberne Kette seiner Taschenuhr. Er schenkte ihm Wein nach, seine Hand war von Pigmentflecken übersäht, der Blick prüfend, forschend, als wollte er sich vergewissern, dass sein verlorener Sohn tatsächlich zurückgekehrt war.

Die Gäste waren allesamt laut, fielen einander ins Wort, lachten, sprachen mit vollem Mund. Er verstand jedes Wort, aber ihre Stimmen und ihre Gesten – sie gestikulierten kräftig und ausdrucksstark – kamen ihm fremd vor. Die Zeit hatte ihnen Falten, Furchen, Glatzen und schlaffe Muskeln beschert. Nach ihren Reaktionen zu urteilen, hatte auch er sich verändert. Älter. Seriöser. Vornehmer. Weltgewandter. Unser Doktor. Unser Amerikaner. Unser Wissenschaftler, der ein Buch geschrieben hat. Der Stolz unserer Familie. Unserer Nachbarschaft. Unseres Ortes. Vorgestern noch ein Schüler, heute schon Familienvater. Einer von uns.

»Als du klein warst, nein, als du jung warst, sahst du genauso aus«, sagten die Tanten und zeigten abwechselnd auf die drei Söhne. »Es ist, als würdest du vor uns stehen. Als würden wir mit einer Zeitmaschine in unsere Jugend zurückfahren.« Sie waren aufgeregt. Sie hatten graue Haare bekommen, eine hatte gelbgraue Ringe um die Augen, einer fehlte ein Zahn – die 4 oben rechts. Eine hatte Wangen voller Altersflecken, sie wirkte wie ein trauriger Dalmatinerwelpe.

Die meisten der Anwesenden hatten schlechte Zähne und von der Sonne gegerbte Haut. Erst jetzt wurde ihm klar, wie anders es gewesen war, als er in der Zeit des ersten Balkankriegs kurz hier Station gemacht hatte, denn damals war ihm alles wie gewohnt erschienen. Wie schnell war die Zeit verflogen seit jenem Tag, als er eilig nach England abreisen musste! Er hatte damals Österreich-Ungarn verlassen und war nun ins Königreich Jugoslawien zurückgekommen; dazwischen lag der Große Krieg, der Untergang der Donaumonarchie und das kurze, einigermaßen friedliche Leben im Königreich der Serben, Kroaten und Slowenen; der Name des Staates war nach dem Attentat im Parlament geändert worden. Er hörte seinen Vater darüber sprechen, es war, als könnte es dieser kaum erwarten, über die Ermordung des kroatischen Bauernführers Stjepan Radić zu berichten, über die Unruhen, die seitdem nicht mehr abflauten, er sprach schnell und räusperte sich ständig, als wollte er etwas verbergen, verschweigen. Nur sechs Jahre später war der serbisch-jugoslawische König getötet worden, der nach dem dramatischen Ereignis mit drei Toten und zwei Verwundeten das

Parlament aufgelöst und eine Königsdiktatur eingerichtet hatte. Eine kroatisch-mazedonisch-bulgarische Terroristengruppe, vermutlich im faschistischen Italien ausgebildet, war für dieses zweite Attentat verantwortlich, mit dem die südslawische Einheit noch einmal schwer auf die Probe gestellt wurde. Ob man darüber in Amerika gehört habe? Und in England? Auf Malta? Eleonora nickte.

Die Tanten trugen Rüschenblusen und Medaillons, die sie vermutlich nur zu Hochzeiten und Beerdigungen hervorholten, die Onkel hatten ihre Sakkos schon über die Stuhllehnen gehängt, ihre besten Hemden waren schnell zerknittert, die Krawatten wurden gelockert. Eleonora zog sich nach dem Essen zurück, und alle wurden noch lauter. Seine drei Söhne hatten rote Gesichter und glühende Augen bekommen, man goss ihnen Wein ein, verdünnt mit viel Wasser, sie sollten richtige Männer werden, sich rechtzeitig an unseren Wein gewöhnen, riefen die Gäste, schlugen dem Ältesten auf die Schulter. Bis tief in die Nacht verweilte er in diesem Kokon aus Stimmen und Rauch – sie drehten dicke Zigaretten, füllten sie mit handgeschnittenem Tabak, erzählten ihm, dass in der Herzegowina besserer Tabak wachse als in Amerika –, in einer Mischung aus Vertrautheit und Fremdheit, verwundert darüber, dass er tatsächlich zurückgekommen war.

Sie wetteiferten darum, wer ihm die politischen Zusammenhänge besser erklären und ihm drastischster schildern konnte, wie glücklich er sich schätzen durfte, bislang von dem politischen Wirrwarr nicht nur in diesem neuen Königreich, sondern insgesamt in Europa verschont geblieben zu sein. Mit der Zeit krempelten sie ihre Ärmel hoch, öffneten die Kragenknöpfe, zeigten ihm ihre Narben, erzählten von schlecht zusammengewachsenen Knochenbrüchen, von chronischen Magenbeschwerden, von Schlafstörungen, von der Arthrose, von Erschöpfungszuständen als Folge der Malaria, wollten seine Meinung hören, seinen Rat einholen. Sie erklärten ihm, dass es weit und breit keine Ärzte und noch weniger Zahnärzte gab, kaum Spezialisten in Split und das nicht einmal für alle Fachgebiete, kein anständiges Krankenhaus. Immer wieder würden Sterbewellen vor allem die Dörfer im Hinterland heimsuchen: Scharlach, Masern, Typhus, Diphtherie und die allgegenwärtige Tuberkulose. Und erst die Spanische Grippe! In beinahe jedem Haus hatte es Tote gegeben, ob es in Amerika auch so schlimm gewesen sei?

Sie erzählten auch, dass nicht alles so schwarz sei, es habe einen Arzt und Gesundheitspolitiker gegeben, der in einigen Jahren so viel für die allgemeine Hygiene und Gesundheit im Land getan habe, wie niemand in all den Jahrhunderten vor ihm. Sein Name sei Andrija Štampar und er habe dank der Rockefeller Foundation (deine Amerikaner, Anton!) sogar Laboratorien aufbauen lassen, in welchen man Blut und Urin untersuchen könne, aber der König habe sich an Štampars Arbeit gestört und habe ihn entlassen. Jemand flüsterte: »Und dann wundert man sich, wenn man ermordet wird«, aber die anderen sagten »Psssst« und zischten wütend, sodass sich der Flüsterer entschuldigte.

Er mochte es seiner Frau gegenüber nicht zugeben, aber nach den beiden ersten Tagen in Kaštela hatte er ernsthafte Zweifel, ob die Rückkehr eine kluge Idee gewesen war: »Sogar Andrija Štampar, ein Vorreiter der Volksgesundheit und eine internationale Größe, der im Auftrag des Völkerbundes auch in China half, die medizinische Situation zu verbessern, musste Jugoslawien verlassen und lehrt jetzt an den amerikanischen Universitäten. Wieso sind wir dann zurückgekommen?«

Eleonora überblickte die Situation auf ihre nüchterne Art (»Deine Eltern und deine Geschwister mag ich, die Tanten sind aufdringlich, aber herzlich, die Nachbarn neugierig und gesellig, der Bedarf an Ärzten ist hoch, was will man mehr?«) und schätzte die Lage optimistischer ein als er. Sie machte zunächst einen Plan für ihn: Als Erstes sollte er sich ins Ärzteregister eintragen lassen, dann eine Reise nach Dubrovnik unternehmen, wo die Kisten mit ihrem Gepäck, ihre Möbel und ihr Automobil aus Amerika eintreffen sollten, und den Weitertransport nach Split organisieren. Dann sollte er die Ärzte in der Umgebung aufsuchen und sich vorstellen; anschließend gute Schulen für die Kinder suchen. Was die beiden Älteren betraf, so hatte sie sich bereits in England erkundigt und mit ihrem Vater darüber korrespondiert.

Die Landschaft hier erinnerte sie an Malta, das genügte ihr und es störte sie nicht, dass alle um sie herum gleichzeitig, laut und durcheinander sprachen, und das in einer Sprache, die sie noch nicht verstand. »Die Umstände sind nirgendwo so, wie wir es uns persönlich wünschen«, sagte sie und wirkte fest entschlossen, sich davon nicht beirren zu lassen. Mit ihren amerikanischen Ersparnissen konnten sie ein Haus kaufen; sie hatte klare Vorstellungen: Blick aufs Meer, genügend Platz für die Praxisräume und die Verwandten aus England, denn sie wollte ihre Eltern und ihre Brüder einladen, sobald sie sich eingerichtet hatten. Sie hatte nur einen einzigen dringenden Wunsch: Jeden Nachmittag wollte sie mit ihrem Mann um 5 Uhr in Ruhe Tee trinken, nach englischer Sitte belegte Sandwiches und Scones essen und ihm über die Bücher erzählen, die sie gerade las, er sollte ihr von seinen Fällen berichten.

»Dein Vater hat gesagt, dass es in Europa keinen neuen Krieg geben wird, lass uns hoffen, dass er recht hat.« Anton hatte das Gefühl, dass sein Vater nicht mehr sicher war, ob das wirklich stimmte, sagte aber nichts. Dennoch wollte auch er daran glauben, dass es in absehbarer Zeit keinen Krieg geben werde, unter anderem deshalb, weil ihn jener Umschlag mit den Plänen von Nikola Tesla belastete. Er hatte in den ersten Stunden seines Aufenthalts in diesem – von ihm einst herbeigesehnten – gemeinsamen Staat der südslawischen Völker so viel Unerfreuliches gehört, dass er nicht wusste, an wen er sich in einer derart delikaten Mission wenden sollte. Er hätte gerne Ernestos Meinung dazu gehört. Plötzlich glaubte er, sich genau an seine Gesichtszüge und schön geformten, gesunden Zähne zu erinnern, doch das Bild entglitt in irgendeine Tiefe seines Gehirns. Nationen seien Traumgebilde der Dichter, hatte sein Freund immer behauptet, er dagegen wolle in seinem Theaterstück – »zwischen Dante, Shakespeare, Goethe und Marinetti angesiedelt, aber moderner und zukunftsorientierter« – alle Nationen auflösen, die Staatsgrenzen auslöschen. Die Menschheit vereinigt auf der sich wild drehenden Erdkugel, die durch das Weltall rast.

Es war besser abzuwarten; solange keine akute Gefahr bestand, mussten auch keine Abwehrsysteme gebaut und keine Todesstrahlenkanonen produziert werden. In den falschen Händen könnte eine Waffe, die zur Verteidigung eingesetzt werden sollte, zu einer Gefahr für den Frieden werden. Den Gedanken, Eleonoras Familie in die Pläne von Teslas Waffentechnologie einzuweihen, verwarf er sofort; er hatte sich in England schon einmal aufgrund seiner technischen Kenntnisse in Schwierigkeiten gebracht. Er ließ den Umschlag in einem Koffer mit Büchern und anderen Dokumenten, wollte aber bald nach einem Versteck dafür suchen.

New York war nur noch eine Erinnerung, glücklicherweise eine, an der man sich festhalten konnte: Wenn sich die Lage in Europa zum Negativen entwickeln sollte, könnten sie sich wieder in die Neue Welt retten. Es tat gut, diese Gewissheit zu haben. Zur Not würde er dem Erfinder den Umschlag ungeöffnet zurückgeben und ihm erklären, dass er den politischen Ansichten, den Absichten und den Prioritäten der jugoslawischen Regierung nicht getraut habe.

*

Der Gemeindevorsteher händigte ihm den Schlüssel für die Ortsambulanz aus und murmelte etwas vom frühen Tod seines Vorgängers, der einer Wundinfektion erlegen war. In der Ambulanz roch es modrig. Er riss eines der drei Fenster auf, lehnte sich weit hinaus und atmete die salzige Meeresluft ein. Es war ein Bogenfenster, dessen Glasflächen mit zerschlissener weißer Folie verklebt waren. Die Ambulanz bestand aus einem düsteren Warteraum im Eingangsbereich und einem riesengroßen Behandlungsraum, der von drei Paravents aus weißen Metallrahmen mit vergilbten Stoffbahnen in vier Bereiche geteilt war. Ein Waschbecken versprach fließendes Wasser, allerdings waren die Röhren verkalkt. Die Einrichtung bestand aus einem leeren weißen Schrank mit kaputter Glastür, einem Holztisch, zwei wackeligen Stühlen und einer Liege mit zerrissenem Bezug. Von den Wänden blätterte der Putz ab, und aus den Ecken blickten ihm schwarze Schimmelflecken entgegen; nur das polierte Terrazzomosaik in roten, orangen und gelben Tönen glänzte auf dem Boden.

Am Nachmittag sah sich Eleonora die Ambulanz an und verfasste eine Liste, auf der sie die notwendigen Renovierungsarbeiten, Möbelstücke, Lampen und eine Grundausstattung für die medizinische Praxis auf Englisch verzeichnete. Ihr ältester Sohn übersetzte die Liste mit nur wenigen Rechtschreibfehlern, und Eleonora eilte in das Gemeindehaus und übergab sie dem überraschten Gemeindevorsteher. Er versuchte, etwas auf Englisch zu sagen, aber sie war schon wieder fort, nicht ohne ihm vorher ein majestätisches Lächeln geschenkt zu haben.

Nur einen Tag nachdem Anton Matijaca in das Register der zugelassenen Ärzte im Königreich Jugoslawien eingetragen worden war und die Aufgabe des Gemeindearztes übernommen hatte, wurde er um zwei Uhr nachts zu einer Gebärenden gerufen. Ein Junge stand vor seiner Schlafzimmertür und zitterte, er hatte mit Fäusten gegen die Eingangstür geschlagen und Antons Vater hatte ihn hereingelassen. »Meine Mama bekommt ein Kind, aber sie stirbt«, stammelte der Junge.

Anton hatte zwar zahlreiche Vorträge über mögliche Entbindungskomplikationen in New York und in London gehört, aber noch nie bei einer Geburt assistiert, geschweige denn ganz allein einen schweren Fall zu bewältigen gehabt. Zugegeben, nicht ganz allein, er fand die unfreundliche Dorfhebamme vor, die ihm anstelle eines Grußes sofort sagte, sie habe schon so viele Frauen sterben sehen, das sei halt so, eine Geburt spiele sich stets in der Nähe des Todes ab. Sie hatte leider keine Ähnlichkeit mit Agnodike, der ersten Ärztin der griechischen Antike.

Die Gebärende war eine übergewichtige Frau, vielleicht vierzig Jahre alt, ihre Haut war grauweiß, und sie schien nicht mehr zu atmen. Die Hebamme hielt die zusammengepressten Beine der Frau hoch und versuchte auf diesem Weg die Blutung zu stoppen. Überall auf den Stühlen, auf dem

Bett und auf dem Boden des Zimmers lagen zerknäulte blutige Laken herum. Im Nachbarzimmer versuchte der Vater, die jammernden Kinder zu beschwichtigen, doch da der jüngste Sohn das viele Blut gesehen hatte, rief er wie in Trance: »Mama soll nicht sterben, Mama soll nicht sterben.« Er ließ sich nicht beruhigen, und auch seine Geschwister weinten immer lauter. Der Älteste, der Anton geholt hatte, war zu dem Vater gelaufen und hatte ihn umarmt. Anton hörte ihn sagen: »Ich bin mit dem Auto vom Doktor gefahren.«

Es handelte sich um einen Fall, bei dem der Mutterkuchen mittig vor dem Kind lag; nach Antons Kenntnis starben mit der Diagnose *central placenta praevia* viele Mütter auch in den Krankenhäusern der großen Städte der Welt, die Kinder wurden fast immer tot geboren. An eine Überführung ins Krankenhaus nach Split war nicht zu denken, es gab weder einen Sanitätstransport noch hätte die Patientin diesen überlebt – sie hatte schon sehr viel Blut verloren. Er brauchte nur wenige Minuten, um die Lage zu überblickten; etwas mehr Zeit benötigte er dazu, die Hebamme davon zu überzeugen, ihn in Ruhe arbeiten zu lassen. Um die Blutung zu stoppen, wendete er die Technik des Abbindens an: Alle vier Extremitäten mussten mit einem starken Druck auf die Arterien für kurze Zeit abgebunden werden. Danach erhöhte er den unteren Teil des Bettes, machte eine Uterustamponade, injizierte der ohnmächtigen Frau Kampfer und Koffein sowie eine Infusion mit einem Liter einer physiologischen Kochsalzlösung, um den Blutverlust einigermaßen auszugleichen. Er betastete die Oberfläche des Bauchs, schätzte die Lage des Kindes ein, das keine Lebenszeichen von sich gab. Der beißende Gestank des Bluts, des Urins und des Schweißes mischte sich mit dem Geruch von Milch, oder es kam ihm zumindest so vor, vielleicht waren es die Hormone der Frau, die wie ein gestrandeter, sterbender Wal auf dem Bett lag. Er bat die Hebamme um ein sauberes Laken und eine Decke, aber sie schüttelte nur den Kopf: Es gebe keine sauberen Laken mehr in diesem Haushalt. Er herrschte sie an, sie möge irgendwo eines finden, und sie holte mehrere große Handtücher, mit denen er die Liegende notdürftig zudeckte.

Als nach einiger Zeit ihr Puls wieder deutlich fühlbar war, nahm er den Tampon heraus und mit einer Wendung drehte er das Kind innerhalb der Gebärmutter. Bis die erschöpfte Frau ihr totes Baby gebar, dauerte es noch zwölf Stunden, danach musste die Plazenta vollständig abgelöst werden, aber die Frau hatte überlebt. Er injizierte ihr Ergotin, um sicher zu gehen, dass sich eventuelle Reste des Mutterkuchens lösen würden. Glücklicherweise fand er in seiner amerikanischen Arzttasche ein Fläschchen mit verdünnter *baptisia tinctoria*, die gegen Sepsis helfen sollte. Mit ihr tupfte er den Gebärmutterhals der Frau ab, nachdem er ihre Gebärmutter mit einer Rivanollösung ausgespült hatte. Die Hebamme wirkte angespannt, als achtete sie darauf, dass er die Patientin nicht vergiftete, und als wäre er ein böser Zauberer, den man zur Not mit Gewalt an seinem Tun hindern musste. Glücklich, die Mutter der Kinderschar, die im Nachbarzimmer schlief, sich aber immer wieder durch Schluchzen bemerkbar machte, zumindest vorläufig gerettet zu haben, schleppte er sich zurück nach Hause.

Am nächsten Tag besuchte er die Patientin. Ihre Stirn war warm, sie war immer noch kalkweiß und schwach, aber ihr Atem ging regelmäßig. Er gab ihr eine Spritze Omandin und die durch kalte Destillation gewonnenen Echinaceatropfen von Professor Lloyd, die bei septischem Fieber helfen sollten. Er ermahnte die Kinder streng, ihre Mutter ruhen zu lassen; dem Vater sagte er, er möge peinlichst auf die Hygiene achten, alle sollten ständig ihre Hände waschen (er hatte ihm ein Stück Seife mitgebracht und betonte jedes seiner Worte, indem er in der Luft mit der Seife den Rhythmus schlug), ferner sollte er eine der Nachbarinnen bitten, eine kräftige Hühnerbrühe für seine Frau zuzubereiten. Der Mann hatte bereits das totgeborene Kind zusammen mit der verhängnisvollen Plazenta in eine Holzkiste gelegt und im Wald oberhalb des Dorfes begraben, dort sei eine Stelle, wo man die Totgeborenen ruhen lasse. »Unsere Tochter war nicht getauft«, sagte er und es hörte sich an, als würde er sich dafür entschuldigen, »der Friedhof wäre kein passender Ort für sie gewesen.« Anton sagte, das sei in Ordnung, ab jetzt müsse er unbedingt dafür sorgen, dass keine weiteren Schwangerschaften folgten. Er war nicht sicher, ob der Mann verstand, was er damit meinte.

Die Patientin überlebte.

»Nikola Tesla hat mir erzählt, dass er ein Gerät entworfen hat, mit dem man unter Wasser mihilfe eines konzentrierten Strahls vibrierender Elektronen feindliche U-Boote orten kann«, sagte Anton. »Dieser Wellenstrahl soll von dem Gerät ausgesandt werden, und wenn die Wellen auf ein Hindernis stoßen, prallen sie von ihm ab und melden dem Sender, dass dort etwas ist; sie sollten nicht nur die genaue Lage, sondern sogar den Umriss des Hindernisses abbilden können. Er stellt sich das zumindest so vor, glaube ich. Ich bin nicht sicher, dass er diesen Apparat bereits produziert hat, es hörte sich eher an wie eine seiner wissenschaftlich-fantastischen Erzählungen. Aber es ist eine ausgezeichnete Idee. Ein solches Gerät brauchen wir in der Geburtshilfe: Der Arzt sollte durch das Fruchtwasser Wellen senden und die Lage des Kindes und der Plazenta widergespiegelt bekommen, damit er weiß, ob ein Kaiserschnitt nötig ist.«

»Das solltest du Tesla schreiben. Er soll sofort ein solches Gerät konstruieren. Wobei ich nicht sicher bin, ob er das noch kann. Er ist alt geworden. Aber wenn nicht er, dann soll es ein anderer Wissenschaftler tun. Er wird wissen, wem er eine solche Aufgabe anvertrauen kann«, sagte Eleonora.

Ihre eigenen Entbindungen waren problemlos verlaufen, sie hatte die beste Versorgung in den Kliniken in Joliet und New York genossen, da Anton dort die Ärzte kannte. Sie wusste von vielen Frauen, die bei der Entbindung gestorben waren. Anton hatte ihr die Details seines ersten Falls ersparen wollen, doch sie verlangte, dass er ihr alles erzählte. »Wäre das Kind auch in Amerika gestorben?«, fragte sie, und er sagte: »Vermutlich ja.« Sie sagte, es sei eine Schande, dass die zivilisierte Welt vor diesem Problem die Augen verschließe, es werde sich wohl wenig ändern, bis weibliche Wissenschaftlerinnen beginnen würden, vermehrt in der Forschung zu arbeiten. Sie würden hoffentlich die Belange ihres Geschlechts berücksichtigen. »Allerdings wäre es nicht schlecht, wenn sich auch jemand um die U-Boote kümmern würde.« Sie hatte in Split eine Buchhandlung entdeckt, in der sie Zeitschriften und Bücher aus England bestellte. Der Buchhändler war Jude, der ihr seine Sorgen anvertraut hatte: Er war überzeugt davon, dass es bald zu einer größeren Krise und vielleicht auch zu einem neuen Krieg kommen werde.

*

Nach einiger Zeit kam die schriftliche Antwort des Gemeindevorstehers zu der Liste, die ihm Eleonora ausgehändigt hatte: ein entschiedenes *Nein.* Es gebe kein Geld dafür, und bisher habe sich noch niemand über die Einrichtung der Ambulanz beklagt. Es sei doch allgemein bekannt, dass es in der Medizin auf die Fähigkeiten des Arztes ankomme. »Die Kranken brauchen keine gestrichenen Wände und neuen Stühle, sondern einen guten Doktor«, schrieb er.

Antons Vater versprach seiner Schwiegertochter Hilfe. Er unterhielt sich mit ihr in einer Mischung aus Italienisch und Kroatisch, begleitet von vielen Gesten: »Einer meiner früheren Schüler ist Malermeister; ich werde ihn bitten, die Räume zu streichen. Was die Möbel betrifft, so werden wir uns bei Verwandten und Nachbarn umhören, zumindest für den Wartebereich werden wir wohl in den Kellern und auf den Dachböden etwas finden, das noch repariert werden kann.« Sie antwortete auf Englisch, das sei ein wunderbarer Vorschlag. Anton sagte, er werde von ihrem eigenen Geld eine neue Untersuchungsliege bestellen. Sie waren gerade dabei, die Räume genauer zu inspizieren und zu vermessen, als ein verschwitzter Reiter eintraf, um Anton zu bitten, schnell in ein Dorf in den Bergen oberhalb der Küste zu kommen, seine Frau liege seit zwei Tagen in den Wehen, die Hebamme sei bei ihr, aber die Geburt sei ins Stocken geraten.

Geburtshilfe war in der Beschreibung seiner Stelle nicht vorgesehen, doch außer jener alten Hebamme gab es weit und breit in der ganzen Region niemanden, der zuständig war. Auf Nachfragen hatte sich der Gemeindevorsteher erstaunt gezeigt: »Ich finde das etwas übertrieben! Die Menschen werden seit jeher geboren, das ist ein durch und durch natürlicher Vorgang, wozu sollte man da einen größeren Aufwand betreiben?«

Er lief nach Hause, packte Handtücher, eine Waschschüssel, mehrere Seifenstücke und seine Arzttasche ins

Auto und fuhr hinter dem Reiter her. Das Pferd war am Anfang unruhig, gewöhnte sich aber schnell an das leise Brummen hinter ihm. Der Weg war holprig und kurvig und führte stellenweise steil bergauf. Sein Chevrolet schlug sich auf den hohen Drahtspeichenrädern tapfer, allerdings fragte sich Anton, ob seine Nieren diese Erschütterungen gut vertrugen – er hatte das Gefühl, die gesamte Flüssigkeit in seinem Körper würde durchgeschüttelt und wollte durch die Blase heraus.

Vor dem Haus empfing sie eine Szenerie, die aus einem der amerikanischen Westernfilme, die in den letzten Jahren so populär geworden waren, hätte stammen können: Männer mit langen Schnurrbärten in Schafsfellwesten, Kniebundhosen und mit gestrickten Kniestrümpfen, die in flachen, geflochtenen Lederschuhen steckten, schossen aus Schrottflinten in die Luft. Er glaubte schon, sie feierten die Geburt, es müsste wohl ein Sohn geboren sein, wenn sie sich so arg freuten, doch es stellte sich heraus, dass sie sich als Geburtshelfer betätigen wollten: Dem Baby sollte ein Schrecken eingejagt werden, damit es endlich herauskäme. Anton schüttelte den Kopf, bat um Ruhe und betrat die Steinhütte.

Auf dem Boden aus gestampfter Erde lagen alte Jutesäcke ausgebreitet, darauf gackerten Hühner, ein Hund bellte und eine Katze fauchte den Neuankömmling an. In dem offenen, von Ruß bedeckten Kamin glommen Holzscheite, und es war entsetzlich warm. Die Gebärende war jung und drahtig, sie hielt sich mit beiden Händen an dem Dachbalken fest und hing mit ihrem dicken Bauch und zappelnden Beinen inmitten des Raums, die Hebamme stand daneben und feuerte sie an. Er wusste nicht, ob er lachen oder schimpfen sollte, entschied sich schließlich für eine sachliche Bitte, die Frau möge mit seiner Hilfe und mit der Hilfe der Hebamme, die ihn nicht begrüßen wollte, herunterkommen, damit er sie untersuchen könne. Er versuchte, in dem Raum eine Stelle zu finden, an der es einigermaßen sauber war, und entschied sich für eine Steinbank, die er mit den Handtüchern bedeckte. Er bat um heißes Wasser und zeigte auf die Waschschüssel, die er mitgebracht hatte: Die Hebamme sollte zunächst seine Hände übergießen und danach die Schüssel füllen. Die Hebamme wollte sich weigern, aber die schwangere Frau herrschte sie mit erstaunlich deutlichen Worten an.

Er tastete den Kopf des Kindes durch eine allzu kurze Öffnung des Gebärmutterhalses und entschied sich für eine Zangengeburt. Dann wandte er sich in Gedanken an seinen Namenspatron: *Heiliger Antonius von Padua, ansonsten bin ich nicht gläubig, aber wenn du irgendwie kannst, steh mir jetzt bei. Ernesto, mein Freund, lieber Piròn im Himmel, flüstere dem Heiligen Antonius einige Worte zu meinen Gunsten zu.* Er versuchte, sich die Abbildungen in den Lehrbüchern vor Augen zu rufen, tauchte die Zange, die er in ein Handtuch eingewickelt mitgebracht hatte, in das heiße Wasser – und zog das Kind heraus, ohne dass er recht wusste, wie ihm geschah.

Beim Abschied sagte die junge Bäuerin: »Ich möchte ihn Ante nennen, um Ihnen zu danken.«

»Wenn Sie mir danken wollen, nennen Sie ihn bitte Ernesto«, sagte er.

Es war der erste Junge mit einem italienischen Namen in diesem Dorf. Draußen schossen die Männer wieder aus ihren Flinten, während er sich auf den Weg machte, auf den Serpentinen des Berges, der das dalmatinische Hinterland von der Küste trennte.

8.

Vielleicht wäre er schon längst nach Amerika zurückgekehrt, wenn seine Eltern nicht so gebrechlich gewesen wären. Inzwischen war er hier jedoch unabkömmlich geworden – für die beiden Alten, für die Familien seiner Geschwister, für seine Patienten, für die Schwangeren in den entlegenen Dörfern. Seine beiden älteren Söhne waren in England, nur der jüngste besuchte das Gymnasium in Senj; Eleonora und er hatten ihn auf dem Weg nach Triest besucht, von wo sie über Paris weiter nach Jersey reisten, die Insel der britischen Krone vor der Küste Frankreichs. Hier hatten Eleonoras Eltern ihre alten Tage verbringen wollen – Jersey erinnerte sie an Malta, sie hatten dort ein sonniges Haus mit einem Garten voller Rosen gekauft.

»Du bist mein Rosengarten«, hatte er Eleonora in der ersten Nacht in Jersey zugeflüstert. Im Dunkel des Zimmers fühlten sie sich – während draußen die Wellen rauschten – für einige Augenblicke auf ihre Hochzeitsreise in der Luxuskabine des Ozeandampfers *St. Paul* zurückversetzt, ihre Haut war wieder fest und glatt, ihre Umarmung voller Funken und Kugelblitze. Am Morgen bei Tee, Toast, Butter und Orangenmarmelade hörten sie sich die Sorgen von Eleonoras Eltern an: In den letzten Monaten vermehrten sich die Befürchtungen, dass Deutschland nicht nur Polen, sondern auch Frankreich angreifen könne; sie fühlten sich unsicher, wollten zurück nach Leeds ziehen, wo sie immer noch eine kleine Wohnung hatten. Auf Anton wirkte die Leichtigkeit, mit der sie sich auf dem Globus bewegten, beruhigend: Wenn sie wirklich müssten, könnten Eleonora und er Dalmatien ebenfalls verlassen.

Wenn sie wirklich müssten.

Es gab Regentage, da versank sein Wagen im Schlamm auf einem der schlecht ausgebauten Wege, im Winter gab es kein Durchkommen durch den Schnee, im Sommer glühten im Hinterland die Felsen, die Macchia und die karge, ausgetrocknete Erde. Er versuchte sich dann mit dem Gedanken an Doktor Schwartz aufzumuntern, der im englischen Internierungslager allen geholfen hatte und als Erster gestorben war, aber wenn er ehrlich zu sich selbst war, fühlte er sich mit seinen zweiundfünfzig Jahren noch zu jung, um sich für die Gemeinschaft zu opfern. Er erinnerte sich daran, wie er mit einem Studienkollegen in der Metropolitan Opera Enrico Caruso gehört hatte, danach waren sie in einem französischen Restaurant gewesen – ein perfekter Abend, so hatte er eigentlich leben wollen. Italienische Tenöre, französisches Essen, amerikanische Opernhäuser, ein Glas Champagner vor der Vorstellung, ein Cognac zum Kaffee nach dem Essen. Er dachte auch an Nikola Tesla, der sich weigerte, seinen vornehmen Lebensstil aufzugeben, sogar als die vergoldeten Zeiten – *The Gilded Age*, wie sie Teslas Freund Mark Twain genannt hatte – vorbei waren, ja sogar als er mit seinem Projekt der Energieübertragung gescheitert war. Belächelt und verspottet, verarmt und wunderlich geworden, trug er noch immer elegante halbhohe Schuhe und maßgeschneiderte Hemden und wohnte im Hotel, so wie er es immer wollte.

Die Vergoldung war schnell abgeblättert, in New York konnte das Leben bisweilen hart sein wie Eisen. Aber war er nicht mit seiner Rückkehr nach Dalmatien in die Steinzeit zurückgeworfen? So kam es ihm zumindest vor, vor allem, wenn er nach den Kämpfen der politischen Parteien um ihn herum urteilte. Da ihn Patienten aller Gesinnungen gleichermaßen konsultierten, hatte er sich entschieden, niemandem seine Stimme zu geben, er hatte sich an den letzten Wahlen nicht beteiligt, was ihm alle Seiten übel nahmen. Man beschuldigte ihn, dass genau seine Stimme für die kroatische nationale Sache gefehlt habe, als bei den kommunalen Wahlen eine unitaristische und royalistische Koalition gewonnen hatte.

In seinen Augen waren beide Seiten extremistisch, sogar faschistisch – der Geist aus Italien wehte über die Adria –, und wenig am Gemeinwohl interessiert: In den Programmen aller Parteien, die sich heftig gegenseitig beschimpften und bekämpften, ging es nur um nationale Fragen, nicht um eine anständige Ambulanz, einen Krankenwagen, asphaltierte Straßen oder darum, durch das Austrocknen der Sümpfe, die sich um die gottverlassenen Dörfer hinter den Bergen erstreckten, die Malaria zu bekämpfen. Er hätte seine Stimme derjenigen Partei gegeben, die das Werk des Vorkämpfers für die allgemeine Volksgesundheit Andrija Štampar fortsetzen würde, doch die medizinische Versorgung – in Antons Augen das Wichtigste, wofür sich die Politik einsetzen sollte – interessierte anscheinend niemanden. Es reichte nicht, an der Küste Villen zu bauen, deren Terrassen von den lilafarbenen Blüten der Bougainvillea vor der Sonne geschützt wurden, wenn nur dreißig Kilometer entfernt Kinder in schiefen Hütten mit Lehmböden durch die blutigen Durchfälle der Dysenterie dahingerafft wurden. *The Gilded Age* war an der Riviera von Kaštela mit den ersten Touristen ausgebrochen und dauerte jetzt schon länger an als die vergoldete amerikanische Ära, aber er hatte seine Zweifel, ob sich der Tourismus hier würde halten können.

»Wir sind nicht Frankreich«, sagte er zu Eleonora.

»Hier ist es noch schöner als in Frankreich«, sagte sie. »Wenn es irgendwo azurblaues Meer gibt, dann hier.« Sie wirkte noch immer fest entschlossen, sich von niemandem ihre Entscheidung, am Mittelmeer zu leben, ausreden zu lassen, nicht einmal von ihm. Inzwischen hatte sie sich mit einigen Damen in »allen sieben Castells« und in Split angefreundet und sogar angefangen, mit ihnen schwimmen zu gehen – aber nur, wenn er sie nicht in einer seiner beiden Praxen brauchte.

Seine panslawischen Ideen waren verflogen. In Dalmatien kamen nicht einmal zwei Slawen politisch miteinander aus, von der gesamten slawischen Völkerfamilie ganz zu schweigen. Seine Begeisterung für die Russen war endgültig abgekühlt, seit Stalin einen Pakt mit Hitler ausgehandelt und Deutschland Polen angegriffen hatte. So viel zur slawischen Solidarität. So viel zur Union, zum slawischen Piemont, zu den slawischen Garibaldis, zur Gleichheit, Einheit und Freiheit. Im Königreich Jugoslawien erging es den angeblich brüderlichen Völkern nicht besser; die örtlichen Kommunisten wurden genauso wie die örtlichen Nationalisten nicht müde, gegen das Regime zu protestieren, sie füllten die Gefängnisse, in denen sie gleichermaßen von Gendarmen verprügelt wurden. Sie prügelten sich auch untereinander – nicht selten musste er blutige Köpfe verbinden und Tetanusserum spritzen. Die jugoslawischen Kommunisten verschwanden genauso in den Lagern der Sowjetunion wie die deutschen, Slawen hin oder her, für Stalin machte es keinen Unterschied, wie er von einem seiner Patienten erfuhr. Es machte tatsächlich keinen Unterschied – er war froh, dass ihm das klar geworden war. Ernesto wäre zufrieden mit ihm. »Du lernst, Balkandickschädel, wenn auch langsam«, hörte er ihn sagen, und es wurde ihm warm ums Herz.

Heute würde er über seine prorussische Haltung in der

Zeit des Russisch-Japanischen Kriegs und über sein jugendliches Spiegelbild mit der Kosakenmütze aus Astrachan im Barbierladen von Zadar lachen, wenn noch irgendetwas zum Lachen Anlass gäbe. Aber die Lage war ernst, und jetzt war es zu spät, um eine zweite Auswanderung zu planen.

Glücklicherweise waren Eleonoras Eltern frühzeitig nach Leeds zurückgezogen. Deutschland würde sich wohl nicht anmaßen, Großbritannien anzugreifen. Einen Seekrieg konnte er sich vorstellen, aber auf der großen britischen Insel war es bestimmt sicherer als auf einer winzigen Insel, die nahe am europäischen Kontinent lag. Es tat ihm leid um die Reisen nach Jersey, aber sollte am Ende alles gut ausgehen und der neue Krieg begrenzt bleiben, würden sie seine Schwiegereltern auch in Leeds besuchen können. Deutschland könnte doch unmöglich gegen die ganze Welt kämpfen.

Nach einer schweren Entbindung in einer verregneten Nacht stieg er verschwitzt in sein Auto und kam unterkühlt nach Hause zurück. Eleonora wartete mit dem Tee auf ihn. Er spürte eine Erschöpfung, die anders war als sonst. Im Bett verfiel er in einen unruhigen, halb wachen Zustand, in dem er in Gedanken die Krankheiten aufzählte, die er in den letzten vier Jahren in Dalmatien diagnostiziert und zu heilen versucht hatte, mit mehr oder weniger guten Ergebnissen:

Bauchtyphus, Paratyphus,
Flecktyphus, Ruhr und Amöbenruhr,
Milzbrand und Echinokokkose in allen Ausführungen,
Meningitis und Encephalitis lethargica,
Tetanus und Masern,
Malaria, Tuberkulose und Polio,
Lepra (ein Fall),
Kala-Azar (ein Fall).

Er dachte an die mühsamen Gespräche mit den mürrischen Bauern, deren Misthaufen ganz in der Nähe ihrer Häuser und Brunnen lagen. Er dachte an die Fliegen, Mücken, Wanzen und Läuse. Er versuchte systematisch zu denken, ansteckende Krankheiten von Kinderkrankheiten zu trennen, aber seine Gedanken drehten sich immer wieder um die Königin aller Krankheiten, den Gipfel aller Infektionen: die Lungenentzündung. Die Hoffnung von Doktor Winter, dass die deutschen Chemiker Zauberkugeln finden würden, die eine Lungenentzündung erfolgreich bekämpfen könnten, hatte sich nicht erfüllt, auch wenn es immer wieder Meldungen in deutschen Ärzteblättern gab, dass es bald so weit sein werde.

Allerdings waren ausgerechnet die Nachrichten aus Deutschland der Hauptgrund, dass er am meisten bedauerte, nicht in New York zu sein. Aus den deutschen Laboren kamen seit längerer Zeit Berichte über Sulfonamide, angeblich hatte ein gewisser Gerhard Domagk das erste antibakterielle Medikament *Prontosil* daraus entwickelt und dafür den Nobelpreis bekommen sollen, aber die Nationalsozialisten hatten verboten, dass Deutsche diesen Preis annehmen! Und den jüdischen Wissenschaftlern hatten sie verboten zu forschen! Doktor Winter drehte sich vermutlich in seinem Grab um: So etwas hätte er sich von seiner stolzen Wissenschaftsnation bestimmt nicht vorstellen können.

Wenn er ehrlich war, hatte er Angst.

Womit auch immer die deutschen Pharmazeuten experimentierten, zu ihm nach Dalmatien war noch kein Medikament vorgedrungen, das den Bakterien etwas anhaben konnte, seine Vorräte an Pflanzenextrakten von Doktor Lloyd waren aufgebraucht, John Uri Lloyd war gestorben, und das Schicksal der Zaubertrankmanufaktur *Lloyd Brothers Phar-*

macists, Inc. war ungewiss. Seine Gedanken begannen, noch einen Kreis zu drehen: Bauchtyphus, Paratyphus, Flecktyphus.

Wenn ein neuer Krieg kommt, werden die Mikroben alles übernehmen.

Wozu all seine Mühe?

Ruhr und Amöbenruhr.

Influenza und Lungenentzündung.

Bei der Lungenentzündung kommt es auf die Kraft des Herzens an, das am achten Tag eine schwere und gefährliche Krise bewältigen muss: Die hohe Temperatur fällt abrupt ab, das Kammerflimmern des Herzens setzt ein, man versucht, mit Kampfer- und Koffeinspritzen zu helfen, häufig vergeblich.

Anton, der nach dem vierten Tag ohnmächtig geworden war, wurde von Doktor Henrik Šulavy betreut, einem alten tschechischen Arzt, der sich bereits vor Jahren im Nachbarort dem Tourismus gewidmet hatte und in seiner gepflegten Pension Gäste aus der ganzen Welt verwöhnte. Eleonora erzählte ihm später, wie der Doktor nach seinem Puls gesucht, seine Stirn abgetupft, seine Lippen mit Olivenöl bestrichen und wiederholt hatte: »Warten wir ab, warten wir ab«, als wären diese Worte eine Beschwörungsformel.

Er überstand die Krise am neunten Tag, aber einige Tage später bekam er einen Lungenabszess. Er musste Eleonora nicht viel erklären, sie wusste genau, an welche Art von Intervention er dachte, als er ihr sagte, er wolle nach der Operationsmethode aus Italien behandelt werden, von der er ihr neulich erzählt hatte, sie solle das den Ärzten im Spliter Krankenhaus übermitteln und ihnen die Methode genau beschreiben.

Sie übernahm die Organisation seines Transports: Vier Männer aus der Nachbarschaft betteten ihn auf die einzige Trage, die es vor Ort gab, und trugen ihn abwechselnd paarweise zum Hafen, wo ein Fischerboot bereitstand. Während der kurzen Fahrt durch die Bucht, die Kaštela von Split trennt, war er bei Bewusstsein: Er fühlte sich euphorisch, als wäre er auf einem Ausflug seiner Kindheit.

Es war eine solide Barke, angetrieben von einem neuen Motor aus der Werkstatt von Petar Rossi, einem Ingenieur aus Split, davon hatte er neulich von mehreren Patienten gehört, und jetzt durfte er persönlich damit fahren! Im Boot saß Ernesto neben ihm und erklärte ihm, Charon, der Fährmann, der die Verstorbenen über den Totenfluss bringe, tarne sich als Fischer Mate aus Kaštela: »Španjulet, um über den Acheron zu kommen, musst du ihm einen Obolus geben, am besten wäre eine Goldguinee, wenn du noch welche hast?« Neben Ernesto saß Nikola Tesla, dünn wie ein Skelett. Er beugte sich über Ernesto, als sähe er ihn nicht, und sagte: »Machen Sie sich keine Sorgen, Herr Doktor, mit den Toten kann man nicht kommunizieren, ich habe das ausprobiert. Denken Sie bitte an die Dokumentation, die ich Ihnen anvertraut habe; mit meiner Waffe aus explodierenden Elektronen kann jeder Krieg im Handumdrehen beendet werden. Und jede Krankheit, wohlgemerkt. Kriege und Krankheiten bilden eine Einheit, wissen Sie das noch? Finden Sie außerdem mein Porträt, dann wird der Frieden auf Erden kommen.«

Eleonora streichelte seine Hand. Von unten leuchtete ihr Gesicht wie ein weißes Dreieck. Sie blickte nicht zu ihm, sondern starrte auf etwas in der Ferne, dann entglitt sie zusammen mit Ernesto, mit Tesla, mit dem Fischer Mate, mit den vier jungen Nachbarn, mit dem Geruch der Fischernetze, mit dem Brummen des Dieselmotors in die Dunkelheit.

Das Aufwachen dauerte lange.

Die italienische Operation, durchgeführt nach Eleonoras Anweisungen, war gelungen. Der Eiter war gründlich abgesaugt, die Wunde ordentlich vernäht. Eleonora hatte ihr ganzes Kroatisch aufgebracht, aber einer der Ärzte konnte Englisch und vertraute ihr, als wäre sie eine von ihnen. Später sagte sie Anton, dass sie danach geweint habe. Sie, die nie weinte.

Als er nach vier Wochen einigermaßen wohlauf war, durfte er wieder nach Hause. Eleonora war die beste Fahrerin, die auf diesen holprigen Straßen je ein Auto bewegt hatte (zugegeben, sowohl Fahrerinnen als auch Fahrer waren hier selten), und dennoch konnte er die Fahrt kaum ertragen. Jede Erschütterung schnitt ihm den Atem ab. Sie fuhren an Palmen und Oleander vorbei, an Olivenbäumen und Pinien. Entlang des ganzen Wegs glitzerte das blau-goldene Meer. Wenn er den Kopf mühsam drehte, um die Landschaft zu sehen, nahm er ihr Profil wahr. Sie war älter geworden, die Haut unter ihrem Kinn hing schlaff, ihr Haar war mit grauen Fäden durchzogen.

»Kannst du schlechte Nachrichten vertragen?«, fragte sie. »Es geht nicht um die Kinder.«

»Dann ja«, flüsterte er zwischen zwei Atemzügen.

»Italien hat Frankreich und Großbritannien den Krieg erklärt«, sagte Eleonora. »Und die Deutschen sind in Paris.«

*

Antons Vater bewegte sich langsam, sein dünner Hals war bräunlich-grau, im Gesicht verbreiteten sich kaffeefarbene Flecken. Er hielt sich am Oberarm seines Sohns fest, die beiden gingen langsam an einer marschierenden Truppe italienischer Schwarzhemden vorbei. Die Männer warfen ihre Beine auf seltsame Art hoch; einige trugen lange Federn an ihren Mützen. Hätten Vater und Sohn gewusst, dass sie ihnen begegnen würden, hätten sie einen anderen Weg eingeschlagen, aber jetzt konnten sie nicht mehr zurück.

»Du weißt, dass es mir leidtut«, sagte der Vater.

»Was meinst du?«, fragte Anton, auch wenn er ahnte, was der Vater sagen wollte.

»Dass ich dich davon abgehalten habe, nach Amerika zurückzukehren.«

»Ich weiß«, sagte Anton.

In der Nacht starb der Vater. Er hatte seit längerer Zeit an einer Nierenerkrankung gelitten, und sein Tod war zu erwarten gewesen, dennoch weinten alle so bitter, als wäre er der einzige Tote in diesem blutigen Reigen, in den das ganze Land und der ganze Kontinent geraten waren. Anton bestand darauf, dass man ihn mit seiner roten dalmatinischen Trachtenkappe begrub. Sein Schädel war wie geschrumpft, er musste ihm die Kappe bis zu den wachsgelben, festgeschlossenen Augenlidern herabziehen.

»Jetzt kannst du oben mit Garibaldi eine Pfeife rauchen«, flüsterte er zum Abschied und küsste die kalten Wangen. Er hatte sich für eine Ligatur entschlossen: Mit mehreren Nähten hat er die Lippen des Toten diskret festgezurrt und war zufrieden mit dieser postmortalen Versorgung, da sie dem Gesicht seines Vaters etwas Entschlossenes verlieh.

Die Familie verabschiedete sich am offenen Sarg, dann wurde der Holzdeckel mit einem darauf eingravierten Kreuz festgenagelt.

»Wenn der Tote im Haus ist, bleibt die Tür offen«, besagte ein Sprichwort, und so gingen zwei Tage lang Gäste ein und aus, um mit der trauernden Familie zusammenzusitzen und reichlich zu essen und trinken, wie der Brauch es verlangte. Alle Spiegel im Haus wurden mit violetten und schwarzen Tüchern verhängt, die Fensterläden geschlossen, Kerzen angezündet, die besten Kristallgläser bereitgestellt, die edelsten Kräuterschnäpse und Kirschliköre aus dem Keller geholt. Auf den langen Silbertabletts servierten Eleonora und die anderen Frauen der Familie geräucherten Schinken, harten Käse und Oliven, die Nachbarn brachten Wein, frisches Brot und Rinderbrühe, gebratenes Lammfleisch und Rosmarinkartoffeln, es wurde getafelt wie bei einer Hochzeit – und als wäre man nicht im Krieg.

Die tiefen Töne der Kirchenglocken begleiteten den Leichenzug, in dem jene Trauernden am lautesten weinten, die ihre Söhne und Töchter nicht öffentlich begraben konnten. Sie waren entweder in den Bergen als Partisanenkämpfer gefallen oder von den italienischen Besatzern erhängt oder erschossen worden. Oder sie waren verschwunden und niemand wusste, ob sie je zurückkehren würden. Unter den Verschwundenen war auch der fünfzehnjährige Sohn von Anton und Eleonora, aber Eleonora war in der langen Kolonne die einzige Person mit erhobenem Haupt und tränenlosen Augen. Anton ging neben ihr, seine Mutter hatte sich bei ihm und bei seinem Bruder eingehakt. Er atmete tief und ruhig, seufzte immer wieder leise und wischte sich die Tränen mit dem Ärmel seines freien Arms ab.

*

Am 17. November 1941 umstellten die italienischen Carabinieri, begleitet von einem Dutzend schwer bewaffneter Soldaten, das Haus von Doktor Anton Matijaca. Die Anklage lautete: Finanzielle Unterstützung der kroatischen Rebellen, die sich gegen die legitime italienische faschistische Obrigkeit auflehnten, medizinische Hilfe sowohl auf dem Feld und im Wald wie auch nachts im eigenen Haus; das schwerwiegendste Vergehen war jedoch die Übergabe des Bestands der Ortsambulanz in Kaštel Sućurac an die Partisanen – Instrumente, Verbandsmaterial, Desinfektionsmittel und Medikamente. Alle Punkte der Anklage trafen zu.

Im Gefängnis in Split erkrankte er an einer Schwäche, die er weder lokalisieren noch erklären konnte: Mal flimmerte sein Herz, mal atmete er schwer, mal konnte er kein Wasser lassen, mal fieberte er, mal war ihm schwindelig. Er hatte Eleonora gebeten, ihm sein zerfleddertes Exemplar der *Göttlichen Komödie* zu bringen, jenes aus dem Bestand der Casa d'Italia, das ihm Ernesto in den ersten Monaten in New York geschenkt hatte, nicht das in Leder gebundene Exemplar, das er von Ernesto geerbt hatte, dieses sollte zu Hause bleiben.

Sie hatte es an der Pforte abgegeben; das Buch wurde ihm von einem Offizier in einem spartanisch eingerichteten Büro ausgehändigt. Der Offizier trug eine eng sitzende Uniform voller goldener Knöpfe, sein Gesicht zierte ein anmutig geschwungener Schnauzer. Er fragte streng, wieso *il dottore* Dante lese, aber zugleich gegen die gerechte und politisch einwandfreie Neuordnung Dalmatiens als italienische Provinz rebelliere. Il dottore antwortete in seinem besten Italienisch, dass es sich um einen Irrtum handele, er habe das, wessen man ihn beschuldigte, nicht getan. Er hoffte, dass sich seine Lüge verächtlich anhörte. Der Offizier wirkte beeindruckt.

Diese Lüge war etwas anderes als das Verschweigen seiner jugendlichen politischen Aktivitäten gegenüber dem amerikanischen Einwanderungsbeamten. Der italienische Offizier wusste, dass er log.

In der *Commedia* waren die Lügner nicht namentlich genannt, dafür waren Heuchler, Meineidige, Betrüger, Schmeichler, Kuppler, Ketzer, Wahrsager, Fälscher und sogar Zauberer in die Hölle verbannt. Tief im Inneren der Erdkugel, im ewigen Eis, steckten die Verräter. Die Verräter des Vaterlands waren nur zwei Kreise von dem tiefsten Punkt der Hölle entfernt, allein die Verräter der Gäste, die ihre Gäste im eigenem Haus getötet hatten, und die Verräter der Wohltäter – Judas, Brutus und Cassius – waren noch unter ihnen.

Jeden Tag las er darin, übersetzte sogar einige Verse für seine Mitgefangenen, versuchte damit, seinem toten Freund näher zu sein. Dante sei unser Zeitgenosse, erklärte er, und sie nickten ernsthaft. Es leuchtete ihm plötzlich ein, was Ernesto in die Bowery Street gezogen hatte: Es waren die Schwächen der Sünder. Sie waren so malerisch und so menschlich, ein Stoff für Dichter. Es war erstaunlich, wie hartnäckig sich in allen Epochen menschliche Charakterschwächen wiederholten. Als Begleiterscheinung von Katastrophen ähnelten sie den Seuchen aus den Vorträgen von Doktor Winter.

Den einheimischen Wächtern, die sich den italienischen Faschisten angedient hatten, antwortete er grundsätzlich auf Italienisch. Sie lachten ihn aus und beschimpften ihn als »roten Arzt«. Er verbannte sie in seinen Gedanken in das ewige Eis, zum Grafen Ugolino della Gherardesca, der von Dante wegen Vaterlandsverrats dazu verurteilt war, am Schädel des Erzbischofs Ruggieri degli Ubaldini zu nagen. Der kroatische Ustascha-Führer Ante Pavelić hatte in Rom verräterische Verträge mit Benito Mussolini unterschrieben, denen zufolge Italien große Teile der kroatischen Küste zugesprochen bekam, während er im Landesinneren seinen sogenannten Unabhängigen Staat Kroatien ausrief. Feine Unabhängigkeit war das, auf Adolf Hitlers Gnaden gegründet.

Alle in der Zelle hatten Läuse und alle husteten. Es stank nach verschwitzten Körpern und abgestandener Luft. Sein fiebriger Zustand machte ihm Sorgen; die anderen Gefangenen wirkten etwas robuster, auch wenn sie alle mager waren.

Läuse waren zähe Biester, genauso wie die Bazillen, Mikroben, Bakterien. Es gab sogar Wesen, die Doktor Winter in seinen Vorträgen nie erwähnt hatte und die nicht einmal richtige Wesen sein sollten, zumindest hatte er es so in einer Fachzeitschrift gelesen. Sie sollten Zwischenzustände sein, Schnittstellen der Materie, die man als Parasiten betrachtete und *Viren* nannte – die Frage war bloß, wie weit man den heutigen deutschen Wissenschaftlern glauben durfte. Angeblich waren diese Viren weniger Lebewesen als Informationen, die Störungen in echten Lebewesen verursachten. Es fiel ihm schwer, das nachzuvollziehen. Die Medizin, wie er sie kannte, hatte sich mehr mit den Folgen als mit den Ursachen beschäftigt. Würde nach dem Krieg ein neues Zeitalter anbrechen, in dem man die Ursachen anginge?

Als er zu Weihnachten in einem Anfall christlicher Großzügigkeit der italienischen Justiz entlassen wurde (oder war es doch dank des eleganten Goldknopfoffiziers, der einen Dante-Leser nicht länger im Kerker wissen wollte?), hatte er nur noch die Kraft, sich zu einem befreundeten Spliter Arzt zu schleppen. Vor dessen Tür brach er zusammen. Der Gefängniswärter – ein kroatischer Kollaborateur – hatte ihm beim Abschied den goldenen Ring abgenommen, den ihm Doktor Bryan zu seiner Immatrikulation geschenkt hatte; als ihn der Kollege ohnmächtig vor der Tür fand und ihn in die

Wohnung zog, wurde er wach und flüsterte: »Gib mir meinen Ring zurück, Ugolino.«

*

Die Nachricht von Teslas Tod erreichte ihn in Split, wo er und Eleonora in der Wohnung seines verstorbenen Onkels, eines philosophisch und theologisch gebildeten Junggesellen, Unterschlupf gefunden hatten. Hier fühlten sie sich sicherer. Alle paar Tage fuhr er mit dem Fahrrad des Onkels an der Küste entlang, um seine Mutter zu besuchen, die für ihn die Informationen über die Patienten sammelte: In welchem Haus eine alte Frau erkältet oder ein Kind mit Windpocken lag und wo ein Verwundeter versteckt in einem Keller auf ihn wartete. Seine Arzttasche hatte er durch eine gewebte Bauerntasche ersetzt, die seine Mutter für ihn bereithielt und in der er die Medikamente, Instrumente und Verbandsmaterial unter Obst, Gurken und Salat transportierte. Die kurzen Wege vor Ort machte er zu Fuß, dann brachte er die Tasche zurück und fuhr mit dem Fahrrad nach Split.

Der Onkel hatte ein französisches Radiogerät, mit dem man problemlos die verbotene BBC empfing, wie Eleonora herausgefunden hatte. Die Wohnung war voller Überraschungen: Der Verstorbene hatte gerne weltliche Romane in verschiedenen Sprachen gelesen, russische Klassiker in deutscher Übersetzung standen im Regal neben englischen Krimis, Stendhals *Le Rouge et le Noir* neben *Sir Charles Grandison* von Samuel Richardson. Auf seinem Schreibtisch fanden sie handgeschriebene Zettel mit Zitaten berühmter Männer, mehrfach unterstrichen war auf einem Blatt ein Satz von Carl Friedrich Gauß: »Wissen vor Meinen, Sein vor Scheinen.«

Wenn er unterwegs war, las Eleonora Krimis und erzählte sie ihm am Abend beim Tee nach. Dazu gab es selbst gemachten Zwieback und eine süße, mit Weinbrand eingekochte Feigenmarmelade.

Laut den heimlich gehörten Radionachrichten war die Beerdigung von Nikola Tesla in New York eine Demonstration der jugoslawischen Eintracht, wie sie im Land selbst nie wirklich existiert hatte und jetzt endgültig in der entfesselten Gewalt untergegangen war. Der kroatische Geigenspieler Maestro Zlatko Bolković hatte das nostalgische serbische Lied *Tamo daleko*, »Dort weit entfernt«, gespielt, während hinter dem Sarg die südslawischen Auswanderer aller politischen Richtungen schritten und der Bürgermeister von New York, Fiorello La Guardia, im Radio den Nachruf verlas, den der Slowene Louis Adamič verfasst hatte. Er versuchte, sich seine Freunde aus dem montenegrinischen Restaurant vorzustellen: Waren sie alle noch am Leben, und wenn ja, standen sie in der Kirche nebeneinander, während sich ein anglikanischer Bischof und ein serbischer Priester im Gottesdienst abwechselnd von dem Erfinder verabschiedeten?

»Teslas Neffe Sava Kosanović, der sich in den letzten Jahren um ihn gekümmert hat, ist ein vernünftiger Mensch«, sagte Anton. »Er manövriert seit Jahren sein eigenes politisches Schiffchen zwischen allen Felsen und um die Strudel der balkanischen Gewässer herum. Ich glaube, er hat Tesla bewahrt vor der Vereinnahmung durch die großserbischen und vor dem Misstrauen der kroatischen Nationalisten. Ich weiß nur nicht, ob er das Vertrauen der Amerikaner zurückgewinnen konnte. Teslas Waffengeschichten und die Bekanntschaft mit irgendwelchen zwielichtigen Freunden deutscher und ungarischer Herkunft haben ihn in Washington unbeliebt gemacht.«

»Die BBC meldet nicht, ob man im Hotelsafe die Pläne für Teslas Waffensysteme gefunden hat«, sagte Eleonora. Sie klang besorgt. »Er wird dir bestimmt nicht die Originale gegeben haben. Sie müssen irgendwo in New York sein. Vielleicht solltest du diesen Kosanović fragen.«

»Ich wüsste nicht, wie ich ihn erreichen soll. Tesla hat vor längerer Zeit Kopien angefertigt und diese mit der Post an die Regierungen verschiedener Länder geschickt – Jugoslawien, die Tschechoslowakei, Großbritannien, die Sowjetunion. Bevor er von einem Taxi angefahren wurde, hatte er sich angeblich mit Vertretern dieser Länder getroffen, er wollte sie davon überzeugen, sein Abwehrsystem zu kaufen. Das Geld hätte er in sein Projekt der drahtlosen Energieübertragung investiert.«

»Es wäre gut, wenn du seine Papiere an einem sicheren Ort vergraben würdest«, sagte Eleonora. »Vielleicht solltest du sie vernichten. Sie können uns und der ganzen Welt gefährlich werden.«

Der Umschlag mit Teslas Entwürfen befand sich in ihrem verriegelten Haus am Ufer von Kaštel Lukšić. Er hatte ihn in den doppelten Boden einer Truhe im Keller gelegt. Seine Mutter hatte darin früher Walnüsse und Mandeln aufbewahrt, und er hatte sie vollgestopft mit alten Schuhen und Kleidung. Auch wenn er glaubte, dass es sich eher um die hilflosen Fantasien eines alten Mannes handelte als um seriöse Waffenpläne, versprach er seiner Frau, sich um ein besseres Versteck zu kümmern, sobald sich dafür die Gelegenheit ergab. Aber er würde die Papiere nicht verbrennen. Wenn darin nun wichtige Erkenntnisse verborgen waren, die auch für den zivilen Gebrauch von Nutzen sein könnten?

»Mit einem Messer kann man jemanden umbringen, aber auch einen Apfel teilen, einen Fisch vor dem Grillen ausnehmen und einen Schnitt entlang einer Rippe setzen, um den Brustraum zu öffnen, damit der Eiter aus einem Lungenabszess abgesaugt werden kann. Wer weiß, wozu seine vermeintliche Waffe gut sein kann«, sagte er, aber seine Frau wirkte nicht überzeugt.

9.

Am 9. September 1943 kapitulierte Italien. Anton und Eleonora beeilten sich, zurück nach Hause zu kommen. Sie hofften, dort Nachrichten von ihren Kindern und anderen Verwandten vorzufinden. Das Letzte, was sie aus England gehört hatten, war, dass alle bis auf Eleonoras Vater am Leben seien; der alte Mann war kurz nach einem Schlaganfall gestorben. »Ich kann ihn aus der Ferne nicht richtig betrauern«, sagte Eleonora. »Ich warte, bis wir diese verfluchten Deutschen besiegt haben, dann muss ich sofort nach England.«

Ihr jüngster Sohn hatte aus einem deutschen Maschinengewehr einen Schuss in den rechten Unterschenkel abbekommen; es hatte mehrere Tage gedauert, bis die Hirten vom Berg Mosor ihn gefunden und auf einer Leiter, die in eine Trage verwandelt wurde, nach Makarska in die improvisierte Partisanenambulanz gebracht hatten, von wo aus er mit einem Boot auf die Insel Brač transportiert wurde, wie ihnen einer seiner Kameraden berichtete. Der Mann war mit einem Pferdekarren gekommen, um Proviant zu organisieren. Eleonora, die dabei war, Gelee aus Quitten zuzubereiten, die ein Bauer ihnen gebracht hatte (»Das ist für Sie, Herr Doktor, weil sie damals meine Tochter gesund auf die Welt gebracht haben«), gab ihm alle gefüllten Gläser, ihren letzten Sack Maismehl und zwei Liter Olivenöl, die sie noch im Keller hatten. Anton hoffte, dass sein Sohn wusste, wie wichtig es war, die Wunde sauber zu halten. Das hatte er seinen Kindern immer gepredigt, hoffentlich war davon etwas hängen geblieben. »Er ist nicht dumm«, sagte Eleonora, als er seine Sorgen über eine mögliche Infektion vorsichtig ansprach. Aber ihre Unterlippe zitterte. Danach sprachen sie nicht mehr darüber.

Die Euphorie der Befreiung dauerte nur kurz an – zehn Tage gehörte die Küste den Partisanen und den Zivilisten. Doch aus dem Norden kamen deutsche Einheiten, unterstützt von den Ustascha. Sie hatten es eilig, da sie schneller als die Alliierten die Küste erreichen und außerdem die Bestände der italienischen Waffen sichern wollten. Was diese Waffen betraf, waren die Partisanen schneller; sie bewaffneten die neuen Kämpfer, da sich ihnen nach dem Fall Italiens viele aus der Bevölkerung angeschlossen hatten. Nach zehn Tagen des Friedens leisteten die Partisanen noch drei Wochen Widerstand, dann mussten sie sich in die Berge oder auf die Inseln zurückziehen. Als die 7. SS-Division, verstärkt durch die Einheiten der 114. Jägerdivision und des 27. Ustascha-Bataillons nach Split kam, waren die Straßen leer. Von der Mauer der Cornaro-Bastion wurde die motorisierte Kolonne durch eine mit roter Farbe gepinselte Parole begrüßt: *Tod dem Faschismus – Freiheit dem Volk!*

Die Panzer waren eindeutig zu groß für die mittelalterlichen Gassen. Während die Italiener Federn an ihren Mützen hatten, trugen die Deutschen runde Metallhelme, die an Nachttöpfe erinnerten, doch der spöttische Geist war verstummt, niemand machte Witze darüber. Noch nie war es in dieser Gegend so still gewesen. Der Spätsommer lud zum Schwimmen ein, aber niemand beachtete ihn. Die Wellen plätscherten leise an den menschenleeren Stränden. In den Gärten reiften unbemerkt Feigen und Granatäpfel, die letzten Wespen verirrten sich auf die Terrassen, die Weintrauben schrumpften an den Weinstöcken zu Rosinen.

Als Erstes wurden 3 italienische Generäle und 54 Offiziere, die sich widerstandslos ergeben hatten, zum Tode verurteilt und erschossen. An einigen Stellen in Split ließ die neue deutsche Verwaltung Galgen aufstellen: An der Uferpromenade zwischen den Palmen und im Stadtpark zwischen den Pinien; auf dem Weg zu den römischen Ruinen der antiken Stadt Salona wurden dafür die Telegrafenmasten verwendet.

Nachts führten die Deutschen ihre Razzien nicht nur in Split durch, sondern auch an der Riviera von Kaštela und in den Bergdörfern. In der Morgendämmerung baumelten die Körper junger Frauen und Männer an den Bäumen. Es war verboten, die Leichen abzunehmen, und so hingen sie dort jeweils mehrere Tage lang, bis bei neuen Razzien neue Helfer der Partisanen oder ihre Verwandten gefangen genommen wurden.

*

Anton wurde zusammen mit zwanzig weiteren älteren Menschen verhaftet, allesamt angesehene Personen wie die Lehrerin, die Postbeamtin, die Direktorin des Kinderheims oder der tschechische Arzt und Pensionsbesitzer Šoulavy. Eleonora wollte mitkommen, aber sie hatten eine Liste, auf der ihr Name nicht stand. Sie sagte zu Anton, während sie ihn zum Abschied kurz umarmte: »Seltsame Regeln haben diese Leute«, wobei sie hoffte, dass niemand ihr Englisch verstand. Es klang eher wütend als ängstlich. Es tat ihm leid, dass das ihre letzten Worte waren. Schöner wäre es gewesen, hätte sie ihm gesagt, dass sie ihn liebe, aber jetzt war es zu spät, er wurde in die Gruppe gedrängt.

Sie wurden vor die hintere Mauer des Kaštel Vitturi gestellt, mit dem Rücken zur Wand, die Soldaten mit Maschinengewehren ihnen gegenüber, die Läufe auf sie gerichtet. Es hieß, dass man auf die Gestapo aus Split warten müsse. Anton fragte, ob er sich auf den Boden setzen dürfe, es fiel ihm schwer zu stehen. Er hoffte, dass sie sein deutlich artikuliertes Deutsch milde stimmen würde. Nachdem zwei Männer mit den Schultern gezuckt hatten – die anderen schwiegen hinter ihren Gewehren –, setzte er sich auf den Boden, und bald saß die ganze Gruppe. Es war Anfang März, und der Frühling hatte die ganze Umgebung mit der Mandelblüte beschenkt, aber die Erde war kalt. Irgendwann wurde ein Mann ohnmächtig, eine Frau erlitt einen Nervenzusammenbruch. Anton durfte ihnen nicht helfen. Das war schwieriger zu ertragen als das Warten selbst.

Als sie auf einen Laster verladen wurden, sagte jemand, dass man sie bestimmt zum Friedhof bringe, dorthin würden alle gebracht, die man erschieße. Aber der Laster blieb vor der mittelalterlichen Festung Gripe in Split stehen. Sein Glücksstern hatte ihn also doch nicht verlassen.

Er fühlte sich an seinen ersten Kerker in England erinnert, nur dass es jetzt keine Isolationshaft war, sondern alle Männer in einen und alle Frauen in den anderen Kellerraum zusammengepfercht wurden. Es stank entsetzlich nach der Toilette, die in einer Ecke des Raums stand. Er beharrte darauf, dass ihnen viel Wasser zum Reinigen dieser Toilette und zum Waschen der Hände gegeben wurde. Er stellte sich als Arzt vor und erklärte einem misstrauisch blickenden Ustascha, dass weder er noch seine Kameraden vor Cholera oder Pest geschützt sein würden, wenn sie erlaubten, dass die Seuchen die Gefangenen befielen. »Und dann werden dir deine deutschen Chefs das Fell abziehen, weil du so dumm warst, uns keine Seife zu geben. Du solltest wissen, wie wichtig die Hygiene für sie ist.« Er verlangte nach reichlich Kernseife,

Handtüchern und Wasser, nach Eimern, Bürsten und Lappen, und zu seiner eigenen Verwunderung bekam er alles.

Als er nach einigen Wochen ohne jede Erklärung entlassen wurde, musste er an Eleonoras Worte über die seltsamen Regeln dieser Leute denken. Sie wirkten nicht mehr wie eine gut organisierte Militärmaschine, da die Alliierten täglich die Stadt bombardierten, und die Gefangenen flüsterten einander zu, dass der Rückzug der Deutschen aus Griechenland und aus dem gesamten Balkan bereits begonnen habe. Beim Abschied drohte man ihm kurz mit der Todesstrafe, sollte er wieder als Helfer der Partisanen erwischt werden, dann durfte er gehen.

Er hatte immer noch den Schlüssel der Wohnung seines Onkels in Split, von wo er nun das Fahrrad holte. Während er die Küste entlangfuhr, betete er, dass niemand ihn aufhielte, dass die Engländer mit dem nächsten Bombardement noch warteten, bis er nach Hause kam, dass er unterwegs keine aufgeknüpften Menschen sehen müsste. Die beiden ersten Gebete wurden erhört.

Er sagte Eleonora, dass er die ganze Zeit daran gedacht habe, wie traurig es war, dass ihre letzten Worte diesen schwachsinnigen SS-Männern gegolten hatten. »Aber ich wusste, dass du nicht sterben wirst«, sagte sie. Sie war kleiner geworden, ein wenig gebeugt, auf den Händen hatte sie ein paar Pigmentflecken, und ihre Stirn war von feinen Falten durchzogen, die er früher nicht bemerkt hatte. Sie tranken Tee und aßen selbst gebackene Mandelkekse, die sie in einer Metalldose aufbewahrte. Mit den Keksen ging sie sparsam um, sie zählte sie ab und verschloss sofort die Dose; heute gab es je zwei Stück für jeden. Als er sie an dem Abend in seine Arme schloss, glaubte er, den Duft der Rosen aus Jersey zu spüren.

*

Der schriftliche Befehl, die zweite Etage ihres Hauses für den deutschen Leiter der Feldkommandantur und seinen Adjutanten freizuräumen, wurde Eleonora von einem Beamten des Ordnungsamtes ausgehändigt.

»Unser Haus sieht wohl gemütlich aus«, sagte sie. »Oder der Herr Feldkommandant bevorzugt die Nähe eines Arztes, da er bei der Verfolgung von Partisanen auch einen Schuss abbekommen könnte.«

Anton dachte an Teslas Papiere.

Nach dem Einzug der ungebetenen Gäste fühlten sie sich in allen Räumlichkeiten unwohl: in den Wohnräumen, in denen sie auf Zehenspitzen gingen, in der Praxis, die Anton nur nach Bedarf öffnete, und im Keller, in dem sie sich während der Bombardements aufhielten – dorthin hatte Eleonora eine Stehlampe, Bücher und Zeitschriften, ihre zweitbesten Teetassen, zwei Sessel und einen Tisch bringen lassen. Es war zu spät, um Teslas Waffenpläne irgendwo im Garten zu vergraben, aber noch immer konnte er sich nicht entscheiden, sie zu verbrennen. Doch was, wenn darin eine Formel enthalten war, die er nicht verstand, die aber den Deutschen, sollten die Pläne in ihre Hände fallen, helfen würde?

Die Kämpfe in der Umgebung hatten zugenommen, nachts konnte man in der Nähe Schüsse hören. In einer besonders lauten Nacht schlief Eleonora sehr früh ein. Er versuchte etwas zu lesen, dann machte er in der Dunkelheit im Wohnzimmer ein paar Gymnastikübungen, bis er sich albern vorkam. Es herrschte Polizeistunde, an einen Spaziergang war nicht zu denken. Schließlich schlich er ins Schlafzimmer, umarmte seine Frau und versuchte zu schlafen, doch das leise Vibrieren ihrer Atemzüge störte ihn. Dennoch wollte er ihre Nähe nicht missen, und so lag er wach, drückte ihren schnurrenden Körper an sich und versuchte an seine Kindheit zu denken, an das Schwimmen, an die Wassertropfen auf der sonnengebräunten Haut.

Ein Klopfen am Fenster riss ihn aus tiefem, traumlosem Schlaf. Das Schlafzimmer lag auf der Gartenseite; er sprang aus dem Bett und hörte von draußen eine um Flüstern bemühte Stimme sagen: »Genosse Doktor, öffne mir bitte die Eingangstür, ich blute.«

Der Boden unter seinen nackten Füßen fühlte sich auf einmal kühl und nass an, er fror in seinem verschlissenen amerikanischen Schlafanzug, in der Brust spürte er eine Enge, als würde er gleich einen Herzinfarkt bekommen. Eleonora stand plötzlich hinter ihm. Sie legte ihre warme Hand auf seine linke Schulter und half ihm, in der Dunkelheit seine Pantoffeln zu finden, dann führte sie ihn zur Tür. Während er den Verwundeten ins Haus ließ, hatte sie schon die Innentür zur Praxis geöffnet, die Fensterläden in diesem Raum geprüft – sie waren fest verschlossen –, dann war sie verschwunden.

Der Mann konnte sich kaum auf den Beinen halten, er zitterte am ganzen Körper. Anton half ihm, sich auf die Behandlungsliege zu legen, stellte fest, dass das Zittern eher von der Anstrengung und von der Angst stammte als von der Wunde.

Er dachte, dass er gerade eine Persönlichkeitsspaltung erlebte, die er nur aus der Fachliteratur kannte. In der einen Gehirnhälfte zählte er panikartig die Fakten auf, die ihn gerade in Richtung Todesstrafe führten: 1) zwanzig Meter von ihrem Haus entfernt hielten bei der Kirche des Heiligen Roko die Deutschen und die Ustascha abwechselnd

Wache; 2) auf der Etage über ihnen schliefen der Feldkommandant für das Gebiet von Kaštela und sein Adjutant in gemütlich eingerichteten Gemächern, die als Gästezimmer für seine Söhne und seine englischen Verwandten gedacht waren; 3) bei der Entlassung aus der Festung Gripe in Split war ihm unmissverständlich mitgeteilt worden, was ihn bei einer Wiederholungstat – Hilfe für Partisanen in irgendeiner Form – erwartete.

In der zweiten Gehirnhälfte herrschten Ruhe und Zuversicht. Der Mann hatte eine Kugel im Oberschenkel, er hatte viel Blut verloren, aber seine Lage war nicht lebensbedrohlich. Auf die Ausstattung des Schranks in seiner privaten Praxis konnte man sich immer verlassen. Das Skalpell, die Schere und die Pinzette waren steril und gut verpackt, der Verband bereit. Er säuberte die Wunde, holte mit nur zwei Griffen die Kugel heraus, betupfte alles mit Jod, nähte die Wunde, spritzte dem Mann das Tetanusserum, half ihm auf die Beine, begleitete ihn zur Gartentür, die Eleonora wie ein Geist geräuschlos vor ihnen geöffnet hatte, zeigte ihm mit der Hand die Richtung, wie er aus dem Garten in die Felder kommen könne, und flüsterte: »Gehen Sie in Frieden. Niemandem ein Wort, bitte.«

Sie lagen wieder umarmt im Bett und schwiegen. Als man draußen einen Hahn krähen hörte, sagte Anton:

»Es tut mir leid, du hattest natürlich recht. Ich hätte Teslas Papiere früher verbrennen müssen. Jetzt wirst du es allein machen müssen.«

»Ich möchte darüber jetzt nicht sprechen.«

»Du sollst unbedingt bis einige Tage nach meinem Tod warten.«

»Daran will ich jetzt nicht denken.«

»Am besten, wenn die beiden mit einem Wagen abgeholt werden, dann sind sie immer für längere Zeit fort. Du musst dir etwas zum Kochen besorgen und sie dann im Küchenherd verbrennen.«

»Ohne dich würde ich nichts essen wollen. Warum sollte ich dann kochen?«

»Diese Papiere sind vermutlich unsinnige Gespinste, aber vernichte sie trotzdem.«

»Denkst du nicht, dass wir sie jetzt verbrennen sollten?«

»Nein, das würden sie merken. Vorläufig sind sie in der Truhe gut aufgehoben. Aber, wenn ich nicht mehr da bin, verbrenne sie. Egal, worum es sich handelt, es soll nicht den Deutschen in die Hände fallen.«

Punkt 8 Uhr erschien vor dem Wohnzimmer, in dem Eleonora und er schweigend ihr Frühstück beendeten, der Adjutant des Feldkommandanten. Er nickte Eleonora zur Begrüßung zu, wandte sich an Anton und sagte auf Deutsch, Herr Doktor möge ihn nach oben begleiten, Herr Feldkommandant wolle ihn sprechen.

Der deutsche Offizier stand in der offenen Tür. Er sagte zu seinem Adjutanten, er solle sie bitte allein lassen, am besten wäre es, er mache wie abgesprochen im Ort Besorgungen. Anton sah dem jungen Mann nach, der mit energischen Schritten die Treppe nach unten ging, und verdrängte die Erinnerung an seine beiden Söhne, die in der britischen Armee dienten. Er stand nur da, auf der oberen Etage seines Hauses, von der man einen herrlichen Blick aufs Meer hatte, und wartete.

»Sie haben mir sicher etwas zu berichten«, sagte der Feldkommandant auf Englisch.

»Oh, ich wusste nicht, dass Sie Englisch sprechen«, sagte Anton. Zum Glück hatten Eleonora und er ohnehin nur geflüstert und sehr wenig gesprochen, seit diese Gäste im Haus waren.

»Im zivilen Leben arbeite ich als Universitätsprofessor. Englische Literatur. Shakespeare, Blake, Byron, Coleridge. Eigentlich bin ich mobilisierter Reservemajor, kein aktiver Soldat. Aber Sie wollten mir von heute Nacht berichten.«

Er fühlte sich beflügelt, weil er Englisch sprechen konnte. Die letzten Stunden im Bett hatte er die Sätze seiner Rechtfertigung auf Deutsch im Kopf wiederholt, doch sie auf Englisch sagen zu können, und zwar zu jemandem, der offenbar genauso perfekt war im Englischen wie er selbst, stellte eine unerwartete Erleichterung dar. Es war ein Geschenk. Englisch! Eleonoras Sprache. Die Sprache von Professor Lloyd. Die Sprache New Yorks. Die Sprache seiner schönsten Erinnerungen. Vergessen die Internierung, der lächerliche Verdacht auf Spionage, vergessen sein Heimweh in den schlaflosen amerikanischen Nächten. Er könnte auf der Stelle auf Kroatisch, Italienisch und Deutsch verzichten, wenn er nur noch weiterleben und immerfort Englisch sprechen dürfte.

Seine Stimme wurde klarer und stärker, er fühlte sich beinahe wie in einer ganz normalen Konversation:

»Nun, da Sie schon Ihren Beruf erwähnt haben: Ich bin Arzt. Da gibt es keine zivile oder nicht zivile Variante, Arzt ist man immer.«

»Fahren Sie bitte fort.«

»Ein Arzt ist verpflichtet, ungeachtet einer Gefahr für das eigene Leben, medizinische Hilfe zu leisten. Und zwar ganz gleich, ob es sich bei einem Verwundeten oder Kranken um einen Freund oder um einen Feind handelt.«

»Und heute Nacht – war das ein Freund oder ein Feind?«

»Von Ihrem Standpunkt aus war das ein Feind.«

»Was schlagen Sie jetzt vor, Herr Doktor?«

»Ich schlage vor, dass Sie als Kenner der englischen Literatur, als Gentleman und als jemand, dem die Ethik eines heilenden Berufs vertraut ist, Verständnis für meine Situation zeigen.«

Der Feldkommandant schwieg. Anton wurde wagemutig, überlegte, dass er vielleicht noch etwas mehr auftragen könnte:

»Dafür würde ich Ihnen einen Ratschlag geben: Mein Haus befindet sich in einer unvorteilhaften Lage, da sich unser Garten über den anliegenden Olivenhain zu den Weinbergen und weiter zu den Feldern erstreckt. Die Partisanen wissen, dass Sie hier einquartiert sind. Wenn sie eines Nachts das Haus angreifen, werde ich Sie nicht verteidigen können.«

Der Feldkommandant zögerte, dann streckte er ihm die Hand entgegen und sagte:

»Ihr Beruf ist nicht einfach.«

Anton kam nach unten und fand seine Frau an derselben Stelle, an der er sie zurückgelassen hatte. Erst jetzt bemerkte er, dass sie ihr schönstes Kleid aus hellblauem Leinen trug, um den Hals ihre teure Perlenkette. Er setzte sich zu ihr, nahm ihre Hand und flüsterte:

»Wir haben uns auf Englisch unterhalten.«

Am Nachmittag waren sie immer noch nicht sicher, ob die Gestapo an der Tür erscheinen würde. Aber es erschien nur der Adjutant ihres hohen Gastes und sagte, dass die beiden ihr Quartier wechselten. Sie hörten Soldaten auf der Treppe hin- und hergehen, die Möbel verrücken und einen

Wagen vorfahren. Am Ende erschien der Feldkommandant an der Tür in seiner sauberen und gebügelten Uniform:

»Wir haben uns wegen Ihrer und unserer Situation für einen Umzug entschieden«, sagte er auf Deutsch und reichte ihm die Hand. Dann wandte er sich an Eleonora, sagte nur: »Madame«, verbeugte sich und drehte sich auf den Absätzen seiner Stiefel um, als vollführe er eine Pirouette.

In dem offenen Wagen saßen der Fahrer und der Feldkommandant, hinter ihnen der Adjutant zwischen Koffern und Kisten. Als sie sich in einer Staubwolke entfernten, war Anton versucht, ihnen nachzuwinken. Eleonora war schon im Haus, sie hantierte mit dem Teekessel und öffnete mehrere von ihren Keksdosen gleichzeitig.

Teil 3

1970–1980

in dem Anton als pensionierter Arzt seine Erinnerungen aufarbeitet. Er lebt immer noch an der kroatischen Adriaküste, die nun zur Sozialistischen Föderativen Republik Jugoslawien gehört. Er blickt mit Sorge auf den bröckelnden Zusammenhalt im Vielvölkerstaat. Dieses neue Jugoslawien, entstanden nach dem Ende des Zweiten Weltkriegs, ist geopolitisch auf einem Sonderweg; in der Epoche des Kalten Kriegs zwischen den Westmächten und dem Ostblock gehört das Land der Bewegung der Blockfreien Staaten an. Nikola Tesla wird als Symbolfigur des jugoslawischen Zusammenhalts verehrt. Im Frühjahr ***1980*** *liegt der jugoslawische Präsident Josip Broz Tito im Sterben; mit ihm scheint eine Epoche zu Ende zu gehen.*

1.

Seine treuen Patienten, meist ältere Menschen, die ihn bis 16.45 nicht zu Hause aufsuchten, wussten, dass sie ihn um 17 Uhr auf der Veranda des Hotel Palace finden würden. Dort trank er Tee, betrachtete das Meer und dachte an seine Frau, die im Familiengrab neben seinen Eltern ruhte. Er mochte den Friedhof nicht, und er besuchte ihn selten, aber er bezahlte das regelmäßige Reinigen der Granitplatte mit den eingravierten Namen und die Pflege der Lorbeerbüsche, die Eleonora um die Grabstätte gepflanzt hatte, als seine Mutter gestorben war.

Nach seinem letzten Posten im sozialistischen Jugoslawien, für den er den Titel des für die Zementfabrikarbeiter und die Eisenbahner zuständigen Gewerkschaftsarztes zugesprochen bekommen hatte – seine Arbeit war jedoch die Gleiche geblieben –, war er nun offiziell im Ruhestand. Die Umstände nach dem Krieg hatten allen Bürgerinnen und Bürgern außerordentlichen Einsatz abverlangt, deshalb war er verpflichtet worden, so lange zu arbeiten, bis Ersatz für ihn gefunden wurde, ohne Rücksicht auf sein Alter. Das störte ihn nicht, Arzt zu sein war für ihn kein Beruf, sondern eine Berufung, und er war auch jetzt noch ein Arzt, der selbst auf der schattigen Hotelveranda ordinierte, wenn man ihn um Hilfe bat.

Dieses Teeritual im Hotel Palace hatte Eleonora eingeführt: »Das ist alles, was ich von dir verlange, Anthony. Die Patienten können sich sehr wohl an geordnete Zeiten halten; wer dich braucht, wird wissen, wo er dich *at tea time* finden kann.« Als der Krieg endlich zu Ende war, die Wirrungen der ersten sozialistischen Jahre abgeflaut und Tito schließlich mit Stalin gebrochen hatte, womit der Sonderweg Jugoslawiens zementiert wurde, war sie nach England gereist und nach einem halben Jahr erholt und zufrieden zurückgekommen; fünf große Kisten voller Bücher reisten ihr nach und wurden nach ausgiebiger Prüfung durch den jugoslawischen Geheimdienst in halbwegs ordentlichem Zustand freigegeben. Darunter war eine prächtige Ausgabe von Darwins *On the Origin of Species by Means of Natural Selection, or the Preservation of Favoured Races in the Struggle for Life*, die einen Ehrenplatz in seinem Bücherregal einnahm, neben der *Divina Commedia*, die er von Ernesto geerbt hatte.

»An dieser einen letzten englischen Sitte festzuhalten würde mir gegen das Heimweh helfen«, hatte sie gesagt, und ab diesem Zeitpunkt achtete er darauf, wenn irgendwie möglich um 17 Uhr frei zu sein. Er überließ es nicht mehr dem Zufall, ob er bei der Teestunde anwesend sein konnte oder nicht, so wie er es in all den Jahren seiner dorfärztlichen Tätigkeit gehalten hatte: An sonnigen Tagen tranken sie fortan auf dieser Hotelveranda und bei Regen im eigenen Wohnzimmer mit militärischer Disziplin jeden Tag ihren Tee – sie mit Milch und er pur – und sie gönnten sich dazu eine Kleinigkeit, die sie in einer festen Tupperdose, einem der nützlichen Mitbringsel aus England, ins Hotel mitbrachten. Es waren meist nur ein paar getrocknete Feigen und Nüsse, manchmal ein Stück Zwieback mit zwei, drei Oliven oder ein oder zwei von Eleonoras Keksen. Sie unterhielten sich dabei kaum, tauschten nur Belanglosigkeiten aus, kommentierten das Wetter und die Pläne für das bevorstehende Abendessen, und nach spätestens einer Stunde waren sie schon wieder auf dem Weg nach Hause. Sie gingen am Meer entlang, sie hakte sich bei ihm unter, unterwegs grüßten sie in alle Richtungen. Sie wussten, dass die Kaštelaner sie schon längst als merkwürdig eingestuft hatten, eine Art vornehmer Originale, und dass es einige gab, die sie »die feine englische Dame und der pingelige amerikanische Doktor« nannten, was nicht nur während des Krieges, sondern auch jetzt, in dem neuen Staat, keine wirklich vorteilhaften Bezeichnungen waren. Dem gegenüber stand die Tatsache, dass nicht wenige den Doktor mit bis zu den Ellenbogen blutigen Armen erlebt hatten, als er ihre Kinder zur Welt brachte, ihre Frauen nach der Entbindung versorgte und Mutter und Kind noch tagelang besuchte, ihnen Seifen und kräftigende Elixiere schenkte und den Ehemännern unter vier Augen erstaunlich eindeutige und gar nicht zimperliche Vorträge über Verhütung und Körperpflege hielt. Andere wiederum wussten, dass Eleonora den großen Garten allein bestellte, im Frühjahr den Baumschnitt verbrannte, Marmeladen einkochte und an die Patienten verteilte und jedem gerne erklärte, wie sie ihren Kirschlikör produzierte, allerdings verstand man ihr Kroatisch nicht sehr gut. Außerdem half sie aus, wenn der Arzt nicht da war und vor dem Haus wieder einmal ein Kind mit einer Platzwunde am Kopf weinte, während die Mutter es beschimpfte und gleichzeitig vor Angst schluchzte.

Die ihnen gewogenen Mitbürgerinnen und Mitbürger nannten sie »unsere Frau Doktor und unser Doktor«, aber auch sie fanden ihr Verhalten ungewöhnlich, der Umgebung unangepasst und möglicherweise hinderlich für den neuen Weg, auf dem man in Richtung Sozialismus schritt. Doch da sie schon alt waren, konnte man ihre Eigenarten dulden, allerdings ermahnte einer der Fischer oder der Arbeiter Anton immer wieder einmal in wohlwollendem Ton, dass der Genosse Doktor und die Genossin Ehefrau sich ein wenig in Acht nehmen sollten, da die Revolution keine Rücksicht nehmen könne, wenn es hart auf hart komme. Ihr Sohn, der zweifelsohne ein verdienstvoller Antifaschist und ehemaliger Partisan war, studierte in Zagreb, er war also nicht mehr vor Ort vernetzt. Genau das aber – so hieß es – sei heutzutage aufgrund der Strukturen der Partei entscheidend; andererseits seien die Studenten ja auch nicht immer die stabilsten Glieder der Bewegung. Ihre beiden älteren Söhne waren Briten, und die Briten seien zwar Verbündete gewesen, aber eben dennoch Kapitalisten, insgesamt sei das alles kein besonders zuverlässiger Hintergrund, auch wenn man ihnen bislang nichts Konkretes vorwerfen konnte. Eleonora hatte einmal trocken angemerkt, dass sie wohl Glück hatten, weil bisher keine der aufgestiegenen kommunistischen Ortsgrößen ein Auge auf ihr Haus an der Uferpromenade geworfen habe, aber er hatte diese unerwartete Gehässigkeit seiner ansonsten zurückhaltenden Frau der allgegenwärtigen Nervosität der Umbruchzeit zugeschrieben.

Er wusste sofort, dass der Mann, der an dem Tisch in der Ecke saß und rauchte, auf ihn wartete. Er hatte den Blick gespürt, der hinter einer Sonnenbrille nur zu erahnen war. Und dieser Blick kündigte Schwierigkeiten an. Es war eine Intuition, der siebte Sinn, der Austausch von Energiestrahlen, oder waren es irgendwelche unsichtbaren Partikel, er wollte sich nicht festlegen, da es wissenschaftlich schwierig zu erfassen war, wie solche Empfindungen zustande kamen. Die Sonne ging langsam hinter der Insel Čiovo unter, die Hälfte der glühenden Kugel war noch zu sehen und beleuchte den Himmel mit den Farben eines lodernden Feuers. An den Rändern dieses Bildes waren erste violette Streifen zu erkennen: Sobald die Sonne vollständig verschwunden ist, wird die Dunkelheit die letzten blassen Flammen löschen, und wenn man Glück hat, werden sich die Sterne hoch über dem Meer zeigen, einer nach dem anderen. Diesen Wechsel zu beobachten war zu einem Teil des Teerituals geworden; Anton wusste genau, an welchem Tag im Jahr dieser um welche Uhrzeit stattfand, außerdem hatte er gelernt, aus den Nuancen der gelben, roten und orangen Schattierungen das Wetter zu prognostizieren – und sogar die Stimmung der Welt am nächsten Tag, so wie es die alten Griechen aus dem Vogelflug lesen konnten.

Als er den ersten Schluck genommen hatte und dem bitteren, frischen Geschmack in der Nase nachspürte, sah er, dass der Mann die Sonnenbrille abnahm und sich flink an den Tischen vorbeibewegte, um nach nur einigen Sekunden vor ihm zu stehen: »Wenn Sie erlauben, Doktor Matijaca?« Ohne auf eine Antwort zu warten, setzte er sich ihm gegenüber und sah ihn ernsthaft an.

»Sie sind ein gebildeter Mann, der, wie wir wissen, regelmäßig BBC hört, englische Zeitungen liest und auch unsere einheimische sozialistische Presse gründlich verfolgt«, sagte der Mann.

»Aha«, antwortete Anton, der erwartete, dass der Mann sich vorstellen werde.

»Angeblich sprechen Sie auch Italienisch und Deutsch, aber uns liegen keine Informationen darüber vor, ob Sie die Nachrichten aus diesen Ländern verfolgen, es wäre ja auch überflüssig, da es von dort aktuell kaum etwas Wichtiges zu melden gibt, was nicht auch die britischen Sender und Zeitungen berichten würden.«

Anton nickte. Das stimmte tatsächlich, auch wenn er gerne italienische Zeitungen gelesen hätte, doch die konnte er aktuell nirgendwo kaufen. Er hörte manchmal italienisches Radio, aber das erwähnte er nicht.

»Es ist bewundernswert, wenn jemand viele Sprachen spricht. Ich hoffe, dass Sie dabei nicht durcheinanderkommen, doch das wäre ein Thema für ein längeres Gespräch. Ich gehe davon aus, dass Sie bei vollständiger geistiger und politisch-moralischer Klarheit sind und dass Ihnen auch die internationale Gemengelage vertraut ist, deshalb möchte ich offen mit Ihnen sprechen und unsere heutige Begegnung nicht unnötig in die Länge ziehen.«

Anton versuchte, seinem Gesicht einen Ausdruck zu verleihen, der zu dieser Ankündigung passte: *Ja, es ist wahr, beeilen Sie sich bitte, ich habe keine Zeit.* Das stimmte leider nicht, auf ihn wartete heute Abend nur sein leeres Haus, und wenn er ehrlich war, hätte er sich gerne länger mit jemandem unterhalten, aber ein anderer Gesprächspartner wäre ihm lieber gewesen.

»Es geht um Folgendes: Wie Sie gewiss mitbekommen haben, hat Sava Kosanović, der Neffe unseres großen jugoslawischen Wissenschaftlers Nikola Tesla, die Hinterlassenschaft seines Onkels aus Amerika nach Belgrad gebracht, wo die nationalisierte Villa irgendeines Bourgeois für ein Tesla-Museum zur Verfügung gestellt wurde. Sie werden hoffentlich zustimmen, dass es amoralisch war, wenn in solchen Villen früher gelegentlich eine einzelne Person wohnte, natürlich mit Personal, doch diese Zeiten liegen ja nun hinter uns.«

Anton schwieg. Worauf wollte der Mann hinaus? Er dachte an Eleonoras Befürchtung, man werde ihnen eines Tages das Haus wegnehmen oder – wie es inzwischen allerorts üblich war – irgendeine obdach- und mittellose Großfamilie eines Partisanenkämpfers darin unterbringen, und er müsse dann sehen, wie er in dieser Gemeinschaft weiterlebte. Er hatte zwar aus vollem Herzen den jugoslawischen Befreiungskampf unterstützt, er war immer schon ein Freund der Idee eines gemeinsamen Staates aller südslawischen Völker gewesen, er hatte auch theoretisch gegen die sozialistische politische Ordnung nicht viel einzuwenden, aber er hatte keine Lust, die letzten Jahre seines Lebens in einer derart erzwungenen Großzügigkeit zu verbringen. Und zurück nach Amerika konnte er natürlich schon lange nicht mehr, auch wenn er noch immer über die amerikanische Staatsbürgerschaft verfügte. Doch der Mann sprach weiter:

»Aber das ist heute nicht unser Thema, wenngleich darüber durchaus Gesprächsbedarf bestände. Es geht um Ihre Freundschaft mit Tesla. Uns ist bekannt, dass Sie sich bei den Botschaften verschiedener Länder nach dem Verbleib eines Porträts erkundigt haben, auf dem der Erfinder zu sehen ist.« Er machte eine Pause, in der Anton an seinem kalt gewordenen Tee nippte und vor sich hin starrte. »Wir fragen uns, ob Sie auch auf der Suche nach gewissen Papieren Teslas sind, deren Verschwinden uns Kopfzerbrechen bereitet, denn wir haben sie in den Kisten nicht finden können, die Kosanović nach Jugoslawien verschifft hat. Kosanović hat vor seinem Tod behauptet, dass der Inhalt des Safes seines Onkels im Zimmer des Hotels New Yorker nicht vollständig gewesen sei. Das FBI soll seine Finger im Spiel gehabt haben, was uns nicht wundert, wenn auch unser Land, wie Sie bestimmt wissen, sich um gute diplomatische Beziehungen mit den Vereinigten Staaten bemüht.«

Anton fühlte sich unwohl. Er sagte nur knapp: »Das ist mir selbstverständlich bekannt«, und versuchte dabei wie ein gewissenhafter Bürger zu klingen, der trotz des Besitzes von zwei Staatsbürgerschaften weiß, was Loyalität bedeutet.

»Ich will ganz offen zu Ihnen sein: Wissen Sie etwas, das Kosanović nicht wusste? Könnte es sein, dass sich in dem verschollenen Bildnis, nach dem Sie suchen, irgendwo in den Rahmen eingelassen oder wo auch immer versteckt, diese Papiere befinden? Suchen Sie deshalb nach dem Bild? Und die zweite, nicht weniger wichtige Frage: Wozu würden Sie sie verwenden, wenn Sie sie finden würden?«

Die Erleichterung, die er verspürte, vermischte sich mit der Sorge, dass sich seine ehrliche Erklärung wie eine Rechtfertigung anhören könnte. Er musste sich bemühen, seine Antwort glaubwürdig vorzubringen. Er musste vor allem ernsthaft bleiben, auch wenn ihm trotz eines dumpfen, beunruhigenden Gefühls nach Lachen zumute war. Er hätte gern dem Kellner zugerufen, er möge ihm ein Glas *loza* oder irgendeinen anderen Schnaps bringen, aber er hielt sich zurück und sagte:

»Ich habe meine Nachfragen bei den Botschaften doch nicht verheimlicht. Das waren keine geheimnisvollen Aktionen, ganz im Gegenteil, ich habe ordentliche und höfliche Briefe aufgesetzt und sie mit meinem Namen und meiner vollen Adresse versehen und der jugoslawischen Post anvertraut. Mein Grund für diese Suche ist einfach: Nikola Tesla hat mich bei unserem Abschied in New York ausdrücklich gebeten, nach diesem Bild zu suchen. Es bedeutete ihm viel. Er hoffte, ich würde in Europa fündig werden und ihm sagen können, wo es sich befindet. Er konnte nicht nachvollziehen, wer dieses *Blaue Porträt* gekauft hat. Und warum darüber Stillschweigen herrschte? Warum sollte jemand verschweigen, ein Kunstwerk zu besitzen, vor allem wenn darauf ein berühmter Erfinder abgebildet ist? Das war in diesen Kreisen nicht üblich. Ich habe in meinen Briefen nach einschlägigen Sammlungen, Galerien, Museen und Kunstliebhabern gefragt, nach Hinweisen, die mir die Kulturattachés der Botschaften eventuell hätten geben können. Hätte ich das Bild aufgespürt, wäre es natürlich zu spät gewesen, um Tesla darüber zu informieren, aber es war eine Art Verpflichtung, ein nicht erbrachter Freundschaftsdienst, eine Aufgabe, die noch vor mir stand. Und immer noch vor mir steht.« Er verstummte.

Die Sonne war hinter dem Kamm von Čiovo verschwunden, aber der Himmel war noch hell und leuchtend. Nur das Meer war dunkler geworden, seine Oberfläche kräuselte sich, es war die Stunde des Maestral-Windes, einer freundlichen, frischen Brise, die man hier auf der überdachten Veranda gar nicht spürte, sondern nur aufgrund der Bewegung des Wassers erahnte.

»Was würden Sie tun, wenn Sie das Bild finden würden?«, fragte der Namenlose. In seiner Stimme war Misstrauen erkennbar, ja eine offene Verwunderung, es konnte gut sein, dass er das gerade Gehörte als dreiste Lüge einschätzte. Anton fing an zu frösteln, er wandte den Blick von dem bewegten Meer ab und sah seinem Gegenüber in die Augen:

»Nichts. Was sollte ich tun? Vermutlich wäre es zu teuer, um es zu erwerben. Ich würde es gerne anschauen. Es wäre wunderbar, wenn das Bild zum Beispiel in Paris gefunden würde. Ich würde dorthin reisen, einige Tage in einem Hotel wohnen, in den Pariser Bistros ein paar Kleinigkeiten essen, jeden Tag das Bild besuchen, mir alles darauf einprägen, mich an die Gespräche mit Nikola Tesla erinnern und dann nach Hause fahren. Ein gut gemaltes Bild verfügt über ein eigenes Leben; ich würde mich vermutlich angesichts dieses Porträts wie vor Nikola Tesla persönlich fühlen. Ich bin ein alter Mann. Das würde vermutlich meine letzte große Reise werden.«

Der Namenlose schien nicht überzeugt. Er zuckte mit den Schultern, stand auf und sagte: »Es ist spät geworden, vielleicht sehen wir uns an einem der nächsten Tage wieder.« Er wandte sich ab und verließ das Lokal. Auf der Veranda gingen die Lichter an, während seine dunkle Gestalt in der Dämmerung verschwand.

Der Kellner erschien vor Antons Tisch und sah ihn fragend an. Er winkte ab, besann sich aber anders und sagte:

»Zuerst einen Whiskey, von der Sorte für die Touristen, ich weiß, dass Sie welchen haben. Danach ein Wiener Schnitzel mit Bratkartoffeln und ein Glas Bier. Es hat keine Eile, ich habe Zeit.«

2.

Er hatte immer genaue Zahlen geschätzt. Wenn etwas 1 Dollar und 45 Cent kostete, dann hatte er in seinem Notizheft den Preis nicht auf *anderthalb Dollar* aufgerundet. Und wenn jemand zweiundachtzig Jahre alt war, so wie er jetzt, dann sagte er nie *circa* oder *um die achtzig*, so wie andere es gerne zu vereinfachen beliebten. Das galt auch für die Medikamente, die er verschrieb, für die Tagestemperaturen, die Uhrzeiten der Sonnenuntergänge und für die Zinsen, die seine Bank ihm zahlte und die er zeitlebens berechnete, aufaddierte und akribisch notierte. Und es galt auch für die Runden, die er noch immer regelmäßig im Meer vor seinem Haus schwamm.

Die Momente des Aufschreibens, des Ordnens, Rechnens und Denkens, die Stunden, die er mit Zeitunglesen – zunehmend auch mit dem Lesen von Eleonoras Büchern – verbrachte, waren seine Kraftwerke, stille Energiequellen, die er brauchte, seit seine Tage nicht mehr mit Krankenbesuchen und Praxisroutine ausgefüllt waren. Außerdem half das Lesen gegen die Einsamkeit, die an ihm nagte. Er wollte seinen Kindern nicht zur Last fallen, sie waren erwachsene Menschen, die schon ihre eigenen Kinder hatten, und er beteuerte in Telefongesprächen, dass er bestens allein zurechtkomme. »Meine Patienten kommen immer noch zu mir«, hatte er neulich seinem jüngsten Sohn erzählt, wobei er verschwieg, dass seine Patienten in letzter Zeit einer nach dem anderen starben, da viele noch älter waren als er. Jeden Tag überprüfte er, ob alles in seiner Praxis für einen Notfall vorbereitet war, und wischte jedes Körnchen Staub fort, das sich auf die Schränke oder das Fensterbrett gelegt hatte. Seine alte Arzttasche stand griffbereit vor der Eingangstür, mit einem bestickten Tuch abgedeckt und so vor Staub geschützt.

Seine Ersparnisse waren zu einer beachtlichen Summe angewachsen, trotz der bescheidenen Höhe der Gehälter, die er seit seiner Rückkehr aus den USA bezog, und den noch bescheideneren Rentenbezügen. Er hatte nach dem Krieg sein Geld aus Amerika in die Schweiz transferiert, und er fragte sich nun, ob der Namenlose, der ihn auf der Veranda des Hotel Palace aufgesucht hatte und der bestimmt dem jugoslawischen Geheimdienst UDBA angehörte, davon etwas wusste. Vermutlich. Sie hatten doch die qualifiziertesten Leute in ihren Reihen. Wenn sie jemanden unter die Lupe nahmen, dann gründlich.

Der Geheimdienst ging beim Anwerben von zuverlässigen Fachkräften geschickt vor, man bezahlte sie gut, wie unter der Hand gemunkelt wurde, aber es gab auch freiwillige Helfer aus den Reihen der enthusiastischen Kommunisten, die für zusätzlichen Informationsfluss sorgten. Eine Patientin hatte ihm von einem Schüler erzählt, der die Revolution derart ernst nahm, dass er in den Wohnungen seiner Freunde herumspionierte, und wenn er eine Spur entdeckte, die seiner Ansicht nach gegen die Arbeiterklasse oder die gemeinsame jugoslawische Nation, die noch im Entstehen begriffen war, gerichtet war – das konnte eine Tischdecke mit rot-weiß-kariertem Muster, ein Silberbesteck, ein Bücherregal mit lauter alten Bänden, womöglich in deutscher oder italienischer Sprache, oder eine Gipskopie der Reiterskulptur des Banus Jelačić sein –, dann machte er Fotos, entwickelte sie selber in seinem Badezimmer, in dem er ein original sowjetisches Fotolabor eingerichtet hatte, ein Geschenk seines in Moskau arbeitenden Vaters, und schickte sie an das Republikssekretariat für innere Angelegenheiten. In der Wohnung von Antons Patientin hatte er ein Zierkissen mit aufgestickter Mutter Gottes fotografiert, es war ein Souvenir aus dem Wallfahrtsort Sinj. Auch wenn es nicht verboten war, in die Kirche zu gehen, bekam die Familie eine Verwarnung. »Er sieht nett aus, trägt diese Beatles-Frisur, die heute bei den Jugendlichen populär geworden ist, und er betrachtet das Herumschnüffeln in fremden Angelegenheiten als einen Beitrag für den Weltfrieden«, hatte die Frau gesagt.

Wie froh er war, dass seine jugendliche Begeisterung für Freiheit, Gleichheit und Gerechtigkeit nie solche Formen angenommen hatte! Junge Menschen neigten zu übertriebenen Leidenschaften, wenn es um politische Ideen ging. Er war damals nicht anders gewesen, das musste er zugeben, wenn auch ungern. Aber das Ausspionieren anderer Menschen wäre ihm zuwider gewesen. Zum Glück hatte er nur bei einigen Krawallen mitgemacht, sich mit italienischen Schülern geprügelt und nur eine einzige Flagge verbrannt. Irgendwo hatte er gelesen, dass Mihajlo Idvorski Pupin, der serbische Physiker in New York, von dem Nikola Tesla nichts hatte wissen wollen, aus ähnlichen Gründen wie er Österreich-Ungarn hatte verlassen müssen und ebenso wie er in jungen Jahren und mittellos nach New York gekommen war. Nur dass Pupin für die Freiheit der Serben und er für die Freiheit der Kroaten gegen die Donaumonarchie rebelliert hatte. Jetzt lebten diese beiden Völker ohne fremden Herrscher in einem gemeinsamen Staat, aber es sah so aus, als würden ihre Probleme nicht nur weiter bestehen, sondern sich sogar verstärken. Doch vielleicht war das ein Trugschluss. Vielleicht war er nur alt und müde geworden und sah die Dinge nicht klar genug, oder er hatte immer noch allzu hohe Erwartungen, ein Reflex aus seiner Jugend, auch wenn er dachte, dass er ihn überwunden hatte.

Seine Hoffnungen, die er auf Russland projiziert hatte, waren schon längst erloschen. Die Linie der Befreiung von den Deutschen, die die Rote Armee auf den Globus gezeichnet hatte, hatte sich in den Eisernen Vorhang verwandelt, hinter dem es keine Freiheit mehr gab. Der ungarische Volksaufstand wurde blutig niedergeschlagen, der Prager Frühling mit Panzern niedergewalzt. In Jugoslawien dagegen internierte man die Anhänger der Sowjets auf einer Insel, auf der es nur Steine, Sonne und sadistisch veranlagte Wächter gab. Man hielt die jugoslawischen Anhänger von Stalin in einem jugoslawischen stalinistischen Lager. Er hatte einmal bei einem Patienten Blutergüsse am Hoden gesehen – er war aufgrund akuten Nierenversagens eingeliefert worden.

Gospar Vlaho Moretti hatte ihn vor einem allzu großen Enthusiasmus für den Panslawismus warnen wollen, doch damals in New York hatte er gedacht, Moretti sei aufgrund seines Alters nicht mehr begeisterungsfähig. Leider hatte er niemanden mehr, mit dem er sich darüber austauschen konnte. Er wäre gerne noch einmal jung gewesen, noch einmal mit den singenden dalmatinischen Migranten in den Kopf der Freiheitsstatue gestiegen, hätte von dort die Silhouette New Yorks bewundert, um dann mit der Fähre zurück zum Battery Park zu fahren und in Morettis Hotel Rotwein zu trinken und heiße *pogača* zu essen, das runde, fettige Fladenbrot mit Oliven und Tomaten, und danach mit Ernesto über die Freiheit, über den Rachegott Mannahatta, über den technischen und wissenschaftlichen Fortschritt und über die Zukunft der Menschheit zu diskutieren. Auch Ernesto hatte ihn vor seiner russischen Schwärmerei gewarnt: »Dieses riesige Land wurde jahrhundertelang brutal und zentralistisch regiert, deshalb ist dort nie eine freie Gesellschaft entstanden. Du setzt deine Hoffnungen auf die falsche Karte, Španjulet!«

Einer der Nachteile des Altwerdens war die Einsamkeit. Auf dem Weg ins hohe Alter verlor man nacheinander alle Weggefährten, und als Arzt wusste er, dass diesem Verlauf eine Unerbittlichkeit innewohnte, in der das Geheimnis des Daseins verborgen lag. Bevor auch seine Stunde schlagen würde, wollte er noch etwas erleben. Es konnte doch nicht sein, dass er sich nur noch mit sich selbst und mit seinen seltenen Patienten unterhielt und dass heute die einzige Abwechslung in der Begegnung mit einem UDBA-Polizisten bestand. Wenn es irgendwie ging, wollte er ein weiteres Gespräch mit diesem vermeiden.

Zuerst wollte er endlich den längst geplanten Ausflug nach Salona unternehmen: Das schuldete er dem Geist des seligen Dekans des Eclectical Medical College Professor Boskowitz. Danach wollte er seine Söhne der Reihe nach besuchen, und später werde er weitersehen. Immer noch hoffte er, dass ihn irgendwann ein Hinweis auf den Verbleib des *Blauen Porträts* erreichen würde. Für die Reise nach England würden vielleicht seine Ersparnisse auf der jugoslawischen Sparkassenbank reichen, aber zur Not würde er auch auf jene in der Schweiz zurückgreifen. Er notierte in sein Notizbuch, dass der Weg von seinem Haus bis in die römischen Ruinen von Salona 10,9 Kilometer beträgt, er konnte die Länge der Strecke mithilfe einer Landkarte für den Schulgebrauch, die er im Papierwarenladen gekauft hatte, errechnen. Von Kaštel Lukšić bis nach Leeds waren es 2.055,555 Kilometer. Er hatte dazu ein dickes Heft mit festem grünem Einband erstanden, da er spontan beschlossen hatte, Tagebuch zu führen. Vor allem auf den Reisen, die er zu unternehmen plante.

Plötzlich fühlte er sich voller Tatendrang.

Es war sein letzter Lebensabschnitt. Wie könnte man die Zeit besser verbringen als auf einer Reise? Dass es auf der Welt überall kriselte, störte ihn nicht. So war es immer gewesen. Solange die Bomben nicht direkt auf einen fielen, eifrige Polizisten einen nicht als Untersuchungsobjekt betrachteten und er genug Geld hatte, konnte er sich mit dem wirren Zustand der Welt gut arrangieren. Der *Mad Dog* schlich herum, aber das war nichts Neues, neu waren manche Schauplätze und vor allem die Technologien: Die Kuba-Krise, der Vietnamkrieg, das Wettrennen um die Fahrt zum Mond, die mit einem Hund begonnen wurde. Ob dessen Kadaver noch immer um die Erde kreiste? Das Wettrüsten, die Atombomben, jeden Tag gab es eine Meldung dazu. In den Nachrichten konnte man von Terroristen lesen, die im Westen im Namen kommunistischer Ideale Entführungen und Attentate begangen, und von Spionen, die sich auf den unsichtbaren Schlachtfeldern des Kalten Kriegs tummelten. Man wusste immer noch nicht, wer Kennedy ermordet hatte. Die jugoslawischen Arbeitslosen verließen in aller Stille das Land und suchten Arbeit im offiziell ungeliebten Kapitalismus, während Jugoslawien die Bewegung der Blockfreien Staaten anführte. Es war ein ewiges Auf und Ab.

Der Kapitalismus war ihm aus seiner amerikanischen Zeit vertraut, aber auch er war überrascht, als er bei seiner Suche nach dem *Blauen Porträt* bemerkte, dass die Kunsthändler, Sammler und Zwischenhändler, die er aufgespürt hatte, zwar keine Antwort auf seine Frage hatten, ihm aber unbedingt irgendein anderes Bild andrehen wollten. Er bekam Briefe, Werbepost und Einladungen zu Vernissagen in Amsterdam, London und Paris, Abbildungen anderer Porträts, die andere Maler in den Zwanzigerjahren gemalt hatten, es wurden ihm mehrfach andere Bilder von Elisabeth Vilma Lwoff-Parlaghy angeboten, die als noch viel ausdrucksstärker als das *Blaue Porträt* angepriesen wurden, wobei klar war, dass die Händler nicht genau wussten, wie jenes Porträt aussah.

Das Merkwürdigste war, dass anscheinend im feindlichfreundlichen Westen (Jugoslawien wollte sich nicht genau festlegen) niemand wusste, wer Nikola Tesla war. Er schien sogar in Amerika vergessen, auch wenn es dort noch einige ehemalige Mitarbeiter, Schüler und Bewunderer gab, Journalisten und Biografen, auch Autoren, die ihm Eigenschaften zuschrieben, die Tesla selbst abgelehnt hätte – die Aura des verrückten Wissenschaftlers, eine Collage aus Fantastischem und Technologischem, mit einer Prise Glamour gewürzt. Aber in Europa, wo er nach seinem Bildnis suchen sollte, kannte ihn niemand. Umso mehr feierte man ihn in Jugoslawien. Wie sehr sich das Land jedoch mühte, in der internationalen Politik Schritt zu halten, war es in jeder anderen Hinsicht unsichtbar, ein blinder Fleck wie eh und je. Niemand erwartete, dass aus diesem Land bedeutende Wissenschaftler oder Wissenschaftlerinnen, Künstler oder Künstlerinnen hervorgegangen waren.

Er stellte sich vor, wie Ernesto jetzt über sein Klagen schmunzeln würde. Er sagte mit empörter Stimme in die Leere seines Arbeitszimmers: »Aber wenn es doch wahr ist. Man übersieht uns weiterhin, obwohl wir ein halbwegs gemeinsames Land der Südslawen zustande gebracht haben, Piròn. Nur die Bulgaren fehlen im Puzzle.«

Noch etwas hätte er Ernesto gerne erzählt, aber er ahnte, dass sein toter Freund das nicht mehr nachvollziehen würde, er war das Kind einer anderen Epoche: In Jugoslawien war Nikola Tesla nicht nur zum größten Wissenschaftler aller Zeiten stilisiert worden, zum Vater der weltweiten Elektrotechnik und der Industrialisierung, die das Land mit aller Macht anstrebte, sondern auch zur Gallionsfigur der Brüderlichkeit und Einheit, dieser wichtigsten Doktrin, die als Schlüssel zur Überwindung etwaiger »nationaler Fragen« galt. Tesla wurde als überaus bedeutsam dargestellt, wobei stets im gleichen Atemzug mit seinen Leistungen betont wurde, wie er von anderen Erfindern betrogen, um seine Patente gebracht und nicht korrekt bezahlt worden sei und dass die kapitalistischen Finanziers ihn nicht verstanden hätten, er aber seine gesamte Forschung ausschließlich aus humanistischen Gründen betrieben habe, weil er die Entwicklung der Menschheit zum Besseren habe vorantreiben wollen – wie ein wahrer sozialistischer Held. Nikola Tesla sei in jeder Hinsicht einer von uns, und zwar einer der größten, ertönte es von den Rednerpulten der Parteikomitees. Auch uns missachte man, nähme uns nicht wahr, man betröge uns, aber uns sei bewusst, dass wir auf dem besten aller Wege seien: Unsere Arbeiterselbstverwaltung und die blockfreie Bewegung seien die wichtigsten gesellschaftlichen Errungenschaften seit Anbeginn der Menschheit. Tesla stehe darüber hinaus als Symbol für gute Schulen, für die Bildung der Arbeiterkinder, für Modernität, Prosperität und die helle Zukunft, der die sozialistische Gesellschaft unablässig entgegenschreite. Die Arbeiter, die als »Gastarbeiter« in die Fabriken des Westens zogen, wunderten sich, dass man dort seinen Namen nicht kannte, genauso wie die Vermieter, die den Touristen aus dem Westen Zimmer und Ferienwohnungen an der Adriaküste anboten. In der Sowjetunion hatte die Partei genug Schwierigkeiten mit dem Physiker Andrej Sacharow. Auch hier interessierte sich niemand für Nikola Tesla.

Und er, Anton Matijaca, der pensionierte Allgemeinmediziner, ehemals Facharzt für Elektro- und Radiotherapie und umständehalber Geburtshelfer, hütete im Keller seines Hauses in einer Truhe mit doppeltem Boden die Geheimpapiere Teslas, die ihm wieder einmal Probleme bereiteten, denn nach ihnen wurde offenbar gesucht. Schlimmer noch, es hatte anscheinend weitere Kopien im Safe des Hotels New Yorker gegeben, genauso wie Eleonora immer vermutet hatte, aber diese waren verschwunden. Konnte es sein, dass die einzigen vorhandenen Exemplare dieser Waffenpläne, die er ein paar Mal zu entziffern versucht hatte, und die ihm immer gleich wirr, erschreckend und merkwürdig vorgekommen waren, in seinem Besitz waren? Er hatte Tesla versprochen, sie zum Wohl der Menschheit einer vertrauensvollen Regierung zu überreichen, aber bisher hat er noch keine finden können. Das Honorar, das Tesla verwenden wollte, um weiter an der drahtlosen Energieübertragung arbeiten zu können, hätte er ihm sowieso nicht mehr überweisen können.

*

Auf dem Weg nach Salona sah er vom Taxi aus, wie staubig die Büsche waren, die die Straße umsäumten. In der Bucht der sieben Kaštelas waren inzwischen mehr als sieben Fabriken gebaut worden. Aus den Schornsteinen qualmte grauer Rauch und stieg zum blauen Himmel empor, die unsichtbaren Partikel verteilten sich in der Umgebung und in den Alveolen, in denen sich das Wunder der Atmung abspielte, doch die Menschen interessierten sich kaum für ihre kostbaren inneren Organe – solange sie keine Schmerzen hatten. Glücklicherweise war das Meer nah, mit seinem salzigen Dunst.

Die antiken Ruinen waren von Unkraut überwachsen und wirkten vergessen, in sich selbst versunken. Nur Insekten summten in der Luft und Vögel meldeten sich aus den Zweigen der wenigen Bäume, die aus der trockenen Erde der toten alten Stadt ragten. Der Taxifahrer warnte ihn vor den Schlangen, die im hohen Gras lauern konnten; er bot ihm an, ihn zu begleiten:

»Sie erinnern sich bestimmt nicht, Genosse Doktor Matijaca, aber Sie haben meine Frau entbunden. Ich möchte Sie jetzt hier nicht allein lassen. Ich kenne mich aus, die Touristen wollen ständig, dass man sie hierherführt. Um ehrlich zu sein, weiß ich nicht, was es in dieser Ödnis zu sehen gibt, wieso diese Steine irgendjemanden interessieren, aber ich komme mit.«

Anton wollte dem Mann sagen, dass sein amerikanischer Professor in der ganzen Welt herumgereist sei, um solche Steine zu sehen, aber das hätte möglicherweise belehrend geklungen. Er war ihm dankbar, dass er mitkam, und so sagte er nur: »Ich weiß es auch nicht genau. Vielleicht erinnern uns die alten Steine daran, dass es vor uns Menschen gab und dass es hoffentlich nach uns auch welche geben wird.«

»Wollen Sie damit sagen, dass es auch möglich wäre, dass wir einmal von der Erdkugel verschwinden? Ich meine, wegen der Russen, der Amerikaner und der Atombomben? Oder heißen sie jetzt Wasserstoffbomben?« Der Taxifahrer sah ihn misstrauisch an.

»Ich will nur sagen, dass der Mensch sich bemühen sollte, ein gutes Leben zu leben, solange er auf der Erde weilt. Und soweit er das überhaupt kann. Nicht alles liegt in unserer Macht, aber wir können uns zumindest anstrengen.«

Sie gingen schweigend weiter. Als sie das Amphitheater erreichten, sagte der Taxifahrer: »Hier wurden Menschen den wilden Tieren zum Fraß vorgeworfen, die Gladiatoren brachten sich gegenseitig um, und andere Menschen kamen, um so etwas zu sehen, einfach zum Spaß, sie jubelten sogar, wenn jemand in Stücke zerrissen wurde, so hat es mir einmal ein Fahrgast erzählt. Sie sind Arzt, vielleicht können Sie mir sagen, warum wir Menschen das Böse in uns tragen?«

»Die Medizin hat keine Antwort darauf«, sagte Anton, »und leider ist auch sie nicht frei davon, dem Bösen in uns zu dienen.« Er sagte noch, die Kunst sei genauso wie die Wissenschaft oder die Medizin nicht frei von der Barbarei, aber er wolle dennoch die alten Steine jetzt sehen und die Architektur der alten Römer bewundern.

3.

Der Koffer war gepackt, er nahm nur das Nötigste mit, drei Hemden, seine beste Unterwäsche, einen Schlafanzug, seinen vorbildlich organisierten Kulturbeutel, ein Sakko und eine Hose, ein Paar Pantoffeln, keine weiteren Schuhe. Er verreiste ohne seine Arzttasche, nur mit einer Grundausstattung an Medikamenten, Verbandsmaterial und Instrumenten, die er zusammen mit seinen Dokumenten in einer kleinen Reisetasche bei sich trug, darin auch die Kladde, die er als Reisetagebuch verwenden wollte, ein englischer Spionagethriller, ein Wollpullover (er wusste, dass er schon hinter den ersten Bergen froh sein würde, dass er daran gedacht hatte) und Proviant. Ein Sandwich mit Schinken, ein Apfel und eine Flasche Wasser mussten bis Zagreb reichen. Am Morgen noch hatte er lange in der Garage die majestätischen Kotflügel seines Chevrolets, den er nur noch selten und für kurze Strecken fuhr, poliert, dann hatte er die Garage abgeschlossen und den Schlüssel in das Kästchen im Flur gehängt. Während er Fenster und Gartentüren verriegelte, den Strom ausschaltete, den Hauptwasserhahn abdrehte und den Müll hinaustrug, fragte er sich, ob er diese Aktion noch bereuen würde.

Die Unruhe, die er seit der Begegnung mit dem Namenlosen auf der Veranda des Hotel Palace empfand, war einem Gefühl des Abschieds gewichen: Verabschiedete er sich nicht nur von seinem Haus, von seinem Städtchen, genau genommen waren es sieben winzige Städtchen, die um die sieben Kastellburgen entstanden waren, vom Meer und von dem Friedhof, auf dem seine Eltern und seine Frau ruhten, sondern auch vom eigenen Leben? Er war ein alter Mann, war es überhaupt ratsam, sich auf Reisen zu begeben? Was, wenn ihm etwas zustieß? Diese Frage hatte ihm seine Schwester am Abend zuvor mit einem deutlichen Vorwurf in der Stimme gestellt, es hatte geklungen, als nähme sie ihm alle seine bisherigen Reisen, auch jene große des Jahres 1905, übel.

Sie hatte ihm die Gefahren aufgezählt: Er könne überfallen und ausgeraubt, von Terroristen getötet werden oder einen Herzinfarkt erleiden, er könne beim Ein- oder Aussteigen – ganz egal, ob er mit Zug, Bus, Flugzeug oder Schiff reiste – stolpern, stürzen und sich einen Oberschenkelhalsbruch zuziehen, was in seinem Alter kein Wunder, aber fatal wäre, er könne sich erkälten und in irgendeinem Hotelzimmer in Belgien oder Frankreich mit Lungenentzündung dahinsiechen, und niemand werde wissen, dass er Hilfe brauchte.

Der Taxifahrer, mit dem er schon eine Woche zuvor den Ausflug nach Salona unternommen hatte, half ihm, den Koffer zu tragen, und ging zusammen mit ihm durch das Haus, um zu prüfen, ob wirklich alle Fenster und Türen geschlossen waren. »Meine Schwester wohnt nur zehn Minuten von hier entfernt, und sie hat auch den zweiten Schlüssel. Sie wird sich um das Haus kümmern«, sagte er. Er hoffte, der Mann würde nicht heraushören, dass er davon nicht ganz überzeugt war. Seine Schwester betrachtete diese Reise als unnötige Kapriole, schlimmer noch, sie hatte sich so weit in ihre schwarzen Vorahnungen hineingesteigert, dass sie sein Haus vermutlich wie das Haus eines Toten behandeln würde: Sie würde es meiden.

Auf dem Weg nach Split schwiegen sie. Er ging alle seine Reisen im Kopf durch, versuchte sich an freudige Regungen, an Erwartungen und Hoffnungen von damals zu erinnern, aber er empfand nur Sorge und Bedrückung. Der Taxifahrer sah manchmal zu ihm hinüber, als spürte er, dass der alte Arzt unschlüssig war. Vor dem Bahnhof konnte man schlecht parken, deswegen sagte Anton: »Machen Sie sich bitte keine Mühe, der Koffer ist nicht schwer, ich schaffe das allein«, doch der Mann zog es vor, seinen Wagen in der Verbotszone abzustellen, er wollte ihn nicht alleine gehen lassen.

Erst als der Zug keuchend und rüttelnd das Stadtgebiet verließ und durch Macchia und Karst zu beschleunigen begann, schloss er das Fenster. Er war allein im Abteil, sein Gefühl war, dass er allein im ganzen Zug war, aber das konnte nicht sein, er hatte am Bahngleis schweigende Soldaten der Jugoslawischen Volksarmee gesehen, Studentinnen, die sich weinend von ihren Freunden verabschiedeten, ein altes Ehepaar, ein paar Touristinnen in kurzen Hosen und mit bunten Hemden.

Er fühlte sich unwohl. Er mochte den Geruch des künstlichen Leders nicht, mit dem die Sitze bezogen waren. Der Boden war schmutzig und verklebt, das Fensterglas trüb. Er hatte seinen Sohn in Zagreb nicht benachrichtigt, dass er kommen wollte, und auf einmal wusste er nicht mehr, warum. Er hatte Hunger, aber wenn er sein Sandwich jetzt schon auspackte, dann würde er bis Zagreb vor Hunger sterben. An den Apfel wollte er gar nicht denken, es wurde ihm übel bei dem Gedanken an die süße Säure. Er ging davon aus, dass dieses schäbige Schienenfahrzeug keinen Speisewagen mitführte, und wenn es doch der Fall war, so fühlte er sich nicht imstande, bei diesen Erschütterungen und plötzlichen Bremsmanövern dorthin zu gehen; der ganze Zug klapperte und quietschte, und er befürchtete, dass er seekrank werden würde, so sehr schwankte der Wagen hin und her. Der Schaffner, der lautstark die Abteiltür aufgerissen hatte, sah ihn nicht an, während er ihm antwortete: Nein, zu essen gebe es nichts, man könne nur Kaffee und Bier bekommen, aber üblicherweise würden alle Passagiere etwas dabeihaben, er solle sich umschauen, vielleicht würde jemand etwas mit ihm teilen. Anton winkte ab, holte den Spionageroman aus seiner Tasche und versuchte zu lesen, aber die Buchstaben bewegten sich wie verrückt gewordene Ameisen vor seinen Augen, sodass er das Buch wieder zuklappte. Er musste sich konzentrieren: Ruhig und tief atmen, einen Punkt fixieren, versuchen an nichts zu denken. Nach einer gewissen Zeit packte er doch das Sandwich aus, kaute jeden Bissen ganz lange und gründlich durch, trank Wasser in kleinen Schlucken und begann sich seine Weiterreise durch Europa – bis nach England – vorzustellen.

Er schloss die Augen und versuchte sich an die Hymne »Jerusalem« zu erinnern, an die Verse von William Blake, für die Sir Hubert Parry die Musik geschrieben hatte und die Eleonora und er zum ersten Mal hörten, als sie nach dem Zweiten Weltkrieg endlich wieder zusammen in England waren, später dann oft im Radio, aber er erinnerte sich nur noch an die letzte Strophe, bei den anderen musste er summen:

I will not cease from Mental Fight,
Nor shall my Sword sleep in my hand:
Till we have built Jerusalem,
In Englands green & pleasant Land.

Als er nach einer Ewigkeit auf unsicheren Beinen am Zielbahnhof Zagreb den Zug verlassen hatte, wunderte er sich, dass am Bahnsteig sein Sohn auf ihn wartete. Dieser wirkte besorgt, sagte, die Tante habe ihn aufgebracht angerufen, ihm von diesem Abenteuer seines Vaters berichtet und sich sehr darüber gewundert, dass er nichts davon wisse, ob er ihm all das bitte erklären möge. Ja, sagte Anton erleichtert, ja, er werde ihm gerne alles erklären, wenn er ihm nur zunächst etwas zu essen besorge und ihn dann etwas schlafen lasse.

Am nächsten Morgen ließ er sich von der Idee, seinen amerikanischen Pass im Konsulat zu verlängern, nicht abbringen. Er wollte nur sicher gehen, dass er diesen Pass für eine *eventuelle* Reise parat habe, wiederholte er so lange, bis der Sohn mit den Schultern zuckte: »Aber reisen wirst du nicht?« Er war ein alter Mann und hatte seine Würde – eine Niederlage zuzugeben fiel ihm nicht leicht. Er schwieg, stellte sich vor, wie er bis zu seinem Tod im Haus an der Küste gefangen sein werde, einsam in der Provinz am Ende der Welt, vor ihm als Trost nur das Meer. Der Sohn verdrehte die Augen, seufzte, sagte: »Vater«, und nichts weiter.

Er verbrachte mehrere Stunden im Konsulat, ließ zu, dass ihm ein durchsichtiger Kaffee eingeschenkt wurde und bediente sich an dem angebotenen Schokoladenkuchen, während sein Pass von einer Hand zur anderen ging, sein Diplom und andere Dokumente geprüft und Abschriften angefertigt, beglaubigt und abgeheftet, die Geburtsurkunden seiner Kinder und die Todesurkunde von Eleonora abgeglichen wurden. Ob es ihm in Jugoslawien gut gehe? Ob er etwas zu berichten habe, was ihn bedrücke? Er erzählte von seiner Suche nach dem *Blauen Porträt,* musste kurz warten und wurde von einer ernsthaften Angestellten höflich dazu befragt. Abschließend ging er in das Amerikanische Kulturzentrum, wie es alle nannten, den Amerikanischen Lesesaal – der offizielle Name lautete *United States Information Service.* Alle Sitzplätze um einen langen Tisch waren besetzt, Menschen blätterten in Zeitungen und Zeitschriften oder in bunten Bildbänden. Eine der Bibliothekarinnen eilte auf ihn zu, bot ihm einen Sessel an, schob ein Tischchen heran, er fühlte sich wie einst in der Public Library in New York.

Er erzählte der Bibliothekarin, dass er sich für zwei Themen interessiere, für Nikola Tesla, vor allem für seine Texte, die der Erfinder zuletzt in *The Electrical Experimenter* veröffentlicht hatte, und darüber hinaus für eine bestimmte Malerin. Bevor er den langen Namen aufsagen konnte, lächelte die Bibliothekarin: »Bestimmt für die, die das Bild gemalt hat, das auf der Titelsite von *The Time Magazin* abgedruckt war. Zu Teslas fünfundsiebzigstem Geburtstag. Es war ja nur ein Ausschnitt des Bildes, habe ich mir sagen lassen.« Allerdings konnte sie ihm nicht weiterhelfen: Sie wusste auch nicht, wo das *Blaue Porträt* sein könnte. Sie würde ihm einige Kunstbände bringen, er solle sich ruhig umschauen.

Der Sohn hatte ihn am Abend gewarnt: »Es ist politisch gerade etwas unruhig, Papa. Die Studenten hier in Zagreb bereiten Demonstrationen vor, man flüstert vom Beginn eines Kroatischen Frühlings, und du weißt, wie der Prager Frühling endete. Ich bin mir nicht sicher, aber es wäre vielleicht besser, wenn ich dich nach Hause bringe, ich könnte am Wochenende fahren.« Zur Überraschung seines Sohnes war Anton sofort einverstanden. Jetzt, da er wieder einen gültigen amerikanischen Pass hatte, meinte er seine Reise nach England zu den beiden älteren Söhnen verschieben zu können, er musste nichts überstürzen – nach der Zugfahrt, die ihm so lang vorgekommen war wie eine Reise mit der Transsibirischen Eisenbahn, war es ihm doch lieber, die Fahrt nicht mit dem Zug fortsetzen zu müssen; er würde einen Flug nach London buchen, ja, das wollte er in Ruhe tun.

Bis zur Abreise wollte er jeden Tag in den Amerikanischen Lesesaal gehen, solange seine Enkelin in der Schule war, ansonsten wollte er die Zeit mit ihr verbringen. Die freundliche Bibliothekarin organisierte ihm wieder einen Sitzplatz, aber etwas war dieses Mal anders: Er spürte, dass er beobachtet wurde. Es war wieder sein siebter Sinn, seine Antenne, mit der er irgendwelche Energieströmungen detektierte, welche die von ihm so hochgeschätzte evidenzbasierte Wissenschaft noch nicht erforscht hatte, die für ihn jedoch Realität waren.

Er musste nicht lange warten. Eine blonde junge Frau mit dicker Hornbrille, die ihr den Ausdruck einer verträumten Schriftstellerin gab – oder kam ihm das nur so vor, weil sich hier in der Bibliothek ganz bestimmt viele Schriftstellerinnen und Schriftsteller aufhielten –, sprach ihn an: »Doktor Matijaca?« Oh, ja, das war er, und er war ganz Ohr. »Meine Kollegin sagte mir, dass Sie nach einem Bild suchen?« Auch sie wusste nichts über den Verbleib des Porträts. Aber sie wusste alles über Nikola Tesla. Sie arbeitete in der Technical Library, im selben Gebäude, und sie wollte sich mit ihm in Ruhe unterhalten, ob er nicht mitkommen könne. Sie war eine glühende Verehrerin von Tesla, schwärmte von der Biografie, die John J. O'Neill verfasst hatte, und konnte sich vor Begeisterung gar nicht beruhigen, als Anton ihr sagte, dass er den Erfinder persönlich gekannt habe. Sie war so überschwänglich, dass er sich zunächst fragte, ob sie ihm überhaupt glaubte und ob diese Übertreibung nicht ironisch gemeint war. Oder handelte es sich dabei um eine neue Art, in der sich die junge amerikanische Generation heute äußerte? In seiner Zeit war freilich alles anders gewesen.

Sie zählte ihm die Gründe für ihre Begeisterung auf: Der Weltfrieden, der aufgrund mehrerer Faktoren erreicht werden könnte, wenn wir nur auf Tesla hören würden; hier seien vor allem die kosmischen Strahlen zu erwähnen, deren Nutzung das Potenzial habe, die heutige Energiekrise zu beenden und alle künftigen Energiekrisen zu verhindern. Die Menschheit müsse seine Warnungen ernst nehmen, ob Mr. Matijaca wisse, dass Nikola Tesla prophezeit habe, dass Kriege in Zukunft nicht mehr durch Soldaten ausgetragen würden, die Kanonen bedienten, deren Reichweite bekannt sei, sondern durch »selbsttätige Luftfahrzeuge, die riesige Sprengstoffladungen tragen und von jedem Punkt der Erde aus gestartet werden könnten, um ihre zerstörerische Aufgabe auszuführen, und dies alles ohne jegliche Besatzung«.[7] Tesla habe das schon 1919 so formuliert, aber niemand habe sich darunter etwas vorstellen können. Sie spekulierte, dass Teslas Visionen in seinem tiefen Einblick in die allgemeinen Geheimnisse der Energie, der Masse und der Geschwindigkeit begründet seien. Anton erwiderte, auch er gehe davon aus, dass man noch lange nicht begriffen habe, was uns dieses Genie an Erkenntnissen hinterlassen habe. Sie fuhr fort, dass sie sehnsüchtig auf die drahtlose Übertragung von Informationen durch ein weltumspannendes System warte, das es ihr ermöglichen werde, jeden Tag mit ihren Eltern in Augusta, Maine, zu kommunizieren, und zwar mittels kleiner Geräte, mit denen man sich auch sehen werde. Nikola Tesla habe angekündigt, dass solche Geräte irgendwann einmal in jede Hemdtasche passen würden.

Am Ende bat sie ihn, seine Adresse und seine Telefonnummer aufzuschreiben, sie werde sich melden, sobald sie etwas über den Verbleib des *Blauen Porträts* in Erfahrung bringe, sie werde sofort andere amerikanische Konsulate und Kulturzentren anschreiben; leider sei in Budapest eine vergleichbare Bibliothek wie diese hier geschlossen worden, die Bestände seien sogar nach Zagreb transferiert worden, denn bei einer ungarischen Malerin würde man wohl trotz ihres russischen Prinzessinnentitels zunächst in Budapest nachschauen. Daran hatte er nicht gedacht. Vor dem Zweiten Weltkrieg hatte er noch nicht nach dem *Blauen Porträt* gesucht, sein Beruf hatte ihn vollständig absorbiert, und nach dem Zweiten Weltkrieg war der Eiserne Vorhang irgendwann so schwer und undurchsichtig geworden, dass er sich nicht vorstellen konnte, dass jemand aus New York eine Leinwand, auf der ein serbisch-amerikanischer Wissenschaftler aus Smiljan, Lika, Kroatien, ehemals Österreich-Ungarn, heute Jugoslawien, abgebildet ist, nach Osteuropa bringen könnte. Nach Budapest, ehemals Österreich-Ungarn, heute Volksrepublik Ungarn. Aber wenn er genauer darüber nachdachte: Warum eigentlich nicht? Denkbar wäre es, und er hoffte, dass sich die junge Frau tatsächlich bei ihm melden würde, wenn sie etwas erführe.

4.

Es war Eleonora, die ihn viele Jahre nach ihrem Leben in New York gefragt hatte, ob er glaube, Nikola Tesla habe mehr für Männer übriggehabt als für Frauen. Er war schockiert gewesen. »Wie meinst du das?«, hatte er barsch zurückgefragt, als wäre ihre Frage ein unzulässiges Kratzen an einem heiligen Bild. An einer Ikone. Tesla persönlich hatte ihm erzählt, wie Ikonen gemalt werden: vom Dunkel her ins Licht. Ein Ikonenmaler verbinde die profane Welt mit der heiligen, sein Anliegen sei es nicht, originell zu sein, sondern dem Wesen der göttlichen Natur gerecht zu werden, und das aufgetragene Gold sei keine Zierde, sondern das Licht, das alles Leben spende.

Er hatte den Ausführungen von Tesla damals entnommen, dass die Ikonenmaler eine Anatomiestunde durchlaufen, allerdings vom Ende zum Anfang: Zunächst werden die Schädelknochen mit dem Untergrund verbunden, um dann mit dem Fleisch, den Muskeln und den Hautschichten ausgekleidet zu werden. Jeder Pinselstrich eine weitere Hautschicht. Als er mehr erfahren wollte, hatte der alte Mann nur abgewunken und war ins Grübeln verfallen. »Gott ist das Licht«, hatte er am Ende gesagt, aber wir Menschen wüssten weder was Licht noch wer Gott sei.

Tesla war nicht nur mit der Bibel vertraut, sondern mit der Mystik des byzantinischen Ostens. Außerdem war er ein Asket. Und nun erlaubte sich ausgerechnet seine Frau, lange nachdem dieser vergeistigte Eremit tot war, diese Frage zu stellen, und lachte ihn dazu noch aus, weil er darauf mit Missmut reagierte. Dabei war es ihm klar, dass es manchmal unüberwindliche Unterschiede zwischen einem britischen und einem südslawischen Blick auf die Realität gab. Auch wenn sie seit Jahrzehnten hier in den Schluchten des Balkans, wie sie selbst scherzte, lebte, konnte Eleonora nicht verstehen, dass die fanatische Entscheidung, asketisch der Menschlichkeit zu dienen, die freie Entscheidung eines christlich-orthodox geprägten Menschen sein konnte.

»Man sieht, dass du vom Balkan stammst«, zog sie ihn auf wie einst Ernesto, »ihr seid noch schlimmere Puritaner als die Briten oder die Amerikaner. Wozu bist du Arzt? Nichts Menschliches dürfte dir fremd sein. Weißt du, wie man sich über Oscar Wilde, der nur zwei Jahre vor Tesla nach New York gekommen ist, in der ach so modernen Neuen Welt in einer Schmähschrift über die ›unmännliche Männlichkeit‹ lustig gemacht hat? Geschrieben hat das ein gewisser Higginson, den niemand mehr kennt, während Oscar Wilde unsterblich ist. Und jetzt lesen sogar hier im sozialistischen Jugoslawien die Kinder in der Schule *Das Bildnis des Dorian Gray*. Übrigens fand ich Teslas Garderobe elegant. Ich hätte nichts dagegen, wenn alle Männer mehr auf ihre Kleidung achten würden.«

Er dachte an die ordentlich aufgereihten, sorgfältig polierten, knöchelhohen Lederschuhe mit den winzigen Knöpfen, die er im Hotelzimmer Teslas gesehen hatte, an den schwarzen Zylinder, auf dessen Seidenfutter die Initialen N.T. mit goldenen Buchstaben aufgedruckt waren. »Du irrst dich«, hatte er geantwortet, ruhig und bestimmt, »Tesla hat seiner Kleidung sehr viel Aufmerksamkeit geschenkt, doch aus einem anderen Grund, als du vermutest. Es war seine Art, die eigene Würde zu beschützen.«

Mit seiner medizinischen Neugier hatte er immer wieder über die Zwangsstörungen von Nikola Tesla nachgedacht, und er war zum Schluss gekommen, dass dieser selbst um sein Problem zwar wusste und es ausgezeichnet vor der Öffentlichkeit verbarg, dennoch stets besorgt sein musste, von anderen Menschen dafür verspottet und in seiner Würde verletzt zu werden. Er musste die Kontrolle über eine Störung behalten, die der Kontrolle diente. Jede Zwangsneurose ist ein Kater, ein *Mačak*, der sich an seinem Schwanz festhält und im Kreise dreht. Tesla war ein Asket, der die Selbstbeherrschung behielt, auch als es mit seinem Erfolg bergab ging. Er war von Konkurrenten umgeben, von missgünstigen durchschnittlichen Erfindern und von milliardenschweren Investoren, die schnelle Ergebnisse sehen wollten, anstatt sich die wegweisenden Theorien eines von der Erkenntnis Besessenen anzuhören. Er sagte Eleonora, dass er die Vermutung von Teslas Homosexualität für eines der vielen Gerüchte hielt, die Neider in die Welt gesetzt hatten, um dem stolzen Mann auf irgendeine Art zu schaden, ihm seine Erfindungen zu stehlen und sich nach Möglichkeit selbst damit zu schmücken. Die Neider waren so etwas wie ein schwarzes Loch im Universum. Eine Art Gegenmaterie, die jedes Licht verschlucken konnte.

Als Auswanderer, der das Heimweh bekämpfen musste, war Nikola Tesla unablässig mit dem frühen Tod seines Bruders beschäftigt gewesen, mit der Liebe zu seiner Mutter, während sich in seinem Kopf Zukunftsvisionen und Turbinen drehten, die Energie floss und die Informationen durch den Äther schwirrten. Er hatte keine persönliche Energie übrig, um sich mit einer Beziehung mit wem auch immer aufhalten zu können. Außerdem hatten ihn seine neurotischen Obsessionen geplagt, die ermüdend sein konnten.

»Das wäre überhaupt nichts Schlimmes«, sagte Eleonora. »Die Zeiten, in denen man Oscar Wilde einkerkerte und Alan Turing zwang, Hormone zu schlucken, sind zumindest in England vorbei. Hier in Jugoslawien sind die verlogenen Ordnungshüter immer noch am Werk. Doch in unseren vier Wänden brauchen wir keine puritanische Weltsicht zu pflegen.«

Er antwortete, dass all das wohl stimmen könne, es gelte aber eben nicht für Nikola Tesla: »Tesla hat all seine Kräfte, und sie waren außerordentlich in jeder Hinsicht, in seine Erfindungen und seine philosophischen Betrachtungen und Visionen gesteckt. Dafür hat er ein komplexes Kontrollsystem entwickelt. Kontrolle war der Leitfaden seiner Askese. Nenne es Genialität, nenne es Zwangsneurose, nenne es Besessenheit, nenne es Einsamkeit, aber er hat dank dieser Askese mehr Dinge entdeckt, erfunden und produziert als eine ganze Schar hochgeehrter Universitätsprofessoren zusammengenommen.«

»Auch Alan Turing, der mit der Erfindung der Rechenmaschine den Krieg abgekürzt hat, weil er damit die deutschen *Enigma*-Codes knacken konnte, hat mehr Verdienste als all seine Kollegen aus Princeton und Cambridge zusammen«, sagte Eleonora. Sie empfand die ausgebliebene Anerkennung für Turing als ähnlich ungerecht wie er den fehlenden Nobelpreis für Tesla. »Man hat Turing zu einer chemischen Kastration verurteilt, anstatt ihn mit Preisen zu überhäufen. So viel zur Grausamkeit der Briten, danke, ich habe mich jetzt daran erinnert. Womit wir wieder bei den Fehlern der Medizin wären – die Psychiater behaupteten damals, dass man damit Homosexualität heilen könnte.«

Sie hatte nach diesen Worten geschwiegen und er hatte verlegen geschaut, als wäre er persönlich für alle Fehler sowohl der Briten wie auch seiner Zunft verantwortlich.

Er musste zugeben, dass die Fehler der Mediziner zahlreich waren. Aber auch ihre Verdienste. Wenn seine Frau allerdings bei den Fehlern war, dann brauchte er ihr nicht mit der lebensrettenden Erfindung des Sulfonamids oder der Impfung gegen Polio zu kommen. Außerdem wusste sie von den Experimenten, die Himmlers Leibarzt Karl Gebhardt mit Sulfonamiden an KZ-Häftlingen durchgeführt hatte. Wie man es drehte, die Geschichte der Medizin war voller Höhenflüge und Abstürze, und Eleonora wollte die dunkle Seite nicht ausblenden, das war immer schon ihre Art gewesen, mit der Realität umzugehen.

»Angeblich hat sich Turing mit einem vergifteten Apfel umgebracht, weil er gerne Disneys *Schneewittchen und die sieben Zwerge* sah.« Nach diesen Worten hatte sie nach seiner Hand gegriffen, als wollte sie mit ihm zusammen diese Ungeheuerlichkeit durchstehen. »Turing ist im Frühling immer mit einer Gasmaske herumgeradelt, weil ihm der Heuschnupfen auf die Nerven ging. Das hätte Tesla nie getan, er hat auf sein Äußeres geachtet, aber sich wie eine Vogelscheuche mit Tauben zu umgeben, das fand er in Ordnung. Und weißt du was? Ich fand es auch in Ordnung.«

Sie hatten Nikola Tesla einmal in New York gesehen, wie er umringt und belagert von Vögeln an einer Ecke vor dem Bryant Park stand. Als er die beiden bemerkte, gab er ihnen ein Zeichen, und sie warteten, bis er die Vögel zärtlich abgeschüttelt hatte. Danach grüßte er höflich, ohne ihnen die Hand zu reichen, und wies auf eine Taube, die immer noch auf seinem Schuh verharrte: »Dieser Bursche hier macht mir Sorgen. Könnten Sie am Abend vorbeikommen, Doktor Matijaca, und einen Blick auf ihn werfen? Ich werde ihn heute bei mir im Hotel einquartieren.«

Er vermisste seine Frau. Er notierte in sein Heft, in dem er begonnen hatte, Tagebuch zu führen, und das immer mehr zu einem Erinnerungsbuch wurde, dass sie den britischen Mathematiker Alan Turing verehrt habe und empört gewesen sei, wie die Psychiater und die britische Justiz ihn behandelt hätten. Eleonora kannte diese Geschichten aus ihren Büchern und Magazinen. Sie konnte sich heftig über die Ungerechtigkeiten, die Ideendiebstähle und die erbitterten Kämpfe aufregen, die hinter den Kulissen der Forschungsstätten geführt wurden. Eleonora, die ansonsten alles mit Gleichmut ertrug, wurde bei diesem Thema emotional, vielleicht deshalb, weil sie selbst gerne Naturwissenschaften oder Medizin studiert hätte: »Es sind die Außenseiter und häufig Frauen, die dabei den Kampf verlieren«, pflegte sie zu sagen und schielte dabei in seine Richtung, als könnte er etwas dafür. »Es war eine Frau, die festgestellt hat, dass X- und Y-Chromosomen das Geschlecht eines Lebewesens bestimmen, und eine andere Frau hat die DNA entschlüsselt – in beiden Fällen gingen die Nobelpreise an ihre männlichen Kollegen.«

Er wusste, dass es nicht Eleonoras Art war, etwas rückblickend zu bedauern, aber womöglich hatte sich in ihrer Seele eine Unzufriedenheit darüber festgesetzt, dass sie selbst keine Wissenschaftlerin oder Ärztin geworden war? Er konnte sie nicht mehr fragen, andererseits dachte er, dass er hier vielleicht etwas hineininterpretierte, was nicht zu Eleonora passte: Sie verfügte über die Begabung, die Realität zu akzeptieren, in der Gegenwart zu leben und nichts zu bedauern. Er hätte sich gerne noch einmal mit ihr darüber unterhalten. Aber sie war in den Tod entrückt, unwiderruflich verschwunden. Ein echtes Wiedersehen, mit allem, was dazu gehört, ihrem Duft, ihrer Stimme, ihrer zupackenden Art, konnte er sich nicht vorstellen. Bei Dante lebten die Menschen mit all ihren Eigenschaften in der Unterwelt weiter, waren aber dennoch unnahbar. Das wäre erst recht eine Qual für ihn – zu wissen, dass sie in einem jener Kreise weilte, vermutlich im Paradies, ohne dass er sie erreichen konnte.

Der Tod erstreckt sich in die Ewigkeit, aber wo befindet sich auf der Krümmung der Raumzeit unser Leben, wenn es vergangen ist? Oder ist die Ewigkeit doch eine Gerade? Und wie ist sie mit der Unendlichkeit des Universums verbunden? Sind die Physik und die Literatur die einzigen Aktivitäten des menschlichen Geistes, die die entschwundene Zeit zurückholen können? Nikola Tesla hatte die Ewigkeit als eine Gerade imaginiert und sich nie mit der Idee der Krümmung von Raum und Zeit anfreunden können. Er fragte sich, ob Tesla gewusst hatte, dass Albert Einsteins erste Frau ebenfalls Serbin gewesen war. Auch das hatte er von Eleonora erfahren: Mileva sei eine Mathematikerin gewesen, die ihre Karriere für die Familie und ihren undankbaren Ehemann geopfert haben sollte. Tesla brachte die Relativitätstheorie in Rage, aber nirgendwo hatte er die Serbin Mileva erwähnt, die von ihrem Mann – einem weiteren Nobelpreisträger – verlassen und im Stich gelassen worden war. Dabei wäre sie dem Erfinder, der Tauben mehr als Menschen mochte, vielleicht eine gute Freundin geworden.

5.

Die Rückkehr aus Zagreb wurde zu einem Familienausflug. Die Küste empfing sie voller Sonnenstrahlen, das Meer begrüßte sie mit freudigem Geplätscher, das Haus atmete wieder, Anton ging sogar mit zum Friedhof und legte frische Blumen auf das Familiengrab, blieb kurz auf der warmen Granitplatte sitzen. Als sein Sohn und die Enkelin wieder abgereist waren, begann er den Flug nach England zu planen, doch plötzlich überstürzten sich die Ereignisse: Demonstrationen; Proteste; Studentenunruhen; Entlassungen; Verhaftungen; Verschwörungen; Terroristengruppen; jugoslawische Botschafter im Ausland getötet; jugoslawische Emigranten im Ausland getötet; Flugzeuge entführt; überall Geheimpolizei; noch mehr Flugzeuge entführt; stundenlange Plenarsitzungen der Partei; die Änderung der Verfassung; eine Energiekrise; die Bewältigung der Energiekrise; der Tourismus florierte, aber schon bahnte sich eine neue Krise an; noch mehr Geheimpolizei.

Er verlor den Überblick.

Immer, wenn er gerade aufbrechen wollte, passierte irgendetwas. Die Krise wurde zum Dauerzustand.

Er wartete, dass sich die Situation im Land und in der Welt stabilisierte. Gleichzeitig hoffte er, dass er beweglicher, energischer, stärker, fitter werden würde – seinem gesamten medizinischen Wissen zum Trotz.

Er wurde nur älter.

Er musste sich eingestehen, dass er nicht mehr reisen würde. Die ganze Nacht hatte er sich in seinem Witwerbett hin- und her gewälzt, und als sich der Hahn zum ersten Mal meldete, sagte er laut in das leere Zimmer hinein: »Es ist eine Niederlage.« Beim zweiten Mal sagte er: »Es ist die Vorstufe des endgültigen Abschieds.« Er wartete auf die Kirchenglocke, die die wenigen alten Frauen zur Frühmesse rief, und sagte: »Es ist die Ankündigung des Endes«, und als sich der Hahn das dritte Mal meldete, flüsterte er: »Mit einem Bein im Grab.«

Er war einfach zu alt, um die Koffer zu packen, Tickets zu besorgen, Geld umzutauschen, Anrufe zu tätigen, Hotels zu reservieren, Gastgeschenke auszusuchen, das Haus zu verriegeln, den verwilderten Garten der weiteren Verwahrlosung zu überlassen, in einem fremden Bett zu schlafen. Er strich über die Bettdecke, tastete mit der Hand über die sanfte Federung der Matratze. Sein Bett war Trost und Falle zugleich. Er würde noch ein wenig liegen bleiben. Es wartete sowieso nichts und niemand auf ihn, nur sein altes Leben, abgenutzt wie das Leder seiner Arzttasche.

Jetzt hieß es, die innere Kraft zu sammeln und keine Altersdepression zuzulassen. Mit Wehmut stellte er fest, dass es leichter war, darüber Vorträge zu halten und andere zu belehren: »Man muss mit sich selbst und mit dem Lauf der Zeit im Reinen sein. Man muss die Dinge akzeptieren, so wie sie sind. Man muss wissen, wann es Zeit ist, abzutreten.« Man muss.

Er fühlte sich einsam. Ein Anflug von Selbstmitleid überkam ihn: Nicht einmal seine Patientinnen und Patienten brauchten ihn mehr, vor Ort gab es junge, gut ausgebildete Ärztinnen und Ärzte, in Split wurde ein neues klinisches Zentrum gebaut, es gab sogar eine hervorragende Entbindungsklinik, überall wuchsen modern ausgestattete Ambulanzen aus dem Boden.

Er gab sich einen Ruck, warf die Bettdecke zur Seite, stand auf, schleppte sich in die Küche, nicht einmal das

Frühstück machte ihm mehr Freude. Vielleicht könnte er seine Enkelin überreden, den Sommer bei ihm zu verbringen? Ein Hoffnungsschimmer, an den er sich halten könnte.

*

Was wäre aus seinem Leben geworden ohne die amerikanische Erfahrung? Als er 1905 von Ellis Island kommend gemeinsam mit Ernesto und in Begleitung von Doktor Lucianelli den Boden von Manhattan betrat, war das der wichtigste Schritt in seinem Leben. Er wollte, dass seine Enkelin etwas darüber erfuhr. Vielleicht würde sie auch einmal fortgehen wollen? In Europa wusste man nie, wann irgendwo eine nationalistische oder andere ideologische Katastrophe ausbrechen würde, darüber hatten Ernesto und er schon damals diskutiert. Inzwischen hatte sich diesbezüglich nichts geändert.

Nikola Tesla wäre in seinem Dorf auch verrückt geworden, erstickt von der Enge und vom Mangel an Möglichkeiten. Am Ende war er ein einsamer alter Mann im Hotel New Yorker gewesen, der von der 33. Etage zusehen musste, wie sich unter ihm die Welt bewegte, die nichts mehr von ihm wusste. Der Mann, der das Zeitalter des elektrischen Stroms ermöglicht hatte, wurde nicht mehr gebraucht.

Auch er, der zurückgekehrt war, stand jetzt ganz allein am Fenster seines Wohnzimmers in Dalmatien und sah den Wellen zu, die sich gemächlich auf und ab wälzten und die Kieselsteine, das Neptungras und die Gischt über den Strand verteilten. Irgendwann ist jeder allein, ob Altansässiger, der nie sein Dorf verlassen hat, Rückkehrer oder Weitgereister, der nie zurückgekehrt ist.

*

Von Eleonora hatte er gelernt, dass das beste Mittel gegen dumme Gedanken das Lesen ist. In der neuesten Sendung von Leihbüchern, die ihm per Post aus dem Amerikanischen Kulturzentrum geschickt wurden, war ein Magazin, das er bestellt hatte, weil er einer Spur von Nikola Tesla nachgehen wollte: In einem Essay schwärmte Tesla von Bernarr Macfadden, der die amerikanische Körperkultbewegung begründet hatte, und in diesem Magazin ging es um Macfaddens Tod.

Macfaddens Biografie war in New York auch zu Antons Zeiten Stadtgespräch gewesen: Er war ein schmächtiges Waisenkind, das auf eine Farm geschickt wurde, um dort an der frischen Luft zu arbeiten, um stark und gesund zu werden. Zurück in der Stadt, begann er mit Hanteln zu trainieren, regelmäßig zu wandern und sich vegetarisch zu ernähren. In seiner Zeitschrift *Physical Culture*, die auch im Anatomischen Museum in der Praxis von Doktor Kelly ausgelegt war, erklärte Macfadden seine Prinzipien, die er zusätzlich in Büchern über Fitness und Männlichkeit ausarbeitete und in einem vegetarischen Restaurant propagierte: Heilfasten, Milchdiät, Gymnastik, Rohkostdiät, kein Brot, dazu Sex als Ganzkörpertraining. Nur an den letzten seiner Ratschläge hatte sich Tesla höchstwahrscheinlich nicht gehalten. Und in einem weiteren Punkt hatte Macfadden vermutlich Tesla beeinflusst: Er wetterte gegen die Ärzte und behauptete, sie würden nur Pillen verschreiben, er aber würde in seinen *Schulen für das Leben* bereits Kindern im Alter von drei Jahren zu einem gesunden Leben verhelfen; wer sich an seine Lehren hielte, würde immer stark, muskulös und gesund sein. Das Ganze galt für Männer, Frauen durften sich daran ein Vorbild nehmen, sie interessierten ihn aber, wenn überhaupt, nur als Objekte für die angepriesenen Sexübungen.

Macfadden war 1955 an einer nicht behandelten Harnröhreninfektion gestorben, weil er keinen Arzt aufsuchen wollte, obwohl es schon Antibiotika gab. An etwas muss man sterben, aber diese höllisch schmerzhafte Infektion, die man hätte heilen können, war Antons Meinung nach keine gute Wahl. Eine gesunde Lebensweise mit körperlichen Übungen und mit vielen Pflanzen in der Nahrung, auch das gelegentliche Fasten, sollten Medikamente, Ärzte und die wissenschaftliche Medizin nicht ausschließen. Er überlegte, ob er genau darüber schreiben sollte. Damit nicht nur Lisa, sondern die Nachwelt es lernte. Anstatt sich selbst zu bemitleiden, könnte er wieder anfangen, morgens Gymnastik zu treiben, und seine Erinnerungen schriftlich festhalten. Von einer Milchdiät hielt er nichts; er erinnerte sich an den abgemagerten Nikola Tesla und an den Kellner im St. Regis Hotel, der ihnen Milch anstatt Wein einschenkte. Auch das könnte er beschreiben. Vielleicht würde Lisa es gerne lesen.

Gerade als er sich vom Fenster losgerissen und dem Meer den Rücken zugewandt hatte, um sich an den Schreibtisch zu setzen, klingelte es an der Tür. Der Besucher war ein junger Mann, der schüchtern lächelte und ihn auf Englisch begrüßte, fragte, ob er ihn kurz sprechen könne. Er stellte sich vor, reichte ihm eine Visitenkarte: »Michael Jankiewicz, Kunsthändler«. Anton stand in der Tür, unschlüssig, ob er ihn ins Haus bitten oder mit ihm nach draußen gehen sollte, in ein Café oder auf eine Bank an der Uferpromenade. Er hatte in einer der amerikanischen Zeitungen gelesen, dass es Betrüger gebe, die alte Menschen überfielen, indem sie ihr Gefühl der Einsamkeit ausnutzen. Aber so gebrechlich und hilflos war er noch nicht, bis gestern hatte er noch eine Reise nach England geplant, und bis vor einigen Jahren war er als Geburtshelfer im Einsatz gewesen.

Jankiewicz bemerkte sein Zögern: »Ich erkläre es Ihnen. Es geht um Nikola Tesla. Ich habe gehört, dass Sie ihn kannten und dass Sie nach einem Porträt von ihm suchen.« Er bat den Mann ins Haus, bot ihm eine Tasse Tee an und setzte sich mit ihm vor das offene Fenster ins Wohnzimmer. »Ich möchte ehrlich zu Ihnen sein, Herr Doktor. Es gibt ein Gerücht, dass Sie nicht nach dem *Blauen Porträt* suchen, weil Sie kunstinteressiert sind, sondern weil Sie wissen, dass in diesem verschwundenen Bild die Pläne für Teslas Waffen versteckt sind. Vor einem Jahr, im Mai 1977 wurde in der Zeitschrift *Aviation Week* ein Artikel über Teilchenstrahlenwaffen veröffentlicht, die die Sowjets entwickelt haben sollen, sogar in *Science* konnte man darüber lesen. Es waren Kopien von Zeichnungen beigefügt, die jemand – ich nenne keine Namen, denn das könnte für Sie gefährlich werden – also, die jemand eindeutig als Teslas Zeichnungen identifiziert hat. Das große Rätsel lautet: Um welche Zeichnungen handelt es sich, und wo befinden sich die Originale? Und ich frage mich, ob Sie etwas mehr darüber wissen.«

War er Engländer, Russe, Pole oder Amerikaner, Ost- oder Westdeutscher oder gar Jugoslawe – Slowene, Albaner, Serbe, Kroate, Italiener, Donauschwabe? Der Mann nahm auch im Haus die Sonnenbrille nicht ab, ein Pilotenmodell aus dunkelgrünem Glas. Er erinnerte ihn stark an einen der Italiener, die sich am Friedhof versammelt hatten, als Ernesto beerdigt worden war. Der Barmann Giulio war da gewesen, er war schon wieder nach New York zurückgekehrt, auch Theaterleute aus der Bowery Street und einige Dalmatiner, die sich an die gemeinsamen Ausflüge in die Krone der Freiheitsstatue erinnerten. Er wollte am Grab aus dem *Paradies* von Dante lesen, aber der Kummer hatte ihm die Kehle zugeschnürt, er hatte kaum atmen können, und so drückte er nur die in Leder gebundene Prachtausgabe der *Göttlichen Komödie* an sich. Ernesto hatte sie ihm zusammen mit seinem Sparbuch der österreichisch-italienischen Bank in Triest vererbt, die allerdings bald nach Ende des Krieges bankrott gegangen war. Auf dem Sparbuch war der Zettel befestigt gewesen: »Bitte für Stellas Gesundheit verwenden.« Stella hatte mit geschlossenen Augen neben dem offenen Grab gestanden, ein frierender Engel, in einen dicken schwarzen Schal eingewickelt, obwohl der Tag sonnig war.

Aber dieser Mann konnte nicht jener Italiener sein, er müsste jetzt hundert Jahre alt sein, es waren ja sechzig Jahre seit Ernestos Beerdigung vergangen. Dieser Mann musste ein Agent sein. Ein Spion, ein Geheimpolizist, ein Schnüffler.

Der Präsident Jugoslawiens Josip Broz, genannt Tito, war alt und gebrechlich geworden, aber immer noch hing der ganze staatliche Apparat an seiner Person. Viellicht fiel es dem abgebrühten Partisanenmarschall schwer, das Alter zu akzeptieren? Dieser Besucher erschien Anton wie ein Vorbote des großen Verfalls. Die Ankündigung einer drohenden Katastrophe. Jugoslawien war das berühmte »Etwas Dazwischen«, weder Ost noch West, ein geopolitischer Spagat, ein »blockfreies Land«, das sich besonders souverän gab, und die Tatsache, dass auf einmal ausländische Spione am helllichten Tag bei einem aufkreuzten, war ein schlechtes Zeichen.

Er sah die Visitenkarte noch einmal genau an und sagte zu Herrn Jankiewicz, dass er sich irren müsse und falsch informiert worden sei, er suche nicht mehr nach dem *Blauen Porträt*, diese Suche habe er schon längst aufgegeben, und für Waffentechnologie habe er sich im Übrigen nie interessiert.

6.

Sich übergeben oder in Ohnmacht fallen, um in die Geheimnisse des Lebens und die Rätsel des Todes eingeführt zu werden – so beginnt jedes ernsthafte Studium der Medizin.

Er schrieb in sein Heft:

Auf der Marmorplatte in der Saalmitte lag ein Schwarzer. Vollständig nackt, vielleicht sechzig Jahre alt, zwei Meter groß und hundert Kilogramm schwer. Seine Augen weit aufgerissen, der Mund klaffte, sein Bauch aufgedunsen, seine Unterschenkel geschwollen. Bevor er mit der Obduktion begann, überflog unser Pathologieprofessor den Bericht der Klinikärzte: Die Anamnese, den Verlauf der Erkrankung, die durchgeführte Behandlung, die Schlussfolgerungen der Ärzte zu der Krankheit des Mannes, in deren Folge der Tod eingetreten war.

»Sie sollten sich nicht wundern, meine Herren, wenn die Obduktion zutage bringt, dass die Person neben den beschriebenen Erkrankungen auch an einer weiteren Krankheit gelitten hat und vielleicht auch an dieser gestorben ist.«

Und tatsächlich: Während es im Arztbericht hieß, dass der Patient an alkoholbedingter Leberzirrhose, an Koronarsklerose und an Myokarditis litt, zeigte die Obduktion, dass er darüber hinaus Pankreaskrebs hatte, mit Metastasen im Magen und im Bauchfell (Peritoneum). Der Mann war an Krebs gestorben. Die Klinikärzte hatten nicht einmal einen Verdacht in dieser Richtung gehabt.

Es roch nach Tod, und dieser Geruch vermischte sich mit dem Gestank der Desinfektionsmittel und des Formalins, in dem die Leichenteile lagerten. Während ich einen Oberschenkel betastete, der auf meinem Arbeitstisch lag, wurde mir übel, schwindelig und schwarz vor Augen.[8]

Diesen Geruch, den er im Institut für Anatomie des Eklektischen Medizinischen Kollegiums der Stadt New York das erste Mal verspürt hatte, konnte er sich zeit seines langen Lebens zurückrufen. Es reichte ein Bild, ein Farbenspiel, eine kühle Brise, und schon erschnupperte er ihn in der Luft und sah die Eisblöcke, die unter den Tischen für Kühlung sorgten, sah die Eisenwanne, in die er und seine Kollegen die Körperteile ablegten, nachdem sie sie seziert hatten. Egal, wie intensiv sich in all jenen Jahren, die noch folgten, Blut und Eiter, Urin und Stuhl, Erbrochenes und Verwestes durch die Nasenrezeptoren in sein Bewusstsein einprägten, der Erinnerung an den eisigen Geruch, in den seine erste Anatomiestunde eingetaucht war, wohnte eine magische Kraft inne. Dieser Geruch war eine Zeitmaschine, die ihn mühelos in seine erste Pathologiestunde versetzte, egal wie viel Zeit inzwischen verstrichen war.

»Nur durch die Toten verstehen wir endgültig das Leben. Wir sollten ihre stumme Weisheit bewundern«, hatte der Professor vor dem eröffneten Thorax und Abdomen des Krebstoten gesagt. »Ihre Körper verraten uns, dass sie fortgegangen sind, und nur dieses verödende Fleisch hinter sich gelassen haben.«

Es war ihm immer noch schwarz vor Augen, aber er war wach, hörte diese Worte und es ging ihm etwas besser, als er sie begriff: Der Tod verwandelt den Körper in eine leere Hülle, aus der der Mensch entschlüpft, niemand weiß, wohin.

»Man muss nur lange genug leben, um zu wissen, dass nicht nur wir Pathologen, sondern alle Mediziner irgendwann an die Unheilbarkeit stoßen«, so sagte der Professor und sah mich an, als wollte er mich ermuntern, während mir zwei Kommilitonen auf die Beine halfen und ich mir ein mit Lavendelessenz getränktes Taschentuch vor die Nase presste.

Er war jetzt 92. Es war ihm bewusst, wie nah der Augenblick seines eigenen Todes gekommen war. Es war sowieso erstaunlich, dass er es bis zu diesem Zeitpunkt durchgestanden hatte. Deshalb hatte er vor einiger Zeit angefangen, seine Erinnerungen aufzuschreiben. Er wollte nicht nur von den Erlebnissen, sondern auch von den Erkenntnissen berichten.

Es ging um ein Lob auf die Wissenschaften, allen voran die Medizin, das er mit der nachkommenden Welt teilen wollte: Der Natur ihre tiefsten Geheimnisse entreißen und dabei nach Möglichkeit helfen und heilen – er konnte sich keine edlere Tätigkeit vorstellen. Er unterstrich die Worte *nach Möglichkeit*, denn er war sich der Grenzen der Heilkunst schmerzhaft bewusst.

Er beobachtete, wie die Menschen nach dem siegreichen Einzug der Naturwissenschaften in die Medizin ganz unrealistische Vorstellungen entwickelten. Sie erwarteten neuerdings, dass man sie immer und in jeder Situation retten konnte. Antibiotika, Impfungen, Sera, Chemotherapien, Radiotherapien, Anästhesiemethoden, all das florierte und entwickelte sich mit rasanter Geschwindigkeit, und die Menschen um ihn herum wurden übermütig, verdrängten das Wissen um die eigene Sterblichkeit. Er aber hatte seine geliebte Frau nach einem Schlaganfall verloren, und sein jüngster Sohn war an Krebs gestorben. Er hatte Säuglinge und Greise gehen sehen, kräftige Seemänner starben an Herzinfarkten, genauso wie flinke Fußballspieler, junge Bäuerinnen siechten dahin, weil die Tumoren ihre runden, weichen Brüste zerfraßen, und weder seine noch die Zauberkünste irgendwelcher Kräuterweiber, die herbeigerufen wurden, konnten ihnen helfen. Tuberkulose, Cholera, Scharlach, Kinderlähmung und Malaria waren vergessen, als hätten in der Vergangenheit nicht Millionen daran gelitten, und heute wurden die Ärzte schon beschimpft, wenn jemand nach einer Gallenoperation nicht alles essen durfte oder von einem Medikament Gastritis bekam.

Er wollte über die Grenzen schreiben, an die die Medizin stieß, egal, wie forsch sie voranschritt. Und über den Segen dieses Voranschreitens.

Die Menschen waren undankbar: Wenn man sie nicht vollständig heilen konnte, beklagten sie sich bei anderen Ärzten, gingen zu irgendwelchen Quacksalbern, erzählten von den Wundern, die anderswo geschahen, von Kräften, die angeblich der Glaube verlieh, wofür Lazarus ein Beispiel sein sollte. Die unverbesserliche Hoffnung auf die Unsterblichkeit und die Ablehnung des Todes ließen die Menschen unvernünftig werden. Darüber wollte er schreiben. Er bedauerte, dass er nicht über Ernestos Scharfzüngigkeit verfügte, aber er würde seine Gedanken geradeheraus und unumwunden aufschreiben, ohne sich um einen besonderen Stil zu bemühen. Er wollte sich nur klar und deutlich ausdrücken.

Im Unterschied zu Ernesto hatte er die Eindrücke, die sie auf den Straßen New Yorks jeden Tag aufs Neue herausforderten, nicht notiert, das war ihm überflüssig vorgekommen, er hatte doch Briefe an seine Eltern und Geschwister verfasst, allerdings hatte er die Realität darin ein wenig verschönert. Dennoch holte er das zusammengeschnürte Bündel seiner eigenen Briefe aus dem Haus seiner verstorbenen Eltern, in dem jetzt seine Schwester mit ihrer Familie lebte, und lächelte beim Lesen. In seinen Notizheften fand er neben den damals gültigen Preisen und den Ein- und Ausgaben auch Termine (und auch die Bestätigung, dass sie stattgefunden hatten, da er in diesem Fall immer ein Häkchen dahintergesetzt hatte). Er fand auch Adressen und die Namen der Medikamente, die sich als hilfreich erwiesen hatten, auch die Nebenwirkungen hatte er notiert.

Seine Memoiren würden die Wissenschaft preisen, aber er wollte auch die Lehre berücksichtigen, die er aus einem deutschen Gedicht gezogen hatte, das ihm Nikola Tesla einmal im Zimmer des Hotels New Yorker vorgetragen hatte: Mit seiner schwachen, hohen Stimme hatte der Erfinder von einem Zauberlehrling gesprochen, der die Geister nicht mehr zu bändigen wisse, die er mit irgendwelchen Experimenten hervorgerufen habe. Anton hatte nicht viel verstanden, aber dennoch Unbehagen verspürt, als der hagere alte Mann die seltsamen Worte wiederholte: *walle, walle, wehe, wehe.* Tesla hatte dieses Gedicht an ihn als Mediziner gerichtet, als Illustration einer unzulässigen Anmaßung der Ärzte, wie er sich ausdrückte, und Anton hatte sich damals im Brief an seine Eltern gefragt, wieso ein derart kluger und gebildeter Mann so blind für die eigene Tätigkeit sein könne, hatte Tesla doch mit dem Wechselstrom, mit den Hochfrequenzströmen, mit dem Teleautomaten oder mit den Radiowellen ebenfalls die Welt verändert, genauso wie die Ärzte mit neuen Operationsmethoden oder mit den Impfungen.

Das *Blaue Porträt* war unauffindbar. Er wollte in seinen Memoiren darauf eingehen, die Suche danach seiner Enkelin überlassen. Und er musste endlich entscheiden, was er mit Teslas Waffenplänen machen sollte. Er saß an seinem Schreibtisch und schaute in den Garten. Sein Arbeitszimmer lag im hinteren Teil des Hauses, hier fühlte er sich ungestört. Die Fenster des Wohnzimmers gingen nach vorne hinaus, doch er war selten dort. Das Meer in seiner Herrlichkeit wirkte verstörend auf ihn, egal, ob es in der Sonne glitzerte oder im Sturm aufbrauste, deshalb drehte er ihm gerne den Rücken zu, wenn er arbeiten musste. Das Haus, das nach Eleonoras Tod verstummt und kalt geworden war, hatte inzwischen wieder zu atmen begonnen, wenn auch ein wenig gedämpft. Der Garten war verwildert, Dornengestrüpp bemächtigte sich der Wege, hier und da ragten Rosen daraus hervor, die Oleanderbüsche waren fast so groß wie Palmen geworden, die Olivenbäume von hohen Gräsern umgeben.

Die Natur erobert sich alles zurück, sobald der Mensch in seiner Emsigkeit nachlässt. Es lag etwas Tröstliches in diesem Gedanken, auch etwas Rebellisches, er konnte ihn nicht genau fassen, deswegen notierte er nur: *Über die Natur nachdenken. Über die Engländer und ihre Gärten. Über die Nutzgärten und über das Meer, das sich die Küste zurückholen wird, wenn wir nicht mehr da sind.*

Im Rückblick kam ihm sein Leben wie das Märchen vor, das ein deutscher Schauspieler auf dem Ozeandampfer *Andania* im Dezember 1914 im Hafen von Portsmouth erzählt hatte. Damals hatten die internierten Künstler einen geselligen Adventsabend veranstaltet. Es ging um einen gewissen Hans, der als Lohn für sieben Jahre Arbeit einen Klumpen Gold, so groß wie ein Kopf, bekam, und diesen gegen ein Pferd eintauschte, das Pferd gegen eine Kuh, die Kuh gegen ein Schwein, das Schwein gegen eine Gans, die Gans gegen zwei Schleifsteine, die am Ende in einen Brunnen fielen. Dann war besagter Hans glücklich und erleichtert zu seiner Mutter nach Hause zurückgekehrt. Bisweilen fragte Anton sich, ob ihn nur noch ein einziger Tausch erwartete, mit dem er den letzten Atemzug gegen die Ewigkeit eintauschen würde, so wie Hans seine letzte Last gegen die Leichtigkeit eingetauscht hatte.

*

Jetzt verstand er, was Ernesto meinte, als er vom Schreiben als einer Möglichkeit schwärmte, eine Spur des eigenen Lebens in der Welt zu hinterlassen. Er musste genau das für sie beide tun, weil von Ernesto nichts übrig geblieben war, lediglich das, was er in seinen Erinnerungen festhielt. Er hatte damals nach Stellas Selbstmord alles durchsucht, aber auch Ernestos Notizbücher waren verschwunden. Er erinnerte sich an drei Blätter, auf denen Ernesto die Hölle, den Läuterungsberg und das Paradies Dantes dargestellt hatte: Auf dem ersten Blatt war ganz oben ein Hügel zu sehen, aus ihm ragten drei Kreuze, darüber schwebte der Name *Jerusalem*, links davon lag der dunkle Wald, in dem drei Tiere und Vergil erschienen waren. Auf dem zweiten Blatt war oben das *Irdische Paradies* zu sehen, auf das die Flüsse Lethe und Eunoë führten, und auf dem dritten Blatt prangte ganz oben das Wort *Gott*, links davon das Wort *Empyreum*, und rechts davon *Neun Engelsscharen*. Er hatte die Zeichnungen angefertigt, um Anton und auch anderen Banausen die *Commedia* erklären zu können, auf jeder hatte er die Kreise und die dazugehörigen Kategorien der Seelen zusammengefasst. Daran hatte er ihm geduldig die Struktur und die Zuweisungen erläutert: »Hier sind die Neider, hier die Verfressenen, hier die Eitlen; hier sind die Gerechten und hier die Gelehrten; im Empyreum brennt das Feuer des reinen Lichts, dieser höchste Teil des Himmels schwebt über allen Sternen des Universums. Ob du dir das merken kannst, mio amico dei Balcani?«

Er fragte sich, ob Erinnerungen der Ort sind, an denen die Toten präsent sind, während ihre leeren Hüllen verenden. Ob die Toten unsere Lehrer sind, so wie Vergil und Beatrice Dante belehrten und zur Erkenntnis führten.

In jedem Institut für Pathologie und in jedem Anatomischen Museum, sogar solchen, die in Schaubuden auf Jahrmärkten aufgebaut wurden, standen die Toten – manchmal nur einzelne Körperteile – im Dienst der Erkenntnis. Als er in London studiert hatte, hatte er die Sammlung des Pathologen, Militärarztes und Chirurgen John Hunter gesehen, die älter und beeindruckender als die anatomische Schatzkammer von Doktor Winter war. Hunter schreckte nicht einmal davor zurück, Leichen zu stehlen, um sie für seine wissenschaftlichen Zwecke zu präparieren. Anton war unentschlossen, ob er Hunter das verübeln sollte oder nicht – der Mensch verlässt ja den Körper, deshalb ist es eigentlich nicht schlimm, wenn ihn ein Arzt präpariert oder sein Skelett ausstellt, auch wenn es respektlos anmutet, vor allem dann, wenn es der ausdrückliche Wunsch des Verstorbenen war, begraben zu werden. Die Wissenschaft bewegt sich gelegentlich an den Rändern der Respektlosigkeit, das war nicht zu leugnen.

Andererseits, wenn ich jener Patient wäre, dem John Hunter ein riesengroßes Speicheldrüsenadenom herausgenommen hat, dann würde ich diesen besessenen Wissenschaftler und Arzt loben und preisen, solange ich lebe.

Auf den Zeichnungen im Museum war zu sehen, wie die Geschwulst am Hals des Patienten wie ein seltsames Tier hockte und seine ganze Gestalt zu verschlucken drohte; nach der Operation war nur eine dünne Narbe übrig geblieben.

7.

Er schätzte sich glücklich, da er immer noch lebte und über einen einigermaßen klaren Kopf verfügte.

Was würde Ernesto zur heutigen Welt sagen? Ernesto, der für immer jung geblieben war und der nicht die Gelegenheit bekommen hatte, all das zu erfahren, was sein Jugendfreund Španjulet erlebte, und der bestimmt über die Entwicklung der Technik und der Wissenschaften genauso gestaunt hätte wie über die Entwicklung in Italien nach dem Großen Krieg, der jetzt der Erste Weltkrieg hieß.

Seit er zurückdenken konnte, hatten ihn politische Themen angeregt, doch nun ödeten sie ihn an. Ernesto wäre aufgeblüht, hätte er noch erleben können, dass ihm ausgerechnet die Poesie dagegen half, da nur sie alle Widersprüche auf leichtfüßige Art in sich vereinigte. »Steinalt musstest du werden, um zu verstehen, was ich dir immer schon gesagt habe, Antonio.« In seinen stillen Gesprächen mit Ernesto bemühte er sich stets, dessen Triestiner Dialekt nachzuahmen.

Nach neusten Erkenntnissen sollte man nicht nur die Muskeln, sondern auch die Nerven und überhaupt alle Fasern und Zellen durch stetes Beanspruchen trainieren. Deshalb übersetzte er neuerdings Poesie – aus dem Englischen, und zwar abwechselnd ins Kroatische und ins Italienische. Das Italienische floss ihm leichter zu, auch wenn er um manche Worte wie um eine komplizierte Diagnose ringen musste, während sich Kroatisch hart und schneidend anfühlte, als ritzte er die Nachdichtungen mit einem Skalpell ins Papier.

Sein Leben lang war er ein disziplinierter Mensch gewesen. Er begann seine Tage mit Dehnübungen, es schloss sich eine zunächst heiße, dann kalte Dusche an, darauf trocknete er seine Haut durch kräftiges Abreiben, und es folgte ein strammer Spaziergang die Küste entlang. Danach eine Tasse dickflüssiger türkischer Mokka, dazu aß er einen selbst gekochten Reispudding – das gehörte zu den wenigen schlechten Gewohnheiten, die er aus Amerika mitgebracht hatte. Seinen Patienten hatte er stets geraten, zum Frühstück etwas Brot vom Vortag und eine gesalzene Sardelle mit Olivenöl oder eine Tasse Kichererbsen zu sich zu nehmen, dazu Wasser mit etwas Honig und viel Zitrone, wozu standen denn sonst all die Zitronenbäume in den Gärten? Wer so wie er noch gute Zähne hatte, konnte auch eine Handvoll Mandeln knabbern, je nach Saison Trauben oder Erdbeeren, Äpfel oder Pfirsiche.

Nach jeder Mahlzeit putzte er sich die Zähne und säuberte die Zwischenräume mit einem chirurgischen Seidenfaden, so wie er es in Amerika gelernt hatte. Er war stolz auf seine Zähne, inzwischen fehlten ihm zwar fünf Backenzähne – die 6 und 7 links und die 7 rechts im Oberkiefer; die 5 links und die 6 rechts im Unterkiefer –, er hatte sie erst in hohem Alter verloren, aber die restlichen hielten sich noch, es war ein Wunder. Sicher, in den letzten Jahren wurde sein Haar dünner und fiel verstärkt aus, was er ungern, aber realistisch als schlechtes Zeichen deutete, genauso wie die arthritischen Schmerzen in seiner linken Schulter, die er ignorierte. Das häufige nächtliche Wasserlassen und die geschwollene Prostata hatte er als Selbstverständlichkeit akzeptiert, denn wenn etwas zu einem alten Mann gehörte, dann waren es urologische Probleme.

Nach dem Zähneputzen setzte er sich an den Schreibtisch, wo er zunächst ein Gedicht übersetzte oder eine Übersetzung vom Tag zuvor bearbeitete, um sich dann dem Schreiben seiner Memoiren zu widmen. Er schrieb bis zur Mittagszeit, aß eine Scheibe Brot mit etwas Käse, dazu Radieschen oder Tomaten oder saure Gürkchen, dann schrieb er weiter bis 3 Uhr, putzte sich wieder die Zähne und legte sich auf das Sofa im Wohnzimmer, von wo er das Rauschen der Wellen und die Rufe der Möwen hören konnte. Er döste bis 5, direkt nach dem Aufstehen trank er viel schwarzen Tee und aß ein Gebäck, das mit einer Masse aus trockenen Feigen, Datteln und Pflaumen gefüllt war. Lisa buk sie nach einem Rezept von Eleonora, wenn sie ihn besuchte, er bewahrte sie in einer der englischen Blechdosen auf. Ins Hotel Palace ging er seit einigen Jahren nicht mehr, dort war es ihm zu laut und unruhig geworden.

Nach dem Tee arbeitete er noch eine Stunde an seinem Manuskript. Zum Abendessen dünstete er Mangold oder Blumenkohl mit einer Kartoffel, die er in Würfel schnitt, begoss alles mit Olivenöl, dazu gab es ein hart gekochtes Ei oder einige Sardellen und ein Glas Rotwein. Dann putzte er sich erneut die Zähne, und spätestens um 10 schlief er. Er hatte keine Zeit zu verlieren.

Er arbeitete sich durch einen Gedichtband von Wystan Hugh Auden, dessen Vater und Mutter Arzt und Krankenschwester gewesen waren, was er als bedeutsame Information betrachtete, und einen von Walt Whitman, den er liebte, weil ihn seine Verse nach New York versetzten. Beide Bücher hatte ihm Eleonora geschenkt, manchmal hatte sie ihm einzelne Gedichte laut vorgelesen, und es war ihre Stimme, die durch diese Gedichte zu ihm sprach, obwohl er nicht mehr sicher war, ob er sich richtig an sie erinnerte. Die Originalgedichte konnte er inzwischen auswendig, aber seine eigenen Übertragungen benahmen sich wie lebende Organismen: Sie kamen ihm nach einigen Tagen fremd und glanzlos, ja krank vor, und so verbesserte er sie, änderte ganze Passagen, feilte am Rhythmus, las sie laut vor, abwechselnd in den beiden Zielsprachen, dann wieder im Original. Es konnte passieren, dass er nach mehreren neuen Versionen zu einer älteren Lösung zurückkehrte.

Der Poesie widmete er sich jeden Tag genau eine Stunde. Die Zeit war kostbarer als Gold, aber diese Stunde brauchte er, um in die Stimmung zum Schreiben zu kommen, um sicherer im eigenen Ausdruck zu werden, um seine Gedanken in Gang zu bringen. Außerdem fühlte er sich dabei nicht nur Eleonora, sondern auch Ernesto näher, es war, als säßen sie wieder im Café Taranto und als zöge Ernesto ihn auf, als sagte er *mamma mia*, Spagnolèto sei ein Einfaltspinsel, der die Poesie nicht begreife und der sich anstrengen solle, dieser sture Balkankopf. Manchmal dachte er, dass er sich an Ernesto besser erinnerte als an Eleonora. Oder waren beide nur noch Hirngespinste, Wesen, die er sich ausgedacht hatte und die nichts mit den Menschen zu tun hatten, mit deren Namen er sie belegte?

Es tröstete ihn, dass Auden seine Gedichte als vorläufige Texte betrachtete, an denen man weiter feilen konnte. Wenn es dem Meister so erging, dann war es verständlich, dass auch er als bescheidener Nachdichter um den Ausdruck ringen musste. Das Übersetzen funktionierte wie ein Generator, in dem Strom erzeugt wird: Erst beim Vertiefen in die Worte eines anderen kamen seine eigenen Worte hoch, brodelten in seinem Geist, wollten heraus.

*

Das Leben ereignet sich nur in der Zeit. Beim Leben ist alles eindeutig und klar abgegrenzt. Der Tod ist ein in die zeitlose Ewigkeit eingetauchtes Rätsel.

Er hatte seit seiner ersten Pathologiestunde viele weitere Tote gesehen; der Tod fühlte sich immer noch genauso abgründig an wie der Blick in das Innere der ersten sezierten Leiche. *Die Metastasen waren dunkelrote, glänzende Knospen einer giftigen, fleischfressenden Pflanze.* Kam ihm dieses Bild deshalb in den Sinn, weil er viele Gedichte las?

Das Schreiben seiner Memoiren war ein Wettrennen gegen den Tod, aber er war zuversichtlich. Er verfügte über ausreichend Kraft, um den Text zu beenden. Wenn es sein musste, würde er auch heute noch einen Kaiserschnitt schaffen, wenn nötig auch in der Nacht. Er hatte Hunderte Kinder in dieser Gegend entbunden. Mit Genugtuung stellte er jeden Morgen fest, nachdem er die ersten Nachrichten im Radio gehört hatte, dass er sich besser gehalten hatte als Marschall Tito, dem vor einigen Tagen in der Uniklinik in Ljubljana ein Bein amputiert worden war. Tito war ganze vier Jahre jünger als er, aber der alte Partisanenführer litt an der peripheren arteriellen Verschlusskrankheit – die Zigarren, die ihm Fidel Castro schickte, waren für die Durchblutung der Extremitäten nicht von Vorteil. Kaltes Duschen und Spazierengehen wären besser gewesen.

Mit nur einem Bein würde das Spazierengehen noch weniger möglich sein. Allerdings war ein Bein nicht lebensnotwendig, auch wenn man über die Qualität eines einbeinigen Daseins streiten konnte. Anton hatte viele einbeinige Menschen gekannt. Das Problem lag eher darin, dass Tito fast achtundachtzig war und dass Menschen zwar auch hundert werden konnten –, dem alten Marschall war das durchaus zuzutrauen –, aber nicht, wenn sie aufgrund ihrer chronischen Durchblutungsstörung eine Gangrän entwickelten.

Es gehört zu den Mysterien unserer Gehirnzellen und ihrer neuronalen Boten, dass wir uns einiger Gerüche erinnern und andere vergessen. Der Gestank von gangränösen Gliedmaßen. Der kalte Leichengeruch im Institut für Pathologie. Die Ausdünstung eines feuchten grüngrauen Wollstoffes. Ein derartiges Tuch musste er während des Ersten Balkankrieges mit einem Jagdmesser zerschneiden, um den darunterliegenden zertrümmerten Schienbeinknochen freizulegen. Er hatte schnell sein müssen; der amerikanische Arzt, der ihn anleitete, versorgte zwei weitere Schwerverwundete und rief ihm Anweisungen zu, ohne nach ihm zu schauen. Die Wollfasern waren aufgrund des aufgesaugten Regenwassers hart wie ein Stahlnetz geworden. Das Bein des montenegrinischen Offiziers durchzusägen war um einiges leichter, als den nassen Stoff zu durchtrennen, der nach weidenden Schafen und nach ätzendem Menschenschweiß roch. Der Geruch der feuchten Wolle und dieses Soldatenbeins, das nach der Abtrennung vom Körper wie ein Baby in seinen Armen lag, verwandelte sich in die Frage, was zum Teufel er in dieser balkanischen Schlucht verloren hatte? Warum war er zurückgekehrt?

Die Wahrheit sollte man in wohlbemessenen Dosen verabreichen, so wie manche Gifte Heilmittel sind, wenn man sie in winzigen Mengen zu sich nimmt. Auch wenn er sich bemühte, nur sachlich von seinem Leben zu berichten, wollte er an einigen Stellen Lisas Gedanken in eine bestimmte Richtung lenken. Das war doch zulässig, sagte er sich, als Großvater dürfe man das. Die echten Schriftsteller wussten, dass etwaige Belehrungen sich von selbst aus dem Gesagten ergeben mussten. Aber er war kein Schriftsteller. Er wollte Lisa warnen:

Der Krieg ist eine sinnlose Angelegenheit voller Rauch, Gestank und Leid. Als Arzt ist man in einem Kriegsgeschehen zwar unentbehrlich, aber man fühlt sich dennoch fehl am Platz, und die Mühen kommen einem vergeblich vor. Man studiert jahrelang Medizin und wird zusammen mit seinem Patienten von einer Granate zerfetzt, wie mein Kollege Philippe Duplessis, oder stirbt an Typhus, wie die erfahrene und in der besten Schule ausgebildete Krankenschwester Miss Worth. Aber das medizinische Personal ist berufen zu helfen, immer – und so auch in einem Krieg. Allen anderen sei geraten, sich nach Möglichkeit fern vom Krieg zu halten.

Er hüpfte beim Schreiben von einem Gedanken zum nächsten in seinen Erinnerungen. *Wenn wir den Impulsen unserer Gehirne folgen, dann können wir unmöglich linear erzählen.* Dank Ernesto wusste er, welche Eigenschaften einen guten Schriftsteller ausmachten: die Liebe zur Magie, die Fähigkeit, alles Gesehene, Gehörte, Gelesene, Gefühlte, Gedachte, Erlebte in eine Erzählung zu verwandeln, das Aufspüren von Mythen in Alltagsdingen, Dantes *Göttliche Komödie* auswendig zu können. Über all diese Eigenschaften verfügte er nicht, aber er bemühte sich:

Die Kriege werden dafür geführt, damit Gegner getötet werden, und die verfeindeten Armeen führen Sanitäter mit, um jeweils die eigenen Leute zu retten. Doch würde die gegnerische Seite zu Hilfe rufen, weil ihnen Sanitäter fehlten, wäre jeder Arzt verpflichtet, auch ihren Leuten zu helfen. Die Menschheit zeigt von Anfang an absurde Verhaltensweisen. Es ist ein Wunder, wie weit sie gekommen ist, trotz all ihrer Dummheit.

Schriftsteller waren bisweilen eitle Besserwisser, die sich zu allen denkbaren Dingen äußerten. Er wollte nur das festhalten, womit er sich auskannte oder worüber er in der Einsamkeit seiner letzten Jahre intensiv nachgedacht hatte. Er war Zeuge, er stammte aus einer Zeit, in der junge Menschen an Tuberkulose starben, Kinder jeden Sommer in Massen an

Kinderlähmung erkrankten und nur mit Eiserner Lunge atmen konnten und in der die Blinddärme ohne Anästhesie herausoperiert wurden. Deshalb wollte er den Fortschritt preisen. Die großen Errungenschaften, die noch kommen sollten, würde er leider nicht mehr erleben. Das hatte er neulich zu Lisa gesagt, und sie hatte zärtlich nach seiner Hand gegriffen. »Die Pigmentflecken auf deiner Haut«, hatte sie gesagt, bevor sie wieder abreisen musste, »sehen aus wie das Fell eines jungen Leoparden. See you soon, dear leopard!«

Die Röntgenstrahlen gehörten auf die Habenseite, auch wenn sie krebserregend sein konnten. Man setzte sie nicht nur für die Diagnose ein, sondern auch zur Heilung, trotz ihrer zerstörerischen Eigenschaften. So wie ein Serum, das aus Schlangengift gewonnen wird. Hätten die New Yorker Klinikärzte damals in den toten Schwarzen hineinschauen können, dann hätten vielleicht auch sie den Tumor entdeckt und nicht erst der Totendoktor. Die Metastasen sahen genauso aus wie alle Metastasen, die er später im Leben zu sehen bekam, egal, ob es sich um tote weiße oder schwarze Amerikaner, Inder, Chinesen, Briten, Juden, Ungarn oder Slawen gehandelt hatte: immer die gleichen unappetitlichen weinroten Fleischwucherungen, wilde Blumen, die aus den Zellen schießen, von der Lymphe mit giftigen, energiegeladenen Säften gespeist. Ein Prozess mit dem unbedingten Willen zum Wachstum.

Es soll Menschen geben, die ernsthaft an die Existenz unterschiedlicher menschlicher Rassen glauben. Sie haben wohl nie in die toten Körper hineinschauen können, nie die Verwesung gerochen, die immer gleich faulig, süßlich und ekelig riecht, egal, ob eine wunderschöne junge Frau oder ein Greis gestorben ist, egal, auf welchem Kontinent geboren und aufgewachsen.

Er dachte an den sterbenden jugoslawischen Präsidenten:

War der alte Partisan, der immerfort von der Brüderlichkeit aller Menschen sprach und dabei seine Gegner erbarmungslos verfolgte, ein zynischer Machtmensch oder doch ein Menschenfreund?

Wir waren alle Kinder der Donaumonarchie – Tito und Tesla, Mihajlo Pupin und Mileva Einstein, Ernesto und ich. Diese Herkunft bescherte uns einen Vorteil, der Jugoslawien vor dem Schlimmsten bewahrt hat: Zwischen Churchill und Stalin hätte sich Tito immer für den englischen Gentleman entschieden, war er doch selbst ein österreichisch-ungarischer Kavalier, ein Mitteleuropäer, der etwas von eleganten Anzügen verstand. Er umgab sich mit Schauspielerinnen und Opernsängerinnen, schätzte schmackhafte Schnitzel und feine Zigarren, edle Getränke und gute Manieren, nicht einmal der Kommunismus konnte ihm diese Vorlieben austreiben. In einem Arbeiterhemd herumzulaufen wie Mao und Stalin wäre ihm peinlich gewesen. Er hätte Teslas Vorliebe für feine Hotels, Handschuhe aus Ziegenleder und handgemachte Zylinderhüte als angemessen empfunden, Kommunismus hin oder her.

Wenn er bloß seine Enkelin vor den Gefahren der Welt warnen und beschützen könnte! Er musste zweiundneunzig Jahre alt werden und etliche Gedichte übersetzt haben, um den Satz aufzuschreiben: *Nichts ist wichtiger als die Liebe.* Bei diesem Gedanken spürte er, wie jener Ozean, der irgendwo in seinem Inneren ruhte, salziges Wasser in seine trockenen, müden Augen aufsteigen ließ. So hatte er es nicht mehr gespürt seit der Zeit, als er in New York durch die Stadt schlenderte und gegen sein Heimweh ankämpfte.

Ich bin ein sentimentaler alter Esel geworden, Ernesto würde mich auslachen. Er öffnete das Heft mit den Nachdichtungen Audens ins Kroatische. Er wollte sich noch einmal an den Versen

If equal affection cannot be,
Let the more loving one be me.

versuchen:

Ako ne postoji jednakost osjećaja,
Nek onaj koji više voli budem ja.

8.

Im Unterschied zu seinen Übersetzungen der englischen Gedichte, die vermutlich nicht viel taugten, hoffte er, dass Lisa das Manuskript mit seinen Erinnerungen gerne lesen würde. Würde sie auch anderen Menschen von seiner Lebensgeschichte erzählen?

Jetzt, da Tito im Sterben lag, traute er dem Frieden, der seit 1945 in Europa herrschte, nicht mehr. Alle um ihn herum schienen an den ewigen Frieden zu glauben, aber er ließ sich nicht täuschen. Es würde wieder Kriege geben, das befürchtete er ganz ernsthaft, und er war froh, dass er nicht mehr dabei sein würde, doch er machte sich Sorgen um Lisa. Die jungen Menschen können so unfassbar naiv sein. Er hoffte, dass seine Erinnerungen ihr als Ratgeber dienen könnten. Glücklicherweise sprach sie Englisch, dafür hatte Eleonora gesorgt, Französisch und Deutsch konnte sie ebenfalls. Fremdsprachenkenntnisse und sein Erspartes waren gute Voraussetzungen für eine Flucht, sollten die Dinge hier in Jugoslawien wieder aus dem Ruder laufen, wie er es nach seiner Rückkehr aus Amerika erlebt hatte. Er war klug genug gewesen, sein Geld einer schweizerischen Bank anzuvertrauen und Lisa die Vollmacht für das Konto zu geben.

Er musste sich mit dem Schreiben beeilen. Alte Menschen bemerken es nicht, aber in ihren Gehirnen spielen sich andauernd kleine Infarkte ab, winzige Areale sterben ab, die müden Zellen geben auf. Er wollte in seinen Memoiren nicht über Teslas Hinterlassenschaft berichten, sondern einen Hinweis, wo sich der Umschlag befand, als Beilage zwischen den Nachdichtungen von Auden und Whitman verstecken. Lisa würde die Lösung seines Rätsels schon finden. Plötzlich zögerte er und fragte sich, ob er ihr damit nicht ein allzu gefährliches Erbe hinterließ.

Als sie klein war, hatte Lisa zusammen mit Eleonora *Woman's Own* gelesen. Die Zeitschrift kam einmal in der Woche – immer mit einer Verspätung von sechs Tagen – in den Zeitungsladen an der Uferpromenade von Kaštel Stari. Die sozialistische jugoslawische Zensurbehörde hatte nichts dagegen. Vermutlich hatte ein Beamter die westliche Kleidermode und die royalen Klatschgeschichten als harmlos oder gar unsinnig eingestuft, oder aber ein Komitee der Kommunistischen Partei hatte befunden, dass man die britische Gattin des amerikanischen Arztes in Ruhe lassen und nur beobachten sollte.

Die Enkelin und die Großmutter kuschelten sich auf dem Sofa aneinander, aßen Gurkensandwiches, *chocolate fudge* mit Walnüssen oder *rice pudding* und verschlangen die Bilder und Geschichten aus einer fernen, leuchtenden Welt. Er fragte sich, ob Eleonora insgeheim gehofft hatte, einmal in diese Welt zurückzukehren und Lisa dorthin mitzunehmen. Und ob es nicht vielleicht besser wäre, die Pläne von Nikola Tesla zwischen Eleonoras Kochbüchern zu verstecken? Wäre es klüger, Lisa doch einzuweihen? Hätte sie sein Zögern erlebt, wäre sie verärgert gewesen. Sie war viel zäher und klüger, als er es ihr aufgrund seiner dummen Ängstlichkeit zutraute. Sie war schließlich seine Enkelin.

*

Eleonora sagte jedes Mal, wenn er mit seinen *Was-wäre-wenn*-Überlegungen begann: »You have no idea how our lives would have turned out in London or in New York.« Ihn hatten die Zweifel geplagt, ob »our lives« in der Neuen Welt hätten angenehmer verlaufen können als hier. Nicht nur, dass es frustrierend war, mit einer Dorfhebamme über das Händewaschen zu streiten, viel schlimmer waren die politischen Schwärmereien, die hier im Südosten Europas wie Kakteen in den Wüsten von Arizona gediehen und das Schicksal eines Einzelnen genauso stark bestimmten wie sein eigener Wille. Doch er konnte seine Enttäuschung nicht mit Eleonora teilen, sie weigerte sich, zurückzublicken und enttäuscht zu sein. Und nun war er am Ende des Weges angelangt, er erfreute sich robuster Gesundheit, er hatte im Unterschied zu Tito noch beide Beine, er arbeitete mit großem Enthusiasmus an seinen Erinnerungen und durchlebte dadurch alles noch einmal, und außerdem hatte er Lisa.

Er hatte Lisa so viel zu verdanken. In den letzten Jahren kümmerte sie sich um ihn, sie kam mindestens einmal in der Woche nach Kaštel Lukšić, zwischen ihren Besuchen telefonierten sie täglich. Schon als sie noch ein Kind gewesen war, hatte er verstanden, dass er viel von ihr lernen konnte. Nie hatten ihn Insekten interessiert, doch Lisa entdeckte sie überall, folgte den Straßen der Ameisen mit ihrem Fingerchen, ohne sie zu berühren, erklärte ihm, sie sei doch so groß im Vergleich zu ihnen, dass diese sie gewiss nicht bemerken konnten, vielleicht ahnten sie nur, dass jemand hier sei, und sie wolle sie nicht verschrecken.

»*Granpa*«, sagte sie, »alle Lebewesen fühlen etwas, aber vielleicht nicht so ähnlich wie wir?« Er wusste nicht, was er ihr dazu sagen sollte, er streichelte nur über ihr Haar. Nikola Tesla hätte das nicht gekonnt. Er ekelte sich vor den Haaren anderer Menschen.

Anton hätte gerne eine Zeitmaschine gehabt, die ihn zurück in jene Zeit hätte bringen sollen, in der Tesla seine Obsessionen entwickelte, es gab doch Therapien, seiner ärztlichen Meinung nach ließ sich jede Störung, wenn schon nicht kurieren, so doch abmildern, aber dadurch wäre der Mensch Tesla vielleicht glücklicher, die Welt jedoch ärmer geworden. Merkwürdig war es nur, dass Tesla die Federn der Tauben nicht störten und dass er in seiner Kindheit einen Kater gehabt hatte, an dessen schwarzem Fell er zum ersten Mal im Leben das Phänomen der Elektrizität bemerkt hatte.

Er notierte in sein Heft: *Der schwarze Kater mit elektrisiertem Haar.* Daraus konnte noch ein Gedicht werden.

Einmal hatte Lisa versucht, eine Hummel zu streicheln, was ihn in Panik versetzte, er dachte an Allergien, vergaß, dass Hummeln fast nie stechen. Lisa lachte ihn aus, sagte, die Hummel sei weich und samten, sie würde sie küssen, wenn sie es erlauben würde.

Lisa brachte ihm bei, die Spinnennetze zu betrachten, die im Sommer von den Bäumen hingen, zählte die Fäden, wollte wissen, ob sie die Spinnen mit Beeren füttern könnte, damit sie nicht Fliegen fangen müssten, und einmal kam sie angelaufen und berichtete ihm, sie habe gerade gelesen, dass Feigen von winzigen Wespen bestäubt werden, die dabei sterben müssten, ihre toten Körper bildeten das Herz der Frucht, sie wollte fortan keine Feigen mehr essen.

9.

Liebe Lisa,

wenn Du diese Zeilen liest, liegt meine vergängliche Hülle in der Grabstätte auf dem Friedhof von Kaštel Lukšić, unter der Granitplatte, in die Du nur das Datum eingravieren lassen sollst, meinen Namen und mein Geburtsdatum (ich bin im Jahr 1888 geboren! Stell dir das bitte vor) habe ich schon anbringen lassen, unter der Zeile, die Deiner Großmutter gewidmet ist. Der Anwalt wird Dir diese Erinnerungen aushändigen, zusammen mit meinem Testament.

Du sollst nicht traurig sein, mein Leben war wie ein Füllhorn eines Auserwählten, den seine glückliche Strähne nie verlassen hat. Ich habe diesen Umstand dankbar entgegengenommen und nie verstanden, warum es dem Einen vergönnt ist, ein langes und erfülltes Leben zu führen, und dem Anderen nicht. Wie Du aus meinen Erinnerungen erfahren wirst, hatte ich in meiner Jugend einen Freund, der wie so viele junge Menschen weltweit an der Spanischen Grippe starb. Als Arzt neigte ich mal dazu, solche Verläufe als Schicksal und Zufall zu deuten, und dann wieder glaubte ich, dass wir über unser Leben selbst bestimmen, auch wenn es nicht so aussieht. Bis zum Schluss habe ich mich nicht entscheiden können, welche der Antworten die richtige ist. Ich weiß nur, dass wir versuchen müssen, unser Bestes zu tun, jeder nach seinen Möglichkeiten. Was auch immer jeder und jede von uns als das Beste empfindet. Mein Bestes ist endgültig erfüllt worden, indem ich Dir noch diese Erinnerungen vermache.

Wo sich der Mensch nach dem Verlassen des sterblichen Körpers befindet, habe ich nicht feststellen können, die einzige Antwort, die mir plausibel erscheint, lautet: In den Erinnerungen anderer Menschen.

Dein Großvater

Teil 4

2023

in dem Antons Enkelin Lisa und Urenkelin Antonia eine Reise in den Norden Deutschlands unternehmen. Es ist Ende Februar **2023**, *der Vielvölkerstaat Jugoslawien gehört der Vergangenheit an, er ist in einer Reihe von Kriegen und kriegerischen Auseinandersetzungen zerfallen (***1991–2001***), Kroatien ist inzwischen eine selbständige Republik und Mitglied der Europäischen Union. Die beiden Frauen hören unterwegs in den Nachrichten vom russischen Krieg gegen die Ukraine und unterhalten sich über Antons Hinterlassenschaft und über die Visionen und Erfindungen von Nikola Tesla. Am Himmel über dem Meer erblicken sie Polarlichter und funkelnde Sterne.*

1.

Entstanden in den Buchten der zerklüfteten Küste öffnen sich die dalmatinischen Städte zum Meer, als wollten sie es umarmen. Lisa war auf dem Weg von Dalmatien zu einer Stadt im Norden, die *seitab am grauen Meer* lag. Eine lange Fahrt erwartete sie, aber sie mochte das Autofahren. Es war nur schade, dass man heutzutage ein schlechtes Gewissen wegen des verbrauchten Sprits und der Abgase haben musste. Ihr Großvater hatte ihr vor Jahren erzählt, dass Nikola Tesla Energie aus dem Weltall gewinnen und drahtlos in Autos, Schiffe, Flugzeuge und alle anderen Maschinen übertragen lassen wollte, das hätte ganz einfach und für die Umwelt unschädlich funktionieren sollen, zumindest seinen Vorstellungen nach.

Als sie ihren Führerschein bekommen hatte, war sie sofort mit dem Bus nach Kaštel Lukšić gefahren, wo der Großvater auf sie wartete. Er überreichte ihr feierlich die Schlüssel seines Chevrolets und sagte, dass er immer schon zu den Überresten des Kraftwerks an den Krka-Wasserfällen hatte fahren wollen, jetzt wäre der beste Augenblick dafür. Das uralte Auto war sofort angesprungen. Sie hatten sich beide fein gemacht, einen Picknickkorb mit Kleinigkeiten vollgepackt und waren losgefahren, er aufgeregt und gesprächig, sie noch aufgeregter und hoch konzentriert, die verschwitzten Hände fest am Lenkrad; die Passanten blieben stehen, um ihr Fahrzeug zu bewundern. Dieser Ausflug gehörte zu ihren letzten Erinnerungen an ihn.

Ihre Eltern waren stets mit sich selbst beschäftigt gewesen, später erfuhr sie von ihren Krankheiten, aber sie nahm ihnen dennoch übel, dass sie ihr das Gefühl vermittelt hatten, sie loswerden zu wollen, sobald sich die Gelegenheit dazu ergab. Sie brachten sie jedes Jahr zu Beginn der Sommerferien zu den Großeltern und kehrten zurück nach Zagreb. Manchmal musste sie das ganze Jahr über in Kaštel Lukšić bleiben, sie hasste das, hasste auch die Rückkehr, weil sie dann in ihrer Schule von vorn anfangen musste, die Freundinnen taten so, als würden sie sie nicht mehr kennen.

Das Haus an der Uferpromenade wurde wegen der Hitze dunkel gehalten, die grünen Fensterläden waren den ganzen Tag geschlossen, am Abend wurden sie geöffnet, damit die Zimmer gründlich durchlüften konnten, der Großvater erzählte, dass die Menschen früher geglaubt hätten, alle Krankheiten kämen von der schlechten Luft, und dass daran viel Wahres sei. Sie durfte barfuß auf dem Steinboden herumlaufen und selbst entscheiden, wann es ihr unter den Fußsohlen kalt wurde, was nie geschah, so dass die Großmutter sie daran erinnern musste, ihre Riemchensandalen Marke *Jugoplastika* anzuziehen, mit denen sie auch ins Meer ging. Die Metallschnallen verrosteten nach zwei Tagen und auf den braun gebrannten Füßen bildete sich schnell ein Gitter aus weißer Haut. Die Sandalen rochen nach Plastik, die Großmutter nach Schokolade, Butterkeksen und dem Parfum von *Guerlain*, das in einem Bienenflakon – *Bee Bottle* – aus England geliefert wurde, der Großvater nach einer Duftmischung aus Kernseife, Desinfektionsmittel und seinem *Mr. Taylors A Gentlemans Aftershave Lotion*.

Einmal hatte sie im Garten einen toten Vogel gefunden, an seinem schmuddeligen kleinen Kadaver hatte der Großvater ihr erklärt, dass nicht nur Granny und er, sondern leider auch ihre Eltern und sie eines Tages sterben würden. Die Großmutter murmelte, dass es dafür vielleicht zu früh sei, zu früh, mit dem Kind darüber zu sprechen, und zu früh für sie alle zu sterben, aber der Großvater antwortete, dass für die Wahrheit immer der richtige Zeitpunkt sei. Sie betteten den Vogel in eine Schuhschachtel und begruben ihn im Olivenhain, der die Verlängerung des Gartens bildete. Seither war der Tod für sie ein zur Seite gekippter Vogelkörper, aus dem dürre Vogelbeinchen mit gelbbraunen Krallen herausragten, mit einem nach unten gebogenem Schnabel, bedeckt mit glanzlosen Federn, der auferstehen und zu demjenigen fliegen konnte, der sein Fenster offen hielt, wenn er oder sie an der Reihe war. Sie waren schnell an die Reihe gekommen, zuerst die Eltern, dann die Großmutter, nur der Großvater lebte bis 1980, auch wenn er weiterhin jeden Abend das ganze Haus gelüftet und sommers wie winters bei offenem Fenster geschlafen hatte. Dreiundvierzig Jahre nach seinem Tod war sie immer noch am Leben und auf einer deutschen Autobahn unterwegs; die Zeit war an ihr vorbeigerast wie jetzt die Landschaft.

Der Großvater sprach gern über Politik; es störte ihn nicht, dass sie dazu meist schwieg. Er trug verschiedene Argumente vor und wog sie ab, um zu dem Schluss zu gelangen, dass man die Akteure (es ging regelmäßig um Tito, aber auch um Churchill, Stalin, Roosevelt, Kennedy, Nixon, Chruschtschow und Breschnew) nicht schwarz oder weiß betrachten dürfte, sondern dunkelgrau oder hellgrau, *dark gray or light gray.* Er wusste, dass von seiner Enkelin nicht viel mehr als einsilbige Antworten über ihren Alltag in Zagreb zu erwarten waren, und so holte er nach einer kurzen Befragung zu einem seiner Vorträge aus: über die Atomenergie, die blockfreien Staaten und den Krieg in Vietnam, oder über einen neuen Stamm heimtückischer und ob ihrer Überlebensfähigkeit bewundernswerter Bakterien. Oder er zeigte ihr an einem der Körpermodelle, die in den Regalen in seiner Praxis standen und die man wie Spielzeug zusammensetzen konnte, wo sich der Blinddarm und wo die Bauchspeicheldrüse befand. Seit Großmutters Tod schien er dankbar dafür, dass sie da war. Während er sprach, schweiften ihre Gedanken ab, zu ihren Freunden in Zagreb oder zu den Schallplatten, die sie von den Verwandten aus England bestellen wollte. Es war schade, dass der Großvater nicht in New York geblieben war; sie hätte Amerikanerin sein können, so musste sie in diesem Jugoslawien leben, wo man nicht einmal eine Jeans kaufen konnte. Er sagte, er wäre auch lieber in Amerika geblieben, aber er hatte zurück zu seinen Eltern gemusst, und außerdem wäre dann nicht sie geboren worden, sondern ein anderes Enkelkind, und das hätte ihm gar nicht gefallen.

Er war kein Mann der lauten Scherze und theatralischen Gesten, für die die Männer am Mittelmeer bekannt waren. Während jenes Ausflugs zu den Krka-Wasserfällen war er mitteilsam und fröhlich gewesen, ein echter Dalmatiner. Kurz darauf starb er im Schlaf, man fand ihn ausgestreckt in seinem Bett, das Fenster zum Garten hatte offen gestanden.

Am Fluss Krka war das erste Wasserkraftwerk Europas errichtet worden, das am 28. August 1895 in Betrieb genommen wurde. »Nur zwei Tage nach dem Wasserwerk an den Niagarafällen!«, hatte der Großvater gegen den Fahrtwind gerufen. Er erzählte davon, als wäre es sein persönlicher Verdienst gewesen, dass Nikola Tesla die Ingenieure aus Šibenik beraten hatte. Šibenik wurde ein Jahr vor Buffalo mit Wechselstrom versorgt, der Stadt, die ihren Wechselstrom aus dem Niagarakraftwerk bezog. Das Wort *vor* unterstrich er mit einer Handbewegung, mit der er hinter sich zeigte. »Stell dir das vor, Lisa, die Küste hier ist das Ende der Welt, *finis terrae*, aber Šibenik war moderner beleuchtet als Paris!« Es hatte sie gefreut, dass er so munter war. In seiner Generation war es wichtig, wer der Schnellste, Größte, Beste, Erste war; das Leben war für Männer ein Wettbewerb, bei dem jeder Sieger sein wollte. Frauen nahmen an diesem Wettbewerb – wenn überhaupt – nur aus dem Hintergrund teil. Die Großmutter hatte ihm zum Glück beigebracht, über diese Tatsache nachzudenken, und so war der Großvater der erste Feminist gewesen, den Lisa kennengelernt hatte, allerdings einer vom alten Schlag, ein Gentleman-Feminist.

Sie hatte zuerst unter einem Maulbeerbaum geparkt, aber er meinte, sein Oldtimer könne von den lilafarbenen überreifen Früchten verunstaltet werden, deshalb hatte sie einen Platz ohne Bäume und ohne Schatten gesucht. Er hakte sich bei ihr unter, mit der anderen Hand schwang er seinen Gehstock, aber sie spürte, wie schwer ihm das Gehen fiel. »Frische Luft einatmen, im kühlen Fluss schwimmen«, er klang überschwänglich. Allerdings war vom Schwimmen bei ihm seit langer Zeit keine Rede mehr, wie rüstig er sich mit seinen zweiundneunzig Jahren auch gab.

Der Ausflug war ein Erfolg gewesen. Die historische Turbine, zwei Generatoren und ein Transformator hatten nichts von ihrer Anmut verloren, Lamellen, Achsen, Drähte, alles war noch da, die massiven Eisenräder hatten sich unter der Kraft des herabstürzenden Wassers gedreht. Der Großvater dachte laut darüber nach, wie die Welt aussähe, wenn es keinen Strom gäbe. In jeder jugoslawischen Stadt gab es eine Schule und eine Straße, die nach Nikola Tesla benannt war, aber ihre Cousins aus England hatten ihr verraten, dass dort niemand etwas von diesem Erfinder gehört hatte. Später, als sie auf einer Bank saßen und picknickten, sagte er, dass Teslas Größe wie bei allen tragischen Helden in seinem Scheitern und nicht in seinem Erfolg begründet war. Tesla, so erklärte er, konnte nicht aufhören, nachdem er mit dem Polyphasensystem die Elektrotechnik nachhaltig verändert hatte, er wollte sich mit dem Sieg im Stromkrieg nicht begnügen, er wollte eine Stufe höher steigen, einen Schritt weiter gehen, er wollte das Unmögliche: Energie aus dem Weltall gewinnen und ohne Hindernisse durch die Erde leiten, die gesamte Erdkugel zum Schwingen bringen. Sie verstand nicht alles, aber die Erhabenheit, mit der der Großvater sein Thema vortrug, berührte sie, vielleicht war sie auch berauscht, weil die Wasserfälle in ihrer Nähe so gewaltig brausten und weil sie ihre erste längere Autofahrt hinter sich gebracht hatte. Der Großvater wäre sich nicht treu geblieben, wenn er in sein Lob auf Tesla keine Kritik eingebaut hätte:

»Unter allen Wissenschaftlern denken nur wir Mediziner über die Nebenwirkungen nach. Die Nebenwirkungen sind die Schattenseite jeder Erfindung und jedes Fortschritts. Menschen und Tiere hätten unter den Schwingungen gelitten, doch Tesla sah darin keine Gefahr. Wenn es nach ihm gegangen wäre, dann hätte er auch die ganze Erdkugel illuminiert, er mochte keine Dunkelheit. Aber Menschen, Tiere und Pflanzen brauchen Dunkelheit. Doch jede Diskussion darüber war sowieso müßig: Sein Vorhaben war eine Übertreibung, der Traum eines tragischen Helden.«

A tragic hero's dream.

Ihr neues Auto war schneller und bequemer, aber nicht so elegant wie sein Chevrolet Universal Roadster, den er im letzten Jahr des Zweiten Weltkriegs in einer Dorfscheune im Hinterland abgestellt hatte. Der Bauer, dessen Frau er entbunden hatte, bot ihm an, auf sein Auto aufzupassen, als wäre es sein eigenes, und er hielt sein Versprechen. Der Großvater hatte dieses Entgegenkommen notiert, so wie er auch alles andere aufgeschrieben hatte: alle Notfälle, alle Ausgaben für Medikamente, das Verbandsmaterial, die Tinkturen und Salben, und alle Einnahmen, hier ein Dutzend Eier, da ein Schinken, geräucherte Würstchen oder zwei Flaschen Wein. An einigen Stellen war nur ein X eingetragen, die Familie des Patienten war arm gewesen. Er hatte Lisa erzählt, dass gerade die Ärmsten versuchten, ihm ihr letztes Stück Speck oder ihr letztes Huhn aufzuzwingen, aber dass er dann drohte, nie mehr zu ihnen zu kommen. In einer Zeile stand neben der Diagnose *Otitis media* »gerupfte, bratfertige Wildente«.

»Eleonora bemühte sich vor dem Krieg um das Gesellschaftsleben, es hat sich kaum jemand dafür interessiert, doch wenn sie einen Salon in dieser gottverdammten Gegend abhalten wollte, dann konnte sie nichts daran hindern, nicht einmal die Tatsache, dass ich immer zu spät kam und sie am Anfang kaum Kroatisch sprach. Sie bereitete die Geschenke der Bauern nach ihren eigenen Rezepten zu, diese Ente zum Beispiel wurde in Honig und Rotwein mariniert und mit Kastanien zubereitet. Die Schnäpse verwandelte sie mit Kirschen, Feigen oder Johannisbrotschoten in Liköre, die sie mit Zitronenscheiben garnierte. Unter ihren Gästen waren nicht nur Lehrerinnen, Architekten und Geistliche, sondern auch Metzger, Schneiderinnen und Kellner, einige kamen aus Split und übernachteten bei uns. Es wurde über Literatur, Politik und Mode diskutiert, aber auch über das Schlachten und Tranchieren von Schweinen und Kälbern. Bei dem Thema konnte ich mithalten, die Chirurgie ist ja nicht viel anders, wir Menschen sind Tiere mit einem großen Hirn.«

2.

Eine Kopie des Manuskripts mit Großvaters Erinnerungen hatte Lisa ihrer Tochter geschenkt: »Liebe Antonia, da Du Dich für das Studium der Medizin entschieden hast und damit in seine Fußstapfen trittst, bist Du bestens geeignet, die Erinnerungen Deines Urgroßvaters zu lesen. Er wäre stolz auf Dich.«

Jetzt war sie auf dem Weg nach Hamburg, wo Antonia studierte, und von dort weiter nach Husum, um einen Schluss für seine Lebensgeschichte zu finden. Sie folgte einer E-Mail ihrer Tochter:

»Mama, halt Dich fest: Ich habe erfahren, wo sich das *Blaue Porträt* befindet! In Husum, an der Nordsee. Jetzt musst Du nur noch den Umschlag mit den Waffenplänen finden. Das gehört zum Vermächtnis von Nikola Tesla, erinnerst Du Dich? Darüber schreibt Urgroßvater in seinen Memoiren, Tesla habe ihn beim Abschied in New York mit der Suche nach diesem Porträt beauftragt und ihm sein Waffensystem anvertraut, das den Weltfrieden garantieren sollte, na ja, vielleicht gibt es deshalb überall Kriege, weil Urgroßvater niemanden gefunden hat, dem er Teslas Waffenpläne guten Gewissens hätte übergeben können. Ich scherze, Mama. Der Umschlag muss doch irgendwo im Haus sein. In Hamburg zeige ich Dir das Museum BallinStadt, dort wirst Du sehen, wie es den Europäern bei der Auswanderung nach Amerika erging. Urgroßvater schreibt, dass er mit dem Schwiegersohn von Albert Ballin eine Schiffskabine geteilt hat, als sie beide im Ersten Weltkrieg interniert waren.«

Sie erinnerte sich kaum noch daran und wusste nicht, wer Albert Ballin war. Großvaters Erinnerungen hatte sie vor vielen Jahren gelesen und inzwischen die Details vergessen, aber Antonias Enthusiasmus war ansteckend. Sie hatte ihre Tochter am nächsten Abend angerufen und ihr versprochen, das Manuskript noch einmal zu lesen und nach dem Umschlag zu suchen, außerdem sagte sie, sie habe von Husum gehört, schließlich habe sie neben Anglistik auch Germanistik studiert. Antonia antwortete: »Na dann, setz Dich ins Auto und komm.« Seitdem waren drei Monate vergangen. Sie hatte die Truhe mit dem Doppelboden im Keller des Hauses in Kaštel Lukšić gefunden und einen ganzen Tag mit einer Zange, einem Schraubenzieher und einer Holzsäge hantiert, die Truhe vollständig auseinandergenommen, aber sie konnte darin nichts finden. Danach untersuchte sie alle Schränke, klopfte die Wände ab, inspizierte lockere Bodendielen, blätterte Großmutters Kochbücher durch. Im überwucherten Garten gab sie schließlich auf: Entweder hatte ihr Großvater den Umschlag mit Teslas Plänen so gut vergraben, dass ihn nie mehr jemand finden würde, oder der geheimnisvolle Besucher, der Kunsthändler Jankiewicz, der zuletzt bei ihm gewesen war, hatte ihn entwendet.

Hatte es weitere Geheimpolizisten gegeben, Agenten, amerikanische Bibliothekarinnen, sowjetische, bulgarische, albanische oder chinesische Abgesandte, die ihn besucht hatten und die sich nach seiner Bekanntschaft mit Nikola Tesla erkundigten, nach dem *Blauen Porträt* und nach den Waffenplänen? Hatte ihn der sozialistische UDBA-Polizist noch einmal auf der Terrasse des Hotel Palace angesprochen? Womöglich hatte Großvater doch nicht alle unangekündigten Besuche und unangenehmen Gespräche in seinen Memoiren erwähnt.

Hatte die heutige Welt Teslas Waffenpläne nötig? Allem Anschein nach waren diese teilweise wirres Zeug und teilweise beruhten sie auf Technologien, die schon längst bekannt waren. Außerdem war das politische Verständnis dieser alten Männer sowieso antiquiert und Teslas Friedensbegriff seltsam: Alle Nationen sollten gleich bewaffnet sein, dann würde es keine Kriege mehr geben, so in etwa. Hatten sich Tesla und ihr Großvater mit ihren Idealen über die Verbrüderung aller Südslawen, aller Slawen und darüber hinaus aller Menschen und sogar aller Wesen im Universum nicht gründlich geirrt? Würde eine Veröffentlichung jener Papiere, wenn sie sie fände, nicht Öl ins Feuer der Amateurforscher gießen, die an Verschwörungen und die »freie Energie« glaubten? Der Fantasie waren in Teslas Fall keine Grenzen gesetzt, er wurde als Mad Scientist und als Außerirdischer imaginiert, und seine Liebe für Tauben wurde mit dem Heiligen Geist in Verbindung gebracht. Im Internet wurde über die »merkwürdigen Zufälle« diskutiert, etwa darüber, dass Tesla ausgerechnet am 7. Januar – dem Weihnachtstag der orthodoxen Christen – starb und dass nach seinem Tod ein gewisser John Trump, MIT-Professor und Onkel des späteren US-Präsidenten Donald Trump, im Auftrag des FBI Teslas Hinterlassenschaft überprüfte und zu der gleichen Schlussfolgerung kam wie ihr Großvater: Professor Trump hatte festgestellt, dass es sich bei Teslas Altersentwürfen und Waffenplänen um Träumereien eines tragischen Helden handelte.

Vermutlich war es besser, es dabei zu belassen.

Sie war bei ihren Recherchen auf Teslas späte Freundschaft mit einem Mann gestoßen, den ihr Großvater in seinen Erinnerungen nur einmal erwähnt hatte: George Sylvester Viereck, ein amerikanischer Dichter, Journalist und Germanophiler, der gleichzeitig Adolf Hitler und Sigmund Freud verehrte, Nikola Tesla und Albert Einstein interviewte und vom Nationalsozialismus schwärmte. Es war nicht überliefert, in welcher Weise sich Tesla und Viereck über Einstein unterhalten hatten, aber es existierte ein Gedicht, das Tesla Viereck geschickt hatte und in dem er Einsteins zerzaustes Haar verspottete, die Relativitätstheorie ablehnte und sie als einen Angriff auf die Physik von Isaac Newton schmähte. Lisa mochte dieses Gedicht nicht, weil sie meinte, darin etwas Missgünstiges entdeckt zu haben, das gar nicht zu dem großzügigen serbischen Erfinder passen wollte. Und sie fragte sich, ob sich Tesla mit Viereck angefreundet hatte, weil dieser eine Neigung zu den germanischen nationalen Mythen voller Heldensagen hatte, genauso wie Tesla zu den serbischen, wobei ihr dieser Viereck ebenfalls politisch unbedarft vorkam genauso wie Tesla und ihr Großvater. Der Großvater glaubte, sie und »alle jungen Menschen« seien politisch naiv. Sie lächelte nur müde, wenn sie daran dachte, was ihre Generation bis zu diesem Frühjahr 2023 erlebt hatte.

Tesla hatte am 17. Dezember 1934 diesem deutschstämmigen Poeten einen Brief geschickt, ein Dokument seiner Einsamkeit, seines Heimwehs, seiner Sehnsucht nach dem Paradies der Kindheit, in dem noch sein Bruder lebte, die Liebe seiner Mutter selbstverständlich war und er noch nicht unter Ticks und Zwängen litt, sondern im Dorf herumrannte und am Fluss spielte.

Statt des Windes, der ihr im alten Chevrolet Cabrio durch das Haar geweht war, hatte sie die Musik von der Playlist in ihrem Handy, lauter Hits aus den Achtzigern, als die letzten alten Männer, die in Österreich-Ungarn geboren waren, starben, während ihre eigene Generation voller Ungeduld auf die Zukunft wartete. Auf dem Beifahrersitz saß nicht ihr Großvater in seiner cremefarbenen Leinenhose und seinem weißen Hemd, einen Seidenschal mit blau-grünem Paisley-Muster um den Hals, sondern dort lag sein Manuskript und die Mappe mit den Briefen und Interviews von Nikola Tesla, die sie aus alten amerikanischen Zeitungen herauskopiert hatte. Sie reiste zu einem weiteren *finis terrae*, dieses Mal am nördlichen Rand des Kontinents, um dort die Nordsee, Husum und das *Blaue Porträt* zu sehen: *Am grauen Strand, am grauen Meer / Und seitab liegt die Stadt.*

*

Würde ihre Tochter für immer in Hamburg und in Deutschland bleiben? Sie hatte Angst vor dieser Frage. Viele Ausgewanderte bleiben für immer in der Fremde, auch wenn sie ursprünglich geglaubt hatten, bald zurückkehren zu können. Irgendwann wird ein Sarg oder – kostengünstiger – eine Urne zurückgeschickt, wenn es überhaupt noch jemanden gibt, der sie empfängt. Die Asche von Nikola Tesla war in eine goldene Kugel eingeschweißt und zusammen mit den Kisten, die die amerikanischen Behörden zuvor durchstöbert hatten, nach Jugoslawien befördert worden. Der Großvater hat es geschafft zurückzukehren; an manchen Tagen vertrat er die Ansicht, dass der Mensch unter den alten Zypressen zusammen mit seinen Ahnen ruhen solle, und an anderen, dass es den Toten egal sei, wo sie zu Staub und zu Sand zerfallen. Sie stellte die Musik lauter, dachte an die Teslaspule, deren winzige Nachfolger in den Handys steckten, sang laut mit: *Sail on silver girl / Sail on by.* Ab und zu erblickte sie auf der Überholspur ein Tesla-Auto.

*

Wenn es eines Beweises bedurft hätte, dass Nikola Tesla ein größerer Visionär gewesen ist als Thomas Alva Edison, sein

Rivale im Stromkrieg, dann hätte sie ihn in diesem Stapel mit Teslas Essays und Interviews gefunden. Anlässlich des Besuchs von Lord Kelvin in Amerika und seines Vortrags darüber, dass die Zukunft nicht in der weiteren Abschöpfung der Energie aus Kohle und Öl liege, sondern in der Rückkehr zu Wind und Sonne, wurden auch Edison und Tesla nach ihrer Meinung gefragt. Edison behauptete, dass »allein die südamerikanischen Wälder noch fünfzigtausend Jahre lang Brennstoff in Form von Holz liefern könnten«. Tesla hatte dagegen ausgeführt, dass die fossilen Energiequellen bald verbraucht sein würden und die Windmühle eine der wichtigsten Erfindungen der Menschheit sei. Auch ansonsten ähnelte er Don Quijote – hochgewachsen, dünn, voller edler, wenn auch zuweilen wirrer Absichten, am Ende des Lebens einsam und von seiner Umgebung unverstanden.

Nach Antonias Anruf hatte sie begonnen, alles über ihn zu lesen, was sie finden konnte; sie verschlang Biografien, Romane und Internetseiten, sah Dokumentar- und Spielfilme, während sie parallel die Reise nach Hamburg und nach Husum vorbereitete. Die Idee für sein rotierendes magnetisches Feld und für den Wechselstrommotor war ihm gekommen, so schrieb er in seiner Autobiografie, als er in einem Park in Budapest in die Abendsonne schaute und aus Goethes »Faust« rezitierte:

Sie rückt und weicht, der Tag ist überlebt,
Dort eilt sie hin und fördert neues Leben.
O! daß kein Flügel mich vom Boden hebt,
Ihr nach und immer nach zu streben!

Das Streben nach Erkenntnis, der Forscherdrang, die Sehnsucht nach Perfektion, das Göttliche im Menschen, das Rotieren der Erde um die Sonne als das Prinzip seines Elektromotors, all das habe er von Goethe gelernt, so hatte Nikola Tesla ihrem Großvater vom Krankenbett in einem Hotel in New York erzählt, und dieser hatte es aufgeschrieben. Dazu hatte der Großvater notiert, dass er von all diesem Gerede kaum etwas verstanden habe.

Sie war bei ihrer Lektüre dem Zauber des Erfinders von der traurigen Gestalt, der an einer Zwangsneurose litt, verfallen. Er stammte aus dem neunzehnten Jahrhundert, er hatte das zwanzigste Jahrhundert beeinflusst und das einundzwanzigste oder gar das zweiundzwanzigste erträumt. Politisch gehörte er mit seiner Verherrlichung des serbischen Heldentums in eine Zeit zwischen dem dreizehnten und dem neunzehnten Jahrhundert, die ihre dunklen Schatten bis in Lisas Gegenwart warf. Seine Mutter hatte von den tapferen serbischen Recken und Königen erzählt, so wie die Mütter anderswo ihren Kindern Märchen vorlesen; in der Fantasie des Jungen wuchsen sie zu Titanen heran und bekämpften die türkischen Eroberer, später las er Lord Byrons *Childe Harold's Pilgrimage*, dort hieß es nicht viel anders:

And Europe's bulwark 'gainst the Ottomite;
Witnes Troy's rival, Candia! Vouch it, ye
Immortal waves that saw Lepanto's fight!

Die Mutter des kroatischen Bildhauers Ivan Meštrović, der sich 1924 in New York mit Tesla anfreundete und später eine berühmte Skulptur und ein Relief von ihm anfertigte, kannte dieselben Heldenlieder wie Teslas Mutter, sie sagte sie ebenfalls auswendig auf, beide Frauen waren wie die Rhapsoden bei den alten Griechen. Meštrović übertrug den serbischen Heldenmythos in seine Werke; der slowenisch-amerikanische

Autor Louis Adamič schrieb diesen Werken die entscheidende Rolle bei der Gründung Jugoslawiens zu. Genau wie Nikola Tesla und genau wie ihr Großvater pflegte Ivan Meštrović eine Vision des gemeinsamen Lebens der südslawischen Völker, er verwirklichte sie in monumentalen Skulpturen, die in den Kunstsalons Europas und Amerikas ausgestellt wurden. War es zynisch, wenn sie jetzt an den Zweiten Weltkrieg, an den Krieg im zerfallenden Jugoslawien und an den russischen Krieg gegen die Ukraine dachte? Es waren kluge Männer, allesamt, aber sie kamen ihr seltsam naiv vor, um es mit dem Adjektiv ihres Großvaters auszudrücken. Ivan Meštrović war ein projugoslawischer kroatischer Künstler, Nikola Tesla ein serbischer Erfinder aus Kroatien – jede dieser Bezeichnungen hörte sich an wie die Quadratur des Kreises, wie ein Oxymoron, wie die Hassliebe. Oder wie eine slawische Antithese, die sich aus einer Frage, einer Verneinung dieser Frage und der richtigen Antwort zusammensetzt:

Was ist weiß im grünen Wald
Sind es die Schwäne oder der Schnee?
Wenn es der Schnee wäre, wäre er geschmolzen,
Wenn es Schwäne wären, wären sie fortgeflogen,
Es sind weder Schwäne noch der Schnee.
Sondern die Zelte des Helden Hasan-Aga.

*

Der Erfinder mit dem Glauben an Windmühlen behauptete, er arbeite ausschließlich für das Wohl der Menschheit. Nicht wenige bezeichneten ihn als einen Hochstapler, weil er die Hotelrechnungen nicht bezahlte. Das Konzept des Geldes war ihm zuwider, er glaubte, dass sich der Mensch nur in den schönen Künsten und in der Wissenschaft verwirkliche. Er prophezeite die Ära der künstlichen Intelligenz, die genauso wie die Roboter, deren Prototyp sein drahtlos fernbedientes Schiff war, bald den Platz einnehmen würden, den »in der antiken Zivilisation die Sklavenarbeit einnahm«, wie er es ausdrückte – damit die Menschheit mehr Zeit hätte, höhere Ziele zu verfolgen.

3.

Ein ganzer Wald aus weißen, schlanken Windmühlen begrüßte sie vor der Stadt am grauen Meer. »Wir rasen mit unvorstellbarer Geschwindigkeit durch den endlosen Raum, alles um uns herum dreht sich, alles bewegt sich und überall ist Energie vorhanden. Es muss irgendeinen Weg geben, auf dem wir diese Energie auf eine direktere Weise nutzen können«, so hatte Nikola Tesla es in seiner Rede vor dem *American Institute of Electrical Engineers* 1891[9] formuliert, vermutlich in seinem perfekten, aber leicht steifen Englisch mit südslawischem Zungenschlag. Wenn sie etwas nicht haben konnte, dann waren es jene Romane, die sie bei ihrer Forschung entdeckt hatte und in denen man zur Charakterisierung Teslas seinen Akzent nachzuahmen versuchte.

»Auf perfekte Aussprache bestehen nur monolinguale Banausen, so hat sie dein Urgroßvater genannt«, sagte sie zu Antonia. »Menschen, die nur ihre eigene Sprache kennen und sich dadurch besonders klug vorkommen, wenn jemand, der ihre Sprache erlernt hat, einen Fehler macht.«

Antonia erzählte ihr vom Wattenmeer und von den Gezeiten an der Nordseeküste, von der versunkenen Stadt Rungholt, in der die Menschen der Nordsee trotzten, die sie »Blanker Hans« nannten, bis eine Sturmflut sie überschwemmte. Sie las eine Aussage Teslas vor: »Und diese ganzen Bewegungen, vom Wogen der mächtigen Ozeane bis hin zu den feinen Bewegungen unserer Gedanken, besitzen alle dieselbe gemeinsame Ursache. All diese Energie geht von einem einzigen Zentrum aus, einer einzigen Quelle – der Sonne.«[10] Antonia erzählte auch vom Diamantenhändler Ludwig Nissen, der als Jugendlicher aus Husum nach New York ausgewandert und später der nordfriesischen Stadt sein Vermögen vermacht hatte, mit dem Ziel, zur Volksbildung beizutragen. Er und seine Frau seien mit Elisabeth Vilma Lwoff-Parlaghy befreundet gewesen, der Malerin, die kurz mit einem russischen Prinzen verheiratet war und ihren klangvollen Titel ihr Leben lang behielt. Das Ehepaar Nissen habe ihr in der finanziellen Not geholfen und ihren Nachlass nach ihrem Tod erworben, darunter auch das *Blaue Porträt*, für das Nikola Tesla blaue Filter auf die elektrischen Lampen konstruierte, um ein nördliches Licht zu erzeugen.

Das Licht, unter dem sie sich jetzt Husum näherten.

Die Prinzessin starb sechzigjährig im Jahr 1923, und ihre Sammlung europäischer Altarbilder, orientalischer Teppiche, Juwelen und gotischer Skulpturen sowie ihre eigenen Werke wurden nach dem Tod von Ludwig Nissen (1924) und seiner Frau Katharine (1930) in Kisten gepackt und über den Atlantik geschickt. Ludwig Nissen war in einer Zeit reich geworden, als Amerika das Spiel der jungen Männer war, ein Jungenstreich: Er selbst war mit sechzehn ausgewandert, Louis Adamič mit fünfzehn, Ante Matijaca mit siebzehn, Ernesto Chiaro mit siebzehn, Mihajlo Idvorski Pupin ebenfalls mit siebzehn, Nikola Tesla war etwas älter gewesen, da er bereits in Budapest und in Paris gearbeitet hatte: achtundzwanzig. Die spielenden Jungen wagten und erreichten viel; wer beim Spiel verlor, wurde schnell vergessen.

Als Nissens Hinterlassenschaft Deutschland erreichte, fehlten nur noch wenige Jahre bis zur Katastrophe des Nationalsozialismus und des Zweiten Weltkriegs, danach wusste man nicht mehr genau, wer die Personen auf den Bildern waren. Das *Blaue Porträt* war als *Herrenporträt* katalogisiert, darunter stand »Öl auf Leinwand, 107 x 93 cm; unbezeichnet; rückseitig Ausstellungszettel unbekannten Ortes, Nr. 2533,

V. Parlaghy; Inv. Nr. B 1169«. Die gesamte Zeit, in der sich der Großvater bemüht hatte, das *Blaue Porträt* zu finden, schlummerte das Bild in einem Keller des Nissenhauses in Husum; zu dieser Zeit wussten in Europa nur wenige, in Amerika einige, in der Sowjetunion ebenfalls einige und in Jugoslawien alle, wer Nikola Tesla war.

Jugoslawien, das Land, das weder Osten noch Westen war, das Atlantis der Blockfreiheit und der Arbeiterselbstverwaltung befand sich auf einem eigenen Weg, und dafür brauchte es eigene Helden – Nikola Tesla war die beste Wahl dafür, wenn man vom Anführer der Partisanen und lebenslangen Staatspräsidenten Tito absah. Doch in Husum wusste niemand, wer er war. Dass das Porträt des namenlosen Herren das *Blaue Porträt* war, wurde dreiundneunzig Jahre, nachdem das Bild entstanden, und fünfundachtzig Jahre, nachdem es verschwunden war, festgestellt.

Als im Keller des Husumer Nissenhauses eine Staffelei eigens für die Ausstellung des *Blauen Porträts* aufgebaut wurde und die Kuratorin weiße Handschuhe überzog, um das Bild für die beiden Besucherinnen aus dem Fundus zu bringen, wurde das letzte Kapitel des Erinnerungsbuchs von Anton – Anthony – Matijaca geschrieben. Mutter und Tochter ähnelten einander, und als das Bild auf der Staffelei positioniert wurde, hielten sie auf eine ähnliche Art den Atem an: Vor ihnen saß Nikola Tesla auf einem Thron, eine Hand mit langen Fingern auf einer Lehne, die andere auf die Oberschenkel gelegt, den Mund fest geschlossen und mit einem schwarzen Schnurrbart geschmückt, das dunkle Haar immer noch voll, auf der hohen Stirn trat eine Ader hervor, die hellgrauen Augen fixierten etwas in der Ferne, was nur er sehen konnte – vielleicht waren es die Windmühlen um Husum herum, vielleicht die Tiden des Wattenmeers. Dank der

Drehungen der Erde und der Anziehungskraft des Mondes bewegten sich an seinem neuen Aufenthaltsort täglich die ungeheuren Wassermassen auf und nieder, und er dachte vielleicht angestrengt darüber nach, wie er diese Energie in Strom umwandeln und den Menschen zur Verfügung stellen könnte. Oder war er nur deshalb so angespannt, weil seine Krawatte eine Spur zu locker saß, der Stehkragen seines weißen Hemdes einen Hauch von Abnutzung, seine Gestalt die ersten winzigen Alterserscheinungen zeigten – er war bereits sechzig Jahre alt gewesen, als er sich bereit erklärt hatte, sich von Elisabeth Vilma Lwoff-Parlaghy porträtieren zu lassen. Oder war er einfach nicht zufrieden, weil ihn eine Malerin darstellte, die ihren Erfolgszenit überschritten hatte?

Auf all seinen Fotoporträts war die Sorgfalt für die eigene Inszenierung sichtbar, sie war bereits auf einem der frühen Schulfotos zu erkennen, auf dem er mit einer hübschen gestreiften Fliege und leicht verächtlichem, ernsthaftem Gesichtsausdruck demonstrierte, dass er demnächst die größten Taten vollbringen oder zumindest der Beste beim Kartenspiel und Billard sein wollte.

Er hatte nur eine Person für würdig befunden, ihn zu verewigen – den kroatischen Bildhauer Ivan Meštrović, dem er am 18. August 1939 aus New York telegrafierte: »Wegen unserer Nachfahren und wegen des gesamten slawischen Geschlechts wünsche ich, dass nach meinem Tod meine Büste, erschaffen von der wundersamen Hand Meštrovićs, zurückbleibt. (…) Ich verfüge noch immer nicht über Barschaften, aber ich bin bereit, alles zu Ihrer und meiner Zufriedenheit vorzubereiten. Mein Gesicht ist noch glatt, die Augen ungetrubt, und ich habe mein Haar noch nicht verloren. Alle wünschen sich, dass Ihr unsterbliches Werk hier ausgestellt werde. Bitte telegrafieren Sie mir über Ihre diesbezügliche Einstellung und Ihre Absichten. Ihr Verehrer Nikola Tesla.« Während sich im unglücklichen jugoslawischen Königreich die Feindschaft zwischen Serben und Kroaten auf eine neue verheerende Zuspitzung hinbewegte, antwortete der Bildhauer: »Mit größtem Vergnügen möchte ich Ihrem Wunsch nachkommen. Finanzmittel nicht notwendig. Stop. Ich bin mit Verträgen an Europa gebunden und kann nicht dorthin kommen. Stop. Können Sie nach Split kommen und hier mein Gast sein? Wenn nicht, senden Sie mir Fotografien. Ich erinnere mich ausgezeichnet an Sie. Ich grüße Sie. Meštrović.«

Der dreiundachtzigjährige, mittellose und nach jenem mysteriösen Unfall gebrechlich gewordene serbische Erfinder konnte am Vorabend des Zweiten Weltkriegs die Reise über den Ozean nicht antreten, aber der kroatische Bildhauer, der 1947 selbst in die USA emigrierte, hielt sein Versprechen und verewigte ihn posthum in einer Büste, die heute in Belgrad, Serbien, und in einer Skulptur, die heute in Zagreb, Kroatien, zu sehen sind.

Für Lisa und Antonia war die Suche beendet. Sie fanden Nikola Tesla im Nissenhaus in Husum und sie waren sich einig, dass er sich in der Stadt am grauen Meer, an dem er die Gezeiten erforschen konnte, beleuchtet vom Licht des Nordens, umgeben von Windmühlen und erschaffen von Frauenhand, dank eines jungen deutschen Auswanderers über den Ozean nach Europa gekommen, am einzig richtigen Ort befand.

Anmerkungen

[1] Auf der Hälfte des Weges unseres Lebens fand ich mich in einem finsteren Wald wieder, denn der gerade Weg war verloren. (Hölle, Erster Gesang, 1–3; diese und alle weiteren Übersetzungen aus: *Die Göttliche Komödie*. In Prosa übersetzt von Hartmut Köhler, Reclam Taschenbuch Nr. 20615, Stuttgart 2022)

[2] Wie einer, der vielleicht aus dem fernen Kroatien kommt, um das Tuch unserer Veronica zu sehen, und nach dem langen Hungern sich gar nicht sattsehen kann, / vielmehr bei sich sagt, solange es ihm noch gezeigt wird: »Mein Herr Jesus Christus, wahrer Gott, so also sah dein Gesicht aus?« (Paradies, 31. Gesang, 103–108)

[3] Die Wasser, die ich jetzt wähle, wurden noch nie befahren; Minerva schickt den Wind, Apollo führt mir das Steuer, und neun Musen zeigen mir die Himmelsrichtung. (Paradies, 2. Gesang, 7–9)

[4] Aus dem Manuskript mit den Erinnerungen von Ante Matijaca, von der Autorin aus dem Kroatischen übersetzt.

[5] Lasst alle Hoffnung fahren, wenn ihr hier hereinkommt. (Hölle, 3. Gesang, 9)

[6] Diesem verborgenen Pfad folgend begaben der Führer und ich uns auf den Rückweg in die lichte Welt. Und ohne auch nur an ein wenig Ruhe zu denken, / stiegen wir auf, er als Erster, ich als Zweiter, bis ich durch eine runde Öffnung einige von diesen schönen Dingen erblickte, die der Himmel trägt. / Dann traten wir hinaus und sahen die Sterne wieder. (Hölle, 34. Gesang, 133–139)

[7] Nikola Tesla erzählt, wie man in einer Höhe von 13.000 m mit einer Geschwindigkeit von 1.600 km/h fliegen kann. Erschienen im Juli 1919 in der Zeitschrift »Reconstruction«. In: Nikola Tesla, Waffentechnologie. Theorien und verschiedene Artikel: Beschreibung der Todesstrahlen mit ausführlichen Konstruktionsbeschreibungen von ihm selbst, Band 6 der Gesamtausgabe, Edition Tesla 2011, S. 155.

[8] Aus dem Manuskript mit den Erinnerungen von Ante Matijaca, von der Autorin aus dem Kroatischen übersetzt und unwesent-

lich angepasst. Alle anderen im weiteren Text als Zitate gekennzeichneten Passagen sind dagegen apokryph.

9 Nikola Tesla: Versuche mit Wechselströmen sehr hoher Frequenz und deren Anwendung auf Methoden der künstlichen Beleuchtung. Vortrag vom 20. Mai 1891 vor dem Amerikanischen Institut der Elektroingenieure am Columbia College in New York. In: Nikola Tesla: Wechselstrom- und Hochfrequenztechnologie, Band 3 der Gesamtausgabe, Edition Tesla 2011, S. 93.

10 Nikola Tesla: Der Ursprung der menschlichen Energie. In: Nikola Tesla, Meine Erfindungen, Band 2 der Gesamtausgabe, Edition Tesla 2011, S. 139.

11 *Principles of Electro-Medicine, Electrosurgery and Radiology. A Practical Treatise for Students and Practitioners. With Chapters on Mechanical Vibration and Blood Pressure Technique.* By Anthony Matijaca, M.D., D.O., N.D. Author of *Electro-Therapy in the Abstract*; Associate Editor of Herald of Health; Member American Naturopathic Association and the Illinois State Society of Naturopaths, etc. Published by Benedict Lust, N.D., D.O., M.D. Butler, New Jersey, U.S.A. 1917.

Danksagung

Der kroatische Arzt Ante Matijaca (1888–1978) hat seine Studie aus dem Jahr 1917 [11] Nikola Tesla gewidmet:

»This Work is Respectfully Dedicated by the Author to
Nikola Tesla
›The Master Electrician‹
Inventor, Scholar and Scientist«

und er hat ihm persönlich in New York ein Exemplar dieses Buchs überreicht. Die beiden Männer sind sich nach Matijacas Angaben zweimal begegnet; aus dem Museum *Nikola Tesla* in Belgrad bekam ich die Information, dass diese Begegnungen dort nicht bekannt seien und dass im Bestand der Hinterlassenschaft von Nikola Tesla das Exemplar mit der persönlichen Widmung von Ante (Anthony) Matijaca nicht vorhanden sei.

Während das Leben von Nikola Tesla hinreichend erforscht ist, sind von Ante Matijaca nur unveröffentlichte Erinnerungen geblieben, die mir seine Enkelin Eleonora Kamenjarin zur Verfügung gestellt hat. Sie erzählte mir ausführlich von ihm; ihr und ihrer Enkelin Dora Kamenjarin, die als Ärztin in die Fußstapfen ihres Ururgroßvaters getreten ist, gilt mein besonderer Dank. Diese Erinnerungen und Gespräche bilden die Grundlage für die Lebensgeschichte von Anton Matijaca, die in diesem Roman erzählt wird.

Ich habe meinen Protagonisten Anton und nicht Ante genannt, um zu signalisieren, dass es sich um eine literarische Gestalt handelt. Wenngleich zahlreiche Fakten aus dem Leben des historischen Doktor Ante Matijaca und aus dem Leben von Nikola Tesla in den Text eingeflossen sind, handelt es sich hier um einen Roman, sodass selbstverständlich keine exakte historische und wissenschaftliche Zuverlässigkeit zu erwarten ist. Ich habe meinen Anton Matijaca später nach Dalmatien zurückkehren und zwei Jahre länger leben lassen als den echten Ante Matijaca. Das Faktische hat sich aus Lektüren und Recherchen ergeben, das Fiktive aus der Imagination entwickelt – im Schreibprozess wurden sie nach der inneren Logik der Romanstruktur miteinander verwoben. Während die Gespräche zwischen Anton Matijaca und Nikola Tesla sowie die Geschichte von Teslas Vermächtnis meiner eigenen Fantasie entstammen, entsprechen einige verblüffend wirkende Details der Wahrheit, wenn auch durch meine Augen gesehen und mit meinen Worten erzählt, etwa der Tagesablauf im Anatomischen Museum von Doktor Winter, die Begegnung mit dem Schwiegersohn von Albert Ballin, das überraschend einsichtige Verhalten des deutschen Feldkommandanten in Kaštel Lukšić und auch der Weg, auf dem das *Blaue Porträt* nach Husum gelangte.

Ich danke Bojana Bajić, Ali el Baya, Leon el Baya, Fabian Bremer, Thomas Bremer, Slobodan Bubnjević, Boško Budisavljević, Dana Budisavljević, Julia Eichhorn, Günther Eisenhuber, Markus Friederici, Astrid Graf, Harald Gschwandtner, Barbara Kirstein, Nadieszda Kizenko, Marjan Radin-Mačukat, Regina Rumpold-Kunz, Jennifer Schuster, Hermann Wallmann, Vedrana Zavoreo, Jessica Zeltner sowie der Akademie der Künste aus Berlin für das INITIAL-Stipendium, das ich für einen Rechercheaufenthalt in New York genutzt habe, der Lexow-Textow-Schreib-und-Denkgruppe, den *Nikola Tesla*-Museen in Belgrad, Zagreb und Smiljan, dem *Nordfriesland Museum. Nissenhaus* in Husum, dem Hotel *New Yorker* in New York und dem kroatischen PEN-Zentrum für das Writer-in-Residence-Stipendium in Zagreb.

Posthum gilt der Dank auch meinem Vater, dem Maschinenbauingenieur Tomislav Matić, der mir vom Elektromagnetismus, von Wasserkraftwerken, Starkstromleitungen und Generatoren, von Elektromotoren und von Nikola Tesla erzählt hat, als wären es die schönsten Kindergeschichten. In der ersten und zweiten Dekade des jugoslawischen Sozialismus arbeitete er in einer Firma namens »Svjetlost« – »Das Licht« – und beteiligte sich maßgeblich an der Elektrifizierung des dalmatinischen Festlands und der entlegenen Inseln in der Adria. Später war er ein begeisterter Pionier der Wind- und Sonnenenergie, er liebte die Natur und glaubte an die Möglichkeit eines harmonischen Zusammenlebens aller Menschen und aller Lebewesen auf unserem Planeten.